高职高专计算机规划教材·项目教程系列

网站开发项目教程

主　编　陈密芳
副主编　贾树生　谭寒冰
参　编　马雪涛　张玉松　张红瑞
　　　　白会肖　田清华　李　斌
主　审　吕延岗

中国铁道出版社
CHINA RAILWAY PUBLISHING HOUSE

内 容 简 介

本书以当前流行的 ASP.NET+SQL Server 2005 为基础，讲解了网站开发的基本思路和方法，从网站的系统分析、规划设计、网站前后台页面设计到网站的发布和部署，完整地讲解了网站的开发过程。

本书按照工作过程的思路，带领读者通过一个完整的网站开发过程将一个个分散的知识点串接起来，实现了从分散的知识点学习到综合应用实践的转变。本书给读者提供了一个清晰的网站开发思路，从而为后续的工作打下良好的基础。本书注重内容的实用性和丰富性，循序渐进，图文并茂，结构清晰。

本书适合作为高职高专相关专业学生的教材，也可作为网站开发技术培训及自学的教材，还可作为计算机网络相关专业和网站开发应用技术人员的参考用书。

图书在版编目（CIP）数据

网站开发项目教程 / 陈密芳主编. —北京：中国铁道出版社，2010.1

（高职高专计算机规划教材．项目教程系列）

ISBN 978-7-113-10969-1

Ⅰ.①网… Ⅱ.①陈… Ⅲ.①网站－开发－高等学校：技术学校－教材 Ⅳ.①TP393.092

中国版本图书馆 CIP 数据核字（2010）第 006335 号

书　　名： 网站开发项目教程

作　　者： 陈密芳　主编

策划编辑： 秦绪好　刘彦会

责任编辑： 翟玉峰　吴媛媛　　　**编辑部电话：**（010）63560056

封面设计： 大象设计・小戚　　　**封面制作：** 李　路

责任印制： 李　佳

出版发行： 中国铁道出版社（北京市宣武区右安门西街 8 号　　邮政编码：100054）

印　　刷： 三河市华丰印刷厂

版　　次： 2010 年 3 月第 1 版　　2010 年 3 月第 1 次印刷

开　　本： 787mm×1092mm　1/16　**印张：** 18.25　**字数：** 443 千

印　　数： 4 000 册

书　　号： ISBN 978-7-113-10969-1

定　　价： 28.00 元

FOREWORD

前言

本书围绕ASP.NET和SQL Server 2005技术，结合电子商务平台——网上服装专卖店项目开发案例，从软件工程的角度出发，系统、全面地介绍网站开发的工作流程。本书的目的是描述、设计和实现一个综合网站，而不是介绍每个单独的控件和页面，从简单的知识点到一个实际网站的开发是很困难的事情。本书从网站的开发背景、可行性分析、需求分析、功能分析、数据库分析和设计、网站详细开发到网站的发布与管理，逐步实现了系列模块的设计并给出了任务的解决方案，最终实现了一个完整的商务网站。本书遵循模块化的结构，采用任务驱动方式，每章都是相对独立的部分，可以根据实际需要将某一模块实现的功能提取出来用在其他Web网站上。

本书通过一个完整网站的前后台开发过程，让读者掌握如何开发内容丰富、功能完整的电子商务网站。本书内容主要包括：

- 第1章主要对网站进行系统分析。分析和讲解了网站的开发背景、可行性分析、需求分析、系统功能设计和数据库设计。
- 第2章对网站的整体规划设计进行仔细的阐述。将网站栏目的设计和布局、网站母版、主题和皮肤的使用、多媒体技术的使用等众多相关知识点综合起来设计和实现网站的前台页面。
- 第3章主要讲解ADO.NET技术及应用。对ADO.NET的常用对象进行了讲解，并对在网站开发过程中用到的数据库操作类进行了封装。
- 第4章主要讲解用户管理系统的设计与开发。在本章中将生成随机验证码、正则表达式、服务器验证控件等知识点综合起来开发会员的注册和资料管理模块。
- 第5章主要讲解商品展示模块的设计与开发。对商品的列表、详细显示页面进行了分析和实现，并重点讲解了数据绑定、分页技术和表格中高亮显示行在网站中的使用。
- 第6章主要讲解购物车和订单模块的设计与开发。重点讲解购物车的设计与实现，并对订单的操作、结算和查询进行了分析和实现。
- 第7章主要讲解留言板模块和新闻发布模块的设计与实现。介绍留言板系统的具体实现过程，并对新闻显示页面和管理页面进行了分析和实现。
- 第8章主要对在线支付技术进行了分析，介绍了第三方支付的交易流程，并以工商银行在线支付模块的实现过程为例进行了讲解。
- 第9章主要对网站的后台管理进行了设计与实现。对后台登录模块、后台主页技术以及商品销售管理等模块进行了设计与实现。
- 第10章阐述了网站的发布与部署。对网站的编译和发布、网站空间的分配和管理、网站的上传和部署等技术进行了详解，最后完成了网站的部署。

本书的第1章和第2章由贾树生编写，第3章由马雪涛编写，第4章由张玉松编写，第5章、第6章和第7章由陈密芳编写，第8章和第9章由谭寒冰编写，第10章由张红瑞编写，白会肖参与了第 1 章的编写，李斌参与了第 2 章的编写，田清华参与了第 3 章的编写。本书由陈密芳统稿并担任主编，贾树生和谭寒冰担任副主编，吕延岗拟定了全书的编写思想并审阅了全书。

由于编者水平有限，编写时间仓促，书中谬误之处在所难免，恳请广大读者批评指正。

编 者

2010 年 1 月

CONTENTS

目录

第 1 章 系统分析

【本章导读】

本章主要通过对电子商务类网站开发过程的系统分析，让读者了解网站项目开发的前期准备工作，这部分工作不仅是电子商务类网站开发的关键，也是其他各类网站项目开发的关键。在本章中详细介绍了网上购物的流程和电子商务类网站的功能模块，以及电子商务网站给人们的生活带来的巨大影响。

【主要知识点】

- 电子商务网站的开发背景
- 电子商务网站的系统分析
- 电子商务网站的需求分析
- 电子商务网站的系统设计

1.1 开发背景

由于时代的进步和网络的发展，在线购物已经成为人们获取商品的一种消费方式，为了更好地满足广大消费者的需求，谋求利润的最大化，很多企业纷纷建立了在线购物网站。当今网上购物这一新型的购物方式已经逐渐被人们所接受，并逐渐改变甚至取代了传统的购物观念。人们足不出户就可以在网上浏览到世界各地的商品信息，方便快捷地搜索到自己想要的商品，而安全的在线支付和送货上门服务，使人们更加深切地体会到这一购物方式的优越性。

与此同时，网上商城这种新的商业运营模式被越来越多的商家运用到竞争中，并得到了大多数客户的认可，这种基于浏览器/服务器模式的销售方式已初具规模。一些电子商务网站的成立，从整体上降低了成本，加快了企业对市场的响应速度，提高了企业的服务质量和竞争力。

在线购物网站是一个功能复杂、花样繁多、制作烦琐的商业网站，但也是企业或个人推广和展示商品的一种非常好的方式。在全球网络化的今天，在线购物网站正快速、健康地发展。所以，在线购物网站也是网上商城的一种发展趋势。

1.2 系统分析

1.2.1 可行性分析

《GB 8567—1988 计算机软件产品开发文件编制指南》可行性分析报告中讲述：可行性研究报

告的编写目的是，说明该软件开发项目的实现在技术、经济和社会条件方面的可行性；评述为了合理地达到开发目标而可能选择的各种方案；说明并论证所选定的方案。

可行性研究报告的编写内容要求如下(下面将指南中所述的可行性研究报告编写的目录列出，供大家在编写时参考)：

1. 引言

(1)编写目的

为了给企业的决策层提供是否进行项目实施的参考依据，要以文件的形式分析项目的风险、项目需要的投资与效益。

(2)背景

×××服装公司是一家中型的私营企业。该企业为了扩展业务销售渠道，提高企业的知名度，现需要委托一家软件开发公司开发一个网上服装专卖店。

2. 可行性研究的前提

(1)要求

网上服装专卖店系统前台功能模块要求能够提供会员注册、在线购物、在线支付等功能，后台管理模块要求能够实现销售订单管理、库存管理、会员管理等功能。

(2)目标

网上服装专卖店主要目标是系统全面地展示网站中的商品，简化用户在线购物流程，确保用户在线购物的安全性，进一步提高企业的经济效益。

(3)条件、假定和限制

这一项要根据软件开发公司的规模和人员分配。此项主要是对这个项目开发时各个部分所占用的时间进行分配。

(4)评价尺度

根据用户的要求，系统应以商品展示和销售功能为主，对网站的商品提供方便的查询功能。对注册用户及商品等数据实施有效的管理。

3. 投资及收益分析

(1)支出

支出要根据系统的规模、项目的开始周期以及开发人数确定。

(2)收益

根据用户前期提供的项目资金、对于项目运行后进行的改动、采取协商的原则、根据启动规模额外再次提供的资金，最后核算软件开发公司的利润。

4. 结论

根据上面的分析，在技术上不会出现问题，因此项目延期的可能性很小。在效益上公司投入与获利相比，获利是比较可观的。在公司今后的发展上，可以储备网站开发的经验和资源，因此认为项目可以开发。

1.2.2 任务一 编写可行性分析论证报告

请读者依据以上所给出的目录自行编写网上服装专卖店的可行性分析报告。

1.3 需求分析

随着市场经济的发展和日趋成熟，中国企业面对的竞争压力越来越大，要想在激烈的竞争中立于不败之地，在提高企业内部管理效率和产品质量的基础上，必须不断扩展销售渠道，扩大销售群体，提高企业的竞争力。当今已经步入信息化时代，电子商务网站成为企业展示商品、销售商品的窗口。所以，如何建立企业的电子商务网站，如何把企业的业务扩展到 Internet，已经成为商家们普遍面临的问题。

1.3.1 系统需求分析研究

一个小型网上购物系统功能如下：

① 商品展示方式：新品上市、推荐商品、特价商品、分大类商品、分小类商品、品牌商品、商品搜索。

② 订单系统：购物车、收藏夹、选购下单、在线支付系统。

③ 会员管理中心：会员资料管理、订单管理、会员留言管理、积分管理、收藏夹管理。

1.3.2 任务二 系统流程图

网上购物系统是电子商务网站中最核心的模块，从用户在系统中查看商品，再到把商品放进购物车，最后付款购买商品，这一整套流程在逻辑上是一个连续完整的过程，也是电子商务应用中最核心的一个购物流程。网上服装店的购物流程如图 1-1 所示。

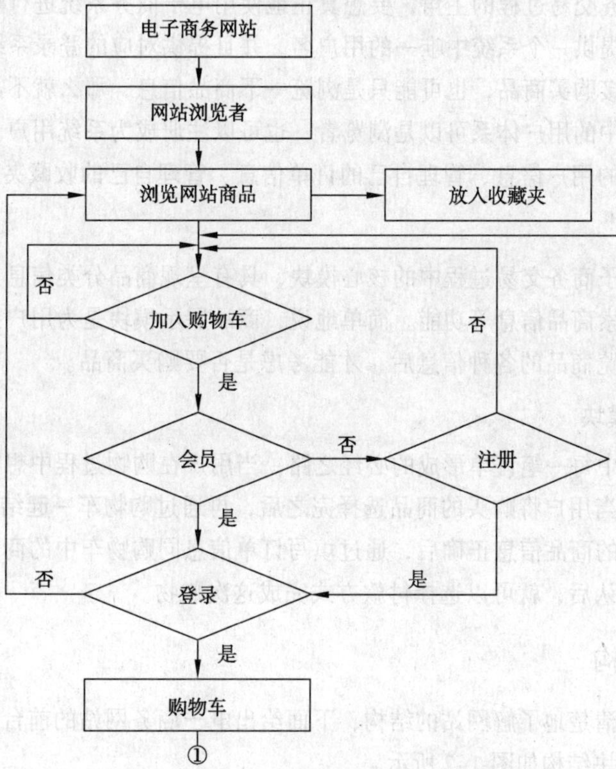

图 1-1 网上服装店的购物流程

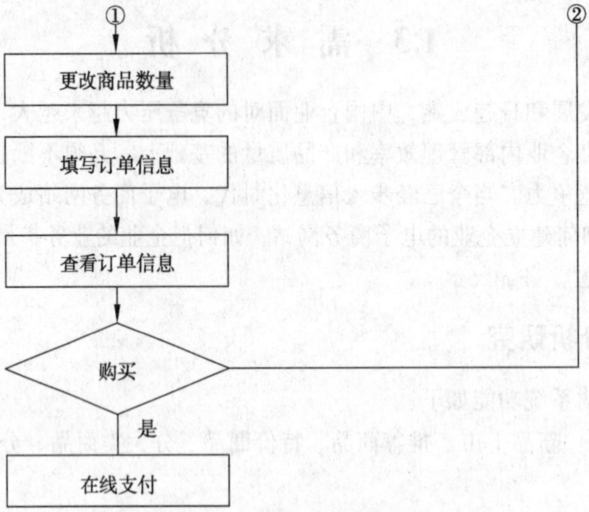

图 1–1 网上服装店的购物流程（续）

1.4 系 统 设 计

1.4.1 系统功能设计

1. 用户管理模块

用户是整个电子商务交易过程的主角，要想真正地使用电子商务系统进行购物，就必须注册成为系统的合法用户，提供一个系统中唯一的用户名，并且提供对应的登录系统的密码，当然不一定所有的用户都要直接购买商品，也可能只是浏览一下商品信息，那么就不需要注册成为系统用户。所以，电子商务中的用户体系可以是浏览者，也可以注册成为系统用户。当注册成为系统用户后，可以修改自己的用户信息、管理自己的订单信息、管理自己的收藏夹等。

2. 商品展示模块

商品展示模块是电子商务交易过程中的核心模块，具有呈现商品分类信息、展示商品信息、展示商品详细信息、搜索商品信息等功能。简单地说，商品展示模块是为用户提供选择和查看商品信息的平台，用户浏览商品的各种信息后，才能考虑是否要购买商品。

3. 购物车与订单模块

购物车是电子商务中每一笔订单形成的必经之路，当用户在购物过程中想购买商品，必须先将商品放进购物车中，当用户将购买的商品选择完之后，再通过购物车一起结账。

用户确认购物车中的商品信息正确后，通过填写订单信息同购物车中的商品信息一起生成订单，用户对订单信息确认后，就可以选择付款方式完成这次购物。

1.4.2 系统功能结构

为了让读者能够更清楚地了解网站的结构，下面给出电子商务网站的前台功能模块结构图。网上服装店前台功能模块结构如图 1–2 所示。

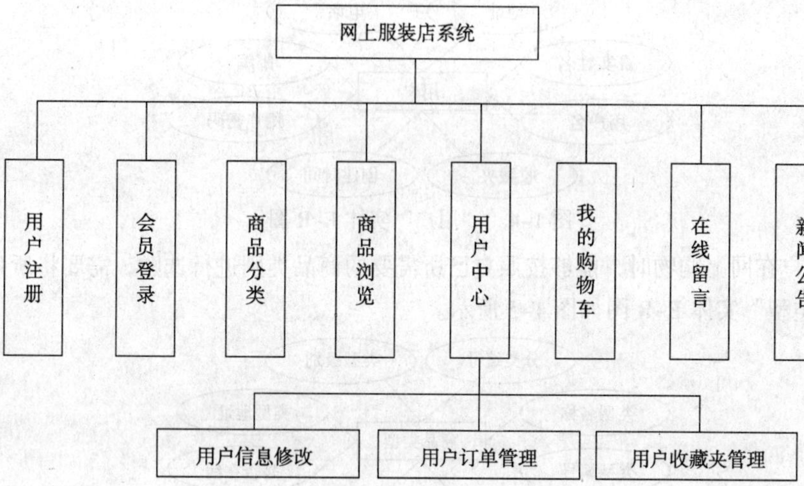

图 1-2　网上服装店前台功能模块结构图

1.4.3　系统数据库设计

本系统采用 SQL Server 2005 建立数据库，数据库名称为 db_shopfz，其中包含 12 张表。下面分别给出数据库概要设计、数据库逻辑结构设计及主要数据表的结构。

1．数据库概要设计

为了使读者能够更好地对本系统中的数据有一个清晰的认识，需要制作如图 1-3 所示的数据表树形结构图，该结构图包含了系统中所有的数据表。没有标注的数据表在第 7 章中再单独讲解。

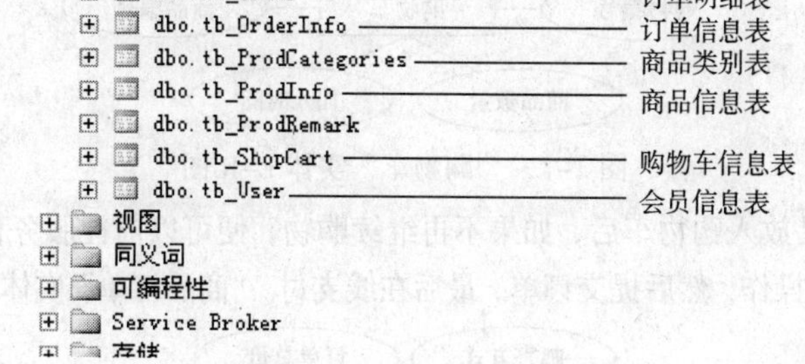

图 1-3　数据表树形结构图

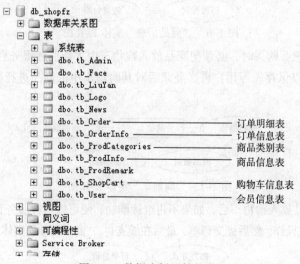

通过对网站进行需求分析、网站流程设计以及系统功能结构的确定，我们规划出系统使用的数据实体对象分别为“商品类型”、“商品信息”、“购物车”、“商品订单”、“商品订单明细”、“用户”。

当用户需要订购商品或修改自己的用户信息时，就需要验证用户的身份，必须是合法的系统用户才有权限执行这些操作。“用户”实体 E-R 图如图 1-4 所示。

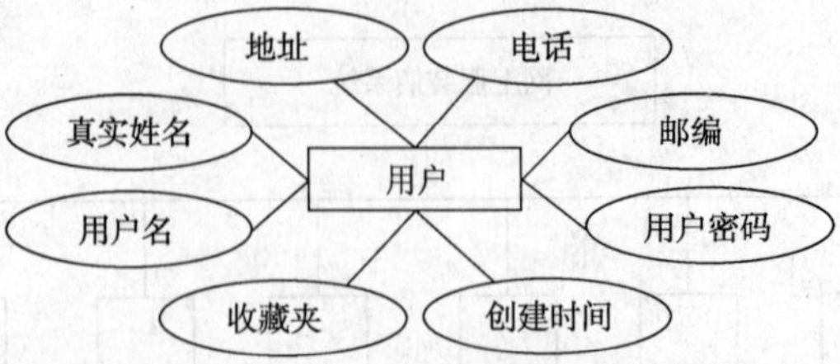

图 1-4 "用户"实体 E-R 图

为了使用户在网上购物时，能够按照自己所需要的商品类别进行选购，需要将所列商品划分类别。"商品类型"实体 E-R 图如图 1-5 所示。

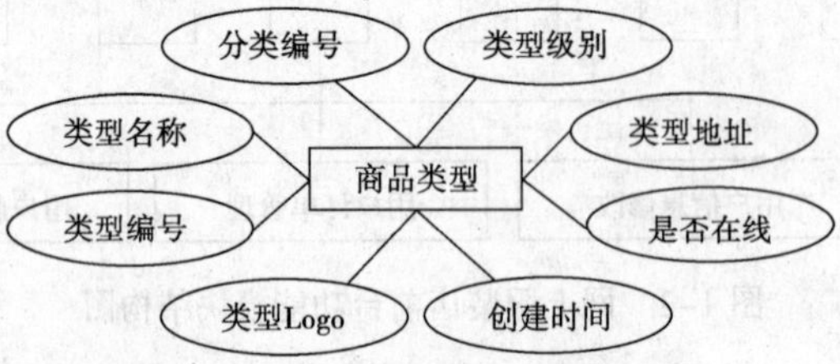

图 1-5 "商品类型"实体 E-R 图

为了使消费者详细了解网上商城所展示的商品信息，商品信息表会将所有商品的详细信息列出来。"商品信息"实体 E-R 图如图 1-6 所示。

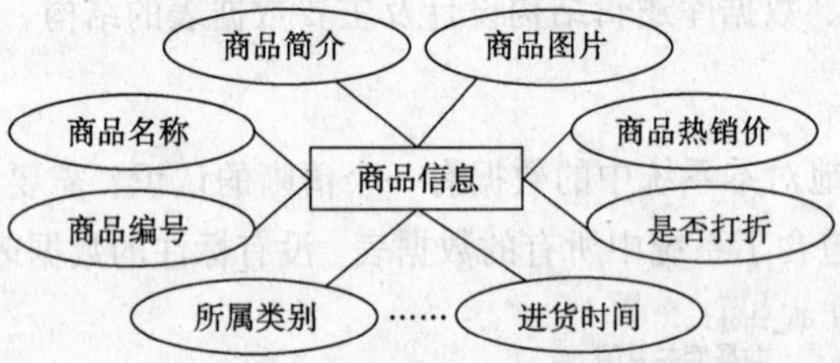

图 1-6 "商品信息"实体 E-R 图

当用户选中商品想要购买时，必须把商品放入购物车中才能前往服务台结账，如果用户暂时不想结账，购物车可以保存，等用户再次登录后对其购物车中的商品进行操作。"购物车"实体 E-R 图如图 1-7 所示。

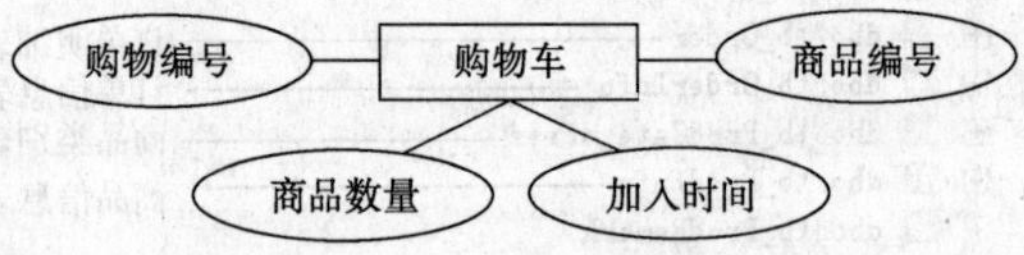

图 1-7 "购物车"实体 E-R 图

当用户选购好商品放入购物车后，如果不再继续购物，便可以前往服务台，进行选择商品运输方式、填写订单等相关操作，然后提交订单，最后在线支付。"商品订单"实体 E-R 图如图 1-8 所示。

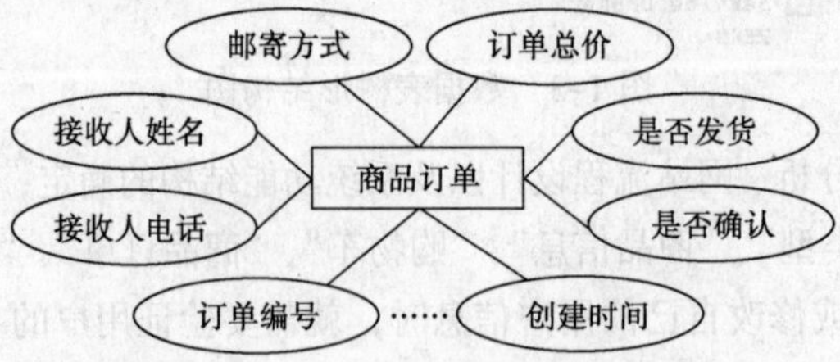

图 1-8 "商品订单"实体 E-R 图

当用户提交完商品订单，需要进步了解所购买商品的信息，如所购商品的金额、数量、订单明细等。“商品订单明细”实体E-R图如图1-9所示。

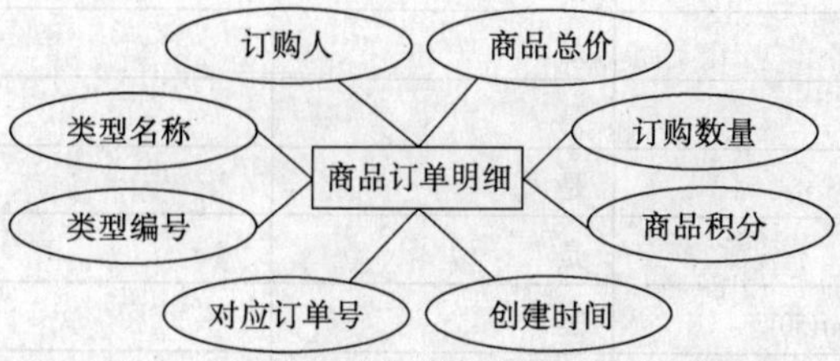

图1-9 “商品订单明细”实体E-R图

2．数据库逻辑结构设计

在设计完数据库实体E-R图之后，需要根据实体E-R图设计数据库结构。下面列出本程序中用到的主要数据表结构。

（1）tb_User（会员信息表）

会员信息表用于保存用户的基本信息，其中FAV字段用来存储用户收藏的商品ID号，存储方式用逗号隔开，可以存储多个商品ID号，如表1-1所示。

表1-1 会员信息表

字段名	数据类型	允许空	默认值	说明
UserID	int	否		会员ID
UserName	nvarchar(12)	否		会员登录名
Password	nvarchar(12)	否		会员密码
RealName	nvarchar(10)	否		会员真实名
Sex	bit	否		会员性别
Email	nvarchar(20)	是		Email地址
Logo	nvarchar(50)	是		会员头像
Phone	varchar(15)	否		固定电话
MobilePhone	nvarchar(12)	否		移动电话
Province	nvarchar(20)	否		所在省
City	nvarchar(20)	否		所在市
Address	nvarchar(50)	否		会员地址
PostCode	nvarchar(10)	否		邮政编码
Oicq	varchar(20)	是		QQ
MSN	varchar(20)	是		MSN
LoadDate	datetime	否	(getdate())	创建时间
Status	nvarchar(12)	是		会员状态
IP	nvarchar(20)	是		会员使用的IP地址
UserType	nchar(10)	是		会员级别
UserDiscount	float	是		会员折扣
TJR	nvarchar(20)	是		推荐人
FAV	nvarchar(200)	是		收藏夹

续表

字段名	数据类型	允许空	默认值	说明
TotalMoney	float	是		购物总金额
Jifen	float	是		积分制
JiFenSum	float	是		总积分
LoginTimes	int	是		登录次数
UserQuestion	nvarchar(50)	是		提问问题
UserAnswer	nvarchar(50)	是		问题答案

（2）tb_ProdCategories（商品类别表）

商品类别表用于保存商品类别的基本信息，同一类商品不管是大类还是小类，在 CatType 字段中都用相同的 CatID 表示，PatID 字段用来表示是父级别还是子级别，两者都是在创建分类树时使用，如表 1-2 所示。

表 1-2　商品类别表

字段名	数据类型	允许空	默认值	说明
CatID	int	否		商品类别 ID
CatType	nchar(10)	是		商品级别类型
CatName	nvarchar(100)	是		商品类别名称
PatID	int	是		商品级别
CatNum	int	是		库存量
Logo	nvarchar(50)	是		商品类别小图
Url	nvarchar(50)	是		商品类别页面
Online	bit	是		是否在线
AddDate	datetime	是	(getdate())	添加日期

（3）tb_ProdInfo（商品信息表）

商品信息表用于保存商品的基本信息，在商品信息表中，CatID 字段用来确定该商品所属类别的 ID 代号，与商品类别表（tb_ProdCategories）的主键 CatID 相对应，如表 1-3 所示。

表 1-3　商品信息表

字段名	数据类型	允许空	默认值	说明
ProdNum	int	否		编号
CatID	int	否		商品类别 ID
ProdID	nchar(50)	否		商品 ID
ProdName	nvarchar(100)	否		商品名称
ProdNo	nchar(20)	否		商品编号
ProdUnit	varchar(20)	否		商品单位
ProdPrice	decimal(18,2)	否		商品价格
CurrentPrice	decimal(18,2)	否		商品现价

续表

字段名	数据类型	允许空	默认值	说明
MarketPrice	decimal(18,2)	否		商品市场价
MemberPrice	decimal(18,2)	否		商品会员价
HotPrice	decimal(18,2)	否		商品热卖价
ProdMinImg	nvarchar(100)	否		商品小图像
ProdLarImg	nvarchar(100)	否		商品大图像
Other_pic	nvarchar(100)	是		商品其他图像
ProdIntro	ntext	是		商品详细介绍
ProdBrief	ntext	是		商品简介
MinCode	nvarchar(100)	否		商品小类
IsOnline	bit	否		是否在线
NewTime	datetime	否		商品上市时间
ProdLoadDate	datetime	否	(getdate())	添加商品时间
ProdClickTimes	int	否		商品点击次数
ProdScore	decimal(18,2)	否		商品积分
ProdIsHot	bit	否		是否热销商品
ProdIsReMark	bit	是		是否推荐商品
ProdIsDiscount	bit	否		是否折扣商品
ProdOffAmount	int	否		已卖商品数量
ProdStockAmount	int	否		商品库存数量

（4）tb_Order（订单明细表）

订单明细表用于保存订单中商品的详细信息，如表 1-4 所示。

表 1-4 订单明细表

字段名	数据类型	允许空	默认值	说明
ID	int	否		订单明细表 ID
OrderID	nchar(20)	否		订单 ID 号
ProdID	char(10)	否		商品 ID 号
UserName	nvarchar(12)	否		用户名
RealName	nvarchar(16)	否		真实姓名
Num	int	否		商品数量
BuyPrice	decimal(18,2)	否		购物价
TotalPrice	decimal(18,2)	否		某种商品总价
SendType	nvarchar(50)	否		邮寄方式
SendMoney	decimal(18,2)	否		邮寄费用
OrderTime	datetime	否		订单生成时间
JiFenNum	float	否		积分
Memo	ntext	否		备注

（5）tb_OrderInfo（订单信息表）

订单信息表用于保存用户购买商品生成的订单信息。在该表中，IsConfirm 字段用来标识订单是否被确认，即在发货之前，确认收货人的情况，主要通过电话联系；当确认完后，开始发送货物，发送货物状态用 IsSend 字段来表示；货物是否交到用户手中，用 IsEnd 字段来表示。从确认到货物交到用户手中的每一步，都需要一个跟单员，其中跟单员的 ID 代号用 AdminID 字段来表示，该字段与管理员表（tb_Admin）中的主键 AdminID 相对应，如表 1-5 所示。

表 1-5　订单信息表

字段名	数据类型	允许空	默认值	说明
OrderID	varchar(20)	否		订单 ID 号
UserName	varchar(12)	否		用户名
OrderDate	datetime	否		生成订单时间
ProdTotalPrice	decimal(18,2)	否		订单中商品总价
SendPrice	decimal(18,2)	否		邮寄费用
SendType	nvarchar(50)	否		邮寄方式
OrderTotalPrice	decimal(18,2)	否		订单总价
SaveTotalMoney	decimal(18,2)	否		订单节省费用
GetTotalScore	decimal(18,2)	否		总积分
ReceiverName	nvarchar(50)	否		订购人姓名
OtherName	nvarchar(50)	是		他人姓名
ReceiverPhone	varchar(15)	否		订购人电话
OtherPhone	varchar(15)	是		他人电话
ReceiverMobPhone	varchar(15)	否		订购人手机
OtherMobPhone	varchar(15)	是		他人手机
ReceiverPostCode	varchar(15)	否		订购人邮编
OtherPostCode	varchar(15)	是		他人邮编
ReceiverAddress	nvarchar(100)	否		订购人地址
OtherAddress	nvarchar(100)	是		他人地址
ReceiverEmail	nvarchar(50)	否		订购人 E-mail
OtherEmail	nvarchar(50)	是		他人 E-mail
OrderStatus	nvarchar(100)	是	新订单	订单状态
IsConfirm	bit	是		是否确认
IsSend	bit	是		是否发货
IsEnd	bit	是		用户是否收到货
AdminID	int	是		跟单员 ID
ConfirmDate	datetime	否		确认时间

（6）tb_ShopCart（购物车信息表）

购物车信息表用于保存购物车中商品的详细信息，购物车信息表中的 ProdID 字段用来存储购物车中商品的 ID 号，与商品信息表（tb_ProdInfo）中的 ProdID 字段相对应，如表 1-6 所示。

表 1-6　购物车信息表

字 段 名	数 据 类 型	允 许 空	默 认 值	说　　明
ID	int	否		编号
CartID	varchar(12)	否		购物车编号
ProdID	varchar(12)	否		商品 ID
ProdNum	varchar(12)	否		商品数量
ShopDate	varchar(20)	否		加入购物车时间

1.4.4　任务三 系统数据库模型和逻辑设计

首先设计 1.4.3 中讲解的系统数据库模型，然后在 SQL Server 2005 中创建数据库 db_shopfz，并且创建 1.4.3 中讲解的主要数据表结构。

1.5　本书项目中的文件夹结构

为了读者在后面的开发过程中更清晰明了，在此我们把本书项目中的文件夹结构列出，如图 1-10 和图 1-11 所示。

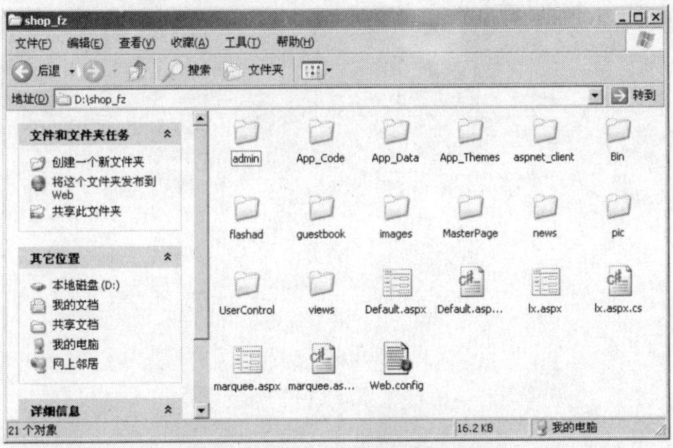

图 1-10　shop_fz 文件夹中的内容

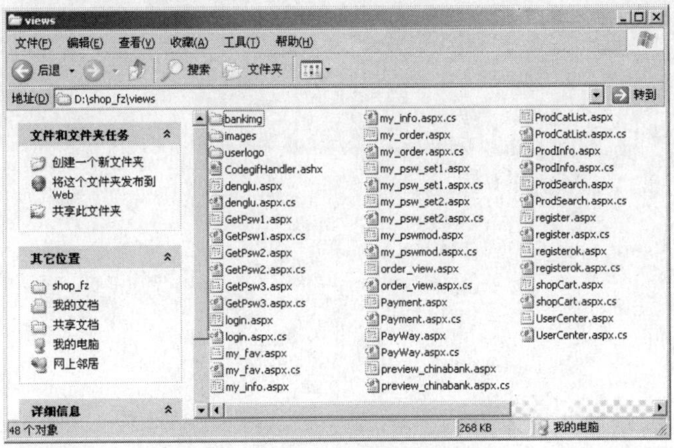

图 1-11　views 文件夹中的内容

1.6 本 章 小 结

本章从开发背景、需求分析出发逐步介绍电子商务网站的开发流程。通过对本章的学习，读者能够了解电子商务网站开发的基本流程。本书以开发网上服装专卖店为例，给出了开发过程中用到的数据表的具体结构，且在开发的项目中用到了上述所有的数据表，希望读者将本章给出的数据表都完整地创建出来，为后面的工作做好准备。

1.7 课后任务与思考

读者最好在淘宝网上进行一次网上购物的实践活动，了解网上购物的具体流程，然后对照本章所给出的网上购物流程，说出您实际的购物流程和本章所述有哪些相同和不同之处，然后画出您实际网上购物的流程图。

第 2 章 网站整体规划设计

【本章导读】

本章主要根据网站整体规划设计的要求，对构建网站的开发环境、网站制作的流程、网页设计的主要技术等内容进行详细的介绍，并通过具体任务展现网站的整体策划过程。

【主要知识点】

- 确定网站主题
- 确定网页配色方案
- 网站栏目和页面布局
- 主题与外观
- 用户控件与母版页
- 多媒体技术的应用

2.1 网站开发环境概述

2.1.1 开发环境介绍

1. 网站开发环境

网站开发环境：Microsoft Visual Studio 2005 集成开发环境。

网站开发语言：ASP.NET+Visual C#。

网站后台数据库：SQL Server 2005。

开发环境运行平台：Windows XP（SP2）/Windows 2000（SP4）/Windows Server 2003（SP1）。

注意：SP（Service Pack）为 Windows 操作系统补丁。

2. 服务器端开发环境

操作系统：Windows Server 2003（SP1）。

Web 服务器：IIS 5.0。

数据库服务器：SQL Server 2005。

浏览器：IE 6.0。

网站服务器运行环境：Microsoft .NET Framework SDK 2.0。

3．客户端

浏览器：IE 6.0。

分辨率：最佳效果 1 024×768 像素。

2.1.2 任务四 构建开发环境

网站是管理应用程序并向外发布信息的基本单位，也是网站迁移的基本单位。在 ASP.NET 中，一个网站就是一个应用程序。由于应用的目的不同，在 ASP.NET 中可以建立 3 种类型的网站，如图 2-1 所示。

- 文件系统网站。
- 本地 IIS 网站（HTTP）。
- 远程网站（FTP）。

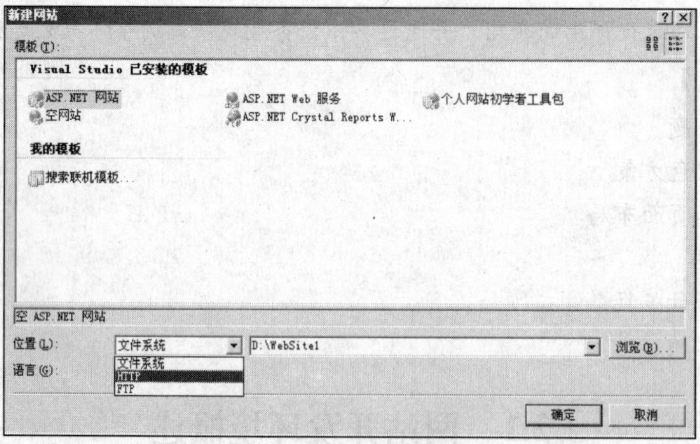

图 2-1 “新建网站”对话框

1．创建文件系统网站

文件系统网站是一种用于检查和调试的网站，只能用来检查和调试应用程序而不能向外发布信息。文件系统网站的目录可以放置在任意物理目录下面，因此非常适合于调试或者提供给学生学习时使用。

使用文件系统网站时，并不需要在计算机上安装 IIS 服务器。此时系统将自动为该网站配置一个“开发服务器（Development Server）”，用来模拟 IIS 服务器对网站运行提供支持。开发服务器是一个轻量级的服务器，它并不具备 IIS 的全部功能，如它不具备邮件服务器功能等。但在通常情况下，利用它进行调试已经够用。当使用文件系统网站时，系统会自动调用开发服务器来调试运行的网页，同时给网站随机分配一个接口。如调试的网页名是 Default.aspx，当运行开发服务器时，该网页的 URL 是 http://localhost:3701/[网站名]/Default.aspx，其中“网站名”就是应用程序的根目录名。3701 在这里只是一个示例，它是开发服务器为应用程序随机生成的一个接口。

2．创建本地 IIS 网站

（1）在 IIS 根目录下创建新的本地 IIS 网站

创建步骤如下：

① 打开 Microsoft Visual Studio 2005 窗口，选择“文件”→“新建”→“网站”命令，打开

"新建网站"对话框。

② 在"Visual Studio 已安装的模板"区域中选择"ASP.NET 网站"选项。在"位置"下拉列表框中选择 HTTP，单击"浏览"按钮，弹出"选择位置"对话框，切换到"本地 IIS"选项卡。

③ 单击"默认网站"，单击位于右上角的"创建新 Web 应用程序"按钮后，可以看到名为 WebSite 的新应用程序被添加在"默认网站"下，如图 2-2 所示。

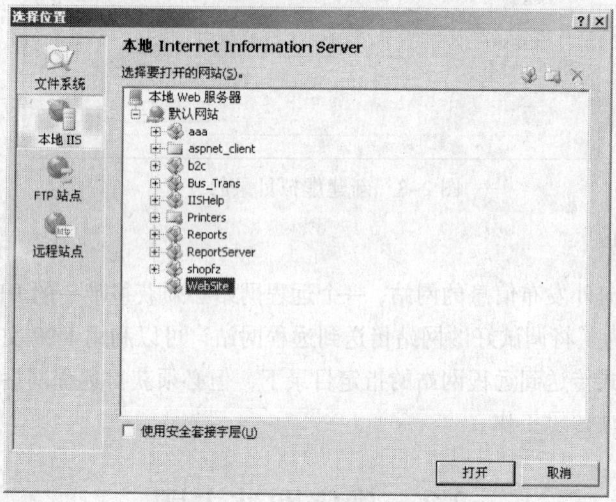

图 2-2　"选择位置"对话框

④ 单击"打开"按钮。

⑤ 返回到"新建网站"对话框，在"语言"下拉列表中选择想要使用的编程语言。

⑥ 单击"确定"按钮，创建新网站成功。

（2）使用虚拟目录创建本地 IIS 网站

IIS 默认网站中包含一个主目录，所有 Internet 用户的请求都将被路由到这个目录位置，但 IIS 也允许把用户的请求指向主目录以外的目录，即虚拟目录。处理虚拟目录时，IIS 把它作为主目录的一个子目录来对待，对于 Internet 上的用户来说，访问时感觉不到虚拟目录与站点中任何其他目录之间有何区别。使用虚拟目录创建本地 IIS 网站与在 IIS 根目录下创建本地 IIS 网站没有什么本质区别，步骤也大致相同。

① 打开 Microsoft Visual Studio 2005 窗口，选择"文件"→"新建"→"网站"命令，打开"新建网站"对话框。

② 在"Visual Studio 已安装的模板"区域中选择"ASP.NET 网站"选项。单击"浏览"按钮，弹出"选择位置"对话框，切换到"本地 IIS"选项卡。

③ 在"选择要打开的网站"列表框中单击"默认网站"，再单击位于右上角的"创建新虚拟目录"按钮。

④ 弹出"新虚拟目录"对话框，在"别名"文本框中输入需要的名称，如图 2-3 所示。

⑤ 在"文件夹"文本框中，如果使用现有的一个文件系统网站的路径，可单击"浏览"按钮，然后定位该站点的根文件夹。

⑥ 单击"确定"按钮，返回至"选择位置"对话框。

⑦ 选择刚创建的虚拟目录，单击“打开”按钮，再单击“确定”按钮，完成网站的创建操作。

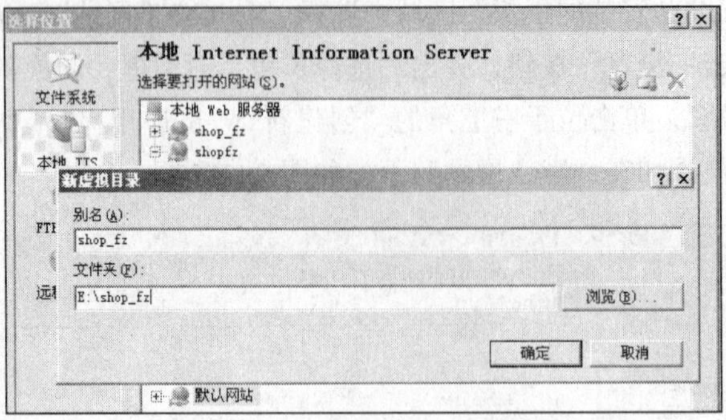

图 2-3　新建虚拟目录的方式

3. 创建远程网站

远程网站是可以向外发布信息的网站，一个远程网站必须获得唯一的 URL 地址（并且安装了扩展的 FrontPage）。为了将调试好的网站传送到远程网站，可以利用 FTP 文件服务器，将调试好的网站用字符流的方式传送到远程网站的指定目录下，但必须获得远程网站的允许并且取得相应的协议才可以进行此项传输工作。

2.2　确定网站主题

确定主题是整个网站创建的关键，其实就是确定网站的类型，如电子商务网站、新闻网站、游戏网站、学校网站等，主题要始终贯穿于网站的类型，如果网站主题不明确，没有特色，就不会给浏览者留下深刻的印象。因此，确定网站主题是制作网页、创建网站的第一步。

主题是整个网站的目标，有了目标我们才能迈出网站制作的第一步，在制作网站内容的时候要紧扣在主题范围之内，才能不脱离网页设计的轨道。

确定网站的主题，可以从以下几方面来考虑：

1. 主题确定要准确

主题是网站内容的缩影，它表现的是网页内容的制作方向和主题含义的表现。因此，在网站策划的时候，主题定位要准确，符合建设网站的具体要求，不偏离内容的要求。

2. 主题要小而精

定位要小，内容要精。不要去试图制作一个包罗万象的站点，如果把你认为精彩的东西都放在上面，往往事与愿违，给人的感觉是没有主题和特色，而且也会带来高强度的劳动，给网站的及时更新带来困难。网络最大的特点就是新和快，目前很多热门的网站都是每天更新的。最新的调查结果显示，网络上的“主题站”比“万全站”更受人喜爱。

3. 题材最好是自己感兴趣或擅长的内容

如果自己在某些方面有兴趣，或掌握的资料较多，也可以做一个自己感兴趣的网站，一者，可以有自己的见解，体现自己的特色；二者，在制作网站时不会觉得无聊或者力不从心。兴趣是制作网站的动力，没有创作热情，很难设计制作出优秀的作品。

4．题材不要太滥或者目标太高

“太滥”是指到处可见，人人都有的题材。“目标太高”是指在这一题材上已经有非常优秀、知名度很高的站点，要超过它是很困难的，除非真的有竞争力。在互联网上有个性和特色的网站，人们才会记住并光顾。

2.3　确定网站配色方案

2.3.1　网页色彩简介

色彩是展现网站风格的重要手段之一。网站制作者必须懂得一些色彩的基本知识，不同的颜色表达不同的含义，给人留下的印象和感觉也是不同的，比如红色会使人变得热情、冲动，能使肌肉的机能和血液循环加快，能引起人们的注意。所以色彩的选择要和网站所要表达的主题密切相关。比如要制作儿童类网站，就不能使用黑色，黑色给人深沉、神秘、寂静、悲哀、压抑的感受，可以选用橙色、黄色等比较明快的颜色，给人以快乐、温馨的感觉。

下面是一些颜色给人的心理感觉，供读者参考：

- 红色：是一种激奋的色彩，刺激效果，能使人冲动、愤怒，充满热情与活力。
- 绿色：介于冷暖两种色彩的中间色，显得和睦、宁静、健康、安全。它和金黄、淡白搭配，可以产生优雅、舒适的气氛。
- 橙色：也是一种激奋的色彩，具有轻快、欢欣、热烈、温馨、时尚的效果。
- 黄色：具有快乐、希望、智慧和轻快的感觉，它的明度最高。
- 蓝色：是最具凉爽、清新、专业的色彩。它和白色混合，能体现柔顺、淡雅、浪漫的气氛（像天空的色彩）。
- 白色：具有洁白、明快、纯真、清洁的感受。
- 黑色：具有深沉、神秘、寂静、悲哀、压抑的感受。
- 灰色：具有中庸、平凡、温和、谦让、中立和高雅的感受。

每种色彩在饱和度、透明度上略微变化就会产生不同的感觉。以绿色为例，黄绿色有青春、旺盛的视觉意境，而蓝绿色则显得幽宁、阴森。

2.3.2　网页色彩搭配技巧

色彩搭配在网页制作中非常重要，要想强有力地把网站的主题表现出来，让浏览者访问网站后留下深刻的印象，网页中的色彩搭配会起到很重要的作用。如果网页只有一种色彩，会让人感觉意义乏味，如果网页中颜色种类过多会让人感觉杂乱无章、没有侧重。在网页设计中，一个页面尽量不要超过 4 种颜色，当主题色确定之后，考虑其他配色时，一定要考虑主题色与配色的关系，要体现什么样的效果。

色彩搭配是网页制作者比较头疼的一件事情，要想在几百万的色彩中挑选出自己使用的几种色彩是非常困难的。下面介绍一些网页色彩搭配的方案供大家参考。

1．用一种色系

这里是指先选定一种色彩，然后调整透明度或者饱和度（说得通俗些就是将色彩变淡或加深），产生新的色彩，用于网页。这样的页面看起来色彩统一，有层次感。

2．巧用对比色

先选定一种色彩，然后选择它的对比色（在 Photoshop 中按【Ctrl+Shift+I】组合键），如蓝色和黄色。巧用对比色可使整个页面色彩丰富但不花哨。

3．使用相近色

简单地说就是用一个感觉的色彩，例如淡蓝、淡黄、淡绿；或者土黄、土灰、土蓝。确定色彩的方法因人而异，读者可以使用自己的方法挑选颜色。

4．用黑、白或灰搭配另一种色彩

黑、白或灰基本可以和任何一种色彩搭配，不会让人觉得突兀，让人感觉比较和谐。有时候又可以搭配出很"跳"的感觉，比如大红的字体配黑色的边框。

在网页配色中，忌讳的是：

① 不要将所有颜色都用到，尽量控制在 4 种颜色以内。

② 背景和前文的对比尽量要大，绝对不要用花纹繁复的图案作背景，要突出主要文字内容。

对于初学网页制作的读者来说，网页色彩搭配是比较头疼的问题，可下载一些网页配色方案的小软件帮助你选择合适的色彩搭配。

2.3.3 链接颜色的设置

一个网站不可能只是单一的一页，所以文字与图片的链接是网站中不可缺少的一部分。这里特别指出文字的链接，因为链接区别于文字，所以链接的颜色不能跟文字的颜色一样。现代人的生活节奏相当快，不可能浪费太多的时间在寻找网站的链接上。设置了独特的链接颜色，让人感觉到独特性，浏览者就会去点击它。

为了页面更美观、更舒适，为了增强页面的可阅读性，设计者必须合理、恰当地运用与搭配页面各要素间的色彩。

2.4 收集网站素材和内容

在确定了网站主题和风格之后，接下来就是为制作网页进行素材收集和整理工作。如果在制作网页的过程中没有足够的设计素材和内容，那么网页将不能够表达企业或个人的宗旨，也达不到建站的目的。所以，在开始制作网页之前，需要准备充分的材料和内容。

如何准备素材、准备什么样的素材、素材如何归类等，主要与网站的主题、网站的性质及网站设置的栏目有关。准备网站的素材主要依据如下：

1．网站内容的电子文档

电子文档是为了方便内容的输入而设，如果是纸质书稿，制作网页时必须将文档的内容逐字输入，这将影响网页制作的速度和文本内容的准确性。使用电子文档，在制作时只要将电子文档的内容复制到网页中相应的位置即可，节省了大量的时间。

2．网站中所需要的图片素材

图像是网页中一个重要的基本元素，也是网页内容的一个表达方式，网页中的文字和图像是相辅相成、互相补充的，文字内容只有在图像的衬托下，才能显示出网页的丰富性和活泼性。如果网页只有文字而没有图像修饰，那么网页将枯燥死板，缺乏吸引力。因此，制作网页需要适当的图像素材。

3．网站栏目的大体规划

网站是由众多栏目组合成的一个整体的网络展示平台，每个栏目展示网站不同方面的内容主题，因此网站制作者在制作网页之前，需要对网站栏目进行整体规划。网站栏目规划首先要做到“提纲挈领、点题明义”，用最简练的语言提炼出网站中每一个部分的内容，清晰地告诉浏览者网站在说什么、有哪些信息和功能。网站的内容越多，浏览者也越容易迷失。除了“提纲”的作用之外，网站栏目还应该为浏览者提供清晰直观的指引，帮助浏览者方便地到达网站的所有页面。

4．网站目录结构的规范

网站的目录结构是网站设计尤其要注意的一个问题，很多制作者忽略了目录的结构，随意创建，这会给以后上传维护、内容扩充和移植带来不便，所以一定要引起注意。下面是一些创建目录的建议：

（1）不要将所有文件都存放在根目录下

将所有文件都存放在根目录下会引起文件管理混乱，给维护带来很大的不便，还会造成上传速度慢。服务器一般都会为根目录建立一个文件索引，如果将所有文件都放在根目录下，那么即使只上传更新一个文件，服务器也需要将所有文件再检索一遍，建立新的索引文件。很明显，文件数越多，等待的时间也将越长。所以，要尽可能减少根目录的文件存放数。

（2）按栏目内容建立子目录

按主菜单栏目建立子目录。例如，企业站点可以按公司简介、产品介绍、价格、在线订单、反馈联系等建立相应目录。

（3）在每个子目录下都建立独立的 images 目录

一个站点根目录下都有一个默认的 images 目录，为每个栏目建立一个独立的 images 目录是最便于方便管理的。而根目录下的 images 目录只是用来放首页和一些次要栏目的图片。

（4）目录的层次不要太深。

目录的层次建议不要超过 3 层，以便于维护管理。

5．文件夹和文件的规范命名

文件夹命名一般采用英文，长度一般不超过 20 个字符，命名采用小写字母，除特殊情况才使用中文拼音。一些常见的文件夹命名如 images（存放图形文件）、flash（存放 Flash 文件）、style（存放 CSS 文件）、scripts（存放 JavaScript 脚本）、inc（存放 include 文件）、link（存放友情链接）、media（存放多媒体文件）等。

文件名称统一用小写英文字母、数字和下画线的组合。命名原则——使自己和工作组的每一位成员都能够清楚地理解每一个文件的意义。网页名称一定要根据页面的内容去命名，这样在修改的时候看到名称就可以知道该页面是什么内容，方便以后的维护和修改。

例如：在 ASP.NET 中，当看到 App_Data 就知道里面放的是数据库，看到 App_Code 就知道里面放的是数据访问层中的代码。

6. Logo 和 Banner 的设计

企业的 Logo 象征着企业的形象，也是树立企业品牌、统一企业形象、推广企业产品的一个代表性的标志。因此，在网页上的一个重要位置上，一般都放置企业标志。对于网页制作者来说，了解企业的标志含义、熟悉企业标志的基本色，可以帮助制作者在网页选色和网页设计上形成统一的风格。

Banner 是宣传企业形象的又一个标志，它不仅可以动态反映企业产品的变化，还可以起到宣传企业产品和企业形象的作用。所以也要放在一个非常醒目的位置，一般和 Logo 放在一起，它的大小和配色与 Logo 要搭配，也要与整个页面搭配。

总之，有关建站的材料都要准备好，当然不是所有的材料都齐备才开始制作网页，一般在制作网页的过程中还要搜集和修改相应的素材，不断充实和完善网站。

2.5 网站栏目和布局的策划

2.5.1 根据网站的要求确定网站栏目

表达主题的栏目内容要根据选定的主题来创建，例如新闻门户网站是以新闻信息传播等内容为主；网上商城网站主要以商品展示和购物流程等内容为主。一个网站创建得是否成功，能否达到创建网站的目的，首先取决于网站栏目的规划，网页制作者只有把网站的内容合理划分出对应的栏目，才能成功地完成网页的制作。确定网站栏目一般有以下几个步骤：

① 确定网站建设目的、搜集本网站所需要的所有材料。

② 根据网站的性质和内容进行分类，并按照要求保存在不同的文件夹中。

③ 确定主次栏目，并按照网站主栏目的性质建立子栏目。子栏目是主栏目的补充，如“网站建设”下面可以建立“网站程序开发”和“网页设计”等。

2.5.2 常用的几种网页布局

一般情况下，常用的网页布局有“上下布局结构”、“左右布局结构”、“左中右布局结构”、“T 形布局结构”、“厂字形布局结构”等。

2.5.3 根据网站内容确定布局方案

网站建设的前期准备工作完成后，网页制作者就要真正地进入网页制作过程中。网页布局有 3 种基本方法：表格、框架和层。其中，表格是网页布局的主要方式，也是最基本、最直接的布局方式。

2.5.4 任务五 建立网站分类文件

建立网站分类文件的步骤如下：

① 打开 Microsoft Visual Studio 2005 窗口，选择“文件”→“新建”→“网站”命令，如图 2-4 所示，打开“新建网站”对话框，如图 2-5 所示。

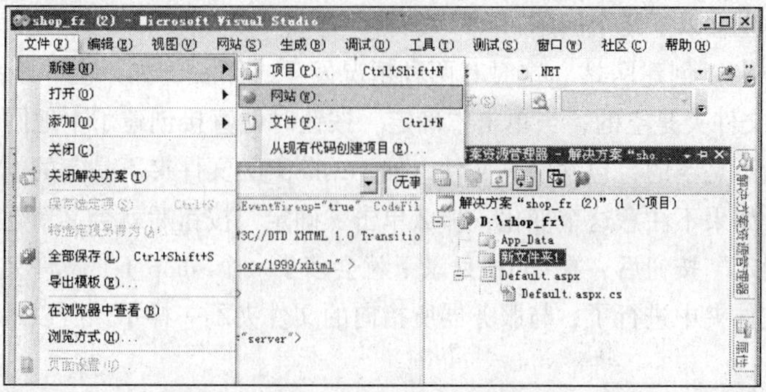

图 2-4 选择“新建”→“网站”命令

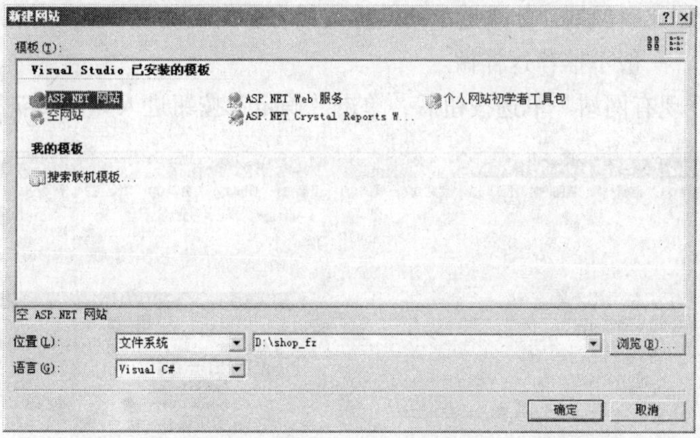

图 2-5 “新建网站”对话框

在此对话框中请注意以下几个问题：

- 在 Visual Studio 已安装的模板中选择“ASP.NET 网站”选项。
- 在“位置”下拉列表框中选择“文件系统”选项，位置与服务器指向的目录相同。（想想为什么这样做？）本书的开发项目都在 D:\shop_fz 目录下。当然也可以根据自己的需要放在其他盘符和目录下。
- 在“语言”下拉列表框中选择“Visual C#”，我们这个项目的开发语言是 C#。当然也可以根据自身掌握语言的情况选择适合自己的开发语言。Microsoft Visual Studio 2005 开发环境支持的语言有 Visual C#、Visual Basic、Visual J#。

② 单击“确定”按钮，有两种情况。

第一种情况：如果在上面的对话框中选中的 D:\shop_fz 文件夹为空，就直接创建本地网站。

第二种情况：如果 D:\shop_fz 文件夹不为空，就打开如图 2-6 所示的对话框。

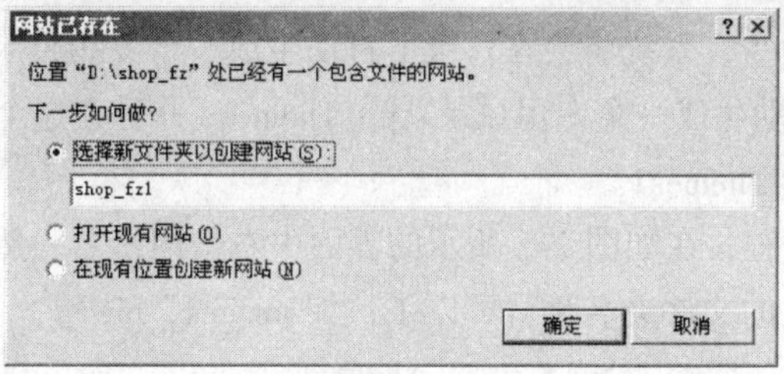

图 2-6 “网站已存在”对话框

在此对话框中注意以下几个问题：

- 选择新文件夹以创建网站。这时有两种情况发生：第一，如果上一步中目录是空的，如 D:\shop_fz 文件夹是空的，当单击“确定”按钮时就直接创建了本地网站；第二，如果上一步中目录不是空的，包含网页文件，如 D:\shop_fz 文件夹不是空的，在此对话框中就自动改名了，如果不注意这个变化，那么单击“确定”按钮后就会又新建一个文件夹，如现在单击“确定”按钮后，在 D:\根目录下就会多了一个 shop_fz1 文件夹，那么以后本地网站就在此文件夹中进行了，与服务器所指向的文件夹不一样了。所以最好不要选中此单选按钮。
- 打开现有网站。如果选中此单选按钮就直接打开此文件夹所对应的网站。
- 在现有位置创建新网站。如果选中此单选按钮将会出现是否替换文件的对话框。读者可自己测试一下，一般不推荐这样做。

③ 选中“打开现有网站”单选按钮后，单击“确定”按钮进入如图 2-7 所示的界面。

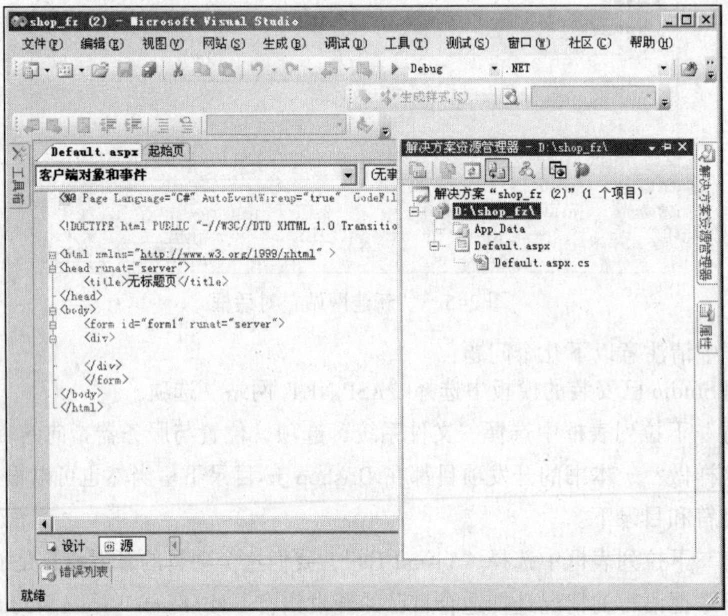

图 2-7　本地网站创建成功

默认创建了一个网站的首页 Default.aspx 和一个文件夹 App_Data。下面再创建几个文件夹如 App_Code、App_Themes、images、pic 等，当然也可以根据自己的需要创建相应的文件夹。

专用文件夹的创建过程：在如图 2-8 所示的界面中右击网站名，然后选择“添加 ASP.NET 文件夹”→“App_Code”命令，系统将会在目录下自动生成一个专用目录 App_Code；选择“主题”命令，系统会在目录下自动生成一个专用目录 App_Themes，并且在这个专用目录下放置主题文件夹，这里给文件夹取名为 Themes1。

普通文件夹的创建过程：在如图 2-8 所示的界面中右击网站名，然后选择“新建文件夹”命令，在输入框中输入相应的文件夹名称就可以了，如 images、pic 等。

下面讲解 3 个专用文件夹的用途。

- App_Code 文件夹：这是一个共享的文件夹。如果将某种文件（例如类文件）放在本文件夹下，该文件就会自动成为应用程序中各个网页的共享文件。当创建 3 层架构时，中间层代码将放在这个文件夹下以便共享。
- App_Data 文件夹：如果将数据库放在这个文件夹中，这些数据库将自动成为网站中各网页共享的资源。
- App_Themes 文件夹：这是一个用于放置主题的文件夹，在主题目录中放入皮肤文件、样式文件和相关的图像文件，用来确定网站中各网页的显示风格。

另外 images 文件夹一般用来放置网站首页所用到的图像。pic 文件夹一般用来放置一些头像图片、商品图片以及装饰用的小图片等。

创建文件夹完成后如图 2-9 所示。

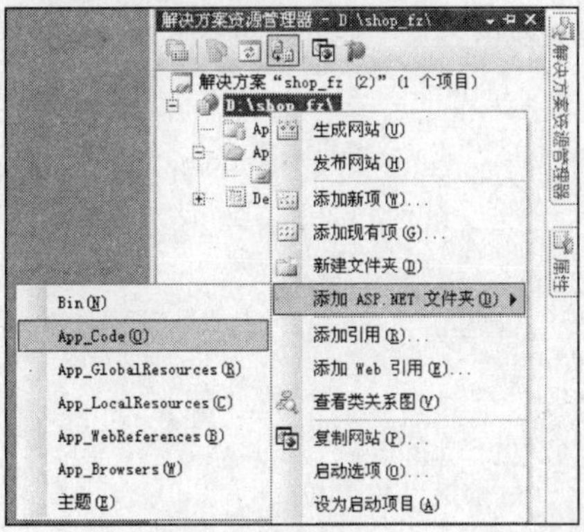

图 2-8　创建文件夹

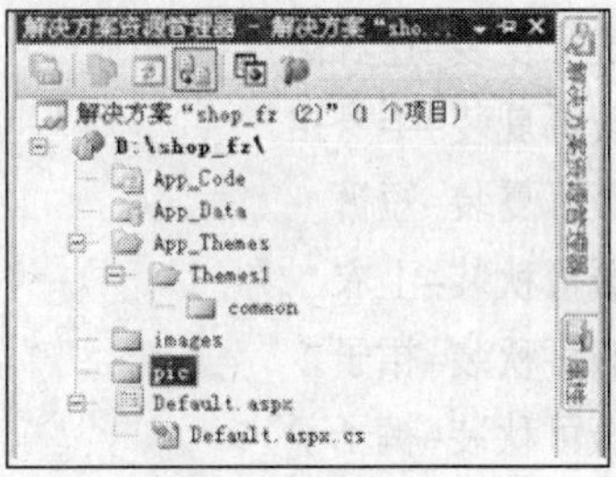

图 2-9　网站文件夹

2.5.5　任务六 规划网站

1. 确定网站的配色方案

初学网页设计的读者可以选择一款配色方案的小软件帮助你配色，先把自己的主题色定下来，这些配色软件就可以帮你把其他与之相配的颜色选出来，再根据自己的需要选定其他辅助颜色。图 2-10 所示的是一款配色方案软件。

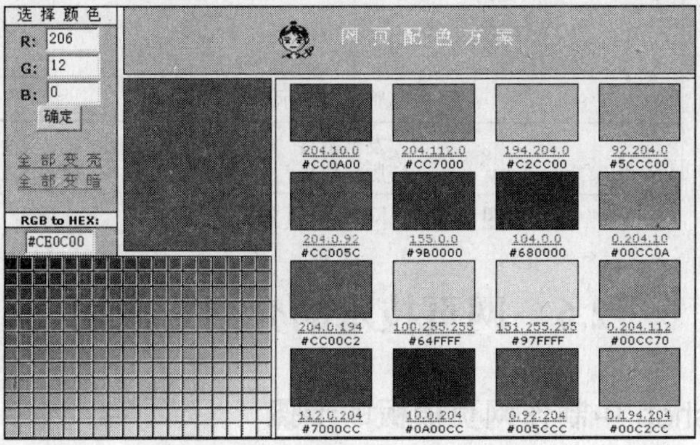

图 2-10　配色方案软件界面

本项目开发的是一个女士服装购物网站，红色可以激发人的热情，使人兴奋，所以本网站选定接近红色的#CE0C00 颜色，目的是提高购物者的消费热情。

主题色上下呼应，使整体页面布局完整，橙色的分隔线，使内容显得层次分明，Logo、Banner和导航条中粉色的点缀，使网站具有甜美、温柔、优雅和高贵的气质。

2．确定网站的主次栏目

本项目开发的是一个女士服装购物网站，主要内容是网上购物的过程和商品的展示。

（1）网站导航项目

网站导航项目包括：我的账号、购物车、积分兑奖、高级搜索、新品上市、精品推荐、搜索商品、特价商品、热门排行、购物指南、支付向导、汇款确认、新闻公告、在线留言。

（2）商品展示导航

一级栏目是商品的品牌：薇可 ViviCam、韩国 ECA 服饰、花园街 19 号、韩国 DAHONG、韩国 SZ KOKO、韩依依 Hanee、昕薇 SQY、瑞丽 MAY。

二级栏目是品牌下的服装类别（以薇可 ViviCam 为例）：

- 薇可 ViviCam
- 薇可夏装–上衣 T 恤
- 薇可夏装–连衣裙
- 薇可夏装–半身裙
- 薇可夏装–短裤
- 薇可秋装–上衣
- 薇可秋装–裙子
- 薇可秋装–裤子

其他品牌的商品类别根据实际情况可以自己创建相应的二级栏目。

3．确定网页的布局方案

根据网站栏目以及网站的风格确定网页的布局方案，当然读者可以根据自己的需要创建草图，图 2–11 所示为网站首页布局草图。其他页面的规划过程大同小异。

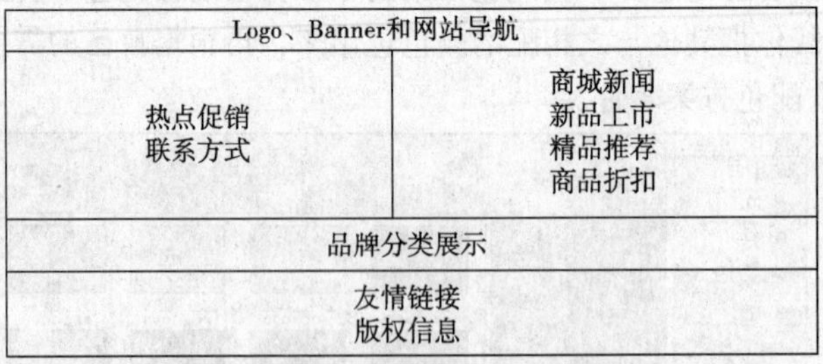

图 2–11　网站首页布局草图

2.6　网页技术的介绍与应用

2.6.1　在 Photoshop 中制作网页模板的步骤

在 Photoshop 中制作网页模板分为以下几个步骤：

① 用多条参考线画出网页的大致版式，在此基础上制作自己的网页。

② 网页中的元素有很多，像 Banner 条、文本框、文字、版权、Logo、广告等。尽量把这些相对独立的元素放在不同的图层中，这样方便以后再进行编辑。不过图层多会显得很凌乱，可建立多个图层组来进行管理。单击“图层”面板右上角的小三角按钮，从弹出的菜单中选择“新建组”命令，在随后出现的对话框中为新建组取一个名称（如“网页顶部”），确定即可。这时“图层”面板中多出一个文件夹图标，即图层组。把相关联的图层都拖放到同一组中，比如网页顶部的所有元素如标题、菜单、Logo 等都放到“网页顶部”组中。同样方法可以建立多个组，在组的下面还可以建立子组。

③ 在 Photoshop 中编辑好图形后，单击工具箱最下面的按钮（快捷键为【Ctrl+Shift+M】)，可以转到 ImageReady 中进行编辑，在这里，切片工具的功能更为强大，输出的图形控制也更丰富。通过切片工具将网页模板切割。

2.6.2　任务七　在 Photoshop 中设计主页并切割图像

网站主题色以及网页布局方案确定后，接下来利用 Photoshop 软件设计网站的模板。本项目的模板如图 2-12 所示。

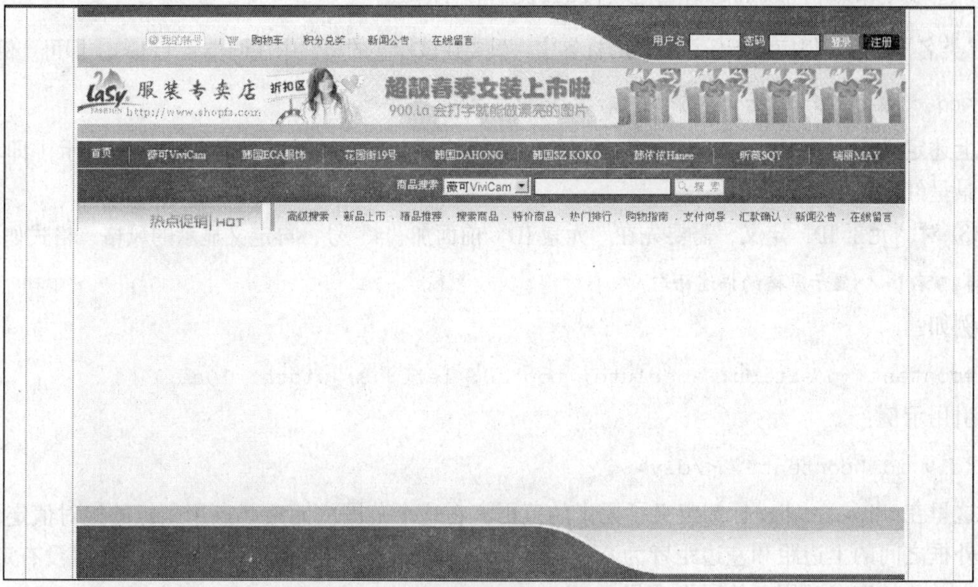

图 2-12　网上服装专卖店的网站模板

这部分内容这里不再详细讲解，读者可利用 Photoshop 将网页中的模板布局并且切割后，将图像保存到 images 文件夹中。

切割图像时要注意不是将整个图像的各个部分都切出来，能重复填充得到的，只需切割一小部分就可以了。或者颜色是单色的部分，就不用切割了，在网页中用颜色填充就可以得到。

2.6.3　主题简介

主题是一个目录，这个目录中只允许存放 3 种类型的文件：皮肤文件（扩展名为.skin 的文件）、样式文件（扩展名为.css 的文件）和一些图像文件。

CSS（Cascading Style Sheer）常称为级联样式表。简单地说，CSS 用来定义 HTML 的标签，控制网页元素的外观属性。CSS 定义有 3 种类型，分别是：对“元素”定义、对“类名”定义以及对“元素 ID”定义。

① 对 HTML“元素”进行定义，格式如下：

```
HTML元素名{ /*显示风格的描述语句*/  }
```

例如：

```
body{ margin-top: 0px;text-align: center;background-image: url(common/bg.gif);}
```

在定义的格式中，“显示风格的描述语句”用“属性”和“值”（中间用冒号相隔）来描述。例如，上述语句表示标签<body>...</body>中的上边距为 0px，水平居中，以 common 目录下的 bg.gif 为背景图像。

② 对“类名”（Class Selectors）定义，需要先在类名前面加上“.”再定义显示的风格，格式如下：

```
.类名{  /*显示风格的描述语句*/  }
```

例如：

```
.background1{ background-color:#FF0000; }
```

“类名”定义可以应用于任意 HTML 标签中，只要在该标签的属性中注明类名（class）即可。例如：

```
<td class="background1">…</td>
```

上述定义表明在<td>...</td>标签之间的元素将按照.background1 类名的定义来显示（即单元格背景呈红色）。

③ 对“元素 ID”定义，需要先在“元素 ID”前面加“#”号，再定义显示的风格，格式如下：

```
#ID名{ /*显示风格的描述语句*/ }
```

例如：

```
#content{ position: absolute; top: 0; left: 0; width: 10em;}
```

引用示例：

```
<div id="content">…</div>
```

这里在<div>...</div>标签定义了元素的范围，在这个范围内元素起点用坐标的绝对值定位，它与外框之间的上边距和左边距皆为 0，宽度为 10em（em 代表当前的字符宽度），高度没有定义。用 div 加 id 的定义常用于给网页布局。

如果在同一个标签的属性中既引用了“类名”又引用了“元素 ID”，而且两者的定义有冲突时，“元素 ID”的优先级高于“类名”定义。就是说，此种情况下，将采用“元素 ID”的定义。

以上 3 种类型的定义可以放置在同一个 CSS 文件中。

皮肤文件又称外观文件，用来定义一批服务器控件的外观，由皮肤文件、样式文件再加上相关的图像组成的主题实际上代表着一种显示风格。

前面提到过，主题目录必须放在 App_Themes 专用目录下，它们之间的关系如图 2-13 所示。

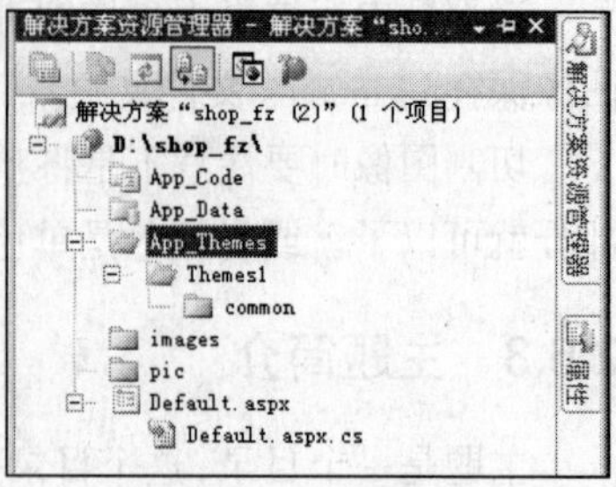

图 2-13 主题目录

2.6.4　用户控件简介

用户控件（User Control）是一种自定义的组合控件，通常由系统提供的可视化控件组合而成，在用户控件中不仅可以定义显示界面，还可以编写事件处理代码。当多个网页中包含部分相同的用户界面时，可以将这些相同的部分提取出来，做成用户控件。

用户控件只能在同一个应用程序的网页中共享。就是说，应用项目的多个网页中可以使用相同的用户控件，而每一个网页中可以使用多个不同的用户控件，使用用户控件不仅可以减少编写代码的重复劳动，还可以使得多个页面的显示风格一致。更为重要的是，一旦需要改变这些网页的显示界面时，只需修改用户控件本身，经过编译后，所有网页中的用户控件都会自动跟随变化。

用户控件本身就相当于一个小型的网页，同样可以为它选择单文件模式或者代码分离模式。然而用户控件与网页之间还是存在一些差别的，这些差别包括：

- 用户控件的扩展名为.ascx 而不是.aspx；代码的分离（隐藏）文件的扩展名是.ascx.cs 而不是.aspx.cs。
- 在用户控件中不能包含<html>、<body>和<form>等 HTML 语言的标记。
- 用户控件可以单独编译，但不能单独运行。只有将用户控件嵌入到.aspx 文件中时，才能和 ASP.NET 网页一起运行。

除此之外，用户控件与网页非常相似。

2.6.5　母版页简介

母版页是 ASP.NET 2.0 的一项功能，它是以.master 作为扩展名的文件，它的功能与 Dreamweaver 中的模板是一样的。在母版页中可以放入多个标准控件以及用户控件。利用母版页，可以创建单个网页模板并在应用程序中将该模板用做多个网页的基础，这样就无须从头创建所有新网页。

如果希望网站中的每个网页都使用相同的三栏布局，并且采用标准标题和导航菜单，那么可以创建一个具有所需布局的母版页，然后将网站中的所有网页都附加到该母版页。通过创建单个母版页，可以避免重新创建每个网页的公用内容。此外，如果以后决定更改所有网页的布局，只需修改母版页即可。

母版页与用户控件最大的区别在于，用户控件是局部的界面设计，而母版是基于全局性的界面设计。用户控件只能在某些局部上使各网页取得一致的效果，而母版页却可以在整体的外观上取得一致，用户控件通常嵌入到母版页中一起使用。

在网站中可以创建多种类型的母版页，以满足不同显示风格的需要。

2.6.6　任务八 主题和外观设计与应用

1. 创建及应用 CSS 样式表文件

定义 CSS 样式表是一项非常繁杂的工作，因为 CSS 定义的范围广、项目多、数据量大。为了简化设计，ASP.NET 提供了可视化工具。

下面简要介绍使用这个工具定义 CSS 样式表文件的方法。

① 在 App_Themes 目录中的 Themes1 目录上右击，在弹出的快捷菜单中选择“添加新项”命令，如图 2-14 所示。

② 在弹出的“添加新项”对话框（见图 2-15）中选择“样式表”选项，名称保持默认设置，然后单击“添加”按钮，此时在网站 App_Themes 目录中的 Themes1 目录中增加了一个.css 的新样式表文件，默认名称为 StyleSheet.css（可以根据自己的需要重新命名），同时在网页的主菜单中出现“样式”菜单。

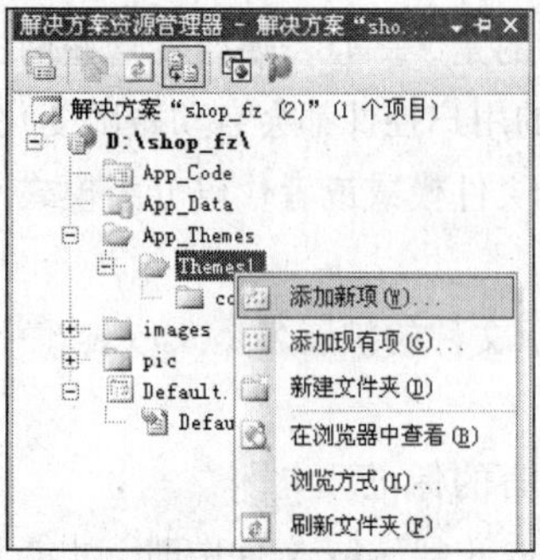

图 2-14　创建 CSS 样式表文件

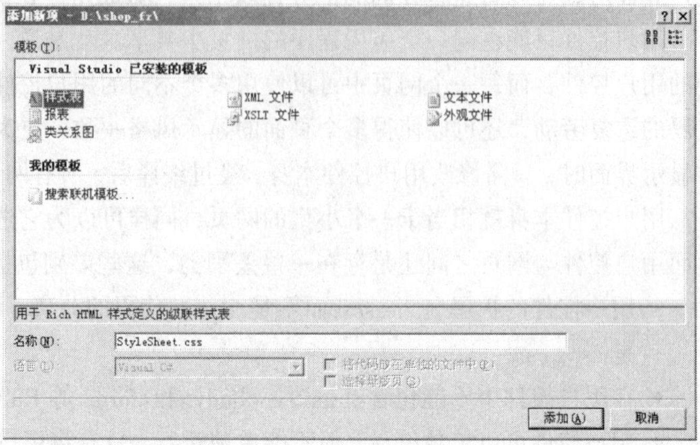

图 2-15　添加样式表文件

③ 在“样式”菜单中包括“添加样式规则”和“生成样式”两个命令，前一个命令用来选择 CSS 定义的类型；后一个命令用来定义该类型中的具体设置。

当选择“添加样式规则”命令时，将弹出如图 2-16 所示的对话框。

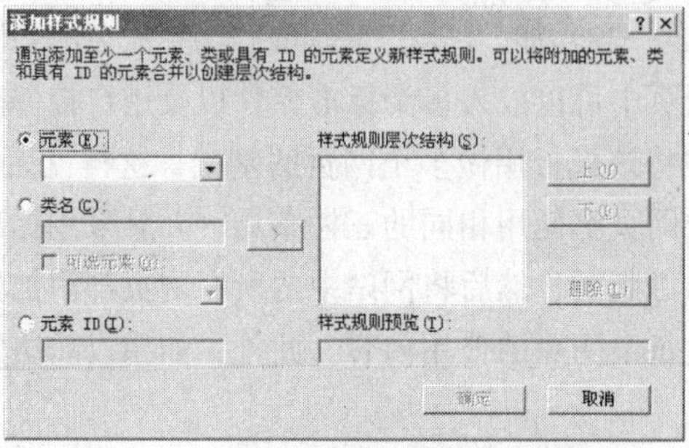

图 2-16　“添加样式规则”对话框

在该对话框的左边列出了 CSS 中可以定义的类型。选择“元素”单选按钮时，可以先在“元素”下拉列表框中选择 HTML 元素的标签，单击中间的“>”按钮，将标签添加到右边的“样式规则层次结构”列表框中。如果再次选择标签可重复上面的操作，形成元素之间的层次结构。单击“确定”按钮后，在原来打开的 CSS 文件中将出现该元素定义的框架，如：

```
TABLE TD
{
}
```

如果选择“类名”或“元素 ID”单选按钮时，只需在文本框中输入名称，然后单击中间的“>”按钮即可。

为了进一步定义样式，选择“样式”→“生成样式”命令，将弹出如图 2-17 所示的对话框。

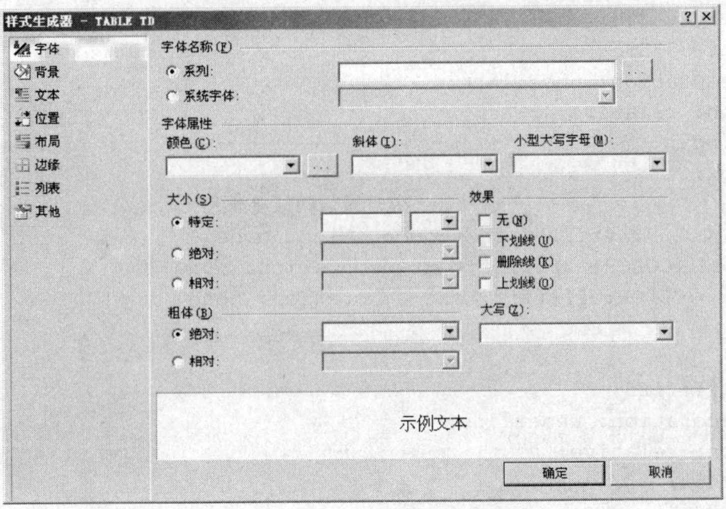

图 2-17　“样式生成器”对话框

这是一个可视化的设计窗口，利用此工具设计比较直观，可以大大简化设计的过程。

④ 通过以上定义 CSS 样式表的操作步骤定义自己的样式表文件，样式表文件的内容如下（这只是我们项目中的一部分比较有代表性的样式风格定义，当然还要根据自己网页的风格去定义）：

```
Body                                    //定义 HTML 元素 Body 的样式风格
{
  margin-top: 0px;
  text-align: center;
  background-image: url(common/bg.gif);
  font-size: 12px;
}
Table                                   //定义 HTML 元素 Table 的样式风格
{
  border: 0px;
}
.tablem                                 //自定义样式，名称为 tablem
{
  border: 0px;
  width: 940px;
  text-align: center;
  background-color: White;
}
.td_top                                 //自定义样式，名称为 td_top
{
  height:10px;
  background-color:#CE0C00;
}
A:link{COLOR: #333333;text-decoration: none }
A:visited {COLOR: #333333;text-decoration: none}
A:active {COLOR: #333333;text-decoration: none}
A:hover
```

```
{
   color: #333333;
   text-decoration: underline;
   position: relative;
   right: 0px;
   top: 0px;
}                                      //对默认的链接颜色重新定义
A.b:link {COLOR: #ffffff;text-decoration: none}
A.b:visited {COLOR: #ffffff;text-decoration: none}
A.b:active {COLOR: #ffffff;text-decoration: none}
A.b:hover
{
   color: #ffffff;
   text-decoration: underline;
   position: relative;
   right: 0px;
   top: 0px;
}                                      //定义了一个名为 b 的链接样式
A.c:link {COLOR: #861BC4;text-decoration: none}
A.c:visited {COLOR: #861BC4;text-decoration: none}
A.c:active {COLOR: #861BC4;text-decoration: none}
A.c:hover
{
   color: #861BC4;
   text-decoration: underline;
   position: relative;
   right: 0px;
   top: 0px;
}                                      //定义了一个名为 c 的链接样式
```

2. 创建及应用皮肤文件

在前面我们详细讲解了定义 CSS 样式表文件的过程，定义皮肤文件的过程与定义 CSS 样式表文件的过程基本相同，具体步骤如下：

在 App_Themes 目录中的 Themes1 目录上右击，在弹出的快捷菜单中选择“添加新项”命令，在弹出的“添加新项”对话框中选择“外观文件”选项，名称保持默认设置，单击“添加”按钮，在网站中自动生成一个名为 StyleFile.skin 的皮肤文件。

在皮肤文件 StyleFile.skin 中的定义如下：

```
<asp:Label runat="server" ForeColor="white"/>
<asp:Label SkinId="blacklb" runat="server" ForeColor="black"/>
<asp:Label SkinId="redlb" runat="server" ForeColor="red"/>
<asp:TextBox runat="server" Width="50" BackColor="#ffffff" BorderColor=
"black" BorderStyle="Solid" BorderWidth="1px" Height="13px"/>
<asp:TextBox SkinId="txtd" runat="server" Width="150" BackColor="#ffffff"
BorderColor="black" BorderStyle="Solid" BorderWidth="1px" Height="15px"/>
<asp:DropDownList runat="server" Width="100" BackColor="#ffffff" BorderColor=
"black" BorderStyle="Solid" BorderWidth="1px" Height="12px"/>
```

有时需要对同一种控件定义多种显示风格，此时可以在皮肤文件控件显示的定义中用 SkinID 属性来区别。如上面代码中对 Label 定义了 3 种显示风格。其中第一个定义为默认定义，中间不包括 SkinID。该定义将作用于所有不注册 SkinID 的 Label 控件。第二个和第三个定义中都包括 SkinID 属性，这些定义只能作用于与 SkinID 相同的 Label 控件。

3. 应用主题

上面介绍的是创建主题中的 CSS 样式表文件和皮肤文件，下面介绍应用主题的方法。

在网页中为了使用主题，应该做出相应的定义。例如：

```
<%@ Page Language="C#" AutoEventWireup="true" CodeFile="lx.aspx.cs" Inherits=
"lx"  Theme="themes1"%>
<html xmlns="http://www.w3.org/1999/xhtml">
<head runat="server">
<title>无标题页</title>
</head>
<body>
<form id="form1" runat="server">
<asp:Label ID="Label1" runat="server" Text="文字为白色"/>
<asp:Label ID="Label1" SkinID="blacklb" runat="server" Text="文字为黑色"/>
<asp:Label ID="Label1" SkinID="redlb" runat="server" Text="文字为红色"/>
</form>
</body>
</html>
```

主题既可以应用于单个网页，也可以应用于整个网站，当应用于单个网页时，需要在网页的第一行代码中加入下面的代码：

```
<%@ Page Theme="themes1" …%>
```

当要将主题文件应用于整个网站时，则应在网站根目录下的 Web.config 文件中进行配置。例如，要将 Themes1 主题目录应用于网站的所有文件夹中，可以在 Web.config 文件中进行如下配置：

```
<configuration>
<system.web>
<pages theme="Themes1" />
</system.web>
</configuration>
```

有了这个配置，就不用在每个网页中定义使用的主题文件了。如果在配置了网站共用主题的前提下，某个网页对主题有特殊要求，还可以在该网页的 Page 语句中定义自己需要的主题，此时网页中的定义将覆盖 Web.config 文件中配置的主题。

2.6.7　任务九 用户控件的设计与应用

1. 创建用户控件

操作步骤如下：

① 右击网站，选择“新建文件夹”命令，创建名为 UserControl 的文件夹。

② 右击 UserControl，选择“添加新项”命令，并在打开的对话框中选择“Web 用户控件”选项，然后输入用户控件的名称，再单击“添加”按钮，如图 2-18 所示。

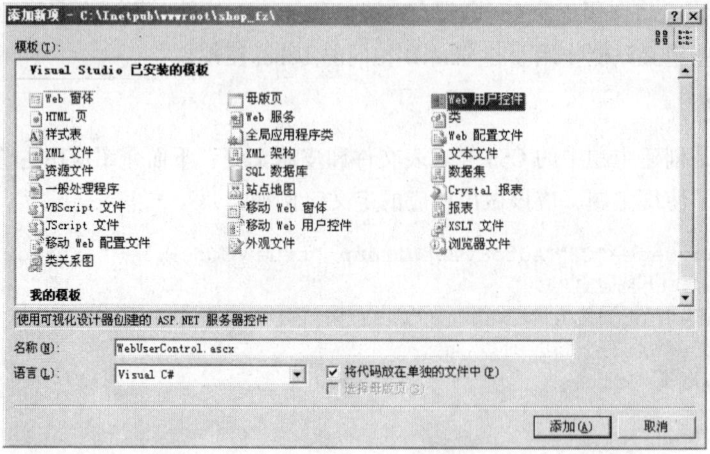

图 2-18　添加 Web 用户控件

③ 从工具箱中将控件添加到 Web 用户控件中。其中凡是希望用服务器编程方式访问的控件都必须是服务器端控件。

下面介绍创建本书项目用户控件的过程。

图 2-19 所示的界面是我们整个网站所有页面上方都需要放置的部分，我们将这个界面创建成一个用户控件。

图 2-19　页面上方用户控件界面

具体操作步骤如下：

① 右击网站，选择“新建文件夹”命令，创建名为 UserControl 的文件夹。

② 右击 UserControl，选择“添加新项”命令，并在打开的对话框中选择“Web 用户控件”选项，然后输入用户控件的名称 head.ascx，再单击“添加”按钮，效果如图 2-20 所示。

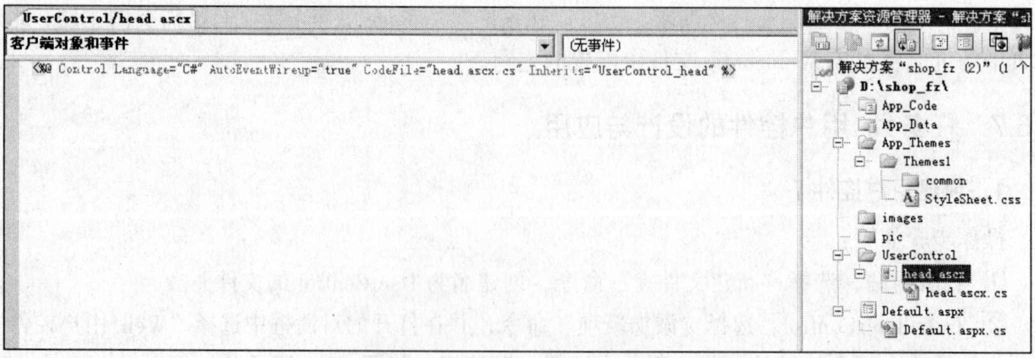

图 2-20　添加了 head.ascx 用户控件

③ 从工具箱的“标准”选项中将 Panel 控件拖入设计窗口，设置它的属性（如底色、大小等），然后在其中拖入其他控件。如果利用表格布局，用到的图像就是 Photoshop 中切割的图像，如图 2-19 所示的部分。

通过上述步骤再制作主菜单用户控件 mainmenu.ascx 和页脚用户控件 foot.ascx，分别如图 2-21 和图 2-22 所示。

图 2-21　主菜单用户控件界面

图 2-22　页脚用户控件界面

2. 使用用户控件

在用户控件中添加如下代码：

```
<%@ Register Src ="~/UserControl/head.ascx" TagName="head" TagPrefix="ucM1"%>
<html xmlns="http://www.w3.org/1999/xhtml">
<head runat="server">
<title>无标题页</title>
</head>
<body>
<form id="form1" runat="server">
<div>
<ucM1:head ID="head1" runat="server"/>
</div>
</form>
</body>
</html>
```

代码中粗体为用户控件的相关部分。其中语句：<%@ Register Src ="~/UserControl/head.ascx" TagName="head" TagPrefix="ucM1"%>代表用户控件已经在.aspx 中注册。语句中各个标记的含义如下：

- TagPrefix：代表用户控件的命名空间（这里是 ucM1），它是用户控件名称的前缀。如果在一个.aspx 网页中使用了多个用户控件，而且在不同的用户控件中出现了控件重名的现象时，命名空间是用来区别它们的标志。
- TagName：是用户控件的名称，它与命名空间一起来唯一标识用户控件，如代码中的 ucM1:head。
- Src：用来指明用户控件的虚拟路径。

2.6.8　任务十　母版页的设计与应用

母版页设计的操作步骤如下：

① 右击网站，选择“添加新项”命令，并在打开的对话框中选择“母版页”选项，然后输入母版页的名称，这里使用默认名称即可（可改名，但扩展名不能改），如图 2-23 所示。

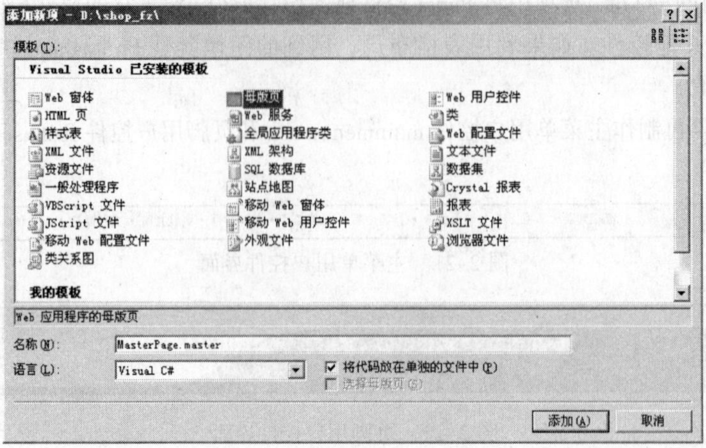

图 2-23　添加母版页

② 单击“添加”按钮后，此时在网站中创建了一个名为 MasterPage.master 的母版页文件，如图 2-24 所示。

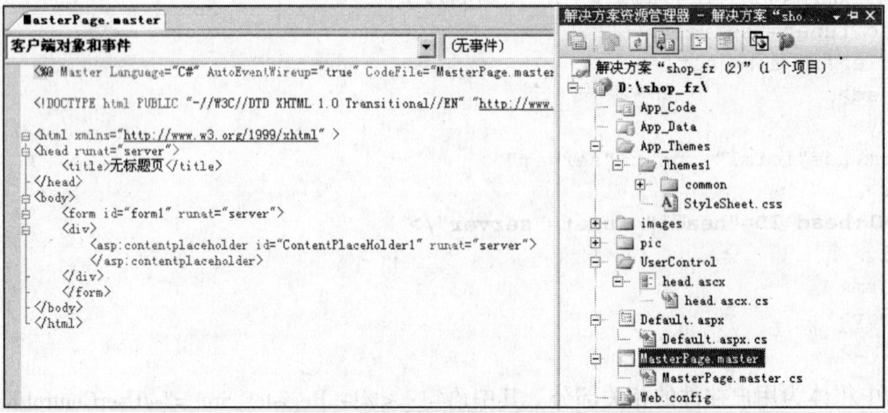

图 2-24　母版页创建成功

③ 使用表格布局母版页，布局分 5 个部分，即页眉部分、页脚部分、内容一、内容二和内容三，表格总宽度为 940px，布局如图 2-25 所示。

<table>
<tr><td colspan="2">页眉部分
用户控件head.ascx
用户控件mainmenu.ascx</td></tr>
<tr><td>内容一
宽度219px</td><td>内容二
宽度721px</td></tr>
<tr><td colspan="2">内容三</td></tr>
<tr><td colspan="2">用户控件foot.ascx
页脚部分</td></tr>
</table>

图 2-25　母版页布局

④ 将用户控件拖到界面相应的位置，编写代码如下：

```
<%@ Master Language="C#" AutoEventWireup="true" CodeFile="MasterPage1.master.
cs" Inherits="MasterPage1" %>
<%@ Register Src ="~/UserControl/head.ascx" TagName="head" TagPrefix="ucM1"%>
<%@ Register Src ="~/UserControl/foot.ascx" TagName="foot" TagPrefix="ucM2"%>
<%@ Register Src ="~/UserControl/mainmenu.ascx" TagName="mainmenu" TagPrefix=
"ucM3"%>
<!DOCTYPE html PUBLIC "-//W3C//DTD XHTML 1.0 Transitional//EN" "http://
www.w3.org/TR/xhtml1/DTD/xhtml1-transitional.dtd">
<html xmlns="http://www.w3.org/1999/xhtml" >
<head runat="server">
<title>无标题页</title>
</head>
<body>
<form id="form1" runat="server">
<div>
<table border="0" cellpadding="0" cellspacing="0" style="width: 940px;">
<tr>
<td>
<ucM1:head ID="head1" runat="server" />
<ucM3:mainmenu ID="mainmenu1" runat="server" />
</td>
</tr>
</table>
<table border="0" cellpadding="0" cellspacing="0" style="width: 940px;">
<tr>
<td style="width: 219px; background-color: #EFEFEF;">
<asp:ContentPlaceHolder ID="ContentPlaceHolder1" runat="server">
</asp:ContentPlaceHolder>
</td>
<td style="width: 721px">
<asp:ContentPlaceHolder ID="ContentPlaceHolder2" runat="server">
</asp:ContentPlaceHolder>
</td>
</tr>
</table>
<table border="0" cellpadding="0" cellspacing="0" style="width: 940px;">
<tr>
<td>
<asp:ContentPlaceHolder ID="ContentPlaceHolder3" runat="server">
</asp:ContentPlaceHolder>
</td>
</tr>
</table>
<table border="0" cellpadding="0" cellspacing="0" style="width: 940px;">
<tr>
<td>
<ucM2:foot ID="foot1" runat="server" />
</td>
</tr>
</table>
</div>
</form>
</body>
</html>
```

⑤ 最终效果如图 2-26 所示。

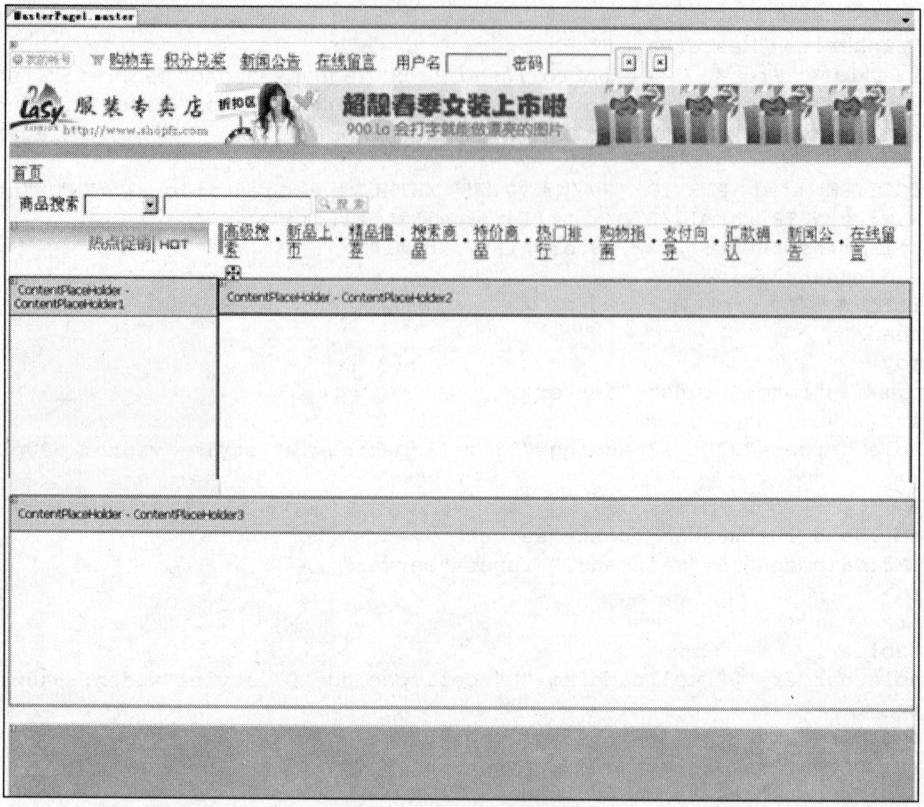

图 2-26　母版页最终效果图

2.7　网站主页设计

网站主页是宣传企业形象和产品的窗口，它对网站的生存和发展起着非常重要的作用。网站主页应该是信息量较大、内容较丰富的信息平台。网上服装专卖店的主页主要包含以下内容：网站菜单导航、热销商品展示、推荐商品展示、折扣商品展示、站内新闻公告、商品的分类导航等信息。

2.7.1　任务十一 网站主页的实现

前面已经创建了母版页，网站的主页就可以用母版页来实现，下面介绍用母版页生成主页的过程。

方法一：

① 创建的网站中已经有一个名为 Default.aspx 的网页，这个网页就是网站的主页，也称为首页。默认的 Default.aspx 网页没有使用任何母版页，是一个普通的网页。其代码如下：

```
<%@ Page Language="C#" AutoEventWireup="true" CodeFile="Default.aspx.cs" Inherits
="_Default" %>
```

```
<!DOCTYPE html PUBLIC "-//W3C//DTD XHTML 1.0 Transitional//EN" "http://
www.w3.org/TR/xhtml1/DTD/xhtml1-transitional.dtd">
<html xmlns="http://www.w3.org/1999/xhtml" >
<head runat="server">
<title>无标题页</title>
</head>
<body>
<form id="form1" runat="server">
<div>
</div>
</form>
</body>
</html>
```

② 双击打开 Default.aspx，将其中的代码改成如下所示的代码：

```
<%@ Page Language="C#" MasterPageFile= "~/MasterPage1.master" AutoEventWireup=
"true" CodeFile="Default.aspx.cs" Inherits="_Default" Title="网上服装店首页" %>
<asp:Content ID="Content1" ContentPlaceHolderID="ContentPlaceHolder1" Runat=
"Server">
</asp:Content>
<asp:Content ID="Content2" ContentPlaceHolderID="ContentPlaceHolder2" Runat=
"Server">
</asp:Content>
<asp:Content ID="Content3" ContentPlaceHolderID="ContentPlaceHolder3" Runat=
"Server">
</asp:Content>
```

③ 然后按【F5】键预览网页，因为内容区还没有添加任何内容，所以看到页脚部分跟网页上半部分重合在一起，如果为内容区的单元格设置一个高度，那么结果如图 2-27 所示。

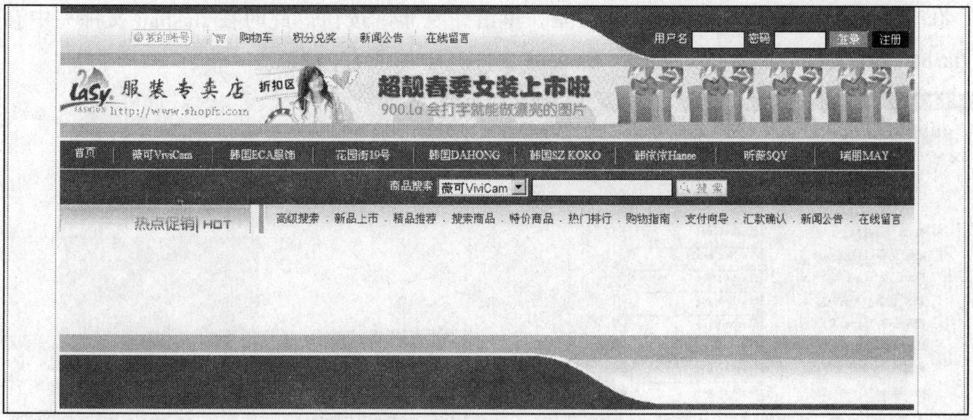

图 2-27　母版页生成的主页

方法二：

将网站中的 Default.aspx 首页删除，然后右击网站，在弹出的快捷菜单中选择“添加新项”命令，在弹出的对话框中选择“Web 窗体”选项，在“名称”文本框中默认就是 Default.aspx，不用修改，选中右下角的“选择母版页”复选框，单击“添加”按钮，最后在弹出的对话框中找到网站中的 MasterPage.master，单击“确定”按钮，至此就完成了母版页生成主页的过程。主页中的代码与上面的代码是相同的。

母版页内容是只读的（呈灰色显示），不可编辑，而内容页则可以进行编辑。如果想要修改母版页的内容，就必须打开母版页。

在此任务中只生成主页，内容区中还没有任何内容，在以后的章节中会继续讲解其他部分的创建过程，这些部分都是动态生成的。

2.7.2 任务十二 在网页中插入 Flash 广告

广告在网页中已被广泛应用，广告既是商业网站的一种赢利模式，也是商家促销商品的一种很好的方式，因此制作能吸引浏览者眼球的广告对于网页设计来说是很重要的。广告一方面通过设计上的创意引起注意，另一方面通过独特的表现形式来吸引人。本节在 Flash 中制作一个图片切换的广告效果，这种效果在网页中应用很广泛。广告的表现形式和实现方法有很多种，这里主要介绍在 Flash 中制作广告，然后应用到网页的过程。

① 首先在网站中创建一个名为 flashad 的文件夹，在 flashad 文件夹下再创建一个 images 文件夹，这个文件夹用来存放广告中用到的图像。打开 Flash 软件，新建一个 Flash 文档，然后选择“修改”→“文档”命令，在弹出的对话框中设置文档属性中的尺寸，宽度为 450px，高度为 297px。在场景的第一帧上添加动作，如图 2-28 所示。

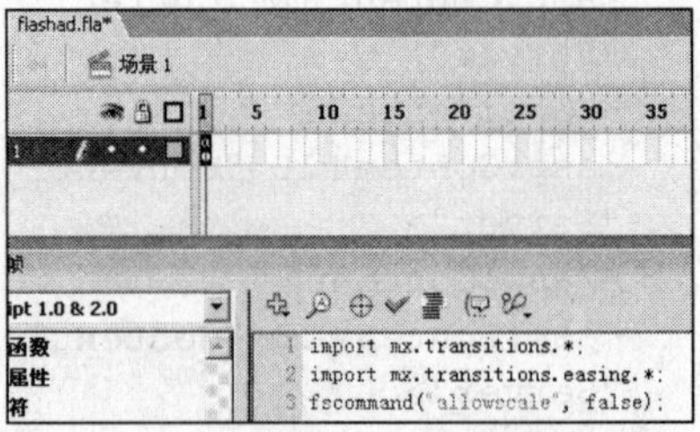

图 2-28 在场景的第一帧上添加动作

② 添加完动作后，将文档保存在 flashad 文件夹中，命名为 flashad.fla。

③ 然后选择“文件”→“发布设置”命令，打开如图 2-29 所示的对话框。选择“格式”选项卡，在“类型”区域中只选中 Flash 类型，单击“发布”按钮。此时在 flashad 文件夹中会生成一个 flashad.swf 文件。图 2-30 所示为 flashad 文件夹中的所有内容。

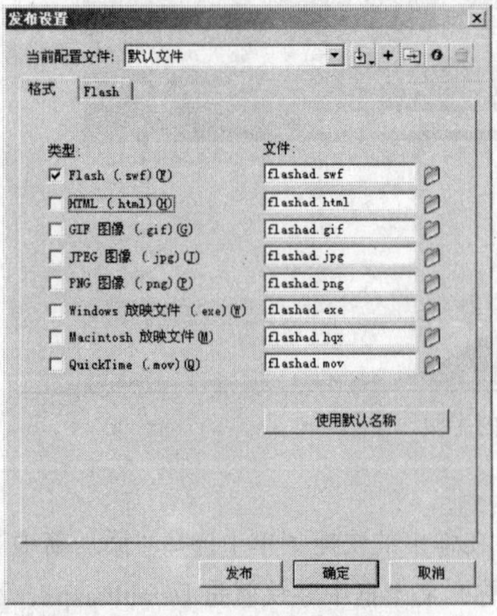

图 2-29 flash 发布设置

图 2-30 flashad 文件夹

在场景的第一帧上添加的动作代码如下：

```
import mx.transitions.*;
import mx.transitions.easing.*;
fscommand("allowscale", false);
var showID:Number=0;
var mc_array=new Array(5);              //此外为调用图像的个数，可以根据需要修改数量
var str_array=new Array(13);            //调用滤镜的数量，根据自己创建滤镜的数量来确定
str_array[0]={type:Blinds,direction:Transition.IN,duration:2,
easing:None.easeNone,numStrips:10,dimension:1};
str_array[1]={type:Blinds,direction:Transition.IN,duration:2,
easing:None.easeNone,numStrips:10,dimension:0};
str_array[2]={type:Fade,direction:Transition.IN,duration:3,
easing:None.easeNone};
str_array[3]={type:Fly,direction:Transition.IN,duration:3,
easing:Elastic.easeOut,startPoint:9};
str_array[4]={type:Iris,direction:Transition.IN,duration:2,
easing:Strong.easeOut,startPoint:5,shape:Iris.CIRCLE};
str_array[5]={type:Photo,direction:Transition.IN,duration:1,
easing:None.easeNone};
str_array[6]={type:PixelDissolve,direction:Transition.IN,duration:2,
easing:None.easeNone,xSections:10,ySections:10};
str_array[7]={type:Rotate,direction:Transition.IN,duration:3,
easing:Strong.easeInOut,ccw:false,degrees:720};
str_array[8]={type:Squeeze,direction:Transition.IN,duration:2,
easing:Elastic.easeOut,dimension:1};
str_array[9]={type:Wipe,direction:Transition.IN,duration:2,
easing:None.easeNone,startPoint:1};
str_array[10]={type:Zoom,direction:Transition.IN,duration:2,
easing:Elastic.easeOut};
str_array[11]={type:Iris,direction:Transition.IN,duration:2,
easing:Strong.easeOut,startPoint:1,shape:Iris.CIRCLE};
str_array[12]={type:Fade,direction:Transition.OUT,duration:3,
easing:None.easeNone};
str_array[13]={type:Fly,direction:Transition.IN,duration:3,
easing:Elastic.easeOut,startPoint:1};
for(i=0;i<=4;i++)                       //调用图像的数量，这里一共有 5 个图像
{
  mc_array[i]=_root.createEmptyMovieClip("mc"+String(i+1),i+1);
                                        //创建空的影片剪辑
  mc_array[i].loadMovie("flashad/images/"+String(i+1)+".jpg",i+1);
                                        //在空的影片剪辑中添加图像
}//"flashad/images/"+String(i+1)+".jpg"为图像的路径和名称。读者要在 flashad/
//images 中放置 5 个图像，名称从 1.jpg 开始编号到 5.jpg，可以多放，相应的参数需要修改
//设置定时器调用图片切换函数
setInterval(showImages,2000);
//图片切换函数
function showImages() {
  mx.behaviors.DepthControl.bringToFront(mc_array[showID]);
  mx.transitions.TransitionManager.start(mc_array[showID],
  str_array[random(13)]);
  if(showID++==5) {
```

```
        showID=0;
    }
}
```

④ 双击打开 Default.aspx，在主页如图 2-31 所示的位置插入 flashad.swf 文件，代码如下：

```
<asp:Content ID="Content2" ContentPlaceHolderID="ContentPlaceHolder2" runat=
"Server">
<table cellpadding="0" cellspacing="0">
<tr>
<td style="width: 470px;" valign="top">
<object classid="clsid:d27cdb6e-ae6d-11cf-96b8-444553540000" codebase="http:
//fpdownload.macromedia.com/pub/shockwave/cabs/flash/swflash.cab#version=8
,0,0,0"
width="450px" height="296px" id="flashad">
<param name="allowScriptAccess" value="sameDomain" />
<param name="movie" value="flashad/flashad.swf" />
<param name="quality" value="high" />
<param name="bgcolor" value="#ffffff" />
</object>
</td>
<td style="width: 251px;" valign="top">
<uc4:news ID="news1" runat="server" />
</td>
</tr>
</table>
</asp:Content>
```

<uc4:news ID="news1" runat="server" />一行是一个用户控件，将在以后的章节中讲到，读者在这里先不写这行代码。

图 2-31 在主页中插入 Flash 广告

2.8　本 章 小 结

在本章我们讲解了网站规划和创建的全部过程，通过学习本章的内容，希望读者能大体了解整个网站在创建前应该进行哪些工作、创建中的流程、网页设计过程中用到的网页技术，还有创建网站中应注意的问题。做什么事情都有一定的规则和规范，当然网站建设也不例外，这些规则和规范将会使网站建设得到事半功倍的效果。至此，静态页面的创建已告一段落，剩下的章节将讲解动态部分的实现。

2.9　课后任务与思考

对 Photoshop 和 Flash 不熟悉的读者，应该学习一下这两款软件的基本应用，因为在制作网页的过程中，这两款软件会经常用到。另外，请读者查找一些相关色彩搭配方面的知识了解一下。

第 3 章 ADO.NET 技术及应用

【本章导读】

本章主要介绍 ADO.NET 技术的主要特点、ADO.NET 体系结构和命名空间、ADO.NET 所提供的数据对象以及使用 ADO.NET 操作数据库的方法，并且以本书开发的项目为例，介绍系统公共类和数据访问类的封装与应用。

【主要知识点】

- ADO.NET 概述
- ADO.NET 体系结构和命名空间
- ADO.NET 所提供的数据对象
- 使用 ADO.NET 操作数据库
- 系统公共类的封装与应用
- 数据访问类的封装与应用

3.1 ADO.NET 概述

ADO 是 ActiveX Data Objects 的缩写，它是 ADO.NET 的前身。.NET Framework 是 Microsoft 的主要数据访问技术，Windows 开发人员运用这个易用的技术建立 Windows 和 Web 数据库应用程序。这个技术为访问各种数据库中的数据提供了友好的用户界面，开发人员可以使用它以几乎任何语言来编写代码。

ADO.NET 的一个设计目标是使编程模型尽可能与 ADO 紧密相关，这样开发人员就可以利用已有的 ADO 知识，迅速掌握 ADO.NET。这不但非常有利于有经验的开发人员，开发新手也将获益匪浅。下面要学习的数据访问技术很容易使用，也非常灵活。

3.2 ADO.NET 体系结构

ADO.NET 自从在.NET Framework 1.0 版本中推出后，日渐成熟。目前已得到了扩展，其界面更友好，功能更强大。本节将概述 ADO.NET 体系结构和组成 ADO.NET 的组件。

ADO.NET 是.NET Framework 中用以操作数据库的类库的总称。ADO.NET 是专门为.NET 框架而设计，它是在早期 Visual Basic 和 ASP 中大受好评的 ADO（ActiveX Data Objects，活动数据对象）的升级版本。ADO.NET 模型中包含了能够有效地管理数据的组件类。

ADO.NET 是一组向.NET 程序员公开数据访问的类。ADO.NET 为创建分布式数据共享应用程序提供了一组非常丰富的组件。它提供了对关系数据、XML 和应用程序数据的访问，因此是.NET 框架中不可缺少的一部分。ADO.NET 支持多种开发需求，包括创建由应用程序、工具、语言或 Internet 浏览器使用的前端数据库客户端和中间层业务对象。

ADO.NET 是在用于直接满足用户开发可伸缩应用程序需求的 ADO 数据访问模型的基础上发展而来的。它是专门为 Web 设计的，并且考虑了伸缩性、无状态性和 XML 的问题。

ADO.NET 相对于 ADO 的最大优势在于对数据的更新修改可以在与数据源完全断开连接的情况下进行，然后再把数据更新情况传回到数据源。这样大大减少了连接过多对于服务器资源的占用。

为了适应数据 ADO 的交换，ADO.NET 使用了一种基于 XML 的暂留和传输格式，说得更准确些，为了将数据从一层传输到另一层，ADO.NET 解决方案是以 XML 格式表示内存数据（数据集），然后将 XML 发给另一组件。XML 格式是最为彻底的数据交换模式，可以被多种数据接口所接受，能穿透防火墙，因此 ADO.NET 具有跨平台性和良好的交互性。

ADO.NET 对 Microsoft SQL Server 和 XML 等数据源以及通过 OLE DB 和 XML 公开的数据源提供一致的访问。数据共享用户应用程序可以使用 ADO.NET 来连接到这些数据源，并检索、处理和更新所包含的数据。

ADO.NET 通过数据处理将数据访问分解为多个可以单独使用或前后使用的前后不连续的组件。ADO.NET 包含用于连接到数据库、执行命令和检索结果的.NET 框架数据提供程序。开发者可以直接处理检索到的结果，或将其放入 ADO.NET 的 DataSet 对象，以便与来自多个源的数据或在层之间进行远程处理的数据组合在一起，以特殊方式向用户公开。

以前，数据处理主要依赖基于连接的双层模型。当数据处理越来越多地使用多层结构时，数据库应用开发正在向断开方式转换，以便为应用程序提供更佳的可缩放性。为此，ADO.NET 2.0 提供两个核心组件来提供这种新型的数据库应用，包括.NET Framework 数据提供程序（包括 Connection、Command、DataReader 和 DataAdapter 对象）和 DataSet。

.NET Framework 数据提供程序的设计是为了实现数据操作和对数据的快速、只读访问。目前，.NET Framework 提供了 4 种数据提供程序，如表 3-1 所示。

表 3-1 .NET Framework 数据提供程序及说明

.NET Framework 数据提供程序	说　　明
SQL Server.NET	用于 SQL Server 7.0 或更高版本
OLE DB.NET	用于以 OLE DB 公开的数据源
ODBC.NET	用于以 ODBC 公开的数据源
Oracle.NET	用于 Oracle 数据库产品

每种 ADO.NET 数据提供程序都包括 Connection、Command、DataReader 和 DataAdapter 对象。它们的作用如下：

- Connection 对象提供与数据源的连接。
- Command 对象使用户能够访问用于返回数据、修改数据、运行存储过程以及发送或检索参数信息的数据库命令。
- DataReader 对象从数据源中提供高性能的数据流。

- DataAdapter 对象提供连接 DataSet 对象和数据源的桥梁。并且 DataAdapter 使用 Command 对象在数据源中执行 SQL 命令，以便将数据加载到 DataSet 中，并使对 DataSet 中数据的更改与数据源保持一致。

DataSet 组件为 ADO.NET 提供断开式数据访问服务，它在与数据源断开的缓存中存储数据。它的设计是为了实现独立于任何数据源的数据访问。因此，它可以用于多种不同的数据源，包括 XML 数据源和数据库。DataSet 包含一个或多个 DataTable 对象的集合，这些对象由数据行、数据列以及主键、外键、约束和有关 DataTable 对象中数据的关系信息组成。同时，DataSet 可以使用 XML 文档和 XML 流来填充，DataSet 也可以把它的数据输出为 XML 格式的数据，并将其结构输出为以 XML 架构定义语言（XSD）所定义的架构。由于 DataSet 数据与 XML 数据可以相互转换，因此 DataSet 是在应用程序或者组件之间移动数据的优良媒介。

3.3 ADO.NET 中的数据访问技术

.NET Framework 提供了一系列新的数据访问技术的类库，.NET Framework 的数据访问技术被命名为 ADO.NET。新的数据访问类库并不是简单地对以往 ADO 数据访问技术的继承，而是提出了一项新的数据访问技术和框架。

在以往的 ADO 技术中，ASP 页面如果想对一个数据集中的数据进行展现，方法就是遍历当前数据集中的数据记录和字段，然后依次循环显示到 ASP 页面中的 HTML 元素中。数据集类型的单一和对数据库的实施依赖性大大降低了 ASP 页面中数据操作的效率。在 ADO.NET 技术中，没有了统一的记录集对象，而是提供了 DataSet 和 DataReader 两个记录集对象。ADO.NET 中也没有了数据集中的游标概念，在 DataSet 对象中可以随时调用数据集中的某一条数据，而在 DataReader 中数据集只能向前逐条读取。在 ADO.NET 技术中，支持非连接数据集，DataSet 对象在数据集的使用过程中不再依赖数据库的实时连接。

ADO.NET 所使用的类库被统一封装到 System.Data 和几个命名空间下，其中部分命名空间的简单说明如表 3-2 所示。

表 3-2 System.Data 命名空间

命 名 空 间	说 明
System.Data	包含关系型数据访问和存储的基础对象
System.Data.Common	包含被其他命名空间引用的通用类库，一般开发者不会直接用到这个命名空间下的类库
System.Data.OleDb	包含通过 OLE DB 连接数据源所使用的类库
System.Data.SqlClient	包含用于访问托管空间中的 Microsoft SQL Server 数据库的类库和方法，由于删除了 OLE DB 连接方式中的一些中间层，这种数据连接方式可以获得更好的数据访问性能
System.Data.SqlTypes	包含了 Microsoft SQL Server 数据库使用到的不同于.NET Framework 下标准数据类型所使用的类库

基于以上命名空间，ADO.NET 提供了一系列新的数据对象。下面对 ADO.NET 所提供的数据对象进行详细的讲解。

3.3.1　Connection 对象

Connection 对象主要是开启程序和数据源（包括数据库和 XML 数据源等）之间的连接。没有利用连接对象将数据库打开，是无法从数据库中取得数据的。这个对象在 ADO.NET 的最底层，我们可以自己产生这个对象，或是由其他对象自动产生。

连接 SQL Server 7.0 或者以上版本，应该选择 SQL Server.NET Framework 数据提供程序的 SqlConnection 对象；连接 OLE DB 数据源，应该选择 OLE DB .NET Framework 数据提供程序的 OdbcConnection 对象；连接 Oracle 数据源，应该选择 Oracle .NET Framework 数据提供程序的 OracleConnection。

在大多数应用程序中最好把一个 Connection 对象保存为全局级或模块级，这样就不用每次执行一个操作时都去创建这个对象。所以系统采用对数据库配置进行统一管理的方法，将程序用到的所有连接字符串信息统一放于 Web.config 配置文件中，这样其他文件就可以直接使用其数据库连接，方便系统的移植和对系统数据库进行统一的配置和修改。

下面详细介绍 Web.config 配置文件的创建和使用。

1. 创建 Web.config 配置文件

右击网站，选择“添加新项”命令，在打开的对话框中选择“Web 配置文件”选项，名称默认即可，然后单击“添加”按钮，Web.config 配置文件就创建成功了。

2. Web.config 配置文件中的主要节点

（1）<appSettings>

<appSettings>节点包含了特定于应用程序的配置。在大多数的 ASP.NET Web 应用程序中将数据库连接字符串和一些配置路径信息放在这个节点中。该区域在 add 标签中以键值对来添加配置设置，另外还支持 remove 和 clear 标签来删除和清除先前指定的应用程序设置。在一个 ASP.NET Web 应用程序的 Web.config 中对<appSettings>节点做如下设置：

```
<appSettings>
<add  key="ConnectionString"  value="server=CMF\CMF;database=db_shopfz;UID=
sa;password='' " /> </appSettings>
```

在应用程序的后台编码类中使用如下代码读取该配置信息：

```
SqlConnection myConn=new SqlConnection
(ConfigurationManager.AppSettings["ConnectionString"]);
```

这行代码通过调用 ConfigurationManager.AppSettings 方法取得名为 ConnectionString 的配置字符串，将该字符串作为数据库连接字符串实例化一个数据库连接对象。

上面代码中关键词的解释如下：

- ConnectionString 对象：获取或设置数据库连接字符串。
- SqlConnection 对象：因为连接的数据库是 SQL Server 2005，所以应该选择 SQL Server .NET Framework 数据提供程序的 SqlConnection 对象。
- server：当前服务器的名称。
- database：获取当前打开的数据库。
- UID：登录数据库的用户名。
- password：登录数据库的密码。

（2）<authentication>

<authentication>节点指定了应用程序的用户身份验证模式。ASP.NET 中支持 4 种身份验证模式，可通过配置<authentication>节点设置不同的身份验证模式，4 种身份验证模式如下：

① Windows。ASP.NET Web 应用程序默认为 Windows 身份验证，登录 Windows 的用户身份将作为验证信息，当然也包括 IIS 中定义的 Internet 来宾用户信息。在基于活动目录身份验证的 ASP.NET Web 应用程序中，采用这种验证模式可以获得活动目录下当前用户的身份信息。

② Forms。如果身份验证被设置为 Forms，则可以在 authentication 的 forms 子元素中定义基于 Web 表单的身份验证行为。

③ Passport。设置为 Passport 模式，ASP.NET Web 应用程序可以使用 Microsoft Passport 身份验证和授权信息。

④ None。使用该模式，应用程序将被设置为匿名用户访问，在应用程序中无法获得用户身份验证信息。

Forms 身份验证允许使用基于 Web 表单的身份验证，该种验证模式获得客户端的请求信息和 Cookie，一旦请求通过，将取用该 Cookie 信息作为用户的身份表示。这种验证模式相对灵活，可以在应用程序中调用 Forms 身份验证所提供的 API 对通过身份验证的用户信息进行调用，以下是使用 Forms 身份验证的配置代码段：

```
<authentication mode="Forms" >
<forms name="CommerceAuth" loginUrl="login.aspx" protection="All" path"/"
timeout="60"/>
</authentication>
```

代码中 forms 元素的属性说明：

- name 属性：该属性指定了身份验证信息中用户 Id 使用的 Cookie 名称。
- loginUrl 属性：当用户请求没有通过身份验证的时候，应用程序将请求重新定向到一个页面，loginUrl 属性指定该页面的 URL。
- protection 属性：该属性指定了 Cookie 值的发送形式，是否经过加密处理。
- path 属性：该属性指定了用户身份验证信息 Cookie 的存放位置，默认为 path="/"，即服务器的根目录。
- timeout 属性：该属性指定了在身份验证中以分钟为单位的 Cookie 有效时间。

（3）<authorization>

<authorization>节点指定了授权访问应用程序的用户。<authorization>节点包含 allow 和 deny 子节点，开发者可以定义授权访问应用程序的用户和拒绝访问应用程序的用户。下面的配置信息是<authorization>的默认值，允许所有用户访问应用程序。

```
<authorization>
<allow users="*" />
</authorization>
```

下面的配置信息是拒绝所有未通过身份验证的用户访问应用程序。使用这种配置模式可以防止未通过身份验证的用户访问特定的 Web 页面或资源。

```
<authorization>
<deny users="?" />
</authorization>
```

3.3.2　Command 对象

连接数据源后，就可以通过 Command 对象执行对数据源的一些操作并从数据源中返回结果。常用的 SQL 语句命令如 Select、Update、Delete、Insert 等可以在 Command 对象中创建。

OleDbCommand 与 SqlCommand 对象的基本对象和操作方法是相同的，在此介绍 SqlCommand 的用法，OleDbCommand 的用法类推即可。

```
SqlCommand  myCmd=new SqlCommand(strSql,myConn);
```

第一个参数 strSql 是 SQL 语句或存储过程名，第二个参数 myConn 是前面的 Connection 对象的实例。

Command 对象的主要属性和方法如下：

- Connection 属性：设置或获取 Command 对象使用的 Connection 对象实例。
- CommandText 属性：设置或获取需要执行的 SQL 语句或存储过程名。
- CommandType 属性：设置或获取执行语句的类型。它有 3 个属性值：StoredProceduce（存储过程）、TableDirect、Text（标准的 SQL 语句），默认是 Text。
- Parameters 属性：取得参数值集合。
- ExecuteReader 方法：执行 CommandText 属性指定的 SQL 语句或存储过程名，返回值类型为 DataReader 对象。
- ExecuteNonQuery 方法：与 ExecuteReader 功能相同，只是返回值为用来执行 Update、Insert 或 Delete 的 SQL 语句或存储过程所影响的记录行数。
- ExecuteScalar 方法：可以执行 Select 查询，返回的是一个单值，多用于查询聚合值，如函数 count()、sum()，如 Select count(*) From users，那么用 EexcuteScalar 就是返回一个 int 类型的值，该值等于 users 中的行数。

3.3.3　DataReader 对象

DataReader 对象是用来读取数据库最简单的方式，它只能读取，不能写入，并且是从头至尾往下读。因为 DataReader 在读取数据的时候限制了每次只读取一条记录，而且只能读，所以使用起来不但节省资源，而且效率很高。不用把数据全部返回，还可以降低网络的负载。

DataReader 的主要属性和方法如下：

- FieldCount 属性：显示当前数据记录的字段总和。
- IsClosed 属性：判断 DataReader 对象是否已经关闭。
- Close 方法：关闭 DataReader 对象。
- GetString 方法：以 String 类型返回指定列中的值。
- Getvalue 方法：以自身的类型返回指定列中的值。
- Getvalues 方法：返回当前记录所有字段的集合。
- Read 方法：将“光标”指向 DataReader 对象的下一条记录。

通过列名称、索引以及 Get()方法可以从 DataReader 对象中获取数据或值。例如如下代码：

```
string FiledName;                          //列名称
int FiledIndex;                            //列索引
DataReader dr=myCmd.ExecuteReader();       //创建 DataReader 对象
```

```
object filedValue=dr[FiledName];
object fieldValue=dr[FieldIndex];
object fieldValue=dr.GetString(1);
```

3.3.4 DataAdapter 对象

DataAdapter 对象主要用来承接 Connection 和 DataSet 对象。DataSet 对象只关心访问操作数据，而不关心自身包含的数据信息来自哪个 Connection 连接到的数据源，而 Connection 对象只负责数据库连接而不关心结果集的表示。所以，在 ASP.NET 的架构中使用 DataAdapter 对象来连接 Connection 和 DataSet 对象。另外，DataAdapter 对象能根据数据库中的表的字段结构，动态地塑造 DataSet 对象的数据结构。

（1）DataAdapter 对象的常用属性

DataAdapter 对象的工作步骤一般有两种，一种是通过 Command 对象执行 SQL 语句，将获得的结果集填充到 DataSet 对象中；另一种是将 DataSet 中更新数据的结果返回到数据库中。

DataAdapter 对象常用属性形式为 XXXCommand，用于描述和设置操作数据库。使用 DataAdapter 对象，可以读取、添加、更新和删除数据源中的记录。对于每种操作的执行方式，适配器支持以下 4 个属性，类型都是 Command，分别用来管理数据操作的“查”、“增”、“删”、“改”操作。

- SelectCommand 属性：该属性用来从数据库中检索数据。
- InsertCommand 属性：该属性用来向数据库中插入数据。
- DeleteCommand 属性：该属性用来从数据库中删除数据。
- UpdateCommand 属性：该属性用来更新数据库中的数据。

例如，以下代码能给 DataAdapter 对象的 SelectCommand 属性赋值。

```
//连接字符串
//创建连接对象 conn 的语句
SqlConnection conn;
//创建 DataAdapter 对象
SqlDataAdapter da=new SqlDataAdapter;
//给 DataAdapter 对象的 SelectCommand 属性赋值
Da.SelectCommand=new SqlCommand("select * from user",conn);
//后继代码
```

同样，可以使用上述方式给其他的 InsertCommand、DeleteCommand 和 UpdateCommand 属性赋值。

当在代码里使用 DataAdapter 对象的 SelectCommand 属性获得数据表的连接数据时，如果表中数据有主键，就可以使用 CommandBuilder 对象自动为 DataAdapter 对象隐形地生成其他 3 个 InsertCommand、DeleteCommand 和 UpdateCommand 属性。这样，在修改数据后，就可以直接调用 Update 方法将修改后的数据更新到数据库中，而不必再使用 InsertCommand、DeleteCommand 和 UpdateCommand 这 3 个属性来执行更新操作。

（2）DataAdapter 对象的常用方法

DataAdapter 对象主要用来把数据源的数据填充到 DataSet 中，以及把 DataSet 中的数据更新到数据库，同样有 SqlDataAdapter 和 OleDbAdapter 两种对象。它的常用方法有构造函数、填充或刷新 DataSet 的方法、将 DataSet 中的数据更新到数据库中的方法和释放资源的方法。

① 构造函数。不同类型的 Provider 使用不同的构造函数来完成 DataAdapter 对象的构造。对于 SqlDataAdapter 类，其构造函数说明如表 3-3 所示。

表 3-3 SqlDataAdapter 类构造函数说明

函数定义	参数说明	函数说明
SqlDataAdapter()	不带参数	创建 SqlDataAdapter 对象
SqlDataAdapter(SqlCommand SelectCommand)	SelectCommand:指定新创建对象的 SelectCommand 属性	创建 SqlDataAdapter 对象。用参数 SelectCommand 设置其 SelectCommand 属性
SqlDataAdapter(string SelectCommandText, SqlConnection SelectConnection)	SelectCommandText:指定新创建对象的 SelectCommand 属性值 SelectConnection:指定连接对象	创建 SqlDataAdapter 对象。用参数 SelectCommandText 设置其 SelectCommand 属性值，并设置其连接对象是 SelectConnection
SqlDataAdapter(string SelectCommandText, String SelectConnectionString)	SelectCommandText:指定新创建对象的 SelectCommand 属性值 SelectConnectionString:指定新创建对象的连接字符串	创建 SqlDataAdapter 对象。用参数 SelectCommandText 设置其 SelectCommand 属性值，其连接字符串是 SelectConnectionString

OleDbDataAdapter 的构造函数类似 SqlDataAdapter 的构造函数，如表 3-4 所示。

表 3-4 OleDbDataAdapter 类构造函数说明

函数定义	参数说明	函数说明
OleDbDataAdapter()	不带参数	创建 OleDbDataAdapter 对象
OleDbDataAdapter(OleDbCommand SelectCommand)	SelectCommand:指定新创建对象的 SelectCommand 属性	创建 OleDbDataAdapter 对象。用参数 SelectCommand 设置其 SelectCommand 属性
OleDbDataAdapter(string SelectCommandText, OleDbConnection SelectConnection)	SelectCommandText:指定新创建对象的 SelectCommand 属性值 SelectConnection:指定连接对象	创建 SqlDataAdapter 对象。用参数 SelectCommandText 设置其 SelectCommand 属性值，并设置其连接对象是 SelectConnection
OleDbDataAdapter(string SelectCommandText,String SelectConnectionString)	SelectCommandText:指定新创建对象的 SelectCommand 属性值 SelectConnectionString:指定新创建对象的连接字符串	创建 OleDbDataAdapter 对象。用参数 SelectCommandText 设置其 SelectCommand 属性值，其连接字符串是 SelectConnectionString

② Fill 方法。当调用 Fill 方法时，它将向数据存储区传输一条 SQL Select 语句。该方法主要用来填充或刷新 DataSet，返回值是影响 DataSet 的行数。该方法的常用定义如表 3-5 所示。

表 3-5 DataAdapter 类的 Fill 方法说明

函数定义	参数说明	函数说明
int Fill(DataSet dataset)	dataset：需要更新的 DataSet	根据匹配的数据源，添加或更新参数所指定的 DataSet，返回值是影响的行数
int Fill(DataSet dataset,string srcTable)	dataset：需要更新的 DataSet srcTable：填充 DataSet 的 dataTable 名	根据 dataTable 名填充 DataSet

③ Update(DataSet dataSet)方法。当程序调用 Update 方法时，DataAdapter 将检查参数 DataSet 每一行的 RowState 属性，根据 RowState 属性来检查 DataSet 中的每行是否改变和改变的类型，并依次执行所需的 Insert、Update 或 Delete 语句，将改变提交到数据库中。这个方法返回影响 DataSet 的行数。更准确地说，Update 方法会将更改解析回数据源，但自上次填充 DataSet 以来，其他客

户端可能已修改了数据源中的数据。若要使用当前数据刷新 DataSet，应使用 DataAdapter 和 Fill 方法。新行将添加到该表中，更新的信息将并入现有行。Fill 方法通过检查 DataSet 中行的主键值及 SelectCommand 返回的行来确定是要添加一个新行还是更新现有行。如果 Fill 方法发现 DataSet 中某行的主键值与 SelectCommand 返回结果中某行的主键值相匹配，则它将用 SelectCommand 返回的行中的信息更新现有行，并将现有行的 RowState 设置为 Unchanged。如果 SelectCommand 返回的行所具有的主键值与 DataSet 中行的任何主键值都不匹配，则 Fill 方法将添加 RowState 为 Unchanged 的新行。

使用 DataApater 对象填充 DataSet 对象的步骤如下：

① 根据连接字符串和SQL语句，创建一个 SqlDataAdapter 对象。这里，虽然没有出现 Connection 和 Command 对象的控制语句，但是 SqlDataAdapter 对象会在创建的时候，自动构造对应的 SqlConnection 和 SqlCommand 对象，同时根据连接字符串自动初始化连接。要注意的是，此时 SqlConnection 和 SqlCommand 对象都处于关闭状态。

② 创建 DataSet 对象，该对象需要用 DataAdapter 填充。

③ 调用 DataAdapter 的 Fill 方法，通过 DataTable 填充 DataSet 对象。由于跟随 DataAdapter 对象创建的 Command 中的 SQL 语句访问的是数据库中的 USER 表，所以在调用 Fill 方法的时候，在打开对应的 SqlConnection 和 SqlCommand 对象后，会用 USER 表的数据填充创建一个名为 USER 的 DataTable 对象，再用该 DataTable 填充到 DataSet 中。

下面是 DataAdapter 的使用实例：

```
public DataTable GetDataSet(SqlCommand myCmd,string TableName)
{
   SqlDataAdapter adapt;
   DataSet ds=new DataSet();
   try
   {
      if(myCmd.Connection.State!=ConnectionState.Open)
      {
         myCmd.Connection.Open();
      }
      adapt=new SqlDataAdapter(myCmd);
      adapt.Fill(ds,TableName);
      return ds.Tables[TableName];
   }
   catch(Exception ex)
   {
      throw new Exception(ex.Message,ex);
   }
   finally
   {
      if(myCmd.Connection.State==ConnectionState.Open)
      {
         myCmd.Connection.Close();
      }
   }
}
```

3.3.5　DataSet 对象

（1）DataSet 对象的常用属性

① DataSetName。获得或设置当前 DataSet 对象的名称。在创建数据集对象时，如果使用下列默认语句，默认创建的数据集对象的 DataSetName 属性为 NewDataSet：

```
DataSet ds=new DataSet();
```

也可以在下列语句中直接指定 DataSetName 属性值：

```
DataSet ds=new DataSet("MyDataSet");
```

还可以通过下列语句来定义：

```
DataSet ds=new DataSet();
ds.DataSetName="MyDataSet";
```

② Tables。获取包含在 DataSet 中的表的集合。

（2）DataSet 对象的常用方法

① Clear。清除 DataSet 对象中所有表的所有数据。

② Clone。复制 DataSet 对象的结构到另外一个 DataSet 对象中，复制内容包括所有的结构、关系和约束，但不包含任何数据。

③ Copy。复制 DataSet 对象的数据和结构到另外一个 DataSet 对象中。两个 DataSet 对象完全一样。

④ CreateDataReader。为每个 DataTable 对象返回带有一个结果集的 DataTableReader，顺序与 Tables 集合中表的显示顺序相同。

⑤ Dispose。释放 DataSet 对象占用的资源。

⑥ Reset。将 DataSet 对象初始化。

3.4　使用 ADO.NET 操作数据库

在 ADO.NET 中有两种操作数据库的方式：一种是执行查询语句并且返回数据的函数，此种操作数据库中的内容没有发生变化；另一种是对数据库进行增、删、改操作，此种操作数据库中的内容发生了变化。SQL 是结构化查询语言（Structured Query Langusge）的缩写，是 SQL Server 用于后台编写查询操作的语言。下面对 select 语句查询以及其中的子句、添加数据、删除数据和更新数据进行详细的介绍。

3.4.1　select 语句查询

select 语句是 SQL 中最常用、最重要的语句。select 语句的完整语法如下：

```
select select_list
[into new_table]
from table_source
[where search_condition]
[group by group-by_expression]
[having search_condition]
[order by order_by_expression][asc][desc]
```

select 主要参数说明如下：

- select_list：查询的列或者表达式的列表，用逗号分隔。
- new_table：新的表名。
- table_source：要查询的表。如果是多个表，用逗号分隔。
- search_condition：查询的条件。
- group-by_expression：分组表达式。
- order_by_expression：排序表达式。
- asc：升序排列。
- desc：降序排列。

1．选择所有列

如果 select 后的 select_list 用"*"号代替，表示要显示表中所有列的值。例如，查询 tb_User 用户表的所有数据，SQL 语句如下：

```
select * from tb_User
```

2．选择部分列

如果 select 后的 select_list 子句列出所需列的名称，表示要显示所需列的值。例如，查询 tb_User 用户表的所有数据，SQL 语句如下：

```
select UserName,Email,from tb_User
```

各个列用逗号隔开，且是英文状态下的逗号。

3．from 子句

from 子句指定 select 语句查询及与查询相关的表或视图。在 from 子句中最多可指定 256 个表或视图，它们之间用逗号分隔（英文状态下逗号）。

4．where 子句

where 子句是用来选取需要检索的记录。因为一个表通常会有数千条记录，在查询中，用户可以只需要其中的一部分记录，这时就需要使用 where 子句指定一系列的查询条件。

（1）比较查询条件

比较查询条件由比较运算符连接表达式组成，系统将根据查询条件的真假来决定某一记录是否满足查询条件，只有满足查询条件的记录才会显示出来。比较运算符有：>、<、=、>=、<=、<>、!=、!>、!<。

例如，查询用户表 tb_User 中用户名为张三的人，SQL 语句如下：

```
select * from tb_User where UserName="张三"
```

（2）范围查询条件

使用范围查询条件进行查询，用于返回位于两个给定值之间的某个数值。通常用 between…and 和 not…between…and 来指定范围条件。

例如，查询用户积分在 50～100 之间的用户信息，SQL 语句如下：

```
select * from tb_User where UserScore between 50 and 100
```

例如，查询用户积分不在 50～100 之间的用户信息，SQL 语句如下：

```
select * from tb_User where UserScore not between 50 and 100
```

（3）列表查询条件

当测试一个数值是否匹配一组目标值中的一个时，通常使用 IN 关键字来指定列表搜索条件。IN 关键字的格式是：IN(目标值 1,目标值 2,目标值 3,...)，目标值之间必须使用逗号分隔，并且放在括号中。

例如，在用户表 tb_User 中，查询城市为北京、上海的用户信息，SQL 语句如下：

```
select * from tb_User where City in('北京', '上海')
```

in 运算符还可与 NOT 配合使用排除特定的行，以测试一个数据值是否不匹配任何目标值。SQL 语句如下：

```
select * from tb_User where City not in('北京', '上海')
```

（4）模糊 like 查询

有时用户对查询数据表中的数据了解得不全面，例如不能确定所要查询人的姓名，只知道他姓“张”，这时就要使用 like 模糊查询。like 关键字需要使用通配符在字符串内查找指定的模式，所以读者需要了解通配符及其含义。通配符的含义如表 3-6 所示。

表 3-6 like 关键字中的通配符及其含义

通配符	说明
%	由零个或更多字符组成的任意字符串
_	任意单个字符
[]	用于指定范围，如[A～F]表示 A～F 范围内的任何单个字符
[^]	表示指定范围之外的，如[^A～F]表示 A～F 范围之外的任何单个字符

例如，在用户表 tb_User 中查询姓“张”的用户信息，SQL 语句如下：

```
select * from tb_User where UserName like '张%'
```

例如，在用户表 tb_User 中查询姓“张”并且只有两个字的用户信息，SQL 语句如下：

```
select * from tb_User where UserName like '张_'
```

例如，在用户表 tb_User 中查询名字中间是“小”的用户信息，SQL 语句如下：

```
select * from tb_User where UserName like '%小%'
```

5. order by 子句

使用 order by 子句可对查询返回的结果按一列或多列排序。其中 ASC 表示升序，DESE 表示降序。

例如，在用户表 tb_User 中按照用户积分升序排序，SQL 语句如下：

```
select * from tb_User order by UserScore
```

查询结果按降序排序，必须在列名后指定关键字 desc。例如，在用户表 tb_User 中按照用户积分降序排序，SQL 语句如下：

```
select * from tb_User order by UserScore desc
```

6．group by 子句

group by 子句可以将表的行划分为不同的组，以便系统对满足条件的组返回结果，这样就可以控制想要看见的详细信息的级别。例如，用户按会员级别分组、按学生的性别分组等。

3.4.2 添加数据

要向表中添加新的数据，则需要使用 SQL INSERT 语句实现。其语法如下：

```
insert[into] {table_name|view}
[(column_list)]{default values|values_list|select_statement}
```

用户在使用 INSERT 语句插入数据时，必须注意以下几点：

- 插入项的顺序和数据类型必须与表或视图中列的顺序和数据类型相对应。
- 如果表中某列定义为不允许 NULL，插入数据时，该列必须存在合法值。
- 如果某列是字符型或日期型数据类型，插入的数据应该加上单引号。

1．为指定的列添加数据

用户为一个表插入数据时，由于某些值未知，只能为部分列插入值，这时表名后的 column_list 列表参数不能省略，要指出为哪些列插入值，并且和 values 后面的列值的顺序相对应。

例如，在 tb_User 表中向用户名、密码、Email 几个字段添加数据，SQL 语句如下：

```
insert into tb_User(UserName,Psw,Email) values('aa','123','aa@163.com')
```

对于没有指定数据的列会有下列 4 种情况：

- 如果列设置了标识属性，那么将填入自动编号。
- 如果列设置有默认值，则填入默认值。如默认当前日期。
- 如果列允许 NULL，则省略时会填入默认值。列既设有默认值，也允许 NULL，省略时，会填入默认值。
- 如果前几项都不符合时，不输入任何数据，则会显示错误信息提示而取消操作。

2．为所有列添加数据

用户可以给数据表的所有列都插入值，即 values 后要包含所有列的值。而表名后的 column_list 列有两种情况，一种依然列出所有的列，另一种省略列名表。

3．添加批量数据

insert 语句可以一次为数据表添加多条记录，即将某一查询结果插入到指定的表中，这也是 insert 语句的第二种用法。values 子句指定的是一个 select 子查询的结果集。

例如，给 grade 表的“学号“和“课程代号”列添加批量数据，SQL 语句如下：

```
insert into grade(学号,课程代号) select 姓名,年龄 from student
```

3.4.3 修改数据

修改数据用 update 语句。可以修改一个列或者几个列中的值，但一次只能修改一个表。

```
update {table_name|view_name} set [{table_name|view_name} {}]
{column_list1=variable|variable_and_column_list1}
[,{column_list2=variable|variable_and_column_list}…
[,{column_listn=variable|variable_and_column_listn}]
[where clause]
```

要经常用 update 语句修改数据表中某一行中的数据，可用 where 子句限定某一列。如果 set 子句后只为一个列赋值，那么就是修改表中某一行中的某一列的值。

例如，在 tb_User 表中把某用户的积分更新，SQL 语句如下：

```
update tb_User set UserScore=UserScore+@UserScore where UserName=@UserName
```

@UserScore、@UserName 是两个参数。

update 语句中 where 子句是可选的。如果省略了 where 子句，那么目标表所有列都将被更新。

例如，在 tb_User 表中把所有用户的积分都加 10，SQL 语句如下：

```
update tb_User set UserScore=UserScore+10
```

3.4.4 删除数据

要从表中删除一个或多个记录，则需要使用 delete 语句实现。delete 语句的语法如下：

```
delete  [from] {table_name|view_name} [where clause]
```

1. 用 where 子句删除部分数据

delete 可以从一个表中删除所选的数据记录，其中 from 子句指定了包含记录的目标表，where 子句指定了表的哪些记录要被删除。

例如，在 tb_User 表中删除表中真实名为 NULL 的用户记录，SQL 语句如下：

```
delete from tb_User where RealName=NULL
```

2. 删除表中所有数据

如果省略了 where 子句，目标表中的所有记录都将被删除。

例如，删除 tb_User 表中所有的记录，SQL 语句如下：

```
delete from tb_User
```

3.5 系统公共类的封装与应用

3.5.1 公共类概述

开发过程中经常会用到一些公共模块，如对数据库的各种操作、弹出提示框、字符串处理、随机验证码等。因此，在开发系统前首先需要设计这些公共模块。下面将详细介绍网上服装专卖店系统中所需要的这些公共模块的封装与应用。

下面简单介绍一下多层软件设计，本书开发的项目采用的就是多层软件设计的模式。多层软件设计用一句话总结就是：把项目的功能、组件及代码分成单独的层。这些层包括以下 4 类：

（1）数据存储层

数据存储层是保存数据的地方。可以是一个关系数据库、一个 XML、一个文本文件或一些其他专用的存储系统。这里使用的是一个关系数据库，即 SQL Server。这部分就是第 1 章 1.4 节中的内容。

（2）数据访问层

数据访问层存放对数据存储中的原始数据进行操作的代码，也就是本章 3.3 和 3.4 节中的内容，这就是本节的重要性，实现了数据访问层的操作。但为了实现多层软件设计的思想，我们一般将这部分操作的代码封装到类中，以提高开发的效率，使编程思路清晰。本章只把公共的数据访问层中用到的代码写出来，后面具体每个模块中用到的数据访问层代码将会放到不同的类中，这样可以更加清晰和明了。

（3）业务逻辑层

业务逻辑层获取数据访问层检索到的数据，并且用更抽象、更直观的方式将数据显示在客户端，这样可以隐藏底层的细节，如数据库结构，并且可以增加逻辑验证以保证输入的安全性和一致性。这部分将在后面的章节中讲到。

（4）显示层（用户界面）

显示层将显示用户在浏览器上可以看到的内容，包括格式化数据的显示效果。这部分内容也会在后面章节中讲到。

当然，根据项目的规模可能会有更多的层，或者将一些层合并起来。例如，一个小型项目中，数据访问层和业务逻辑层可以合并在一起，用单一的组件来获取数据并在用户界面上显示。

3.5.2 公共类的创建

在创建公共类时，用户可以直接在项目中找到 App_Code 文件夹，然后右击，在弹出的快捷菜单中选择“添加新项”命令，在弹出的对话框中选择“类”选项，并为其命名（以创建 DBClass 为例），单击“添加”按钮即可创建一个新类，如图 3-1 所示。

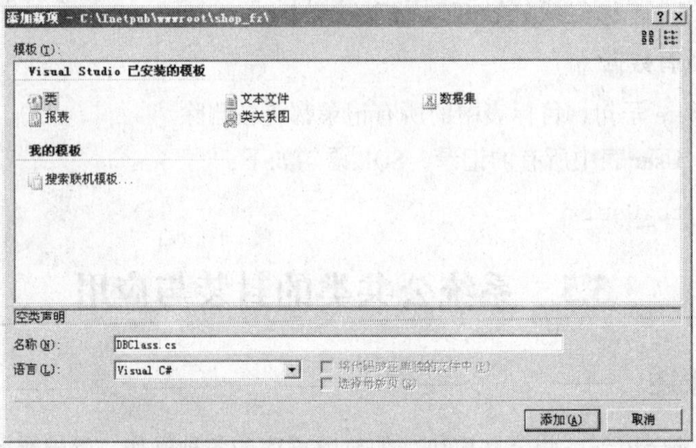

图 3-1　添加类

注意：在 ASP.NET 2.0 中，App_Code 文件夹专门用来存放一些应用于全局的代码（比如公共类），如果项目中没有该文件夹，可以在项目中创建此文件夹，具体方法在第 2 章中已介绍，请参阅。

在我们的网上服装专卖店系统中创建了 3 个系统公共类，具体如下：

- CommonClass：用于管理在项目中用到的公共方法，如弹出对话框、随机验证码、分页技术、字符串处理等。
- CodeClass：用于生成验证码，就是将一串随机产生的数字或符号生成一幅图片，在图片中加上一些干扰像素。
- DBClass：用于管理在项目中对数据库的各种操作，如连接数据库、获取数据集 DataSet 等。

3.5.3 任务十三 公共类的设计与实现

1. CommonClass 类

CommonClass 类用于管理在项目中用到的公共方法，主要包括 MessageBox 方法、MessageBoxPage 方法、VarStr 方法、SubStr 方法和 PageDataListBind 方法。

（1）MessageBox(string TxtMessage, string Url)方法

MessageBox 方法用于在客户端弹出对话框，提示用户执行某种操作。代码如下：

```
/// <summary>
/// 说明: MessageBox 用来在客户端弹出对话框，关闭对话框返回指定页。
/// 参数: TxtMessage 对话框中显示的内容。
/// Url: 对话框关闭后，跳转的页。
/// </summary>
public string MessageBox(string TxtMessage,string Url)
{
   string str;
   str="<script language=javascript>alert('"+TxtMessage+"');location='"+
   Url+"';</script>";
   return str;
}
```

（2）MessageBox(string TxtMessage)方法

MessageBox 方法用于在客户端弹出对话框，提示用户执行某种操作或已完成了某种操作，并刷新页面。代码如下：

```
/// <summary>
/// 说明: MessageBox 用来在客户端弹出对话框，提示用户执行某操作或已完成了某种操作，
/// 返回原页面并刷新页面。
/// 参数: TxtMessage 对话框中显示的内容。
/// </summary>
public string MessageBox(string TxtMessage)
{
   string str;
   str = "<script language=javascript>alert('" + TxtMessage + "')</script>";
   return str;
}
```

（3）MessageBoxPage(string TxtMessage)方法

MessageBoxPage 方法用于在客户端弹出对话框，关闭对话框返回原页，但不刷新页面。

```
/// <summary>
/// 说明: MessageBoxPage 用来在客户端弹出对话框，关闭对话框返回原页，但不刷新页面。
/// 参数: TxtMessage 对话框中显示的内容。
/// </summary>
public string MessageBoxPage(string TxtMessage)
{
   string str;
   str="<script language=javascript>alert('"+TxtMessage+"'); location=
   'javascript:history.go(-1)';</script>";
   return str;
}
```

（4）SubStr(string sString, int nLeng)方法

SubStr 方法用来格式化字符串，如果字符串过长，有些地方不需要显示所有的字符，可以使用此方法显示指定长度的字符，其余字符用“...”代替。代码如下：

```
/// <summary>
/// 说明：SubStr 用来格式化某字符串，只显示指定长度的字符，其余字符用“...”代替。
/// 参数：指定字符串和长度值。
/// </summary>
 public string SubStr(string sString,int nLeng)
{
   if(sString.Length<=nLeng)
   {
      return sString;
   }
   string sNewStr=sString.Substring(0,nLeng);
   sNewStr=sNewStr+"...";
   return sNewStr;
}
```

（5）Encrypting(string strSource)方法

Encrypting 方法用来对比较重要的信息进行加密操作。此方法返回一个 string 类型的值，该值表示已经加密的信息。在调用此方法时应传入一个 string 参数，此参数表示需要加密的信息。代码如下：

```
private static readonly string sKey="qJzGEh6hESZDVJeCnFPGuxzaiB7NLQM3";
                                                           //密钥
private static readonly string sIV="qcDY6X+aPLw=";        //矢量，矢量可以为空
private static SymmetricAlgorithm mCSP=new TripleDESCryptoServiceProvider();
                                                           //构造一个对称算法
public string Encrypting(string strSource)
{
   ICryptoTransform ct;
   MemoryStream ms;
   CryptoStream cs;
   byte[] byt;
   string str=null;
   mCSP.Key=Convert.FromBase64String(sKey);
   mCSP.IV=Convert.FromBase64String(sIV);
   mCSP.Mode=System.Security.Cryptography.CipherMode.ECB;
   mCSP.Padding=System.Security.Cryptography.PaddingMode.PKCS7;
   ct=mCSP.CreateEncryptor(mCSP.Key, mCSP.IV);
   byt=Encoding.UTF8.GetBytes(source);                   //把字符串放到byt数组中
   //实例 MemoryStream 流加密文件
   ms=new MemoryStream();
   cs=new CryptoStream(ms,ct,CryptoStreamMode.Write);
   cs.Write(byt,0,byt.Length);
   cs.FlushFinalBlock();
   cs.Close();
   str=Convert.ToBase64String(ms.ToArray());
   return str;
}
```

(6) Decrypting(string strSource)方法

Decrypting 方法将已经加密的信息进行解密。此方法返回一个 string 类型的值，值表示解密后的信息。在调用此方法时应传入一个 string 类型的参数，此参数表示需要解密的信息。代码如下：

```
public string Decrypting(string strSource)
{
  ICryptoTransform ct;
  MemoryStream ms;
  CryptoStream cs;
  byte[] byt;
  string str=null;
  mCSP.Key=Convert.FromBase64String(sKey);
  mCSP.IV=Convert.FromBase64String(sIV);
  mCSP.Mode=System.Security.Cryptography.CipherMode.ECB;
  mCSP.Padding=System.Security.Cryptography.PaddingMode.PKCS7;
  ct=mCSP.CreateDecryptor(mCSP.Key,mCSP.IV);
  byt=Convert.FromBase64String(source);     //把解密字符串转换成字节数组
  //实例 MemoryStream 流进行解密
  ms=new MemoryStream();
  cs=new CryptoStream(ms,ct,CryptoStreamMode.Write);
  cs.Write(byt,0,byt.Length);
  cs.FlushFinalBlock();
  cs.Close();
  str=Encoding.UTF8.GetString(ms.ToArray());
  return str;
}
```

注意：实现 Encrypting 和 Decrypting 方法时需要在命名空间中添加“using System.Security.Cryptography;”命名空间、“using System.IO;”命名空间、“using System.Text;”命名空间和“using System.Text.RegularExpressions;”命名空间。

2. CodeClass 类

CodeClass 类用于生成验证码，就是将一串随机产生的数字或符号，生成一幅图片，图片里加上一些干扰像素（防止 OCR），由用户肉眼识别其中的验证码信息，输入表单提交网站验证，验证成功后才能使用某项功能。代码如下：

```
using System.Text;
using System;
using System.Web;
using System.IO;
using System.Drawing;
using System.Drawing.Imaging;
/// <summary>
/// Code 的摘要说明
/// </summary>
public class Code
{
  /// <summary>
  /// 该方法用于生成指定位数的随机数
```

```
/// </summary>
/// <param name="VcodeNum">参数是随机数的位数</param>
/// <returns>返回一个随机数字符串</returns>
private string RndNum(int VcodeNum)
{
   //验证码可以显示的字符集合
   string Vchar="1,1,2,3,4,5,6,7,8,9,a,b,c,d,e,f,g,h,i,j,k,l,m,n,p,p"+",
   q,r,s,t,u,v,w,x,y,z,A,B,C,D,E,F,G,H,I,J,K,L,M,N,P,P,Q"+",R,S,T,U,V,W,X,Y,Z";
   string[] VcArray=Vchar.Split(new Char[] { ',' });          //拆分成数组
   string VNum="";                                              //产生的随机数
   int temp=-1;        //记录上次随机数值，尽量避免产生几个一样的随机数
   Random rand=new Random();
   //采用一个简单的算法以保证生成不同的随机数
   for(int i=1;i<VcodeNum+1;i++)
   {
      if(temp!=-1)
      {
         rand=new Random(i*temp*unchecked((int)DateTime.Now.Ticks));
         //初始化随机类
      }
      int t=rand.Next(61);                          //获取随机数
      if(temp!=-1 && temp==t)
      {
         return RndNum(VcodeNum);                   //如果获取的随机数重复，则递归调用
      }
      temp=t;                                       //把本次产生的随机数记录起来
      VNum+=VcArray[t];                             //随机数的位数加 1
   }
   return VNum;
}
/// <summary>
/// 该方法是将生成的随机数写入图像文件
/// </summary>
/// <param name="VNum">VNum 是一个随机数</param>
public MemoryStream Create(out string VNum)
{
   VNum=RndNum(4);
   Bitmap Img=null;
   Graphics g=null;
   MemoryStream ms=null;
   System.Random random=new Random();
   //验证码颜色集合
   Color[] c={ Color.Black,Color.Red,Color.DarkBlue,Color.Green,
   Color.Orange,Color.Brown,Color.DarkCyan,Color.Purple };
   //验证码字体集合
   string[] fonts={ "Verdana","Microsoft Sans Serif","Comic Sans MS",
   "Arial","宋体" };
   //定义图像的大小，生成图像的实例
   Img=new Bitmap((int)VNum.Length * 22,32);
   g=Graphics.FromImage(Img);                       //从 Img 对象生成新的 Graphics 对象
```

```
    g.Clear(Color.White);                    //背景设为白色
    //在随机位置画背景点
    for(int i=0;i<100;i++)
    {
       int x=random.Next(Img.Width);
       int y=random.Next(Img.Height);
       g.DrawRectangle(new Pen(Color.LightGray,0),x,y,1,1);
    }
    //验证码绘制在 g 中
    for(int i=0;i<VNum.Length;i++)
    {
       int cindex=random.Next(7);            //随机颜色索引值
       int findex=random.Next(5);            //随机字体索引值
       Font f=new System.Drawing.Font(fonts[findex], 13,
       System.Drawing.FontStyle.Bold); //字体
       Brush b=new System.Drawing.SolidBrush(c[cindex]);           //颜色
       int ii=4;
       if((i+1)%2==0)                        //控制验证码不在同一高度
       {
          ii=2;
       }
       g.DrawString(VNum.Substring(i,1),f,b,5+(i*22),ii);
                                             //绘制一个验证字符
    }
    ms = new MemoryStream();                 //生成内存流对象
    Img.Save(ms,ImageFormat.Png);            //将此图像以 PNG 图像文件的格式保存到流中
    //回收资源
    g.Dispose();
    Img.Dispose();
    return ms;
  }
}
```

3. DBClass 类

DBClass 类用于管理在项目中对数据库的各种操作，主要包括 GetConnection 方法、ExecNonQuery 方法、ExecScalar 方法、GetDataSet 方法和 GetCommandProc 方法。

（1）GetConnection 方法

GetConnection()方法用来创建与数据库的连接，并返回 SqlConnection 类对象。代码如下：

```
/// <summary>
/// 连接数据库
/// </summary>
/// <returns>返回 SqlConnection 对象</returns>
public SqlConnection GetConnection()
{
   string myStr=ConfigurationManager.AppSettings["ConnectionString"].
   ToString();
   SqlConnection myConn=new SqlConnection(myStr);
   return myConn;
}
```

（2）ExecNonQuery 方法

ExecNonQuery(SqlCommand myCmd)方法用来执行 SQL 语句，并返回受影响的行数。当用户对数据库进行添加、修改或删除操作时，可以调用该方法。代码如下：

```
/// <summary>
/// 执行 SQL 语句，并返回受影响的行数
/// </summary>
/// <param name="myCmd">执行 SQL 语句命令的 SqlCommand 对象</param>
public void  ExecNonQuery(SqlCommand myCmd)
{
  try
  {
    if(myCmd.Connection.State!=ConnectionState.Open)
    {
      myCmd.Connection.Open();                        //打开与数据库的连接
    }
    //使用 SqlCommand 对象的 ExecuteNonQuery 方法执行 SQL 语句，并返回受影响的行数
    myCmd.ExecuteNonQuery();
  }
  catch(Exception ex)
  {
    throw new Exception(ex.Message,ex);
  }
  finally
  {
    if(myCmd.Connection.State==ConnectionState.Open)
    {
      myCmd.Connection.Close();                       //关闭与数据库的连接
    }
  }
}
```

（3）ExecScalar 方法

ExecScalar(SqlCommand myCmd)方法用来返回查询结果中的第一行第一列值。当用户从数据库中检索数据，并获取查询结果中的第一行第一列的值时，可以调用该方法。代码如下：

```
/// <summary>
/// 执行查询，并返回查询所返回的结果集中第一行的第一列。所有其他的列和行将被忽略。
/// </summary>
/// <param name="myCmd"></param>
/// <returns>执行 SQL 语句命令的 SqlCommand 对象</returns>
public string ExecScalar(SqlCommand myCmd)
{
  string strSql;
  try
  {
    if(myCmd.Connection.State!=ConnectionState.Open)
    {
      myCmd.Connection.Open();                        //打开与数据库的连接
    }
    //使用 SqlCommand 对象的 ExecuteScalar 方法执行查询，并返回查询所返回的结果集
    //中第一行的第一列。所有其他的列和行将被忽略
```

```
        strSql=Convert.ToString(myCmd.ExecuteScalar());
        return strSql ;
    }
    catch(Exception ex)
    {
        throw new Exception(ex.Message,ex);
    }
    finally
    {
        if(myCmd.Connection.State==ConnectionState.Open)
        {
            myCmd.Connection.Close();        //关闭与数据库的连接
        }
    }
}
```

（4）GetDataSet 方法

GetDataSet(SqlCommand myCmd, string TableName)方法主要用来从数据库中检索数据，并将查询的结果使用 SqlDataAdapter 对象的 Fill 方法填充到 DataSet 数据集中，然后返回该数据集的表的集合。其代码如下：

```
/// <summary>
/// 说明：返回数据集的表的集合。
/// 返回值：数据源的数据表。
/// 参数：myCmd 是执行 SQL 语句或存储过程语句的 SqlCommand 对象，TableName 是数据表名称。
/// </summary>
public DataTable GetDataSet(SqlCommand myCmd,string TableName)
{
    SqlDataAdapter adapt;
    DataSet ds=new DataSet();
    try
    {
        if(myCmd.Connection.State!=ConnectionState.Open)
        {
            myCmd.Connection.Open();
        }
        adapt=new SqlDataAdapter(myCmd);
        adapt.Fill(ds,TableName);
        return ds.Tables[TableName];
    }
    catch(Exception ex)
    {
        throw new Exception(ex.Message,ex);
    }
    finally
    {
        if(myCmd.Connection.State==ConnectionState.Open)
        {
            myCmd.Connection.Close();
        }
    }
```

（5）GetCommandProc 方法

GetCommandProc(string strProcName)方法用来执行存储过程语句，实现对数据库的增、删、改等操作。代码如下：

```
/// <summary>
/// 执行存储过程语句，返回 sqlCommand 类对象。
/// </summary>
/// <param name="strProcName">存储过程名</param>
/// <returns>返回 sqlCommand 类对象</returns>
public SqlCommand GetCommandProc(string strProcName)
{
   SqlConnection myConn=GetConnection();
   SqlCommand myCmd=new SqlCommand();
   myCmd.Connection=myConn;
   myCmd.CommandText=strProcName;
   myCmd.CommandType=CommandType.StoredProcedure;
   return myCmd;
}
```

（6）GetCommandStr 方法

GetCommandStr(string strSql)方法用来执行 SQL 语句，实现对数据库的增、删、改等操作。代码如下：

```
/// <summary>
/// 执行查询语句，返回 sqlCommand 类对象。
/// </summary>
/// <param name="strSql">查询语句</param>
/// <returns>返回 sqlCommand 类对象</returns>
public SqlCommand GetCommandStr(string strSql)
{
   SqlConnection myConn=GetConnection();
   SqlCommand myCmd=new SqlCommand();
   myCmd.Connection=myConn;
   myCmd.CommandText=strSql;
   myCmd.CommandType=CommandType.Text;
   return myCmd;
}
```

（7）GetDataSetStr 方法

GetDataSetStr(string sqlStr, string TableName)方法用来执行 SQL 语句从数据库中检索数据，并将查询的结果使用 SqlDataAdapter 对象的 Fill 方法填充到 DataSet 数据集中，然后返回该数据集的表的集合。代码如下：

```
/// <summary>
/// 说明：执行 SQL 语句，返回数据源的数据表。
/// 返回值：数据源的数据表 DataTable。
/// 参数：sqlStr 是执行的 SQL 语句，TableName 是数据表名称。
/// </summary>
public DataTable GetDataSetStr(string sqlStr,string TableName)
```

```
    {
        SqlConnection myConn=GetConnection();
        myConn.Open();
        DataSet ds=new DataSet();
        SqlDataAdapter adapt=new SqlDataAdapter(sqlStr,myConn);
        adapt.Fill(ds,TableName);
        myConn.Close();
        return ds.Tables[TableName];
    }
}
```

注意：此类中需要添加“using System.Data.SqlClient;”命名空间。

3.6　本 章 小 结

本章介绍了 ADO.NET 数据库访问技术的基础内容。以本书开发项目为例，通过具体的任务在数据访问层中使用了这些数据库访问技术，使用户初步建立多层软件开发的思想。本章主要介绍在数据访问层中的操作，并且详细介绍了常用的 SQL 语句，最后通过具体的项目介绍了将数据访问层中的代码封装到类中的操作，类中封装了本项目中数据访问层中公共访问的代码，如创建连接 SQL Server 数据库、执行 SQL 语句、执行存储过程的方法。

现在网上服装专卖店网站已经有了一个良好的基础，第 4 章将介绍用户管理系统，该系统对用户账户注册和个人资料进行管理，还将构建一个完整的管理模块，实现用户、个人资料和密码设置等管理。

3.7　课后任务与思考

1. 思考 ADO 和 ADO.NET 有何区别？
2. 使用 ADO.NET 连接到 SQL Server 2005 还有哪些方法？

第4章 用户管理系统

【本章导读】

作为一个电子商务模型，用户管理系统是必不可少的，用户是整个电子商务交易过程中的主角，所以用户管理是整个系统中最基础的一个应用模块。

用户管理系统主要包括用户登录、用户注册和用户资料管理3部分内容，本章将对这3部分内容做详细的剖析。

【主要知识点】

- 用户通过在线填写注册表单可以独立创建用户
- 用户可以通过用户名和密码登录到网站
- 用户以后能够更改密码，密码遗失后能够恢复密码
- 用户可以修改自己的一些基本资料
- 用户可以查看和管理自己的账单
- 用户可以查看和管理自己的收藏夹

4.1 用户体系的需求分析

用户体系对于电子商务模型来说是一套完整的体系，当一个电子商务系统的浏览者想真正使用电子商务系统购买商品的时候，就必须注册成为系统的用户，提供一个系统中的唯一标识，并且提供一个对应的登录系统的密码。图4-1描述了电子商务系统中用户体系的一些主要环节和行为。

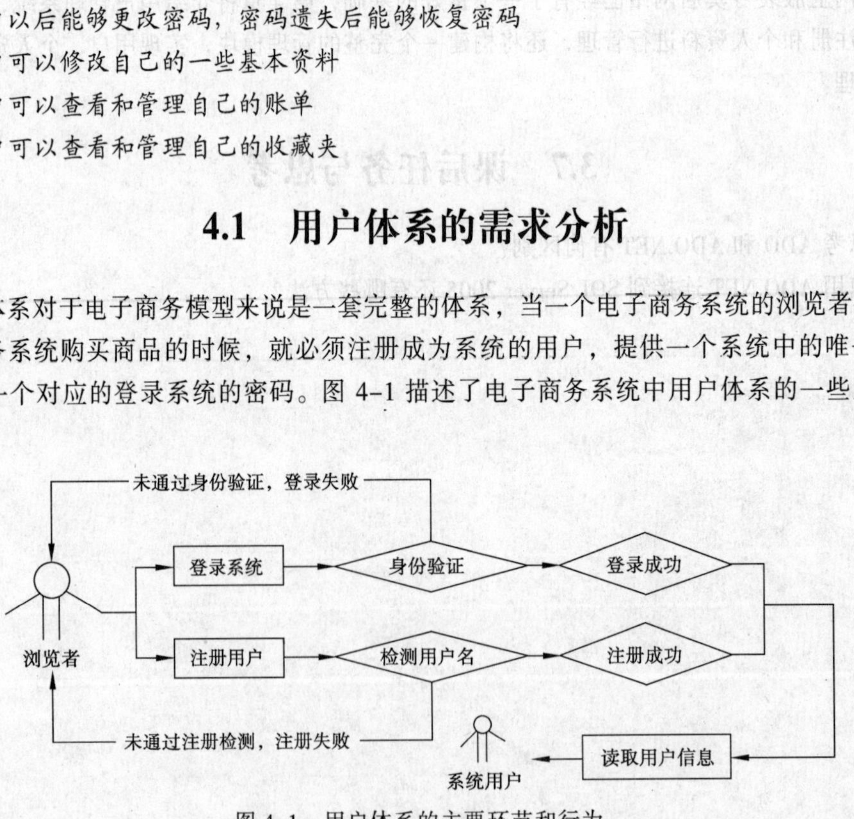

图4-1 用户体系的主要环节和行为

用户体系中身份的两个主要角色是浏览者和系统用户，浏览者可以通过注册获得登录的用户名，登录系统后成为系统用户。系统用户对于系统来讲是唯一标识的浏览者。系统之所以要求系统用户具有唯一的标识是因为在电子商务交易中，需要记录和区分购买者的详细信息，为后续的配送、发货和收款等环节提供完整的用户信息。

用户体系中两个过程分别为注册和登录，这两个过程也是浏览者成为系统用户所必需的。浏览者通过注册获得唯一标识的用户名，通过登录来让系统识别自己唯一标识的用户名。

4.2　会员注册模块

4.2.1　会员注册模块简介

浏览者在用户注册页面按照系统的提示，输入用户相关信息后，系统会检测浏览者输入的用户名在目前的用户数据表中是否已经存在，如果已经存在则提示用户重新更换用户名，重新注册；如果用户名在当前用户数据表中不存在，则该用户注册成功，成为系统的合法用户。

在用户注册页面中用户按照页面的提示输入相应的信息，并且系统会验证输入的信息是否符合要求，如果通过验证，则提示用户注册成功，否则返回相应的错误提示信息，提示用户未通过注册。

4.2.2　数据验证

程序运行时，对一些输入的数据进行验证是很有必要的，因为不正确的输入很可能会给后续的应用带来麻烦。例如，有些用户填写订单信息时没有填写地址或者联系方式不正确，就没有办法给用户发货或者与用户联系。不仅如此，有些错误的输入还会给系统运行造成直接的影响，轻者会降低系统的运行效率，重者可能破坏系统的正常运行。

对于验证数据可以自行编写代码，也可以利用系统的验证控件。当然读者可以选择其中一种去验证数据输入的正确性，也可以两者混合使用。

4.2.3　使用正则表达式

正则表达式是由普通字符和一些特殊字符组成的字符模式，在编写处理字符串的程序或网页时，经常会有查找符合某些复杂规则的字符串的需要。正则表达式就是用于描述这些规则的工具。换句话说，正则表达式就是记录文本规则的代码。

比如电子邮件、电话号码、手机号码、邮政编码、身份证号等这些数据输入的时候都有一定的规则，所以我们应对输入的数据加以规则的限定。

常用的正则表达式字符及其含义如表 4-1 所示

表 4-1　常用正则表达式字符及其含义

正则表达式字符	含　义	正则表达式字符	含　义
[……]	匹配括号中的任何一个字符	\s	匹配任何一个非空白字符
[^……]	匹配不在括号中的任何一个字符	\S	与任何非单词字符匹配
\w	匹配任何一个字符（a~z、A~Z 和 0~9）	\d	匹配任何一个数字（0~9）
\W	匹配任何一个空白字符	\D	匹配任何一个非数字（^0~9）

续表

正则表达式字符	含　义	正则表达式字符	含　义
[\b]	匹配一个退格键字母	|	匹配前面表达式或后面表达式
{n,m}	最少匹配前面表达式 *n* 次，最大为 *m* 次	(…)	在单元中组合项目
{n,}	最少匹配前面表达式 *n* 次	^	匹配字符串的开头
{n}	恰好匹配前面表达式 *n* 次	$	匹配字符串的结尾
?	匹配前面表达式 0 或 1 次{0,1}	\b	匹配字符边界
+	至少匹配前面表达式 1 次{1,}	\B	匹配非字符边界的某个位置
*	至少匹配前面表达 0 次{0,}		

下面列举几个常用的正则表达式。

（1）匹配中文字符的正则表达式

```
[\u4e00-\u9fa5]
```

（2）匹配双字节字符

```
[^\x00-\xff]
```

包括汉字在内，可以用来计算字符串的长度，一个双字节字符长度计 2，ASCII 字符计 1。

（3）匹配空白行的正则表达式（可以用来删除空白行）

```
\n\s*\r
```

（4）匹配 HTML 标记的正则表达式

```
<(\S*?)[^>]*>.*?</>|<.*? />
```

（5）匹配首尾空白字符的正则表达式

```
^\s*|\s*$
```

可以用来删除行首行尾的空白字符，包括空格、制表符、换页符等。

（6）匹配 E-mail 地址的正则表达式（表单验证时很实用）

```
\w+([-+.]\w+)*@\w+([-.]\w+)*\.\w+([-.]\w+)*
```

（7）匹配网址 URL 的正则表达式

```
[a-zA-z]+://[^\s]*
```

（8）匹配账号是否合法

```
^[a-zA-Z][a-zA-Z0-9_]{4,15}$
```

账号以字母开头，允许 5～16B，允许使用字母、数字、下画线。

（9）匹配电话号码

```
\d-\d|\d-\d
```

匹配形式如 0511-4405222 或 021-87888822。

（10）匹配腾讯 QQ 号（腾讯 QQ 号从 10000 开始）

```
[1-9][0-9]{4,}
```

（11）匹配中国邮政编码

```
[1-9]\d(?!\d)
```

(12) 匹配身份证（我国的身份证大多为15位或18位）

```
\d|\d
```

(13) 匹配IP地址（提取IP地址时有用）

```
\d+\.\d+\.\d+\.\d+
```

(14) 匹配特定数字

```
^[1-9]\d*$                //匹配正整数
^-[1-9]\d*$               //匹配负整数
^-?[1-9]\d*$              //匹配整数
^[1-9]\d*|0$              //匹配非负整数（正整数+0）
^-[1-9]\d*|0$             //匹配非正整数（负整数+0）
^[1-9]\d*\.\d*|0\.\d*[1-9]\d*$                        //匹配正浮点数
^-([1-9]\d*\.\d*|0\.\d*[1-9]\d*)$                     //匹配负浮点数
^-?([1-9]\d*\.\d*|0\.\d*[1-9]\d*|0?\.0+|0)$           //匹配浮点数
^[1-9]\d*\.\d*|0\.\d*[1-9]\d*|0?\.0+|0$               //匹配非负浮点数（正浮点数 + 0）
^(-([1-9]\d*\.\d*|0\.\d*[1-9]\d*))|0?\.0+|0$          //匹配非正浮点数（负浮点数 + 0）
```

(15) 匹配特定字符串

```
^[A-Za-z]+$               //匹配由26个英文字母组成的字符串
^[A-Z]+$                  //匹配由26个英文字母的大写组成的字符串
^[a-z]+$                  //匹配由26个英文字母的小写组成的字符串
^[A-Za-z0-9]+$            //匹配由数字和26个英文字母组成的字符串
^\w+$                     //匹配由数字、26个英文字母或者下画线组成的字符串
```

4.2.4 使用ASP.NET服务器验证控件

ASP.NET 2.0共包含5个内置验证控件：RequiredFieldValidator、CompareValidator、RangeValidator、RegularExpressionValidator和CustomValidator，这些控件直接或者间接派生自System.Web.UI.WebControls.BaseValidator。每个验证控件执行特定类型的验证，并且当验证失败时显示自定义消息。下面简要介绍这5个验证控件。

(1) RequiredFieldValidator控件

该验证控件用于验证文本框中必须输入信息，即不能为空。

(2) CompareValidator控件

该控件使用比较运算符（小于、等于、大于等）将用户输入与一个常量值或另一控件的属性值进行比较。

(3) RangeValidator控件

该控件用于检查用户的输入是否在指定的上下限内。可以检查数字对、字母字符对和日期对的范围。

(4) RegularExpressionValidator控件

该控件用于检查输入控件的值与正则表达式定义的模式是否匹配。这种验证类型允许检查可预知的字符序列，如身份证号码、电子邮件地址、电话号码、邮政编码等中的字符序列。

(5) CustomValidator控件

该控件用于使用自己编写的验证逻辑检查用户输入。这种验证类型允许检查在运行时导出的值。

除以上内置验证控件外，ASP.NET 2.0 还提供了用于显示错误信息概要的控件 ValidationSummary。该控件的目的是将来自页上所有验证控件的错误信息，一起显示在一个位置，例如一个消息框或者一个错误信息列表。ValidationSummary 控件不执行验证，但是它可以和所有验证控件一起使用，更准确地说，ValidationSummary 可以和上述 5 个内置验证控件以及自定义验证控件，共同完成验证功能。

4.2.5 任务十四 会员注册模块的实现

会员注册模块是用户体系的一个重要模块，该页面通过获取用户输入的用户信息，首先检测用户名是否存在，如果存在，则提示用户更改用户名，并且通过检测用户输入信息的规范性，最后按照对应的关系在数据库用户信息表中插入一条新的记录。

注册界面在不同的系统中可能不一样，但都大同小异，实现过程都一样，读者可以举一反三，灵活应用，根据自己的实际应用设计不同的界面。此书中注册界面的设计如图 4-2 所示。

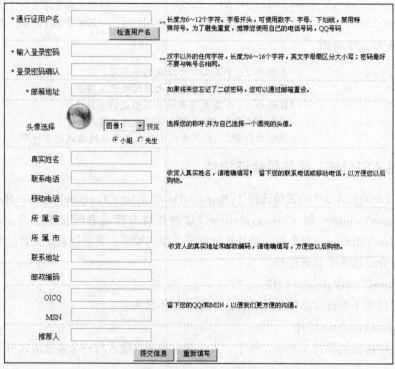

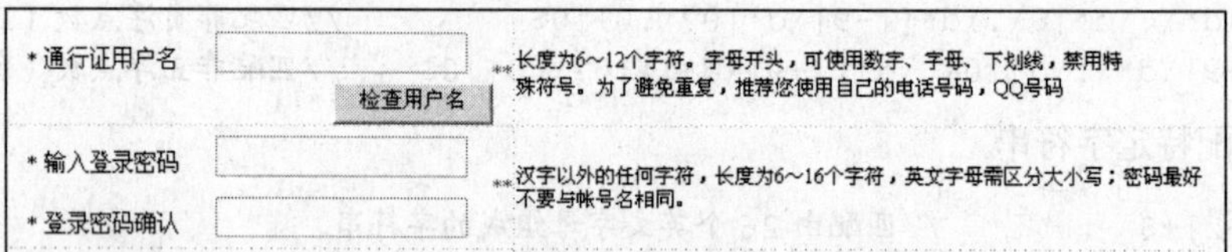

图 4-2 用户注册界面

1. 设计步骤

① 在文件夹 views 上右击，在弹出的快捷菜单中选择“添加新项”命令，在弹出的对话框中选中“Web 窗体”选项，在“名称”文本框中将页面的名称命名为 register.aspx，单击“确定”按钮。

② 使用表格布局用户注册界面。

③ 在表格中添加相关的服务器控件，控件的属性设置及其用途如表 4-2 所示。

表4-2 用户注册界面的主要控件

控件类型	控件的ID属性	主要属性设置	控件用途
TextBox	txtname	均为默认值	通行证用户名
TextBox	txtpassword1	均为默认值	输入登录密码
TextBox	txtpassword2	均为默认值	登录密码确认
TextBox	txtemail	均为默认值	邮箱地址
Image	Imglogo	均为默认值	
DropDownList	ddlLogo	AutoPostBack="True"	头像选择
RadioButtonList	rblSex	均为默认值	
TextBox	txtrealname	均为默认值	真实姓名
TextBox	txtphone	均为默认值	联系电话
TextBox	txtmobphone	均为默认值	移动电话
TextBox	txtprovince	均为默认值	所属省
TextBox	txtcity	均为默认值	所属市
TextBox	txtaddress	均为默认值	联系地址
TextBox	txtpostcode	均为默认值	邮政编码
TextBox	txtoicq	均为默认值	OICQ
TextBox	txtmsn	均为默认值	MSN
TextBox	txttjr	均为默认值	推荐人
Button	btnregister	OnClick ="btnregister_Click"	提交信息
Button	btnReset	OnClick="btnReset_Click"	重新填写

2. 实现代码

(1) 注册用户的存储过程

该存储过程为一个 Insert 插入语句，通过获取用户输入的用户信息向数据库中插入一条新的记录，存储过程的名称为 proc_AddUser，该存储过程的代码如下：

```
ALTER proc [dbo].[proc_AddUser]
(
   @UserName nvarchar(12),
   @Password nvarchar(12),
   @Sex nchar(2),
   @Email nvarchar(20),
   @Logo nvarchar(50),
   @RealName nvarchar(16),
   @Phone varchar(15),
   @MobilePhone nvarchar(12),
   @Province nvarchar(20),
   @City nvarchar(20),
   @Address nvarchar(50),
   @PostCode nvarchar(10),
   @Oicq varchar(20),
```

```
    @MSN varchar(20),
    @TJR nvarchar(20)
)
as
if Exists(select * from tb_User where UserName=@UserName)
    return -100
else
begin
    Insert tb_User(UserName,Password,Sex,Email,Logo,RealName,Phone,MobilePhone,
    Province,City,Address,PostCode,Oicq,MSN,TJR)
    values(@UserName,@Password,@Sex,@Email,@Logo,@RealName,@Phone,
    @MobilePhone,@Province,@City,@Address,@PostCode,@Oicq,@MSN,@TJR)
    return 100
end
```

（2）数据访问层 UserClass.cs 的代码

```
//检查用户是否存在
public int CheckUser(string username)
{
    dbObj.GetConnection().Open();
    string strSql="select count(*) from tb_User where UserName='"+username+
    "'";
    SqlCommand myCmd=dbObj.GetCommandStr(strSql);
    return dbObj.ExecScalar(myCmd);
}
//绑定用户头像
public DataTable UserLogoBind()
{
    string strSql="select * from tb_Logo";
    SqlCommand myCmd=dbObj.GetCommandStr(strSql);
    DataTable ds=dbObj.GetDataSet(myCmd,"tb_Logo");
    return ds;
}
//添加用户
public int AddUser(string username,string password,string sex,string email,
string logo,string realname,string phonenumber,string mobphone,string
province,string city,string address,string postcode,string oicq,string msn,
string tjr)
{
    SqlCommand myCmd=dbObj.GetCommandProc("proc_Adduser");
    //添加用户名
    SqlParameter paramUserName=new SqlParameter("@UserName",SqlDbType.
    NVarChar,12);
    //定义参数的名称、数据类型、大小
    paramUserName.Value=username;                      //定义参数的数据来源
    myCmd.Parameters.Add(paramUserName);               //将参数添加给存储过程
    //添加密码
    SqlParameter paramPassword=new SqlParameter("@Password",SqlDbType.
    NVarChar,12);
    paramPassword.Value=password;
    myCmd.Parameters.Add(paramPassword);
```

```
//添加性别
SqlParameter paramSex=new SqlParameter("@Sex",SqlDbType.NChar,2);
paramSex.Value=sex;
myCmd.Parameters.Add(paramSex);
//添加电子邮件
SqlParameter paramEmail=new SqlParameter("@Email",SqlDbType.NVarChar,20);
paramEmail.Value=email;
myCmd.Parameters.Add(paramEmail);
//添加头像
SqlParameter paramLogo=new SqlParameter("@Logo", SqlDbType.NVarChar,50);
paramLogo.Value=logo;
myCmd.Parameters.Add(paramLogo);
//添加真实姓名
SqlParameter paramRealName=new SqlParameter("@RealName",SqlDbType.
NVarChar,10);
paramRealName.Value=realname;
myCmd.Parameters.Add(paramRealName);
//添加电话号码
SqlParameter paramPhoneNumber=new SqlParameter("@Phone",SqlDbType.
NVarChar,12);
paramPhoneNumber.Value=phonenumber;
myCmd.Parameters.Add(paramPhoneNumber);
//添加移动电话号码
SqlParameter paramMobPhone=new SqlParameter("@MobilePhone",SqlDbType.
NVarChar,12);
paramMobPhone.Value=mobphone;
myCmd.Parameters.Add(paramMobPhone);
//添加所在省
SqlParameter paramProvince=new SqlParameter("@Province",SqlDbType.
NVarChar,20);
paramProvince.Value=province;
myCmd.Parameters.Add(paramProvince);
//添加所在市
SqlParameter paramCity=new SqlParameter("@City",SqlDbType.NVarChar,20);
paramCity.Value=city;
myCmd.Parameters.Add(paramCity);
//添加地址
SqlParameter paramAddress=new SqlParameter("@Address",SqlDbType.
NVarChar,50);
paramAddress.Value=address;
myCmd.Parameters.Add(paramAddress);
//添加邮政编码
SqlParameter paramPostCode=new SqlParameter("@PostCode",SqlDbType.
NVarChar,10);
paramPostCode.Value=postcode;
myCmd.Parameters.Add(paramPostCode);
//添加 OICQ
SqlParameter paramOicq=new SqlParameter("@Oicq",SqlDbType.VarChar,20);
paramOicq.Value=oicq;
myCmd.Parameters.Add(paramOicq);
```

```
    //添加 MSN
    SqlParameter paramMSN=new SqlParameter("@MSN",SqlDbType.VarChar,20);
    paramMSN.Value=msn;
    myCmd.Parameters.Add(paramMSN);
    //添加 TJR
    SqlParameter paramTJR=new SqlParameter("@TJR",SqlDbType.NVarChar,20);
    paramTJR.Value=tjr;
    myCmd.Parameters.Add(paramTJR);
    //定义该参数为返回值
    SqlParameter ReturnValue=myCmd.Parameters.Add("ReturnValue",SqlDbType.
    Int,4);
    ReturnValue.Direction=ParameterDirection.ReturnValue;
    dbObj.ExecNonQuery(myCmd);
    return Convert.ToInt32(ReturnValue.Value.ToString());
}
```

（3）业务逻辑层 register.aspx.cs 中的代码

```
using System;
using System.Data;
using System.Configuration;
using System.Collections;
using System.Web;
using System.Web.Security;
using System.Web.UI;
using System.Web.UI.WebControls;
using System.Web.UI.WebControls.WebParts;
using System.Web.UI.HtmlControls;
using System.Data.SqlClient;
using System.Text.RegularExpressions;
public partial class views_register : System.Web.UI.Page
{
    UserClass ucObj=new UserClass();      //定义 UserClass 类对象
    CommonClass ccObj=new CommonClass();  //定义 CommonClass 类对象
    protected void Page_Load(object sender,EventArgs e)
    {
        if(!Page.IsPostBack)
        {
            this.logobind();                  //调用自定义方法 logobind 来显示头像
        }
    }
//自定义方法 logobind 绑定用户的头像
protected void logobind()
{
    this.ddlLogo.DataSource=this.ucObj.UserLogoBind();
    this.ddlLogo.DataTextField="ImgName";
    this.ddlLogo.DataValueField="Image";
    this.ddlLogo.DataBind();
    this.Imglogo.ImageUrl=this.ddlLogo.SelectedValue;
}
//DropDownList 控件 ddlLogo 选择头像时图像控件 Imglogo 显示当前选择的图像
protected void ddlLogo_SelectedIndexChanged(object sender,EventArgs e)
```

```
{
   this.Imglogo.ImageUrl=this.ddlLogo.SelectedValue;
}
//检测用户名输入是否规范
protected bool checkusername()
{
   string strusername=this.txtname.Text.ToString().Trim();
   Regex reg=new Regex(@"^[a-zA-Z][a-zA-Z0-9_]{4,12}$");
   return reg.IsMatch(strusername);
}
//检测密码输入是否规范
protected bool checkPsw()
{
   string strPsw=this.txtpassword1.Text.ToString().Trim();
   Regex reg=new Regex(@"[a-zA-Z0-9_]{5,15}$");
   return reg.IsMatch(strPsw);
}
//检测电子邮件输入是否规范
protected bool checkEmail()
{
   string strEmail=this.txtemail.Text.ToString().Trim();
   Regex reg=new Regex(@"\w+([-+.]\w+)*@\w+([-.]\w+)*\.\w+([-.]\w+)*");
   return reg.IsMatch(strEmail);
}
//检测电话号码输入是否规范
protected bool checkPhone()
{
   string strPhone=this.txtphone.Text.ToString().Trim();
   Regex reg=new Regex(@"\d{3}-\d{8}|\d{4}-\d{7}");
   return reg.IsMatch(strPhone);
}
//检测手机号码输入是否规范
protected bool checkMobPhone()
{
   string strMobPhone=this.txtmobphone.Text.ToString().Trim();
   string s=@"^(13[0-9]|15[0|3|6|8|9])\d{8}$";
   Regex reg=new Regex(s);
   return reg.IsMatch(strMobPhone);
}
//检测邮政编码输入是否规范
protected bool checkPostCode()
{
   string strPostCode=this.txtpostcode.Text.ToString().Trim();
   Regex reg=new Regex(@"^[1-9]\d{5}$");
   return reg.IsMatch(strPostCode);
}
//添加用户
protected void AddUser()
{
   int count=ucObj.CheckUser(this.txtname.Text.Trim());
```

```
    if(count>0)
    {
      this.Page.RegisterClientScriptBlock("clientScript",
      ccObj.MessageBoxPage("该用户名已存在！"));
    }
    else
    {
      int IntReturnValue=ucObj.AddUser(this.txtname.Text.Trim(),
      this.txtpassword1.Text.Trim(),this.rblSex.Text.Trim(),
      this.txtemail.Text.Trim(),this.ddlLogo.Text.Trim(),
      this.txtrealname.Text.Trim(),this.txtphone.Text.Trim(),
      this.txtmobphone.Text.Trim(),this.txtprovince.Text.Trim(),
      this.txtcity.Text.Trim(),this.txtaddress.Text.Trim(),
      this.txtpostcode.Text.Trim(),this.txtoicq.Text.Trim(),
      this.txtmsn.Text.Trim(),this.txttjr.Text.Trim());
      if(IntReturnValue==100)
      {
        Session["UserName"]=this.txtname.Text.ToString().Trim();
        string url="UserCenter.aspx?id=" + Session["UserName"].ToString();
        Response.Write(ccObj.MessageBox("恭喜您，注册成功！",url));
      }
      else
      {
        this.Page.RegisterClientScriptBlock("clientScript",ccObj.
        MessageBoxPage("注册失败，该名字已存在！"));
      }
    }
}
//单击“提交信息”按钮时执行的代码
protected void btnregister_Click(object sender,EventArgs e)
{
    if(this.txtname.Text.ToString().Trim()!="")
    {
      if(!this.checkusername())
      {
        this.Page.RegisterClientScriptBlock("clientScript",ccObj.
        MessageBox("您输入的用户名格式不正确！"));
      }
      else
      {
        if(this.txtpassword1.Text.ToString().Trim()!="")
        {
          if(this.txtpassword1.Text.ToString().Trim()==this.txtpassword2.
          Text.ToString().Trim())
          {
            if(!this.checkPsw())
            {
              this.Page.RegisterClientScriptBlock("clientScript",ccObj.
              MessageBox("您输入的密码格式不正确！"));
            }
            else
```

```
        {
           if(this.txtemail.Text.ToString().Trim()!="")
           {
              if(!this.checkEmail())
              {
                 this.Page.RegisterClientScriptBlock("clientScript",ccObj.
                 MessageBox("您输入的电子邮件格式不正确!"));
              }
              else
              {
                 if(!this.checkPhone() && this.txtphone.Text.
                 ToString().Trim()!="")
                 {
                    this.Page.RegisterClientScriptBlock("clientScript",
                    ccObj.MessageBox("您输入的电话号码格式不正确!"));
                 }
                 else
                 {
                    if(!this.checkMobPhone() && this.txtmobphone.Text.
                    ToString().Trim()!="")
                    {
                       this.Page.RegisterClientScriptBlock("clientScript",
                       ccObj.MessageBox("您输入的手机号码格式不正确!"));
                    }
                    else
                    {
                       if(!this.checkPostCode() && this.txtpostcode.
                       Text.ToString().Trim()!="")
                       {
                          this.Page.RegisterClientScriptBlock("clientScript",
                          ccObj.MessageBox("您输入的邮政编码格式不正确!"));
                       }
                       else
                       {
                          this.AddUser(); //调用自定义方法AddUser添加新用户
                       }
                    }
                 }
              }
           }
           else
           {
              this.Page.RegisterClientScriptBlock("clientScript",ccObj.
              MessageBox("电子邮件地址不能为空!"));
           }
        }
     }
     else
     {
        this.Page.RegisterClientScriptBlock("clientScript",ccObj.MessageBox
        ("输入的两次密码不一致!"));
     }
  }
```

```
            else
            {
               this.Page.RegisterClientScriptBlock("clientScript",ccObj.MessageBox
               ("密码不能为空！"));
            }
         }
      }
      else
      {
         this.Page.RegisterClientScriptBlock("clientScript",ccObj.MessageBox
         ("用户名不能为空！"));
      }
   }
   //"重新填写"按钮代码，就是将各个文本框中的内容清空，这里没有全部列出，读者可以补充完整
   protected void btnReset_Click(object sender,EventArgs e)
   {
      this.txtname.Text="";
      …
   }
```

在用户注册信息中的用户名需要是唯一的，否则在网站中可能会出现两个或者多个一样的用户名。解决这个问题可以通过一个按钮控件来实现，在按钮的单击事件中通过调用 UserClass 类中的 CheckUser 方法并返回一个整数类型的值，来判断添加的用户名是否在数据库中存在。如整数值大于 0，说明用户名已经存在并给出相应的提示信息；等于 0，说明用户可以添加此用户名并给出相应提示信息。代码如下：

```
   //检查用户名按钮
   protected void btnCheckUser_Click(object sender,EventArgs e)
   {
      string strusername=this.txtname.Text.ToString().Trim();
      if(strusername!="")
      {
         if(!this.checkusername())
         {
            this.Page.RegisterClientScriptBlock("clientScript",ccObj.MessageBoxPage
            ("输入的数据格式不正确！"));
         }
         else
         {
            int count=ucObj.CheckUser(strusername);
            if(count>0)
            {
               this.Page.RegisterClientScriptBlock("clientScript",ccObj.
               MessageBoxPage("该用户名已存在！"));
            }
            else
            {
               this.Page.RegisterClientScriptBlock("clientScript",ccObj.
               MessageBoxPage("该用户名可以使用！"));
            }
         }
      }
```

```
    else
    {
        this.Page.RegisterClientScriptBlock("clientScript",ccObj.MessageBoxPage
        ("用户名不能为空"));
    }
}
```

3. 关键技术

（1）页面局部刷新

通过上述步骤和代码，用户注册模块基本完成，但当测试注册页面时会发现问题，当更换头像时，密码输入框中的内容不见了，这里使用 AJAX 的局部刷新功能来解决这个问题。AJAX 全称为 Asynchronous JavaScript and XML（异步 JavaScript 和 XML），是一种创建交互式网页应用的网页开发技术，用来描述一组技术的集合，囊括 Java 技术、XML 以及 JavaScript 的编程技术，可以构建基于 Java 技术的 Web 应用，并打破了使用页面重载的惯例。

AJAX 的机制是异步回传，是使用客户端脚本与 Web 服务器交换数据的 Web 应用开发技术。通过 AJAX，Web 页面不用打断交互流程就可以重新进行加载，从而实现动态更新。一般的网页点击一个按钮或触发一个服务器事件后，回传到服务器的过程中，页面变为白色，服务器处理完成返回页面后，才能进行下一项操作，即同步机制。AJAX 异步回传后，页面不变，还可以在页面上进行其他操作，服务器返回数据后，只有修改部分才会改变，即局部刷新，有效避免了页面全部刷新。

页面局部刷新功能的实现过程如下：

① 构造开发环境。

- 下载并安装最新的 ASP.NET AJAX Extensions 1.0 包。
- 下载 AJAX Control Toolkit 压缩包并解压到计算机上的一个文件夹中。

② 配置 Visual Studio 2005 和 Visual Web Developer。

创建一个以 ASP.NET AJAX-Enabled Web Site 为模板的网站。将该网站中的 Web.config 文件复制到我们现在网站中替换现在的 Web.config 文件，然后将原来数据库连接的字符串和使用主题的语句再添加到相应的位置。注意给出代码中的粗体字部分，其他部分都是自动生成的，粗体字部分必须手动操作。这部分的主要意思是将我们现在网站项目中的 Web.config 文件用 ASP.NET AJAX-Enabled Web Site 为模板的网站中的 Web.config 文件替换。新建的这个网站就可以关闭了，回到原来的网站中进行后面的操作。

- 替换前的 Web.config 配置文件内容如下：

```
<?xml version="1.0"?>
<!--
  注意：除了手动编辑此文件以外，您还可以使用 Web 管理工具来配置应用程序的设置。可以使用
  Visual Studio 中的“网站” -> “Asp.Net 配置” 选项。
  设置和注释的完整列表在 machine.config.comments 中，该文件通常位于\Windows\
  Microsoft.Net\Framework\v2.x\Config 中
-->
<configuration>
<appSettings>
```

```
<add key="ConnectionString" value="server=CMF;database=db_shopfz;UID=sa;
password='978324'"/>
</appSettings>
<system.web>
<!--
  设置 compilation debug="true" 将调试符号插入已编译的页面中。但由于这会影响性能，
  因此只在开发过程中将此值设置为 true。
-->
<compilation debug="true">
<assemblies>
<add assembly="System.Web.Extensions, Version=1.0.61025.0,
Culture=neutral, PublicKeyToken=31BF3856AD364E35"/></assemblies>
</compilation>
<!--
  通过<authentication>节可以配置 ASP.NET 使用的安全身份验证模式，以标识传入的用户。
-->
<authentication mode="Windows"/>
<!--
  如果在执行请求的过程中出现未处理的错误，则通过<customErrors>节可以配置相应的处理步骤。
  具体说来，开发人员通过该节可以配置要显示的 HTML 错误页以代替错误堆栈跟踪。
  <customErrors mode="RemoteOnly" defaultRedirect=
  "GenericErrorPage.htm">
  <error statusCode="403" redirect="NoAccess.htm" />
  <error statusCode="404" redirect="FileNotFound.htm" />
  </customErrors>
-->
<pages theme="Themes1"/>
</system.web>
</configuration>
```

- 替换后的 Web.config 配置文件内容如下：

```
<?xml version="1.0"?>
<configuration>
<configSections>
<sectionGroup name="system.web.extensions" type="System.Web.Configuration.
SystemWebExtensionsSectionGroup,System.Web.Extensions,Version=
1.0.61025.0,Culture=neutral,PublicKeyToken=31bf3856ad364e35">
<sectionGroup name="scripting" type="System.Web.Configuration.
ScriptingSectionGroup,System.Web.Extensions,Version=1.0.61025.0,
Culture=neutral,PublicKeyToken=31bf3856ad364e35">
<section name="scriptResourceHandler"type="System.Web.Configuration.
ScriptingScriptResourceHandlerSection,System.Web.Extensions,Version=
1.0.61025.0,Culture=neutral,PublicKeyToken=31bf3856ad364e35"
requirePermission="false" allowDefinition="MachineToApplication"/>
<sectionGroup name="webServices" type="System.Web.Configuration.
ScriptingWebServicesSectionGroup,System.Web.Extensions,Version=
1.0.61025.0,Culture=neutral,PublicKeyToken=31bf3856ad364e35">
<section name="jsonSerialization" type="System.Web.Configuration.
ScriptingJsonSerializationSection,System.Web.Extensions,Version=
1.0.61025.0,Culture=neutral,PublicKeyToken=31bf3856ad364e35"
requirePermission="false" allowDefinition="Everywhere"/>
```

```
<section name="profileService" type="System.Web.Configuration.
ScriptingProfileServiceSection,System.Web.Extensions,Version=
1.0.61025.0,Culture=neutral,PublicKeyToken=31bf3856ad364e35"
requirePermission="false" allowDefinition="MachineToApplication"/>
<section name="authenticationService"type="System.Web.Configuration.
ScriptingAuthenticationServiceSection,System.Web.Extensions,Version=
1.0.61025.0,Culture=neutral,PublicKeyToken=31bf3856ad364e35"
requirePermission="false" allowDefinition="MachineToApplication"/>
</sectionGroup>
</sectionGroup>
</sectionGroup>
</configSections>
<appSettings>
<add key="ConnectionString" value="server=CMF;database=db_shopfz;UID=sa;
password='978324'"/>
</appSettings>
<system.web>
<pages theme="Themes1" >
<controls>
<add tagPrefix="asp" namespace="System.Web.UI" assembly=
"System.Web.Extensions,Version=1.0.61025.0,Culture=neutral,
PublicKeyToken=31bf3856ad364e35"/>
</controls>
</pages>
<!--
  Set compilation debug="true" to insert debugging
  symbols into the compiled page. Because this
  affects performance, set this value to true only
  during development.
-->
<compilation debug="true">
<assemblies>
<add assembly="System.Web.Extensions,Version=1.0.61025.0,Culture=
neutral,PublicKeyToken=31bf3856ad364e35"/>
</assemblies>
</compilation>
<httpHandlers>
<remove verb="*" path="*.asmx"/>
<add verb="*" path="*.asmx" validate="false" type="System.Web.Script.
Services.ScriptHandlerFactory,System.Web.Extensions,Version=
1.0.61025.0,Culture=neutral,PublicKeyToken=31bf3856ad364e35"/>
<add verb="*" path="*_AppService.axd" validate="false" type="System.
Web.Script.Services.ScriptHandlerFactory,System.Web.Extensions,Version=
1.0.61025.0,Culture=neutral,PublicKeyToken=31bf3856ad364e35"/>
<add verb="GET,HEAD" path="ScriptResource.axd" type="System.Web.
Handlers.ScriptResourceHandler,System.Web.Extensions,Version=
1.0.61025.0,Culture=neutral,PublicKeyToken=31bf3856ad364e35"
validate="false"/>
</httpHandlers>
<httpModules>
<add name="ScriptModule" type="System.Web.Handlers.ScriptModule,System.
Web.Extensions,Version=1.0.61025.0,Culture=neutral,PublicKeyToken=
31bf3856ad364e35"/>
```

```
</httpModules>
</system.web>
<system.web.extensions>
<scripting>
<webServices>
<!-- Uncomment this line to customize maxJsonLength and add a custom
converter -->
<!--
  <jsonSerialization maxJsonLength="500">
  <converters>
  <add name="ConvertMe" type="Acme.SubAcme.ConvertMeTypeConverter"/>
  </converters>
  </jsonSerialization>
-->
<!-- Uncomment this line to enable the authentication service. Include
requireSSL="true" if appropriate. -->
<!--
  <authenticationService enabled="true" requireSSL="true|false"/>
-->
<!-- Uncomment these lines to enable the profile service. To allow profile
properties to be retrieved
and modified in ASP.NET AJAX applications, you need to add each property
name to the readAccessProperties and
writeAccessProperties attributes.
-->
<!--
  <profileService enabled="true"
  readAccessProperties="propertyname1,propertyname2"
  writeAccessProperties="propertyname1,propertyname2" />
-->
</webServices>
<!--
  <scriptResourceHandler enableCompression="true" enableCaching="true" />
-->
</scripting>
</system.web.extensions>
<system.webServer>
<validation validateIntegratedModeConfiguration="false"/>
<modules>
<add name="ScriptModule" preCondition="integratedMode" type=
"System.Web.Handlers.ScriptModule,System.Web.Extensions,Version=
1.0.61025.0,Culture=neutral,PublicKeyToken=31bf3856ad364e35"/>
</modules>
<handlers>
<remove name="WebServiceHandlerFactory-Integrated"/>
<add name="ScriptHandlerFactory" verb="*" path="*.asmx" preCondition=
"integratedMode" type="System.Web.Script.Services.ScriptHandlerFactory,
System.Web.Extensions, Version=1.0.61025.0, Culture=neutral, PublicKeyToken=
31bf3856ad364e35"/>
<add name="ScriptHandlerFactoryAppServices" verb="*" path="*_
AppService.axd" preCondition="integratedMode" type="System.
Web.Script.Services.ScriptHandlerFactory,System.Web.Extensions,Version=
1.0.61025.0,Culture=neutral,PublicKeyToken=31bf3856ad364e35"/>
<add name="ScriptResource" preCondition="integratedMode" verb="GET,
HEAD" path="ScriptResource.axd" type="System.Web.Handlers.
```

```
ScriptResourceHandler,System.Web.Extensions,Version=1.0.61025.0,
Culture=neutral,PublicKeyToken=31bf3856ad364e35"/>
</handlers>
</system.webServer>
</configuration>
```

注意：*以后在项目中使用的就是替换后的 Web.config 配置文件。*

③ 添加 AJAX Control Toolkit 工具箱。

打开 Visual Studio 窗口，在工具箱上右击，在弹出的快捷菜单中选择“添加选项卡”命令，添加一个名为 AJAX Control Toolkit 的选项卡。在添加的选项卡上右击，然后选择“添加项”命令。

在出现的“选项工具箱项”对话框中，单击“浏览”按钮，找到 AJAX Control Toolkit 解压的目录下的 SampleWebSite\bin 目录，选择 AjaxControlToolkit.dll，单击“确定”按钮关闭“选择工具箱项”对话框。

此时，工具箱上就出现了 AJAX Control Toolkit 中的所有控件。

④ 配置 Web.config。

在将 AJAX Control Toolkit 的控件从工具箱中拖到页面上时，Visual Studio 会自动在每个页面中为程序集注册一个前缀 cc1，这样是非常麻烦的，解决的方法是在 Web.config 文件中为其注册一个有意义的前缀。在 Web.config 文件中加入以下配置即可，这样就注册了一个前缀 ajaxToolkit，当然如果不配置也不会影响程序执行，读者了解为什么前缀有时不一样就可以了。

```
<system.web>
<pages>
<controls>
<add tagPrefix="ajaxToolkit" namespace="AjaxControlToolkit"
assembly="AjaxControlToolkit"/>
</controls>
</pages>
</system.web>
```

⑤ 用户注册页面中部分刷新的应用。

打开 register.aspx 页面代码，其中粗体字部分是需要添加的。修改代码如下：

```
<asp:ScriptManager ID="ScriptManager1" runat="server" />
            //用于自动生成和管理客户端脚本，每个页面必须有且仅有一个
<asp:UpdatePanel runat="server" ID="UpdatePanel1">
            //刷新面板，即将放置到其中的控件组合成一个整体，刷新时刷新这个局部区域，不
            //影响其他。可以通过在页面放入多个 UpdatePanel 将页面分割成小的局部刷新区域
<ContentTemplate>
<asp:Label ID="Label15" runat="server" Text="头像选择" SkinID="blacklb"
CssClass="register_lb" />
<asp:Image ID="Imglogo" runat="server" Width="50px" Height="50px"
CssClass="register_textbox"/>
<asp:DropDownList ID="ddlLogo" runat="server"
OnSelectedIndexChanged="ddlLogo_SelectedIndexChanged" AutoPostBack="True"/>
<a href="#" style="color:blue" onmouseover="document.all.Layer1.style.
visibility='visible'" onmouseout="document.all.Layer1.style.visibility=
'hidden'">预览</a>
</ContentTemplate>
</asp:UpdatePanel><br />
```

（2）数据加密

当用户添加完合法信息后，需要将注册信息保存到数据库中。在保存时需要考虑用户注册信息的安全性，假如数据库被非法入侵，数据库中的重要信息，如用户的密码将完全暴露。为了防止此问题，可以将注册信息中的密码通过加密再存储到数据库中。这了防止用户忘记密码，在注册信息里添加了密码提示问题和密码提示答案，用户可以通过密码提示问题和答案来找回忘记的密码，这里的密码提示答案也是比较重要的信息，所以也需要通过加密后存储到数据库中。

数据加密一般有两种：双向加密和单向加密。双向加密最常用，它的特点是既能加密又能解密；而单向加密只能对数据进行加密，不能对其解密。由于密码信息还需要找回，所以一般使用双向加密，双向加密通过调用网站公共类 CommonClass 中的 Encrypting 方法实现，数据解密通过调用 CommonClass 中的 Decrypting 方法实现。密码提示答案可以使用单向加密，单向加密通过 MD5 加密实现。MD5 加密是根据指定的密码和哈希算法生成一个适合存储在配置文件中的哈希密码，其命名空间为 System.Web.Security。如密码保护提示答案加密的代码如下：

```
Forms.Authenticaton.HashPasswordForStoringInConfigFile(this.txtQuestion.Text,
"MD5");
```

加密技术是一种将有含义的字符转换为无含义的字符的科学技术，用以保证其不会被不具备权限的人阅读。根据加密方式的不同，在 ASP.NET 中提供了两种加密算法，即对称加密算法和非对称加密算法。

① 对称加密算法是一种加密和解密使用相同密钥的加密算法。对称加密算法的优点在于加密解密的高速度和使用长密钥的难破解性，特别适用于对较大的数据流执行加密转换。由于持有密钥的任意一方都可以使用该密钥解密数据，因此必须保护密钥不被未经授权的非法用户得到。

.NET Framework 所有的对称算法实现类都是继承于抽象基类（System.Security.Cryptography.ymmetricAlgorithm），该类表示所有对称算法的实现都必须是从中继承的抽象基类。

② 非对称加密算法是一种加密和解密使用不同密钥的加密算法，也称为公钥加密。公钥加密使用一个必须对未经授权的用户保密的私钥和一个可以对任何人公开的公钥。公钥和私钥都在数据上相关联；用公钥加密的数据只能用私钥解密，而用私钥签名的数据只能用公钥验证。公钥可以提供给任何人；公钥用于对要发送到私钥持有者的数据进行加密。两个密钥对于通信会话都是唯一的，因为非对称加密需要用一个密钥加密数据而用另一个密钥来解密数据。它只可以加密少量数据。

.NET Framework 所有的非对称算法实现都是继承于抽象基类（System.Security.Cryptography.AsymmetricAlgorithm），该类表示所有不对称算法的实现都必须是从中继承的抽象基类。

下面是对密码的数据加密操作，修改 AddUser 方法的代码如下：

```
protected void AddUser()
{
  int count=ucObj.CheckUser(this.txtname.Text.Trim());
  if(count>0)
  {
    this.Page.RegisterClientScriptBlock("clientScript",ccObj.MessageBoxPage
    ("该用户名已存在！"));
  }
  else
```

```
{
   //调用 CommonClass 类中的 Encrypting 方法将用户输入的密码进行加密
   string pass = ccObj.Encrypting(this.txtpassword1.Text.ToString().Trim());
   int IntReturnValue=ucObj.AddUser(this.txtname.Text.Trim(),pass,this.
   rblSex.Text.Trim(),this.txtemail.Text.Trim(),this.ddlLogo.Text.Trim(),
   this.txtrealname.Text.Trim(),this.txtphone.Text.Trim(),this.txtmobphone.
   Text.Trim(),this.txtprovince.Text.Trim(),this.txtcity.Text.Trim(),this.
   txtaddress.Text.Trim(),this.txtpostcode.Text.Trim(),this.txtoicq.
   Text.Trim(),this.txtmsn.Text.Trim(),this.txttjr.Text.Trim());
   if(IntReturnValue==100)
   {
      Session["UserName"]=this.txtname.Text.ToString().Trim();
      string url="UserCenter.aspx?id="+Session["UserName"].ToString();
      Response.Write(ccObj.MessageBox("恭喜您，注册成功！",url));
   }
   else
   {
      this.Page.RegisterClientScriptBlock("clientScript",ccObj.MessageBoxPage
       ("注册失败，该名字已存在！"));
   }
 }
}
```

注意：打开数据库表 tb_User 查看数据加密后用户注册的信息中密码与没有加密前显示有什么不同？

4.3 会员登录模块

4.3.1 用户登录简介

用户注册为本网站的会员后，当用户结账时必须进行身份验证，当然用户登录后还可以进行查看自己的账号、修改自己的基本信息、管理收藏夹和订单等操作。用户登录界面的运行效果如图 4-3 所示。

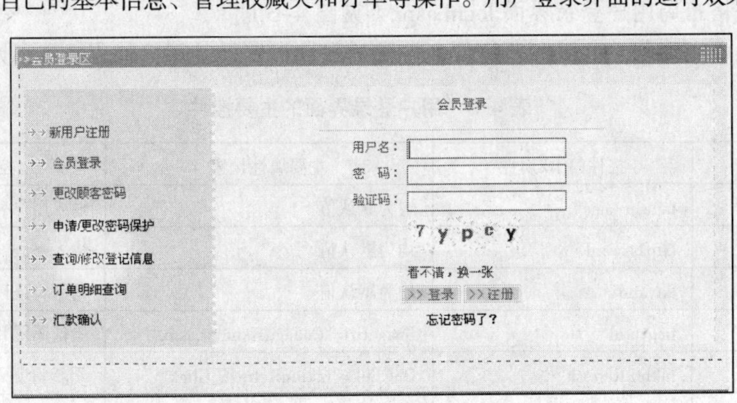

图 4-3 用户登录界面

4.3.2 用户登录技术分析

这里主要应用了 Session 对象，利用 Session 对象来保存用户登录名。当用户购物和收藏商品时可以将 Session 对象保存的用户名添加到数据库中。Session 对象是 HttpSessionState 类的一个实例，其功能是用来存储网页程序的变量或者对象，Session 对象只针对单一网页使用，也就是说各个连接的机器都有各自的 Session 对象，不同的客户端无法互相存取。Session 对象中止于联机机器离线时，也就是当网页浏览者关掉浏览器或超过设置的 Session 变量的有效时间时，Session 对象就会消失。使用 Session 对象存放信息的语法如下：

```
Session["变量名"]=内容;
```

4.3.3 随机验证码

所谓验证码，就是将一串随机产生的数字或符号生成一幅图片，并在图片中加上一些干扰像素（防止 OCR），由用户肉眼识别其中的验证码信息，输入验证码提交网站验证，验证成功后才能使用某项功能。

验证码有效防止对某一个特定注册用户用特定程序暴力破解方式进行不断的登录尝试，实际上验证码是现在很多网站通行的方式（比如招商银行的网上个人银行、腾讯的 QQ 社区），我们利用比较简易的方式实现这个功能。虽然登录麻烦一点，但是对社区来说这个功能还是很有必要，也很重要。但大家还是要注意保护自己的密码，尽量使用混杂了数字、字母、符号在内的 6 位以上的密码，不要使用诸如 1234 之类的简单密码或者与用户名相同、类似的密码。

验证码也可以防止批量注册，肉眼看起来都费劲，何况是机器，不少网站为了防止用户利用机器人自动注册、登录、发帖，都采用了验证码技术。

4.3.4 任务十五 用户登录的实现

本模块使用的数据表是 tb_User。

1. 设计步骤

① 在文件夹 views 上右击，在弹出的快捷菜单中选择“添加新项”命令，在弹出的对话框中选中“Web 窗体”选项，在“名称”文本框中将页面的名称命名为 login.aspx，单击“确定”按钮。

② 使用表格布局用户登录界面 login.aspx（见图 4-3）。

③ 在表格中添加相关的服务器控件，控件的属性设置及其用途如表 4-3 所示。

表 4-3 用户登录界面的主要控件

控件类型	控件的 ID 属性	主要属性设置	控件用途
TextBox	txtusername	均为默认值	输入用户名
TextBox	txtpassword	均为默认值	输入密码
TextBox	txtvalid	均为默认值	输入验证码
Image	imgvalid	ImageUrl="CodegifHandler.ashx"	验证码图片显示
LinkButton	lnkbtnRefresh	OnClick="lnkbtnRefresh_Click"	刷新验证码
ImageButton	btnlogin	OnClick="btnlogin_Click"，单击时转到用户管理中心	登录按钮
ImageButton	btnregister	OnClick="btnregister_Click"，单击时转到用户注册页面	注册按钮
LinkButton	lnkbtnFindPsw	均为默认值	忘记密码按钮

2. 实现代码

(1) 用户登录相关的存储过程

```
//存储过程proc_UserLogin，用于判断用户是否存在，代码如下:
ALTER PROCEDURE dbo.proc_UserLogin
(
  @UserName nvarchar(12),
  @Password nvarchar(12)
)
as
begin
  select * from tb_User where UserName=@UserName and Password=@Password
end
//存储过程Proc_UpdateLogintimes，用于更新用户登录的次数，代码如下:
ALTER proc [dbo].[Proc_UpdateLogintimes]
(
  @UserName Nvarchar(12)
)
as
update tb_User set LoginTimes=LoginTimes+1 where UserName=@UserName
```

(2) 数据访问层UserClass.cs的相关代码

```
//判断用户是否为合法用户，并返回符合条件的第一行第一列的值。代码如下:
public string UserLogin(string strName,string strPwd)
{
  //添加用户名
  SqlCommand myCmd=dbObj.GetCommandProc("proc_UserLogin");
  SqlParameter paramUserName=new SqlParameter("@UserName",SqlDbType.
  NVarChar,12);                              //定义参数的名称、数据类型、大小
  paramUserName.Value=strName;               //定义参数的数据来源
  myCmd.Parameters.Add(paramUserName); //将参数添加给存储过程
  //添加密码
  SqlParameter paramPassword = new SqlParameter("@Password",SqlDbType.
  NVarChar,12);
  paramPassword.Value=strPwd;
  myCmd.Parameters.Add(paramPassword);
  return dbObj.ExecScalarstr(myCmd);    //调用DBClass类中的ExecScalarstr方法
}
//更新用户登录次数，用户每登录一次，次数加1，代码如下:
public void  LoginTimes(string UserName)
{
  SqlCommand myCmd=dbObj.GetCommandProc("Proc_UpdateLogintimes");
  //添加用户名
  SqlParameter paramusername=new SqlParameter("@UserName",SqlDbType.
  NVarChar,12);                              //定义参数的名称、数据类型、大小
   paramusername.Value=UserName;             //定义参数的数据来源
   myCmd.Parameters.Add(paramusername); //将参数添加给存储过程
   dbObj.ExecNonQuery(myCmd);
}
```

（3）业务逻辑层 login.aspx.cs 中的代码

```
UserClass ucObj=new UserClass();
DBClass dbObj=new DBClass();
CommonClass ccObj=new CommonClass();
//“登录”按钮的Click事件代码如下:
protected void btnlogin_Click(object sender,ImageClickEventArgs e)
{
  string name=this.txtusername.Text.ToString().Trim();
  string pass=ccObj.Encrypting(this.txtpassword.Text.ToString().Trim());
  string yzm=this.txtvalid.Text.ToString().Trim();
  if(name=="")
  {
    this.Page.RegisterClientScriptBlock("clientScript", ccObj.MessageBoxPage
    ("用户名不能为空！"));
  }
  else
  {
    //判断用户是否已输入了必要的信息
    if(this.txtpassword.Text=="")
    {
      //调用公共类 CommonClass 中的 MessageBoxPage 方法
      this.Page.RegisterClientScriptBlock("clientScript",ccObj.MessageBoxPage
      ("密码不能为空！"));
    }
    else
    {
      //判断用户输入的验证码是否正确
      if(String.Compare(Session["gif"].ToString(),yzm,true)==0)
      {
        if(Session["UserName"]!=null)     //判断 Session["UserName"]是否为空
        {
          if(name!=Session["UserName"].ToString())
          {
            //调用 UserClass 类中 UserLogin()方法，判断用户名和密码是否一致，
            //并返回符合条件的数目
            int dsCount=ucObj.UserLogin(name,pass);
            //判断用户是否存在
            if(dsCount>0)
            {
              Session["UserName"]=name; //保存用户名
              ucObj.LoginTimes(name);    //将用户的访问次数加 1
              Session["ShopCart"]=null; //若更换了新用户，临时购物车清空
              Response.Redirect("UserCenter.aspx?id="+Session["UserName"]);
            }
            else
            {
              this.Page.RegisterClientScriptBlock("clientScript",ccObj.
              MessageBoxPage("您输入的用户名或密码错误，请重新输入！"));
            }
          }
          else
```

```
            {
                this.Page.RegisterClientScriptBlock("clientScript",ccObj.
                MessageBox("您已经登录，不用再次登录！","../Default.aspx"));
            }
        }
        else
        {
            //调用 UserClass 类中 UserLogin()方法，判断用户名和密码是否一致，
            //并返回符合条件的数目
            int dsCount=ucObj.UserLogin(name,pass);
            //判断用户是否存在
            if(dsCount>0)
            {
                Session["UserName"]=name;           //保存用户名
                ucObj.LoginTimes(name);             //将用户的访问次数加 1
                Response.Redirect("UserCenter.aspx?id="+Session["UserName"].
                ToString());
            }
            else
            {
                this.Page.RegisterClientScriptBlock("clientScript",ccObj.
                MessageBoxPage("您输入的用户名或密码错误，请重新输入！"));
            }
        }
    }
    else
    {
        this.Page.RegisterClientScriptBlock("clientScript",ccObj.
        MessageBoxPage ("验证码输入有误，请重新输入！"));
    }
   }
  }
}
// "注册"按钮的 Click 事件代码如下:
protected void btnregister_Click(object sender,ImageClickEventArgs e)
{
   Response.Redirect("register.aspx");
}
// "忘记密码了？"按钮的 Click 事件代码如下:
protected void lnkbtnFindPsw_Click(object sender,EventArgs e)
{
   Response.Redirect("FindPsw.aspx");
}
```

3. 关键技术

(1) 随机验证码

验证码图像控件 imgvalid 中 ImageUrl="CodegifHandler.ashx"用到一个一般处理程序文件，这个文件的作用就是产生一个验证码的图像文件，并将文件存储在 Session 中。创建方法：右击 views 文件夹，在弹出的快捷菜单中选择"添加新项"命令，在打开的对话框中选择"一般处理程序"选项，设置名称为 CodegifHandler.ashx，单击"添加"按钮，此文件中的代码如下：

```
<%@ WebHandler Language="C#" Class="CodegifHandler" %>
using System;
using System.Web;
using System.IO;
public class CodegifHandler:IHttpHandler, System.Web.SessionState.
IRequiresSessionState
{
   public void ProcessRequest(HttpContext context)
   {
      Code gif=new Code();                                    //初始化验证码生成类
      string valid="";                                        //定义随机数
      MemoryStream ms=gif.Create(out valid);
      //获取包括验证码图片的内存流，在前面第 3 章公共类 CodeClass.cs 中已经创建
      context.Session["gif"]=valid;                  //验证码存储在 Session 中，供验证
      context.Response.ClearContent();                        //清空输出流
      context.Response.ContentType="image/png";               //输出流的格式
      context.Response.BinaryWrite(ms.ToArray());             //输出
      context.Response.End();
   }
   public bool IsReusable
   {
      get
      {
         return false;
      }
   }
}
```

以上介绍了随机验证码的使用，读者可以试着将随机验证码的技术加到用户注册页面 register.aspx 中。

（2）局部刷新验证码

有时候自动生成的验证码可能看不清楚，需要单击"看不清，换一张"链接刷新验证码图像，产生一幅新的验证码图像，但是如果是整个页面刷新，那么密码框中的内容就自动消失了，为解决此问题，我们还是采用 AJAX 的局部刷新功能。前面在用户注册页面中已经详细讲解了此功能的实现过程，这里只给出关键代码。

login.aspx 中的代码如下：

```
<asp:ScriptManager ID="ScriptManager1" runat="server" />
<asp:UpdatePanel runat="server" ID="UpdatePanel1">
<contenttemplate>
<asp:Image id="imgvalid" runat="server" ImageUrl="CodegifHandler.ashx" />
<br/>
<asp:LinkButton id="lnkbtnRefresh" onclick="lnkbtnRefresh_Click" runat=
"server" >看不清，换一张</asp:LinkButton>
</contenttemplate>
</asp:UpdatePanel>
```

login.aspx.cs 中的代码如下：

```
protected void lnkbtnRefresh_Click(object sender, EventArgs e)
{
    string timenow=DateTime.Now.ToString();
    //每次地址不同，服务器就会重载
    this.imgvalid.ImageUrl="CodegifHandler.ashx?"+timenow;
}
```

（3）取回密码

用户注册后，为了防止用户忘记密码，用户可以申请密码保护，在密码保护中添加密码提示问题和密码提示答案，用户可以通过密码提示问题和答案来找回忘记的密码。密码提示答案也是比较重要的信息，我们这里采用单向加密的方式对密码提示答案进行加密。另外前面已经对密码进行加密，当密码找回后，不能将加密的信息显示给用户，应该显示密码的明文信息，所以这里需要对找回的密码进行解密后再显示给用户。

下面开始取回密码的制作过程，取回密码要经过 3 个步骤：

第一步：输入会员 ID 和验证码。验证输入的会员 ID 是否存在，如果不存在或不正确，提示用户重新输入，如果会员 ID 通过验证，然后验证会员是否申请了密码保护，如果没有申请，提示会员不能找回密码，所有验证都通过后，则进入第二步。第一步的页面 GetPsw1.aspx 如图 4-4 所示。

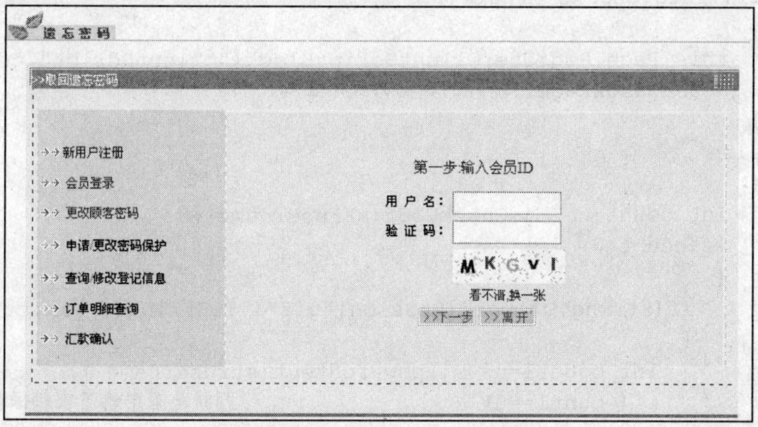

图 4-4　GetPsw1.aspx 页面

表 4-4 是 GetPsw1.aspx 页面用到的主要控件。

表 4-4　GetPsw1.aspx 页面的主要控件

控 件 类 型	控件的 ID 属性	主要属性设置	控 件 用 途
TextBox	txtname	均为默认值	输入用户名
TextBox	txtvalid	均为默认值	输入验证码
Image	imgvalid	ImageUrl="CodegifHandler.ashx"	验证码图片显示
LinkButton	lnkbtnRefresh	均为默认值	刷新验证码
ImageButton	imgbtnNext	OnClick="imgbtnNext_Click"	下一步按钮
ImageButton	imgbtnOut	OnClick="imgbtnOut_Click"	离开按钮

业务逻辑层 GetPsw1.aspx.cs 中的代码如下：

```
public partial class views_GetPsw1:System.Web.UI.Page
{
   UserClass ucObj=new UserClass();
   CommonClass ccObj=new CommonClass();
   protected void Page_Load(object sender,EventArgs e)
   {
   }
   //检测用户名输入是否规范
   protected bool checkusername()
   {
      string strusername=this.txtname.Text.ToString().Trim();
      Regex reg=new Regex(@"^[a-zA-Z][a-zA-Z0-9_]{3,11}$");
      return reg.IsMatch(strusername);
   }
   //单击“下一步”按钮，进入找回密码的第二步
   protected void imgbtnNext_Click(object sender,ImageClickEventArgs e)
   {
      string strusername=this.txtname.Text.ToString().Trim();
      string yzm=this.txtvalid.Text.ToString().Trim();
      if(strusername!="")
      {
         if(!this.checkusername())
         {
            this.Page.RegisterClientScriptBlock("clientScript",ccObj.
            MessageBoxPage("输入的数据格式不正确！"));
         }
         else
         {
            int count=ucObj.CheckUser(strusername);
            if(count>0)
            {
               if(String.Compare(Session["gif"].ToString(),yzm,true)==0)
               {
                  int count1=ucObj.pswProdtect(strusername );
                  if(count1==0)                    //判断是否申请了密码保护
                  {
                     Response.Redirect("GetPsw2.aspx?id="+strusername);
                  }
                  else
                  {
                     this.Page.RegisterClientScriptBlock("clientScript",ccObj.
                     MessageBox("你没有申请密码保护，不能找回密码！","../Default.aspx"));
                  }
               }
               else
               {
                  this.Page.RegisterClientScriptBlock("clientScript",ccObj.
                  MessageBoxPage("验证码输入有误，请重新输入！"));
               }
            }
```

```
            else
            {
                this.Page.RegisterClientScriptBlock("clientScript",ccObj.
                MessageBoxPage("该用户不存在! "));
            }
        }
    }
    else
    {
        this.Page.RegisterClientScriptBlock("clientScript",ccObj.
        MessageBoxPage("用户名不能为空! "));
    }
}
//单击“离开”按钮返回首页
protected void imgbtnOut_Click(object sender,ImageClickEventArgs e)
{
    Response.Redirect("../Default.aspx");
}
}
```

注意：此页面用到的主要技术有正则表达式，要添加“using System.Text.RegularExpressions;”命名空间。

第二步：回答问题。通过第一步中的页面传递过来的会员 ID，将会员密码保护的问题显示给用户，要求用户回答密码保护的答案，如果回答的答案不正确，则提示用户，如果答案正确，则进入第三步。第二步的页面 GetPsw2.aspx 如图 4-5 所示。

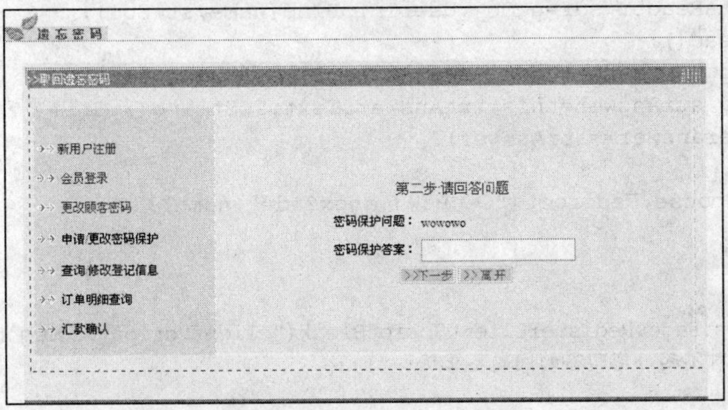

图 4-5　GetPsw2.aspx 页面

表 4-5 是 GetPsw2.aspx 页面用到的主要控件。

表 4-5　GetPsw2.aspx 页面的主要控件

控件类型	控件的 ID 属性	主要属性设置	控件用途
A Label	lbQuestion	均为默认值	显示密码保护问题
abl TextBox	txtAnswer	均为默认值	输入密码保护答案
ImageButton	imgbtnNext	OnClick="imgbtnNext_Click"	下一步按钮
ImageButton	imgbtnOut	OnClick="imgbtnOut_Click"	离开按钮

业务逻辑层 GetPsw2.aspx.cs 中的代码如下：

```
public partial class views_GetPsw2:System.Web.UI.Page
{
  UserClass ucObj=new UserClass();
  CommonClass ccObj=new CommonClass();
  DBClass dbObj=new DBClass();
  protected void Page_Load(object sender,EventArgs e)
  {
    this.Questionbind();//调用自定义方法 Questionbind 显示密码保护问题
  }
  protected void  Questionbind()
  {
    string name=Request["id"].ToString().Trim();
    string strSql="select UserQuestion from tb_User where UserName='"+name + "'";
    SqlDataReader sdr=ucObj.UserInfoBind(name,strSql);
    sdr.Read();
    string strQuestion=sdr["UserQuestion"].ToString();
    this.lbQuestion.Text=strQuestion;
    dbObj.GetConnection().Close();
  }
  //单击“下一步”按钮，进入找回密码的第三步
  protected void imgbtnNext_Click(object sender,ImageClickEventArgs e)
  {
    string name=Request["id"].ToString().Trim();
    string strSql="select UserAnswer from tb_User where UserName='"+name+"'";
    SqlDataReader sdr=ucObj.UserInfoBind(name,strSql);
    sdr.Read();
    string useranswer=sdr["UserAnswer"].ToString();
    string strAnswer=this.txtAnswer.Text.ToString().Trim();
    if(useranswer==strAnswer)
    {
      Response.Redirect("GetPsw3.aspx?id="+name);
    }
    else
    {
      this.Page.RegisterClientScriptBlock("clientScript",ccObj.MessageBoxPage
       ("对不起，您回答的问题不正确！"));
    }
    dbObj.GetConnection().Close();
  }
  //单击“离开”按钮返回首页
  protected void imgbtnOut_Click(object sender,ImageClickEventArgs e)
  {
    Response.Redirect("../Default.aspx");
  }
}
```

注意：此页面用到 SqlDataReader，要添加“using System.Data.SqlClient;”命名空间。

第三步：取回密码并设置新密码。通过第二步中的页面传递过来的会员 ID，将用户的密码显示给用户，并提示用户为了安全起见修改原密码。如果用户不修改密码，单击“离开”按钮则转

到用户登录页面。第三步的页面 GetPsw3.aspx 如图 4-6 所示。

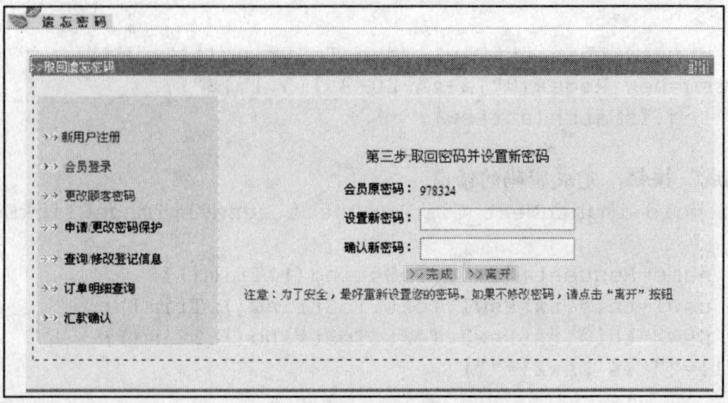

图 4-6　GetPsw3.aspx 页面

表 4-6 是 GetPsw3. aspx 页面用到的主要控件。

表 4-6　GetPsw3.aspx 页面的主要控件

控 件 类 型	控件的 ID 属性	主要属性设置	控 件 用 途
Label	lbOldPsw	均为默认值	显示用户密码
TextBox	txtPsw1	均为默认值	输入用户新密码
TextBox	txtPsw2	均为默认值	确认用户新密码
ImageButton	imgbtnNext	OnClick="imgbtnNext_Click"	下一步按钮
ImageButton	imgbtnOut	OnClick="imgbtnOut_Click"	离开按钮

业务逻辑层 GetPsw3.aspx.cs 中的代码如下：

```
public partial class views_GetPsw3:System.Web.UI.Page
{
   UserClass ucObj=new UserClass();
   CommonClass ccObj=new CommonClass();
   DBClass dbObj=new DBClass();
   protected void Page_Load(object sender,EventArgs e)
   {
      if(!IsPostBack)
      {
         this.Pswbind();//调用自定义方法 Pswbind 显示用户密码
      }
   }
   protected void Pswbind()
   {
      string name=Request["id"].ToString().Trim();
      string strSql="select Password from tb_User where UserName='"+name+"'";
      SqlDataReader sdr=ucObj.UserInfoBind(name, strSql);
      sdr.Read();
      //调用 CommonClass 类中的 Decrypting 方法给密码解密，返回密码的明文
      string strPsw=ccObj.Decrypting(sdr["Password"].ToString().Trim());
      this.lbOldPsw.Text=strPsw;          //显示用户密码的明文
      dbObj.GetConnection().Close();
   }
```

```
//检测密码输入是否规范
protected bool checkPsw()
{
   string strPsw=this.txtPsw1.Text.ToString().Trim();
   Regex reg=new Regex(@"[a-zA-Z0-9_]{5,15}$");
   return reg.IsMatch(strPsw);
}
//单击"完成"按钮，完成密码的修改
protected void imgbtnNext_Click(object sender,ImageClickEventArgs e)
{
   string name=Request["id"].ToString().Trim();
   string psw1=this.txtPsw1.Text.ToString().Trim();
   string psw2=this.txtPsw2.Text.ToString().Trim();
   if(psw1!="" && psw2!="")
   {
      if(!checkPsw())
      {
         this.Page.RegisterClientScriptBlock("clientScript",ccObj.MessageBox
         ("您输入的密码格式不正确！"));
      }
      else
      {
         if(psw1==psw2)
         {
            ucObj.pswModify(name,ccObj.Encrypting(psw1));
            //给密码加密后修改原密码
            this.Page.RegisterClientScriptBlock("clientScript",ccObj.
            MessageBox("您的密码已经修改成功，请登录！","login.aspx"));
         }
      }
   }
   else
   {
      this.Page.RegisterClientScriptBlock("clientScript", ccObj.MessageBox
      ("密码不能为空！"));
   }
}
//单击"离开"按钮返回首页
protected void imgbtnOut_Click(object sender,ImageClickEventArgs e)
{
   Response.Redirect("../Default.aspx");
}
}
```

注意：此页面用到 SqlDataReader 和正则表达式，要添加“using System.Data.SqlClient;”命名空间和“using System.Text.RegularExpressions;”命名空间。

4.4 会员资料管理

会员资料管理主要是用户登录后可以对自己的信息进行查看和修改，比如订单的查看和删除、用户密码的修改、商品收藏夹的查看和修改等。会员资料管理的主界面如图 4-7 所示。

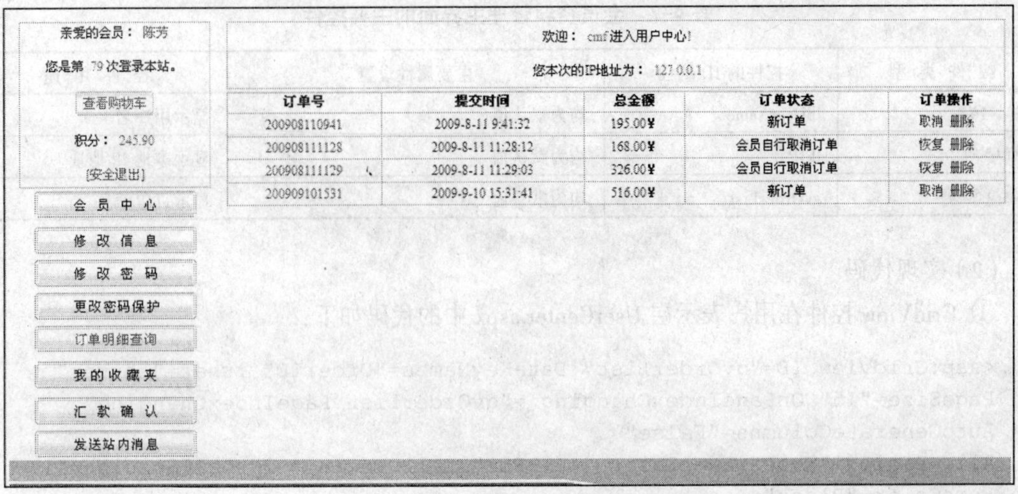

亲爱的会员：陈芳
您是第 79 次登录本站。
查看购物车
积分：245.90
[安全退出]
会员中心
修改信息
修改密码
更改密码保护
订单明细查询
我的收藏夹
汇款确认
发送站内消息
欢迎：cmf 进入用户中心!
您本次的IP地址为：127.0.0.1
订单号
提交时间
总金额
订单状态
订单操作
200908110941
2009-8-11 9:41:32
195.00￥
新订单
取消 删除
200908111128
2009-8-11 11:28:12
168.00￥
会员自行取消订单
恢复 删除
200908111129
2009-8-11 11:29:03
326.00￥
会员自行取消订单
恢复 删除
200909101531
2009-9-10 15:31:41
516.00￥
新订单
取消 删除

图 4-7　会员资料管理主界面

4.4.1　会员中心

会员中心主要用来显示和修改用户的订单信息，对订单明细进行查看，并且可以对自己的订单进行取消、恢复和删除等操作。

4.4.2　会员资料修改

对会员的资料进行修改，包括修改会员的详细信息、密码、密码保护等操作。

4.4.3　我的收藏夹

会员在浏览商品时，可以把自己喜欢的商品加入收藏夹，在以后想购买时就很方便了。此模块中，会员可以管理自己的收藏夹，把没用的信息删除，可以将要购买的商品直接放入购物车中，这样可以大大方便会员的购物。

4.4.4　任务十六 会员资料管理的实现

本模块使用的数据表有 tb_User、tb_Order、tb_OrderInfo，本模块涉及的方面比较多，下面分别给出详细的设计步骤。

1. 会员资料管理主界面的详细设计过程

当用户登录后就转到会员资料管理主界面，主界面显示用户的账单信息，可以对账单进行操作，并且可以查看账单的详细信息。

（1）设计步骤

① 使用表格布局会员资料管理主界面 UserCenter.aspx，如图 4-7 所示。

② 在表格中添加相关的服务器控件，控件的属性设置及其用途如表 4-7 所示。

表 4-7 会员资料管理主界面的主要控件

控件类型	控件的 ID 属性	主要属性设置	控件用途
A Label	lbUserName	均为默认值	显示用户名
A Label	lbIP	均为默认值	显示本地 IP 地址
GridView	gvOrderList	均为默认值	显示订单信息

（2）实现代码

① GridView 控件在用户表示层 UserCenter.aspx 中的代码如下：

```
<asp:GridView ID="gvOrderList" DataKeyNames="OrderID" runat="server"
PageSize="15" OnPageIndexChanging ="gvOrderList_PageIndexChanging"
AutoGenerateColumns="False"
AllowPaging="True" BackColor="#B1BFEE" CellPadding="2" CellSpacing="1"
ForeColor="Black"
GridLines="None" Width="730px" OnRowDataBound="gvOrderList_RowDataBound">
<Columns>
<asp:TemplateField HeaderText="订单号">
<HeaderStyle HorizontalAlign="Center" />
<ItemStyle HorizontalAlign="Center" />
<ItemTemplate>
<asp:LinkButton ID="lnkbtnOrderView" CommandArgument='<%#Eval("OrderID")%>'
OnCommand="lnkbtnOrderView_Command" runat="server">
<%#Eval("OrderID")%></asp:LinkButton>
</ItemTemplate>
</asp:TemplateField>
<asp:BoundField DataField="OrderDate" HeaderText="提交时间" ReadOnly="True">
<ItemStyle HorizontalAlign="Center" />
<HeaderStyle HorizontalAlign="Center" />
</asp:BoundField>
<asp:TemplateField HeaderText="总金额">
<HeaderStyle HorizontalAlign="Center" />
<ItemStyle HorizontalAlign="Center" />
<ItemTemplate>
<%#Eval("OrderTotalPrice")%>￥
</ItemTemplate>
</asp:TemplateField>
<asp:BoundField DataField="OrderStatus" HeaderText="订单状态" ReadOnly="True">
<ItemStyle HorizontalAlign="Center" />
<HeaderStyle HorizontalAlign="Center" />
</asp:BoundField>
<asp:TemplateField HeaderText="订单操作">
<HeaderStyle HorizontalAlign="Center" />
<ItemStyle HorizontalAlign="Center" />
<ItemTemplate>
<asp:LinkButton ID="lnkbtnCancel" runat="server" CommandArgument=
'<%#Eval("OrderID") %>' OnCommand="lnkbtnCancel_Command" >取消</asp:LinkButton>
<asp:LinkButton ID="lnkbtnReset" runat="server" CommandArgument=
'<%#Eval("OrderID") %>' OnCommand="lnkbtnReset_Command">恢复</asp:LinkButton>
```

```
<asp:LinkButton ID="lnkbtnDelete" CommandArgument='<%#Eval("OrderID")%>'
OnCommand="lnkbtnDelete_Command" runat="server">删除</asp:LinkButton>
</ItemTemplate>
</asp:TemplateField>
</Columns>
<FooterStyle BackColor="#f4f5fd" />
<RowStyle BackColor="#ffffff" />
<PagerStyle  BackColor="#f4f5fd"  ForeColor="DarkSlateBlue"  HorizontalAlign=
"Center" />
<HeaderStyle BackColor="#f4f5fd" Font-Bold="True" />
</asp:GridView>
```

② 数据访问层 UserClass.cs 的相关代码如下：

```
//用户订单的显示
public DataSet UserOrderInfo(string username)
{
   dbObj.GetConnection().Open();
   string strSql="select * from tb_OrderInfo where UserName='"+username+"'";
   SqlCommand cmd=new SqlCommand(strSql,dbObj.GetConnection());
   SqlDataAdapter dap=new SqlDataAdapter(cmd);
   DataSet ds=new DataSet();
   dap.Fill(ds,"tb_OrderInfo");
   dbObj.GetConnection().Close();
   return ds;
}
//删除用户订单
public void UserOrderListDel(string strOrderID)
{
   dbObj.GetConnection().Open();
   string strSql="delete from tb_OrderInfo where  OrderId='"+strOrderID+"'";
   SqlCommand myCmd=new SqlCommand(strSql,dbObj.GetConnection ());
   dbObj.ExecNonQuery(myCmd);
}
//修改订单状态
public void UpdateOrderStatus(string strOrderID,string strOrderStatus)
{
   dbObj.GetConnection().Open();
   string strSql="update tb_OrderInfo set OrderStatus='"+strOrderStatus+"'
   where  OrderId='"+strOrderID+"'";
   SqlCommand myCmd=new SqlCommand(strSql,dbObj.GetConnection());
   dbObj.ExecNonQuery(myCmd);
}
```

③ 业务逻辑层 UserCenter.aspx.cs 的相关代码如下：

```
public partial class views_UserCenter:System.Web.UI.Page
{
   CommonClass ccObj=new CommonClass();
   DBClass dbObj=new DBClass();
   UserClass ucObj=new UserClass();
```

```
protected void Page_Load(object sender,EventArgs e)
{
    ST_check_Login();                    //判断是否登录
    this.lbUserName.Text=Session["UserName"].ToString();  //显示用户名
    this.lbIP.Text=GetIp();              //显示客户端 IP 地址
    Orderbind();                         //调用自定义方法 Orderbind 来显示订单信息
}
//判断用户是否登录
public void ST_check_Login()
{
    if((Session["UserName"]==null))
    {
        Response.Write("<script>alert('对不起! 请先登录! ');location='login.
        aspx'</script>");
        Response.End();
    }
}
//获得客户端的 IP 地址
string GetIp()
{
    //可以通过代理服务器
    string userIP=Request.ServerVariables["HTTP_X_FORWARDED_FOR"];
    if(userIP==null||userIP=="")
    {
        //没有代理服务器，如果有代理服务器获取的是代理服务器的 IP 地址
        userIP=Request.ServerVariables["REMOTE_ADDR"];
    }
    return userIP;
}
//gvOrderList 数据绑定显示
public void Orderbind()
{
    this.gvOrderList.DataSource=ucObj.UserOrderInfo(Request["id"].ToString());
    this.gvOrderList.DataBind();
    this.gvOrderList.DataKeyNames=new string[] { "OrderID" };
}
//控制翻页
protected void gvOrderList_PageIndexChanging(object sender,GridViewPageEventArgs e)
{
    this.gvOrderList.PageIndex=e.NewPageIndex;
    this.Orderbind();                    //调用用户自定义函数 Orderbind 来显示订单信息
}
//控制订单的“取消”和“恢复”按钮的显示或隐藏
protected void gvOrderList_RowDataBound(object sender,GridViewRowEventArgs e)
{
    if(e.Row.RowType==DataControlRowType.DataRow)
    {
        DataRowView drv=(DataRowView)e.Row.DataItem;
        if(drv.Row["OrderStatus"].ToString()=="新订单")
        {
            ((LinkButton)(e.Row.Cells[4].FindControl("lnkbtnCancel"))).Visible=true;
            ((LinkButton)(e.Row.Cells[4].FindControl("lnkbtnReset"))).Visible=false;
        }
```

```
    else if (drv.Row["OrderStatus"].ToString()=="会员自行取消订单")
    {
        ((LinkButton)(e.Row.Cells[4].FindControl("lnkbtnCancel"))).Visible=false;
        ((LinkButton)(e.Row.Cells[4].FindControl("lnkbtnReset"))).Visible=true;
    }
  }
}
//删除订单
protected void lnkbtnDelete_Command(object sender,CommandEventArgs e)
{
  if(Session["UserName"]==null)
  {
    Response.Redirect("login.aspx");
  }
  else
  {
    string OrderId=e.CommandArgument.ToString();
    ucObj.UserOrderListDel(OrderId);
    this.Orderbind();
    this.gvOrderList.EditIndex=-1;
  }
}
//取消订单
protected void lnkbtnCancel_Command(object sender,CommandEventArgs e)
{
  if(Session["UserName"]==null)
  {
    Response.Redirect("login.aspx");
  }
  else
  {
    string OrderId=e.CommandArgument.ToString();
    string OrderStatus="会员自行取消订单";
    ucObj.UpdateOrderStatus(OrderId,OrderStatus);
    this.Orderbind();
  }
}
//恢复订单
protected void lnkbtnReset_Command(object sender,CommandEventArgs e)
{
  if(Session["UserName"]==null)
  {
    Response.Redirect("login.aspx");
  }
  else
  {
    string OrderId=e.CommandArgument.ToString();
    string OrderStatus="新订单";
    ucObj.UpdateOrderStatus(OrderId,OrderStatus);
    this.Orderbind();
  }
}
```

```
//转到订单详细显示页面
protected void lnkbtnOrderView_Command(object sender,CommandEventArgs e)
{
   if(Session["UserName"]==null)
   {
      Response.Redirect("login.aspx");
   }
   else
   {
      Response.Redirect("order_view.aspx?id="+e.CommandArgument.ToString());
   }
}
}
```

2. 会员信息修改模块的详细设计过程

会员信息修改界面主要用于修改用户的基本信息，当用户登录后，进入会员信息修改界面后，首页应绑定用户的基本信息，用户名不可以修改，所以要用 Label 控件绑定数据，其他信息都可以修改，用户修改自己的信息后，单击“更新”按钮就可以将自己的信息修改，当然用户输入的信息要符合实际的格式，如果格式不正确，要提示用户。在本项目中我们没有对格式加以限制，读者可以参考前面讲过的 register.aspx 用户注册页面，对用户输入的数据格式加以限制。会员信息修改界面如图 4-8 所示。

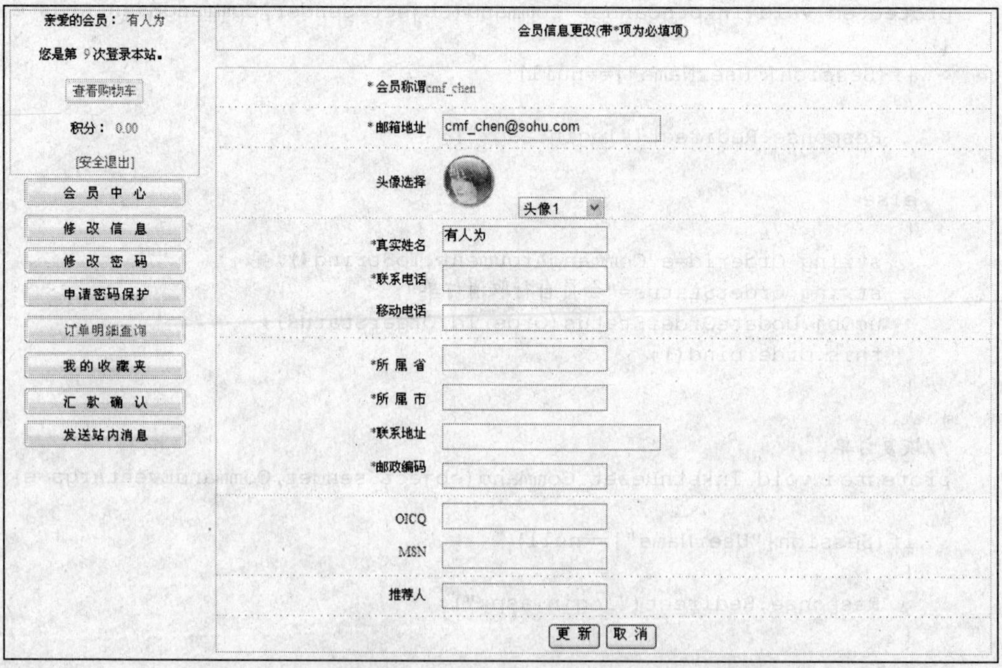

图 4-8　会员信息修改界面

（1）设计步骤

① 使用表格布局会员信息修改界面 my_info.aspx，如图 4-8 所示。

② 在表格中添加相关的服务器控件，控件的属性设置及其用途如表 4-8 所示。

表 4-8　会员信息修改界面的主要控件

控 件 类 型	控件的 ID 属性	主要属性设置	控 件 用 途
A Label	lbName	均为默认值	显示用户名
abl TextBox	txtpassword1	均为默认值	输入登录密码
abl TextBox	txtpassword2	均为默认值	登录密码确认
abl TextBox	txtemail	均为默认值	邮箱地址
Image	Imglogo	均为默认值	
DropDownList	ddlLogo	AutoPostBack="True"	头像选择
RadioButtonList	rblSex	均为默认值	
abl TextBox	txtrealname	均为默认值	真实姓名
abl TextBox	txtphone	均为默认值	联系电话
abl TextBox	txtmobphone	均为默认值	移动电话
abl TextBox	txtprovince	均为默认值	所属省
abl TextBox	txtcity	均为默认值	所属市
abl TextBox	txtaddress	均为默认值	联系地址
abl TextBox	txtpostcode	均为默认值	邮政编码
abl TextBox	txtoicq	均为默认值	OICQ
abl TextBox	txtmsn	均为默认值	MSN
abl TextBox	txttjr	均为默认值	推荐人
ab Button	btnUpdate	OnClick="btnUpdate_Click"	更新
ab Button	btnCancel	OnClick="btnCancel_Click"	取消

（2）实现代码

① 与会员信息修改相关的存储过程如下：

```
ALTER proc [dbo].[proc_UpdateUser]
(
  @UserName nvarchar(12),
  @Email nvarchar(20),
  @Logo nvarchar(50),
  @RealName nvarchar(16),
  @Phone varchar(15),
  @MobilePhone nvarchar(12),
  @Province nvarchar(20),
  @City nvarchar(20),
  @Address nvarchar(50),
  @PostCode nvarchar(10),
  @Oicq varchar(20),
  @MSN varchar(20),
  @TJR nvarchar(20)
)
as
  update tb_User set
```

```
Email=@Email,
Logo=@Logo,
RealName=@RealName,
Phone=@Phone,
MobilePhone=@MobilePhone,
Province=@Province,
City=@City,
Address=@Address,
PostCode=@PostCode,
Oicq=@Oicq,
MSN= @MSN,
TJR=@TJR
where UserName=@UserName
```

② 数据访问层 UserClass.cs 的相关代码如下：

```
//更新用户信息
public void UpdateUserInfo(string username,string email,string logo,string
realname,string phonenumber,string mobphone,string province,string city,
string address,string postcode,string oicq,string msn,string tjr)
{
    SqlCommand myCmd=dbObj.GetCommandProc("proc_UpdateUser");
    //添加用户名
    SqlParameter paramUserName=new SqlParameter("@UserName",SqlDbType.
    NVarChar,12);
    //定义参数的名称、数据类型、大小
    paramUserName.Value=username;                //定义参数的数据来源
    myCmd.Parameters.Add(paramUserName);         //将参数添加给存储过程
    //添加电子邮件
    SqlParameter paramEmail=new SqlParameter("@Email",SqlDbType.NVarChar,20);
    paramEmail.Value=email;
    myCmd.Parameters.Add(paramEmail);
    //添加头像
    SqlParameter paramLogo=new SqlParameter("@Logo",SqlDbType.NVarChar,50);
    paramLogo.Value=logo;
    myCmd.Parameters.Add(paramLogo);
    //添加真实姓名
    SqlParameter paramRealName=new SqlParameter("@RealName",SqlDbType.
    NVarChar,10);
    paramRealName.Value=realname;
    myCmd.Parameters.Add(paramRealName);
    //添加电话号码
    SqlParameter paramPhoneNumber=new SqlParameter("@Phone",SqlDbType.
    NVarChar,12);
    paramPhoneNumber.Value=phonenumber;
    myCmd.Parameters.Add(paramPhoneNumber);
    //添加移动电话号码
    SqlParameter paramMobPhone=new SqlParameter("@MobilePhone",SqlDbType.
    NVarChar,12);
    paramMobPhone.Value=mobphone;
    myCmd.Parameters.Add(paramMobPhone);
```

```
    //添加所在省
    SqlParameter paramProvince=new SqlParameter("@Province",SqlDbType.
    NVarChar,20);
    paramProvince.Value=province;
    myCmd.Parameters.Add(paramProvince);
    //添加所在市
    SqlParameter paramCity=new SqlParameter("@City", SqlDbType.NVarChar,20);
    paramCity.Value=city;
    myCmd.Parameters.Add(paramCity);
    //添加地址
    SqlParameter paramAddress=new SqlParameter("@Address",SqlDbType.
    NVarChar,50);
    paramAddress.Value=address;
    myCmd.Parameters.Add(paramAddress);
    //添加邮政编码
    SqlParameter paramPostCode=new SqlParameter("@PostCode",SqlDbType.
    NVarChar,10);
    paramPostCode.Value=postcode;
    myCmd.Parameters.Add(paramPostCode);
    //添加 OICQ
    SqlParameter paramOicq=new SqlParameter("@Oicq",SqlDbType.VarChar,20);
    paramOicq.Value=oicq;
    myCmd.Parameters.Add(paramOicq);
    //添加 MSN
    SqlParameter paramMSN=new SqlParameter("@MSN",SqlDbType.VarChar,20);
    paramMSN.Value=msn;
    myCmd.Parameters.Add(paramMSN);
    //添加 TJR
    SqlParameter paramTJR=new SqlParameter("@TJR",SqlDbType.NVarChar,20);
    paramTJR.Value=tjr;
    myCmd.Parameters.Add(paramTJR);
    dbObj.ExecNonQuery(myCmd);
}
public SqlDataReader UserInfoBind(string strid,string strSql)
{
    SqlConnection myConn=dbObj.GetConnection();
    myConn.Open();
    SqlCommand cmd=new SqlCommand(strSql, myConn);
    SqlDataReader sdr=cmd.ExecuteReader();
    return sdr;
}
```

③ 业务逻辑层 my_info.aspx.cs 中的代码如下：

```
public partial class views_my_info:System.Web.UI.Page
{
    DBClass dbObj=new DBClass();
    UserClass ucObj=new UserClass();
    CommonClass ccObj=new CommonClass();
    protected void Page_Load(object sender,EventArgs e)
```

```
{
   if(!IsPostBack)
   {
     UserInfoBind(); //调用自定义方法UserInfoBind来显示用户信息
     this.logobind();//调用自定义方法logobind来显示头像
   }
}
//绑定头像信息
protected void logobind()
{
   this.ddlLogo.DataSource=this.ucObj.UserLogoBind();
   this.ddlLogo.DataTextField="ImgName";
   this.ddlLogo.DataValueField="Image";
   this.ddlLogo.DataBind();
   this.Imglogo.ImageUrl=this.ddlLogo.SelectedValue;
}
//更新头像
protected void ddlLogo_SelectedIndexChanged(object sender,EventArgs e)
{
   this.Imglogo.ImageUrl=this.ddlLogo.SelectedValue;
}
//绑定用户信息的数据
protected void UserInfoBind()
{
   if(Session["UserName"]!=null)
   {
     string username=Session["UserName"].ToString();
     string strSql="select*from tb_User where UserName='"+username+"'";
     SqlDataReader sdr=ucObj.UserInfoBind(username, strSql);
     sdr.Read();
     this.lbName.Text=username;
     this.txtemail.Text=sdr["Email"].ToString();
     this.txtrealname.Text=sdr["RealName"].ToString();
     this.Imglogo.ImageUrl=sdr["Logo"].ToString();
     this.txtphone.Text=sdr["Phone"].ToString();
     this.txtmobphone.Text=sdr["MobilePhone"].ToString();
     this.txtprovince.Text=sdr["Province"].ToString();
     this.txtcity.Text=sdr["City"].ToString();
     this.txtaddress.Text=sdr["Address"].ToString();
     this.txtpostcode.Text=sdr["PostCode"].ToString();
     this.txtoicq.Text=sdr["Oicq"].ToString();
     this.txtmsn.Text=sdr["MSN"].ToString();
     this.txttjr.Text=sdr["TJR"].ToString();
     dbObj.GetConnection().Close();
   }
   else
   {
     Response.Redirect("login.aspx");
   }
}
```

```
    //更新用户信息
    protected void btnUpdate_Click(object sender,EventArgs e)
    {
       string username=Session["UserName"].ToString();
       ucObj.UpdateUserInfo(username,this.txtemail.Text.Trim(),this.ddlLogo.
       Text.Trim(),this.txtrealname.Text.Trim(),this.txtphone.Text.Trim(),
       this.txtmobphone.Text.Trim(),this.txtprovince.Text.Trim(),this.
       txtcity.Text.Trim(),this.txtaddress.Text.Trim(),
       this.txtpostcode.Text.Trim(),this.txtoicq.Text.Trim(),
       this.txtmsn.Text.Trim(),this.txttjr.Text.Trim());
       this.Page.RegisterClientScriptBlock("clientScript",ccObj.MessageBoxPage
       ("用户信息更新成功！"));
    }
    //取消用户信息的修改内容
    protected void btnCancel_Click(object sender,EventArgs e)
    {
    }
}
```

3. 会员密码修改模块的详细设计过程

会员密码修改界面 my_pswmod.aspx 如图 4-9 所示。

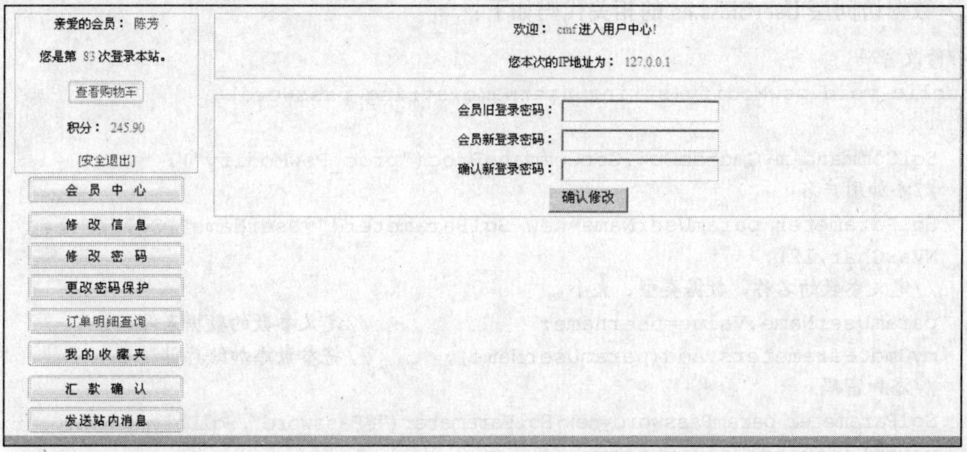

图 4-9　会员密码修改界面

（1）设计步骤

① 使用表格布局会员密码修改界面 my_pswmod.aspx，如图 4-9 所示。

② 在表格中添加相关的服务器控件，控件的属性设置及其用途如表 4-9 所示。

表 4-9　会员密码修改界面的主要控件

控 件 类 型	控件的 ID 属性	主要属性设置	控 件 用 途
abl TextBox	txtoldpsw	TextMode="Password"	会员旧密码
abl TextBox	txtnewpsw1	TextMode="Password"	会员新密码
abl TextBox	txtnewpsw2	TextMode="Password"	确认新密码
[ab] Button	btnmodify	OnClick="btnmodify_Click"	确认修改

（2）实现代码

① 与会员密码修改相关的存储过程如下：

```
//验证输入的旧密码是否正确
ALTER PROCEDURE dbo.proc_Psw
(
   @UserName nvarchar(12),
   @Password nvarchar(12)
)
as
begin
   select * from tb_User  where UserName=@UserName and Password=@Password
end
//修改密码
ALTER PROCEDURE dbo.proc_PswModify
(
   @UserName nvarchar(12),
   @Password nvarchar(12)
)
as
update tb_User set Password=@Password where UserName=@UserName
```

② 数据访问层 UserClass.cs 的相关代码如下：

```
//修改密码
public void pswModify(string username,string password)
{
   SqlCommand myCmd=dbObj.GetCommandProc("proc_PswModify");
   //添加用户名
   SqlParameter paramUserName=new SqlParameter("@UserName",SqlDbType.
   NVarChar,12);
   //定义参数的名称、数据类型、大小
   paramUserName.Value=username;                //定义参数的数据来源
   myCmd.Parameters.Add(paramUserName);         //将参数添加给存储过程
   //添加密码
   SqlParameter paramPassword=new SqlParameter("@Password",SqlDbType.NVarChar,12);
   paramPassword.Value=password;
   myCmd.Parameters.Add(paramPassword);
   dbObj.ExecNonQuery(myCmd);
}
//验证输入的旧密码是否正确
public int psw(string username,string password)
{
   SqlCommand myCmd=dbObj.GetCommandProc("proc_Psw");
   //添加用户名
   SqlParameter paramUserName=new SqlParameter("@UserName",SqlDbType.
   NVarChar,12);
   //定义参数的名称、数据类型、大小
   paramUserName.Value=username;                //定义参数的数据来源
   myCmd.Parameters.Add(paramUserName);         //将参数添加给存储过程
```

```
    //添加密码
    SqlParameter paramPassword=new SqlParameter("@Password",SqlDbType.
    NVarChar,12);
    paramPassword.Value=password;
    myCmd.Parameters.Add(paramPassword);
    return dbObj.ExecScalar(myCmd);
}
```

③ 业务逻辑层 my_pswmod.aspx 中的代码如下：

```
public partial class views_my_pswmod:System.Web.UI.Page
{
    UserClass ucObj=new UserClass();
    CommonClass ccObj=new CommonClass();
    DBClass dbObj=new DBClass();
    protected void Page_Load(object sender,EventArgs e)
    {
        if(!IsPostBack)
        {
            //判断是否登录
            ST_check_Login();
            this.lbUserName.Text=Session["UserName"].ToString();
            this.lbIP.Text=GetIp();
        }
    }
    public void ST_check_Login()
    {
        if((Session["UserName"]==null))
        {
            Response.Write(ccObj.MessageBox("对不起！请先登录！","login.aspx"));
            Response.End();
        }
    }
    string GetIp()
    {
        //可以通过代理服务器
        string userIP=Request.ServerVariables["HTTP_X_FORWARDED_FOR"];
        if(userIP==null||userIP=="")
        {
            //没有代理服务器，如果有代理服务器获取的是代理服务器的IP地址
            userIP=Request.ServerVariables["REMOTE_ADDR"];
        }
        return userIP;
    }
    //"确认修改"按钮的事件
    protected void btnmodify_Click(object sender,EventArgs e)
    {
        string psw=ccObj.Encrypting(this.txtoldpsw.Text.ToString().Trim());
        string newpsw1=ccObj.Encrypting(this.txtnewpsw1.Text.ToString().Trim());
        string newpsw2=ccObj.Encrypting(this.txtnewpsw2.Text.ToString().Trim());
        int count=ucObj.psw(Session["UserName"].ToString(),psw);
        if(count>0)
```

```
        {
            if(newpsw1!="" && newpsw2!="")
            {
                if(newpsw1==newpsw2)
                {
                    ucObj.pswModify(Session["UserName"].ToString(),newpsw1);
                    string url = "UserCenter.aspx?id=" + Session["UserName"].ToString();
                    Response.Write(ccObj.MessageBox("密码修改成功！！",url));
                }
                else
                {
                    Response.Write(ccObj.MessageBoxPage("对不起，两次密码不一致！"));
                }
            }
            else
            {
                Response.Write(ccObj.MessageBoxPage("新密码不能为空！"));
            }
        }
        else
        {
            Response.Write(ccObj.MessageBoxPage("输入的旧密码不正确！"));
        }
    }
}
```

4. 会员申请密码保护模块的详细设计过程

会员申请密码保护界面 my_psw_set1.aspx 如图 4-10 所示。

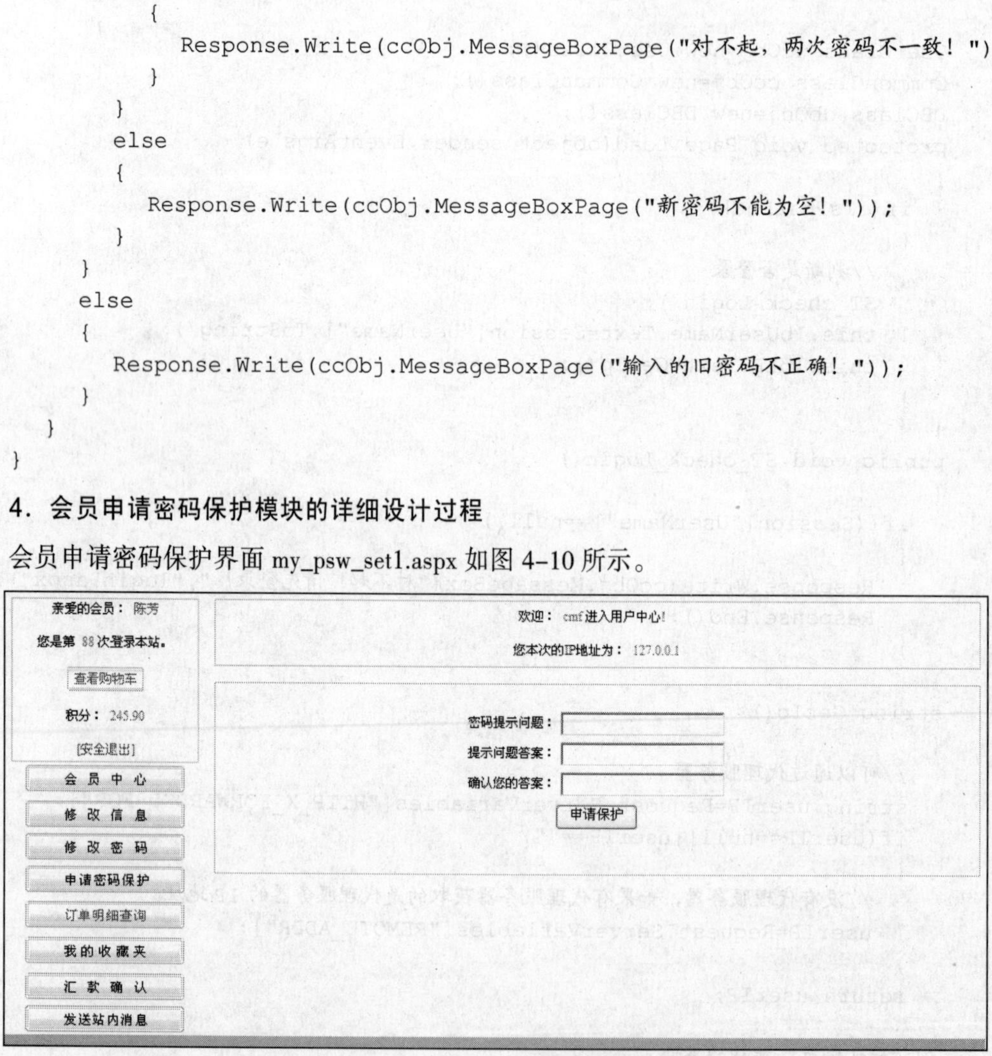

图 4-10　会员申请密码保护界面

（1）设计步骤

① 使用表格布局会员申请密码保护界面 my_psw_set1.aspx，如图 4-10 所示。

② 在表格中添加相关的服务器控件，控件的属性设置及其用途如表 4-10 所示。

表 4-10 会员申请密码保护界面的主要控件

控件类型	控件的ID属性	主要属性设置	控件用途
abl TextBox	txtQuestion	均为默认值	密码提示问题
abl TextBox	txtAnswer1	均为默认值	提示问题答案
abl TextBox	txtAnswer2	均为默认值	确认问题答案
ab Button	btnProtect	OnClick=" btnProtect _Click"	申请保护

（2）实现代码

① 与会员申请密码保护相关的存储过程如下：

```
ALTER proc [dbo].[Proc_SetPswAnswer]
(
  @UserName nvarchar(12),
  @UserQuestion nvarchar(50),
  @UserAnswer nvarchar(50)
)
as
update tb_User set UserQuestion=@UserQuestion,UserAnswer=@UserAnswer where
UserName=@UserName
```

② 数据访问层 UserClass.cs 的相关代码如下：

```
//设置密码保护
public void SetPswAnswer(string username,string userquestion,string useranswer)
{
  SqlCommand myCmd=dbObj.GetCommandProc("Proc_SetPswAnswer");
  //添加用户名
  SqlParameter paramUserName=new SqlParameter("@UserName",SqlDbType.
  NVarChar,12);
  //定义参数的名称、数据类型、大小
  paramUserName.Value=username;                  //定义参数的数据来源
  myCmd.Parameters.Add(paramUserName);          //将参数添加给存储过程
  //添加提问问题
  SqlParameter paramquestion = new SqlParameter("@UserQuestion",SqlDbType.
  NVarChar,50);
  paramquestion.Value=userquestion;
  myCmd.Parameters.Add(paramquestion);
  //添加问题答案
  SqlParameter paramanswer=new SqlParameter("@UserAnswer",SqlDbType.
  NVarChar,50);
  paramanswer.Value=useranswer;
  myCmd.Parameters.Add(paramanswer);
  dbObj.ExecNonQuery(myCmd);
}
```

③ 业务逻辑层 my_psw_set1.aspx.cs 中的代码如下：

```
public partial class views_my_psw_set1:System.Web.UI.Page
{
  UserClass ucObj=new UserClass();
```

```
CommonClass ccObj=new CommonClass();
DBClass dbObj=new DBClass();
protected void Page_Load(object sender,EventArgs e)
{
   if(!IsPostBack)
   {
      //判断是否登录
      ST_check_Login();
      this.lbUserName.Text=Session["UserName"].ToString();
   }
}
public void ST_check_Login()
{
   if((Session["UserName"]==null))
   {
      Response.Write(ccObj.MessageBox("对不起！请先登录！","login.aspx"));
      //Response.Write("<script>alert('对不起！请先登录！');location='login.
      aspx'</script>");
      Response.End();
   }
}
protected void btnProtect_Click(object sender,EventArgs e)
{
   string question=this.txtQuestion.Text.Trim().ToString();
   string answer=this.txtAnswer1.Text.Trim().ToString();
   if(this.txtQuestion.Text!=null && this.txtAnswer1.Text!=null)
   {
      if(this.txtAnswer1.Text.Trim()==this.txtAnswer2.Text.Trim ())
      {
         ucObj.SetPswAnswer(Session["UserName"].ToString(),question, answer);
         string url="UserCenter.aspx?id="+Session["UserName"].ToString();
         Response.Write(ccObj.MessageBox("操作成功，您设置的问题和答案已保存，当
         您忘记密码时，可通过问题和答案找回密码！",url));
      }
      else
      {
         Response.Write(ccObj.MessageBoxPage("两次问题回答不一致！"));
      }
   }
   else
   {
      Response.Write(ccObj.MessageBoxPage("问题和回答不能为空！"));
   }
}
}
```

5. 会员更改密码保护模块的详细设计过程

会员更改密码保护界面 my_psw_set2.aspx 如图 4-11 所示。

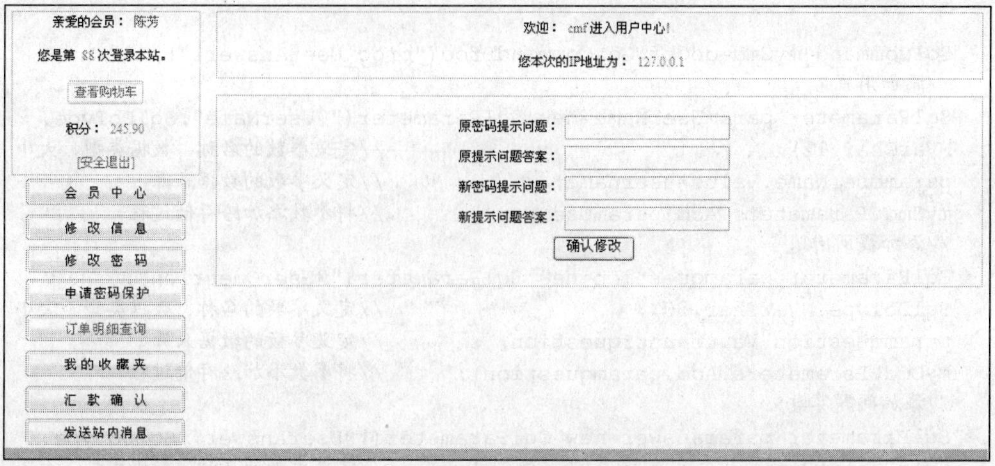

图 4-11　会员更改密码保护界面

（1）设计步骤

① 使用表格布局会员更改密码保护界面 my_psw_set2.aspx，如图 4-11 所示。

② 在表格中添加相关的服务器控件，控件的属性设置及其用途如表 4-11 所示。

表 4-11　会员更改密码保护界面的主要控件

控件类型	控件的 ID 属性	主要属性设置	控件用途
abl TextBox	txtQuestion1	均为默认值	原密码提示问题
abl TextBox	txtAnswer1	均为默认值	原提示问题答案
abl TextBox	txtQuestion2	均为默认值	新密码提示问题
abl TextBox	txtAnswer2	均为默认值	新提示问题答案
ab Button	btnmodify	OnClick=" btnmodify _Click"	确认修改

（2）实现代码

① 与会员更改密码保护相关的存储过程如下：

```
ALTER  PROCEDURE dbo.proc_UserAnswer1
(
  @UserName nvarchar(12),
  @UserQuestion nvarchar(50),
  @UserAnswer nvarchar(50)
)
as
begin
  select * from tb_User
  where UserName=@UserName and (UserQuestion=@UserQuestion and UserAnswer=
  @UserAnswer)
end
```

② 数据访问层 UserClass.cs 的相关代码如下：

```
//检验旧密码保护与输入的内容是否一致
public int pswProdtect1(string username,string userquestion,string useranswer)
```

```
{
   SqlCommand myCmd=dbObj.GetCommandProc("proc_UserAnswer1");
   //添加用户名
   SqlParameter paramUserName=new SqlParameter("@UserName",SqlDbType.
   NVarChar,12);                              //定义参数的名称、数据类型、大小
   paramUserName.Value=username;              //定义参数的数据来源
   myCmd.Parameters.Add(paramUserName);       //将参数添加给存储过程
   //添加提问问题
   SqlParameter paramquestion=new SqlParameter("@UserQuestion",
   SqlDbType.NVarChar,50);                    //定义参数的名称、数据类型、大小
   paramquestion.Value=userquestion;          //定义参数的数据来源
   myCmd.Parameters.Add(paramquestion);       //将参数添加给存储过程
   //添加问题答案
   SqlParameter paramanswer=new SqlParameter("@UserAnswer",SqlDbType.
   NVarChar,50);                              //定义参数的名称、数据类型、大小
   paramanswer.Value = useranswer;            //定义参数的数据来源
   myCmd.Parameters.Add(paramanswer);         //将参数添加给存储过程
   return dbObj.ExecScalar(myCmd);
}
```

③ 业务逻辑层 my_psw_set2.aspx.cs 中的代码如下：

```
public partial class views_my_psw_set2:System.Web.UI.Page
{
   UserClass ucObj=new UserClass();
   CommonClass ccObj=new CommonClass();
   DBClass dbObj=new DBClass();
   protected void Page_Load(object sender,EventArgs e)
   {
      if(!IsPostBack)
      {
         //判断是否登录
         ST_check_Login();
         this.lbUserName.Text=Session["UserName"].ToString();
      }
   }
   public void ST_check_Login()
   {
      if((Session["UserName"]==null))
      {
         Response.Write("<script>alert('对不起！请先登录！');
         location='login.aspx'</script>");
         Response.End();
      }
   }
   protected void btnmodify_Click(object sender, EventArgs e)
   {
      string question1=this.txtQuestion1.Text.Trim().ToString();
      string answer1=this.txtAnswer1.Text.Trim().ToString();
      string question2=this.txtQuestion2.Text.Trim().ToString();
      string answer2=this.txtAnswer2.Text.Trim().ToString();
```

```
int count=ucObj.pswProdtect1(Session["UserName"].ToString(),
question1,answer1);
if(this.txtQuestion1.Text.Trim()!="" && this.txtAnswer1.Text.Trim()!="")
{
  if(count>0)
  {
    if(this.txtQuestion2.Text.Trim()!=""&& this.txtAnswer2.Text.Trim()!="")
    {
      ucObj.SetPswAnswer(Session["UserName"].ToString(),question2,
      answer2);
      string url="UserCenter.aspx?id=" + Session["UserName"].ToString();
      Response.Write(ccObj.MessageBox("操作成功，您新设置的密码保护问题和
      答案已保存！",url));
    }
    else
    {
      Response.Write(ccObj.MessageBoxPage("新问题和答案不能为空！"));
    }
  }
  else
  {
    Response.Write(ccObj.MessageBoxPage("输入密码保护问题或答案不正确，请检查！"));
  }
}
else
{
  Response.Write(ccObj.MessageBoxPage("旧密码保护的问题和答案不能为空!"));
}
}
}
```

6. 会员收藏夹模块的详细设计过程

会员收藏夹界面 my_fav.aspx 如图 4-12 所示。

图 4-12　会员收藏夹界面

(1)设计步骤

① 使用表格布局会员收藏夹界面 my_fav.aspx，如图 4-12 所示。

② 在表格中添加相关的服务器控件，控件的属性设置及其用途如表 4-12 所示。

表 4-12 会员收藏夹界面的主要控件

控件类型	控件的 ID 属性	主要属性设置	控件用途
GridView	gvFAVList	均为默认值	显示会员收藏夹信息

(2)实现代码

① 用户表示层 my_fav.aspx 中的代码如下：

```
<asp:GridView ID="gvFAVList" DataKeyNames="ProdID" runat="server" PageSize
="15" OnPageIndexChanging ="gvFAVList_PageIndexChanging"
AutoGenerateColumns="False"
AllowPaging="True" BackColor="#B1BFEE" CellPadding="2" CellSpacing="1"
ForeColor="Black"
GridLines="None" Width="730px">
<Columns>
<asp:BoundField DataField="ProdID" HeaderText="商品编号" ReadOnly="True">
<ItemStyle HorizontalAlign="Center" />
<HeaderStyle HorizontalAlign="Center" />
</asp:BoundField>
<asp:TemplateField HeaderText="商品名称">
<HeaderStyle HorizontalAlign="Center" />
<ItemStyle HorizontalAlign="Center" />
<ItemTemplate>
<asp:LinkButton ID="lnkProdInfo" runat="server" OnCommand="lnkProdInfo_Command"
CommandArgument='<%#Eval("ProdID")%>'> <%#Eval("ProdName")%></asp:LinkButton>
</ItemTemplate>
</asp:TemplateField>
<asp:TemplateField HeaderText="市场价">
<HeaderStyle HorizontalAlign="Center" />
<ItemStyle HorizontalAlign="Center" />
<ItemTemplate>
<%#Eval("MarketPrice")%>￥
</ItemTemplate>
</asp:TemplateField>
<asp:TemplateField HeaderText="优惠价">
<HeaderStyle HorizontalAlign="Center" />
<ItemStyle HorizontalAlign="Center" />
<ItemTemplate>
<%#Eval("CurrentPrice")%>￥
</ItemTemplate>
</asp:TemplateField>
<asp:TemplateField HeaderText="收藏夹操作">
<HeaderStyle HorizontalAlign="Center" />
<ItemStyle HorizontalAlign="Center" />
<ItemTemplate>
```

```
<asp:LinkButton ID="lnkbtnDelete" CommandArgument='<%#Eval("ProdID")%>'
OnCommand="lnkbtnDelete_Command" runat="server">删除</asp:LinkButton>
</ItemTemplate>
</asp:TemplateField>
<asp:TemplateField HeaderText="购买">
<HeaderStyle HorizontalAlign="Center" />
<ItemStyle HorizontalAlign="Center" />
<ItemTemplate>
<asp:ImageButton ID="lnkbtnAddShopCart" ImageUrl="~/views/images/buy.gif"
runat="server" CommandArgument='<%#Eval("ProdID")%>' OnCommand="lnkbtnAddShopCart_
Command" />
</ItemTemplate>
</asp:TemplateField>
</Columns>
<FooterStyle BackColor="#f4f5fd" />
<RowStyle BackColor="#ffffff" />
<PagerStyle BackColor="#f4f5fd" ForeColor="DarkSlateBlue"
HorizontalAlign="Center" />
<HeaderStyle BackColor="#f4f5fd" Font-Bold="True" />
</asp:GridView>
```

② 与会员收藏夹相关的存储过程如下：

```
//删除收藏夹中的商品
ALTER proc [dbo].[Proc_DelFAV]
(
  @UserName Nvarchar(12),
  @FAV nvarchar(200)
)
as
update tb_User set FAV=@FAV where UserName=@UserName
//将商品添加到购物车中
ALTER proc [dbo].[Proc_shopCart]
(
  @CartID Nchar(50),
  @ProdID Nvarchar(500),
  @ProdNum int
)
as
declare @ProdCount int
select @ProdCount=Count(ProdID) from tb_ShopCart where ProdID=@ProdID and
CartID=@CartID
if @ProdCount>0
update tb_ShopCart set ProdNum=(@ProdNum+tb_ShopCart.ProdNum) where ProdID=
@ProdID and CartID=@CartID
else /*New entry for this Cart.Add a new record*/
begin
  insert into tb_ShopCart
  (
    CartID,
```

```
        ProdID,
        ProdNum
    )
    values
    (
        @CartID,
        @ProdID,
        @ProdNum
    )
end
```

③ 数据访问层UserClass.cs中的相关代码如下：

```
public SqlDataReader UserInfoBind(string strid,string strSql)
{
    SqlConnection myConn=dbObj.GetConnection();
    myConn.Open();
    SqlCommand cmd=new SqlCommand(strSql,myConn);
    SqlDataReader sdr=cmd.ExecuteReader();
    return sdr;
}
//删除用户收藏夹
public void DelFAV(string UserName,string FAV)
{
    SqlCommand myCmd=dbObj.GetCommandProc("Proc_DelFAV");
    //添加用户名
    SqlParameter paramusername=new SqlParameter("@UserName", SqlDbType.
    NVarChar,12);                              //定义参数的名称、数据类型、大小
    paramusername.Value=UserName;              //定义参数的数据来源
    myCmd.Parameters.Add(paramusername);       //将参数添加给存储过程
    //添加收藏内容
    SqlParameter paramfav=new SqlParameter("@FAV",SqlDbType.NVarChar,200);
                                               //定义参数的名称、数据类型、大小
    paramfav.Value=FAV;                        //定义参数的数据来源
    myCmd.Parameters.Add(paramfav);            //将参数添加给存储过程
    dbObj.ExecNonQuery(myCmd);
}
//用户收藏夹的显示
public DataTable UserFAVInfo(string username)
{
    string strSql1="select * from tb_User where UserName='"+username+"'";
    SqlDataReader sdr=UserInfoBind(username,strSql1);
    sdr.Read();
    string fav=sdr["FAV"].ToString().Trim();
    dbObj.GetConnection().Close();
    string strSql="select * from tb_ProdInfo where ProdID in"+"("+fav+")+
    "order by ProdId";
    SqlCommand myCmd=dbObj.GetCommandStr(strSql);
    return dbObj.GetDataSet(myCmd,"tb_ProdInfo");
}
public SqlDataReader UserInfoBind(string strid,string strSql)
```

```
{
   SqlConnection myConn=dbObj.GetConnection();
   myConn.Open();
   SqlCommand cmd=new SqlCommand(strSql,myConn);
   SqlDataReader sdr=cmd.ExecuteReader();
   return sdr;
}
```

④ 数据访问层 ShopCartClass.cs 中的相关代码如下：

```
//向购物车中添加商品信息
public void AddItemsShopCart(string cartid,string prodid,int prodnum)
{
   SqlCommand myCmd=dbObj.GetCommandProc("Proc_shopCart");
   //添加购物车 ID
   SqlParameter paramcartid = new SqlParameter("@CartID", SqlDbType.NChar, 12);
   //定义参数的名称、数据类型、大小
   paramcartid.Value=cartid;                          //定义参数的数据来源
   myCmd.Parameters.Add(paramcartid);                 //将参数添加给存储过程
   //添加商品 ID
   SqlParameter paramprodid=new SqlParameter("@ProdID",SqlDbType.NVarChar,15);
   //定义参数的名称、数据类型、大小
   paramprodid.Value=prodid;                          //定义参数的数据来源
   myCmd.Parameters.Add(paramprodid);                 //将参数添加给存储过程
   //添加购买商品数量
   SqlParameter paramprodnum=new SqlParameter("@ProdNum",SqlDbType.Int,4);
   //定义参数的名称、数据类型、大小
   paramprodnum.Value=prodnum;                        //定义参数的数据来源
   myCmd.Parameters.Add(paramprodnum);                //将参数添加给存储过程
   dbObj.ExecNonQuery(myCmd);
}
```

⑤ 业务逻辑层 my_fav.aspx.cs 中的代码如下：

```
public partial class views_my_fav:System.Web.UI.Page
{
   CommonClass ccObj=new CommonClass();
   DBClass dbObj=new DBClass();
   UserClass ucObj=new UserClass();
   string username;
   protected void Page_Load(object sender,EventArgs e)
   {
      if(!IsPostBack)
      {
         //判断是否登录
         ST_check_Login();
         this.lbUserName.Text=Session["UserName"].ToString();
         this.Favbind(); //调用自定义方法 Favbind 显示用户收藏夹中的信息
      }
   }
   public void ST_check_Login()
```

```
{
   if ((Session["UserName"]==null))
   {
      Response.Write("<script>alert('对不起！请先登录！');location='login.aspx'
      </script>");
      Response.End();
   }
}
//控制翻页
protected void gvFAVList_PageIndexChanging(object sender,GridViewPageEventArgs e)
{
   this.gvFAVList.PageIndex=e.NewPageIndex;
   this.Favbind();//调用用户自定义的函数
}
//gvFAVList绑定用户收藏夹数据
public void Favbind()
{
   username=Session["UserName"].ToString();
   string strSql="select * from tb_User where UserName='"+username+"'";
   SqlDataReader sdr=ucObj.UserInfoBind(username,strSql);
   sdr.Read();
   string fav=sdr["FAV"].ToString();
   if(fav.Trim()!="")
   {
      this.gvFAVList.DataSource=ucObj.UserFAVInfo(username);
      this.gvFAVList.DataBind();
      this.gvFAVList.DataKeyNames=new string[] { "ProdID" };
   }
   else
   {
      this.lbFav.Text="收藏夹中没有任何商品！";
   }
   dbObj.GetConnection().Close();
}
//单击商品名称时查看商品的详细信息
protected void lnkProdInfo_Command(object sender, CommandEventArgs e)
{
   Response.Redirect("ProdInfo.aspx?id="+e.CommandArgument.ToString());
}
//单击“删除”按钮时执行的命令
protected void lnkbtnDelete_Command(object sender,CommandEventArgs e)
{
   ST_check_Login();
   username=Session["UserName"].ToString();
   string strSql="select * from tb_User where UserName='"+username+"'";
   SqlDataReader sdr=ucObj.UserInfoBind(username,strSql);
   sdr.Read();
   string favprod="";
   string favid="";
   string prodid=e.CommandArgument.ToString();
```

```
        string  fav=sdr["FAV"].ToString();
        string[] favlist=fav.Split(',');
        for(int i=0;i<favlist.Length;i++)
        {
           if(favlist[i]!="'"+prodid.Trim()+"'")
           {
              favprod=favprod+favlist[i]+",";
           }
        }
        if(favprod.Length>1)
        {
           favid=favprod.Substring(0,favprod.Length-1);
           ucObj.DelFAV(username,favid);
           this.Favbind();
           Response.Redirect("my_fav.aspx?id="+Session["UserName"].ToString());
        }
        else
        {
           favid="";
           ucObj.DelFAV(username,favid);
           this.Favbind();
           Response.Redirect("my_fav.aspx?id="+Session["UserName"].ToString());
        }
        dbObj.GetConnection().Close();
     }
     //单击"放入购物车"按钮时执行的命令
     protected void lnkbtnAddShopCart_Command(object sender,CommandEventArgs e)
     {
        ST_check_Login();
        string prodid=e.CommandArgument.ToString();
        scObj.AddItemsShopCart(Session["UserName"].ToString(),prodid,1);
        Response.Redirect("shopCart.aspx");
     }
```

4.5　本 章 小 结

此章讲解了用户管理系统，其中用户注册模块和用户登录模块是非常典型的两个模块，它们在其他的项目中也会经常用到，读者可参照讲解的设计过程举一反三。本章我们讲解了比较典型的正则表达式的应用、ASP.NET 服务器验证控件的应用、AJAX 技术的基本应用和怎样生成随机验证码的方法，这些技术都是非常典型和流行的技术。

4.6　课后任务与思考

1. 读者课后可以查阅相关生成随机验证码的方法还有哪些。
2. AJAX 技术有哪些比较典型的应用？
3. 我们在项目中使用的加密技术是对称加密还是非对称加密？

第 5 章 商品展示模块设计

【本章导读】

本章通过商品展示模块的设计，学习 TreeView 控件、DataList 控件和 DataView 控件的使用，学习数据绑定、分页和表格中高亮显示行等技术。

【主要知识点】

- 商品展示模块简介
- TreeView 控件简介
- 商品分类列表模块的实现
- DataList 控件简介
- 商品信息列表模块的实现
- DataView 控件简介
- 商品详细显示模块的实现
- 加入收藏夹的实现
- 加入购物车的实现

5.1 商品展示模块的需求分析

商品展示模块是网上商店的一个重要模块，具有呈现商品列表、展示商品信息、查询商品信息等基本功能。和实际购物商店一样，用户可以在这里查阅商品的分类，这样有利于用户发现需要的商品，将商品放入购物车。

5.2 商品分类列表模块

5.2.1 商品分类列表模块分析

商品分类列表可以将不同的商品类别通过列表方式显示出来，就跟目录一样，这样用户在浏览商品时非常清晰明了，例如可以通过商品的功能分类、商品的品牌分类、商品的颜色分类等。用户可以点击相应的商品分类项目进入商品信息列表查看商品的基本信息。

5.2.2　TreeView 控件简介

有时会看到一些网站在左边采用类似资源管理器的树形结构，在树形结构中单击，会在右边显示内容，层次清晰且方便快捷。本文主要对 ASP.NET 服务器控件 TreeView 进行简单的介绍。

TreeView 控件显示 Node 对象的分层列表，每个 Node 对象均由一个标签和一个可选的位图组成。TreeView 一般用于显示文档标题、索引入口、磁盘上的文件和目录或能被有效地分层显示的其他种类信息。创建了 TreeView 控件之后，可以通过设置属性与调用方法对各 Node 对象进行操作，这些操作包括添加、删除、对齐和其他操作。可以编程展开与折叠 Node 对象来显示或隐藏所有子 Node。Collapse、Expand 和 NodeClick 三个事件也提供编程功能。Node 对象使用 Root、Parent、Child、FirstSibling、Next、Previous 和 LastSibling 属性。在代码中可通过检索对 Node 对象的引用，从而在树上定位，也可以使用键盘定位。向上方向键和向下方向键向上下循环穿过所有展开的 Node 对象，从左到右、从上到下地选择 Node 对象。若在树的底部，选择便跳回树的顶部，必要时滚动窗口。向右方向键和向左方向键也穿过所有展开的 Node 对象，但是如果选择了未展开的节点之后再按向右方向键，该节点便展开；第二次按该键，将移向下一个节点。相反，若扩展的节点有焦点，这时再按向左方向键，该节点便折叠。如果按下 ANSI 字符集中的键，焦点将跳转至以那个字母开头的最近的节点，后续的按该键的动作将使选择向下循环，穿过以那个字母开头的所有展开节点。

控件的外观有 8 种可用的替换样式，它们是文本、位图、直线和 +/– 号的组合，Node 对象可以任一种组合出现。

TreeView 控件使用由 ImageList 属性指定的 ImageList 控件，来存储显示于 Node 对象的位图和图标。任何时刻，TreeView 控件只能使用一个 ImageList。这意味着，当 TreeView 控件的 Style 属性被设置成显示图像的样式时，TreeView 控件中每一项的旁边都有一个同样大小的图像。

5.2.3　任务十七　商品分类列表模块的实现

商品分类列表模块在很多页面中都需要显示，所以将此模块做成一个用户控件页面，这样可以重复利用，提高开发效率。这里我们只做了商品的两个类别的二级列表显示，读者根据下面讲解的方法可以设置多级，也可以设置多种商品类别的显示。下面开始此模块的详细开发过程。

商品分类列表模块的界面如图 5-1 所示。

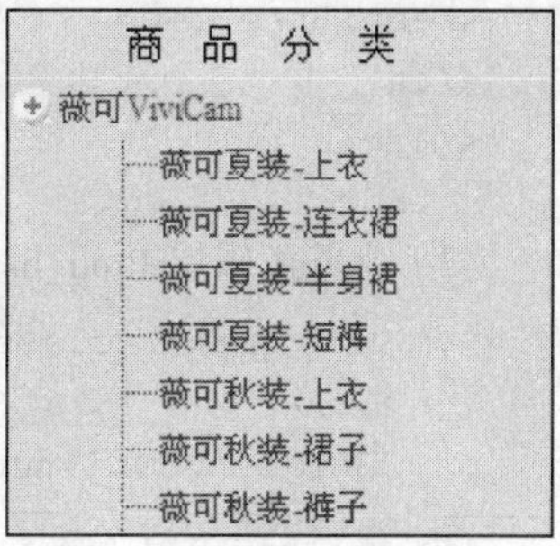

图 5-1　商品分类列表界面

1．设计步骤

① 在文件夹 UserControl 上右击，在弹出的快捷菜单中选择“添加新项”命令，在弹出的对话框中选中“Web 用户控件”选项，在“名称”文本框中将控件的名称命名为 Prod_list.ascx，单击“添加”按钮。

② 使用表格布局商品分类列表的界面 Prod_list.ascx，如图 5-1 所示。

③ 在表格中添加相关的服务器控件，控件的属性设置及其

用途如表 5-1 所示。

表 5-1　商品分类列表界面的主要控件

控件类型	控件的 ID 属性	主要属性设置	控件用途
TreeView	tvMenu1	OnLoad="tvMenu_Load1"	显示商品分类列表
TreeView	tvMenu2	OnLoad="tvMenu_Load2"	显示商品分类列表

2. 实现代码

（1）用户表示层 Prod_list.ascx 中的代码

```
<%@ Control Language="C#" AutoEventWireup="true" CodeFile="Prod_list.ascx.cs"
Inherits="UserControl_Prod_list" %>
<table cellpadding="0px" cellspacing="0px">
<tr>
<td style="background-color: #ffceca; height: 22px; font-size: 14px;
font-family: 宋体;
letter-spacing: 1em;">
<asp:Label SkinID="blacklb" ID="Label1" runat="server" Text="商品分类">
</asp:Label>
</td>
</tr>
<tr>
<td align="left" style="background-color: Gainsboro;">
<asp:TreeView ID="tvMenu1" BackColor="Gainsboro" runat="server"
CollapseImageUrl="~/views/images/bclass1.gif"
ExpandImageUrl="~/views/images/bclass2.gif" OnLoad="tvMenu_Load1" Width="200px"
NodeIndent="0">
<NodeStyle Height="20px" />
<LeafNodeStyle ImageUrl="~/views/images/bclass3.gif" />
</asp:TreeView>
<asp:TreeView ID="tvMenu2" BackColor="Gainsboro" runat="server"
CollapseImageUrl="~/views/images/bclass1.gif"
ExpandImageUrl="~/views/images/bclass2.gif" OnLoad="tvMenu_Load2" Width="200px"
NodeIndent="0">
<NodeStyle Height="20px" />
<LeafNodeStyle ImageUrl="~/views/images/bclass3.gif" />
</asp:TreeView>
</td>
</tr>
</table>
```

（2）业务逻辑层 Prod_list.ascx 中的代码

```
public partial class UserControl_Prod_list:System.Web.UI.UserControl
{
    DBClass dbObj=new DBClass();
    DataSet ds;
    protected void Page_Load(object sender,EventArgs e)
```

```
{
}
private DataSet createDataSet(string cattype)
{
   SqlConnection con=dbObj.GetConnection();
   ds=new DataSet();
   string sqlstr="select * from tb_ProdCategories where CatType='"
   +cattype+ "'";
   SqlDataAdapter cmdSelect=new SqlDataAdapter(sqlstr,con);
   cmdSelect.Fill(ds,"tb_ProdCategories");
   return ds;
}
//用递归方法动态生成节点
protected void InitTree(TreeNodeCollection Nds,string  ParentID)
{
   DataView dv=new DataView();
   TreeNode tmpNode;
   dv.Table=ds.Tables["tb_ProdCategories"];
   dv.RowFilter="PatID='"+ParentID+"'";
   foreach(DataRowView drv in dv)
   {
      tmpNode=new TreeNode();
      tmpNode.Value=drv["CatID"].ToString();
      tmpNode.Text=drv["CatName"].ToString();
      tmpNode.NavigateUrl=drv["Url"].ToString();
      Nds.Add(tmpNode);
      this.InitTree(tmpNode.ChildNodes,tmpNode.Value);
   }
}
protected void tvMenu_Load1(object sender,EventArgs e)
{
   if(!IsPostBack)
   {
      tvMenu1.Dispose();
      dbObj.GetConnection().Open();
      this.createDataSet("1");
      dbObj.GetConnection().Close();
      this.InitTree(tvMenu1.Nodes,"0");
   }
}
protected void tvMenu_Load2(object sender,EventArgs e)
{
   if(!IsPostBack)
```

```
        {
            tvMenu2.Dispose();
            dbObj.GetConnection().Open();
            this.createDataSet("7");
            dbObj.GetConnection().Close();
            this.InitTree(tvMenu2.Nodes,"0");
        }
    }
}
```

最后将 TreeView 控件放到需要的页面中，用户控件的使用在前面已经讲过，这里不再重述。在此开发项目中有两个页面用到此控件，分别是 ProdCatList.aspx 和 ProdInfo.aspx 页面，后面还会讲到。

3. 关键技术

InitTree 方法用于生成树形结构，为了让读者更清楚此方法调用的商品分类表 tb_ProdCategories 的内容，下面给出此表的部分信息，如图 5-2 所示。

CatID	CatType	CatName	PatID	C...	L...	Url
1	1	薇可ViviCam ...	0	1000	N...	../views/ProdCatList.aspx?id=1&&var=1
2	2	韩国ECA服饰 ...	0	500	N...	
3	3	花园街19号 ...	0	700	N...	
4	4	韩国DAHONG ...	0	8000	N...	
5	5	韩国SZ KOKO ...	0	2000	N...	
6	6	韩依依Hanee ...	0	3000	N...	
7	7	昕薇SQY ...	0	400	N...	../views/ProdCatList.aspx?id=7&&var=1
8	8	瑞丽MAY ...	0	600	N...	
9	1	薇可夏装-上衣	1	NULL	N...	../views/ProdcatList.aspx?id=1&&mincode=薇可夏装-上衣
10	1	薇可夏装-连衣裙	1	NULL	N...	../views/ProdcatList.aspx?id=1&&mincode=薇可夏装-连衣裙
11	1	薇可夏装-半身裙	1	NULL	N...	../views/ProdcatList.aspx?id=1&&mincode=薇可夏装-半身裙
12	1	薇可夏装-短裤	1	NULL	N...	../views/ProdcatList.aspx?id=1&&mincode=薇可夏装-短裤
13	1	薇可秋装-上衣	1	NULL	N...	../views/ProdcatList.aspx?id=1&&mincode=薇可秋装-上衣
14	1	薇可秋装-裙子	1	NULL	N...	../views/ProdcatList.aspx?id=1&&mincode=薇可秋装-裙子
15	1	薇可秋装-裤子	1	NULL	N...	../views/ProdcatList.aspx?id=1&&mincode=薇可秋装-裤子
16	7	昕薇-休闲裤子(K)	7	NULL	N...	../views/ProdcatList.aspx?id=7&&mincode=昕薇-休闲裤子(K)
17	7	昕薇-百搭中裙(Z)	7	NULL	N...	../views/ProdcatList.aspx?id=7&&mincode=昕薇-百搭中裙(Z)
18	7	昕薇-夏装上衣(X)	7	NULL	N...	../views/ProdcatList.aspx?id=7&&mincode=昕薇-夏装上衣(X)
19	7	昕薇-洋装裙子(S)	7	NULL	N...	../views/ProdcatList.aspx?id=7&&mincode=昕薇-洋装裙子(S)
20	7	昕薇-T恤针织(X)	7	NULL	N...	../views/ProdcatList.aspx?id=7&&mincode=昕薇-T恤针织(X)
21	7	昕薇-外套大衣(H)	7	NULL	N...	../views/ProdcatList.aspx?id=7&&mincode=昕薇-外套大衣(H)
22	2	ECA-衬衫 T恤 [0]	2	NULL	N...	../views/ProdcatList.aspx?id=2&&mincode=薇可夏装-上衣

图 5-2　商品分类表的部分信息

5.3　商品信息列表模块

5.3.1　商品信息列表模块简介

商品信息列表可以根据不同的类别浏览商品信息。浏览商品信息列表是用户获得商品信息的一个快速通道，但并不是用户最终了解商品信息的信息源。用户可以点击商品名称和图片转到商品详细信息页面。

在商品信息列表页面中，每一条商品信息显示商品名称、商品图片、商品价格 3 个主要方面，并提供了两个链接，一个是单击商品名称可以进入商品详细信息页，另一个是单击商品图片进入商品详细信息页。

5.3.2 DataList 控件简介

DataList Web 服务器控件以某种格式显示数据，这种格式可以使用模板和样式进行定义。DataList 控件对于显示数据行很有用。可以选择将 DataList 控件配置为允许用户编辑或删除信息，还可以自定义该控件以支持其他功能，如选择行。

注意：若要精确地控制用于呈现列表的 HTML，请使用 Repeater Web 服务器控件。如果要包括自动分页和排序功能，请使用 DataGrid Web 服务器控件。

DataList 控件具有自定义布局显示方式的功能，但其不具备 GridView 数据表格控件灵活分页功能，需要程序开发人员使用 PagedDataSource 类来实现分页功能。详细的技术实现介绍如下：

（1）DataList 控件的使用

DataList Web 服务器控件通过自定义的格式显示数据库行的信息。显示数据的格式在创建的模板中定义，可以为项、交替项、选定项和编辑项创建模板；标头、脚注和分隔符模板也用于自定义 DataList 的整体外观。

DataList 控件主要属性及说明如表 5-2 所示。

表 5-2 DataList 控件相关属性及说明

属 性 名 称	属 性 说 明
DataKeyField	获取或设置由 DataSource 属性指定的数据源中的键字段
DataKeys	获取 DataKeyCollection 对象，该对象存储数据列表控件中每个记录的键值
DataSource	获取或设置源，该源包含用于填充控件中的项的值列表
EditItemIndex	获取或设置 DataList 控件中要编辑的选定项的索引号
Items	获取表示控件内单独的 DataListItem 对象的集合
ItemTemplate	获取或设置 DataList 控件中项的模板
ReapeatColums	获取或设置要在 DataList 控件中显示的列数
ReapeatDirection	获取或设置 DataList 控件是垂直显示还是水平显示
SelectedIndex	获取或设置 DataList 控件中的选定项的索引
SelectedItem	获取 DataList 控件中的选定项
SelectedItemTemplate	获取或设置 DataList 控件中选定项的模板
SelectedValue	获取所选择的数据列表项的键字段的值

（2）PagedDataSource 类的使用

PagedDataSource 类封装那些允许数据表格控件（如 DataList 控件）执行分页操作的属性。如果控件开发人员需要对自定义数据绑定控件提供分页支持，即可使用此类。

PagedDataSource 类的主要属性及说明如表 5-3 所示。

表 5-3 PagedDataSource 类的相关属性及说明

属 性 名 称	属 性 说 明
AllowCustomPaging	获取或设置一个值，指示是否在数据绑定控件中启用自定义分页
AllowPaging	获取或设置一个值，指示是否在数据绑定控件中启用分页

续表

属性名称	属性说明
AllowServerPaging	获取或设置一个值，指示是否启用服务器端分页
Count	获取要从数据源使用的项数
CurrentPageIndex	获取或设置当前页的索引
DataSource	获取或设置数据源
FirstIndexInPage	获取页面中显示的首条记录的索引
IsCustomPagingEnable	获取一个值，该值指示是否启用自定义分页
IsFirstPage	获取一个值，该值指示当前页是否为首页
IsLastPage	获取一个值，该值指示当前页是否为最后一页
IsPagingEnabled	获取一个值，该值指示是否启用分页
IsSynchronized	获取一个值，该值指示是否同步对数据源的访问（线程安全）
PageCount	获取显示数据源中的所有项所需要的总页数
PageSize	获取或设置要在单页上显示的项数

DataList 设计模板如下：

① 页眉：

```
<HeaderTemplate>
</HeaderTemplate>
```

② 页脚：

```
<FooterTemplate>
</FooterTemplate>
```

③ 数据记录：

```
<ItemTemplate>
</ItemTemplate>
<AlternatingItemTemplate>交替显示项
</AlternatingItemTemplate>
<SelectedItemTemplate>选中时的显示方式
</SelectedItemTemplate>
<EditItemTemplate>编辑时的显示方式
</EditItemTemplate>
<SeparatorTemplate>数据记录分隔符
</SeparatorTemplate>
```

④ 编辑模板，里面可以嵌入控件，绑定数据：

```
<ItemTemplate>
<table>
<tr>
<td><%# DataBinder.Eval(Container.DataItem,"持股名称") %></td>
<td><%# DataBinder.Eval(Container.DataItem,"市值","{0:n}") %></td>
<td><%# DataBinder.Eval(Container.DataItem,"净值","{0:n}") %></td>
</tr>
</table>
</ItemTemplate>
```

⑤ 设置外观：

```
RepeatLayout                //属性设置显示方式
RepeatDirection             //显示方向
RepeatColumns               //列数
```

⑥ 事件：加入模板列的按钮会将其 Click 事件反映到 ItemCommand 事件，也可设置 CommandName 来响应不同的事件，如设为 Edit，即引发 EditCommand()等。

注意：若设为 Select，则会引发 SelectedIndexChanged 和 ItemCommand 事件。

5.3.3 任务十八 商品信息列表模块的实现

当点击商品分类名称，不管是大类还是小类，都可以进入商品信息列表页面，此页面以缩略图的形式将商品呈现出来，进一步将商品的重要参数和缩略图片显示出来，给用户一个大概的印象，如果用户要详细了解此商品，可以点击相应的链接转到商品详细显示页面，对商品进行详细查看。

商品信息列表模块的界面如图 5-3 所示。这是 ProdCatList.aspx 中的一部分截图，其他页面中的显示方式与此大同小异，读者可以通过下面的设计方法制作其他页面。下面主要介绍此页面的详细开发过程。

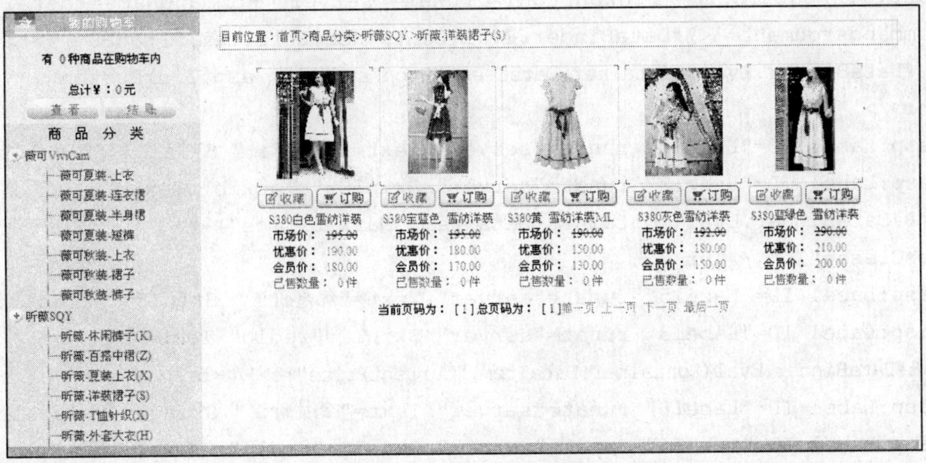

图 5-3　商品信息显示

1．设计步骤

① 在文件夹 views 上右击，在弹出的快捷菜单中选择“添加新项”命令，在弹出的对话框中选中“Web 窗体”选项，在“名称”文本框中将页面的名称命名为 ProdCatList.aspx，单击“添加”按钮。

② 使用表格布局商品信息列表界面，如图 5-3 所示。

③ 在表格中添加相关的服务器控件，控件的属性设置及其用途如表 5-4 所示。

表 5-4　商品信息列表界面的主要控件

控件类型	控件的 ID 属性	主要属性设置	控件用途
DataList	dlProdList	OnItemCommand="dLProdList_ItemCommand"	商品信息列表

2. 实现代码

（1）用户表示层 ProdCatList.aspx 中的代码：

```
<asp:DataList ID="dlProdList" runat="server" RepeatColumns="5" RepeatDirection=
"Horizontal" OnItemCommand="dLProdList_ItemCommand" OnItemDataBound="dlProdList_
ItemDataBound">
<ItemTemplate>
<table cellspacing="2" cellpadding="0">
<tr>
<td class="jingpingbg3">
<asp:ImageButton ID="ImageButton1" Width="80px" Height= "108px" runat=
"server" CommandName="detailSee"
CommandArgument='<%#DataBinder.Eval(Container.DataItem, "ProdID")%>' ImageUrl=
'<%#DataBinder.Eval(Container.DataItem,"ProdMinImg")%>' />
</td>
</tr>
<tr>
<td>
<asp:LinkButton ID="LinkButton1" runat="server" CommandName="detailSee"
CommandArgument='<%#DataBinder.Eval(Container.DataItem,"ProdID")%>'>
<%#DataBinder.Eval(Container.DataItem,"ProdName")%></asp:LinkButton>
<br />
<asp:Label ID="Label1" runat="server" Text="市场价: " SkinID= "blacklb" />
<asp:Label ID="Label2" runat="server" SkinID="blacklb" Text=
'<%#DataBinder.Eval(Container.DataItem,"MarketPrice")%>'
CssClass="lb" /><br />
<asp:Label ID="Label5" runat="server" Text="优惠价: " SkinID= "blacklb" />
<asp:Label ID="Label3" runat="server" SkinID="redlb" Text=
'<%#DataBinder.Eval(Container.DataItem,"CurrentPrice")%>'/><br/>
<asp:Label ID="Label6" runat="server" Text="会员价: " SkinID= "blacklb" />
<asp:Label ID="Label4" runat="server" SkinID="redlb" Text=
'<%#DataBinder.Eval(Container.DataItem,"MemberPrice")%>' /><br />
<asp:Label ID="Label8" runat="server" SkinID="redlb" Text="已售数量: " />
<asp:Label ID="Label7" runat="server" SkinID="redlb" Text=
'<%#DataBinder.Eval(Container.DataItem,"ProdOffAmount")%>'/>
<asp:Label ID="Label9" runat="server" SkinID="redlb" Text="件" />
</td>
</tr>
</table>
</ItemTemplate>
</asp:DataList>
```

（2）商品信息列表页面相关的存储过程

```
//显示商品的大类
alter proc [dbo].[proc_Cat]
```

```
(
   @CatID int
)
as
if exists(select * from tb_ProdCategories where CatID=@CatID and PatID=0)
   begin
      select CatName from tb_ProdCategories
      where CatID=@CatID and PatID=0
   end
//如果 Deplay=1 则显示商品的大类
//如果 Deplay=2 则显示商品的大类下的某种商品小类
ALTER proc [dbo].[proc_CatList]
(
   @CatID int,
   @Deplay int,
   @MinCode nvarchar(50)
)
as
if(@Deplay=1)
   begin
      select * from tb_ProdInfo
      where CatID=@CatID
   end
else if(@Deplay=2)
   begin
      select * from tb_ProdInfo
      where CatID=@CatID and MinCode=@MinCode
   end
```

（3）数据访问层 ProdClass.cs 的相关代码

```
/// <summary>
/// 获取商品类别名
/// </summary>
/// <param name="IntClassID">商品类别号</param>
/// <returns>返回商品类别名</returns>
public string GetClass(int IntClassID)
{
   SqlCommand myCmd=dbObj.GetCommandProc("proc_Cat");
   //添加参数
   SqlParameter classID=new SqlParameter("@CatID",SqlDbType.Int,4);
   classID.Value=IntClassID;
   myCmd.Parameters.Add(classID);
   return dbObj.ExecScalarstr(myCmd).ToString();
}
public DataTable GetProdList(int IntDeplay,int IntClass,string StrMinCode)
{
   //获取数据源的数据表
   SqlCommand myCmd=dbObj.GetCommandProc("proc_CatList");
   //添加参数
   SqlParameter Deplay=new SqlParameter("@Deplay",SqlDbType.Int,4);
```

```
    Deplay.Value=IntDeplay;
    myCmd.Parameters.Add(Deplay);
    //添加参数
    SqlParameter Class=new SqlParameter("@CatID",SqlDbType.Int,4);
    Class.Value=IntClass;
    myCmd.Parameters.Add(Class);
    SqlParameter MinCode=new SqlParameter("@MinCode", SqlDbType.NVarChar,50);
    MinCode.Value=StrMinCode;
    myCmd.Parameters.Add(MinCode);
    dbObj.ExecNonQuery(myCmd);
    DataTable dsTable=dbObj.GetDataSet(myCmd,"tbGI");
    return dsTable;
}
```

（4）数据访问层 UserClass.cs 的相关代码

```
public SqlDataReader UserInfoBind(string strid,string strSql)
{
    SqlConnection myConn=dbObj.GetConnection();
    myConn.Open();
    SqlCommand cmd=new SqlCommand(strSql,myConn);
    SqlDataReader sdr=cmd.ExecuteReader();
    return sdr;
}
```

（5）业务逻辑层 ProdCatList.aspx.cs 的相关代码

```
public partial class views_ProdCatList:System.Web.UI.Page
{
    DBClass dbObj=new DBClass();
    ProdClass pcObj=new ProdClass();
    UserClass ucObj=new UserClass();
    ShopCartClass scObj=new ShopCartClass();
    protected void Page_Load(object sender,EventArgs e)
    {
        if(!IsPostBack)
        {
            if(Request["id"]!=null||Request["mincode"]!=null)
            {
                dlBind();                          //显示浏览的商品信息
                deplayTitle();                     //显示当前页浏览商品的位置
            }
            else
            {
                Response.Redirect("~/Default.aspx");
            }
        }
    }
    //判断用户是否登录，如果登录，则显示会员价格，否则显示“请登录”
    protected void dlProdList_ItemDataBound(object sender,DataListItemEventArgs e)
    {
        if(Session["UserName"]==null)
```

```
    {
        Control lb1=e.Item.FindControl("lbMemberPrice");
        lb1.Visible=false;
        Control lb2=e.Item.FindControl("lbMemberPrice1");
        lb2.Visible=true;
    }
    else
    {
        Control lb1=e.Item.FindControl("lbMemberPrice");
        lb1.Visible=true;
        Control lb2=e.Item.FindControl("lbMemberPrice1");
        lb2.Visible=false;
    }
}
/// <summary>
/// 说明: dlBind方法用于绑定相关的商品信息
/// </summary>
public void dlBind()
{
    if(this.Request["var"]=="1")
    {
        //分页显示新上市商品/特价商品/热门商品
        dlBindPage(1,Convert.ToInt32(Request["id"].ToString()),"");
    }
    else
    {
        //分页显示某个商品类别下的商品信息
        dlBindPage(2,Convert.ToInt32(Request["id"].ToString()),Request
        ["mincode"]);
    }
}
/// <summary>
/// 说明: 显示当前页浏览商品的位置
/// </summary>
public void deplayTitle()
{
    if(this.Request["var"]=="1")
    {
        string strClassName=pcObj.GetClass(Convert.ToInt32(this.Request
         ["id"].ToString()));
        //表示点击分类导航条中的商品类别名导航到该浏览页
        this.lbTitle.Text="目前位置: 首页>商品分类>"+strClassName;
    }
    else
    {
        string mincode=Request["mincode"];
        string strClassName=pcObj.GetClass(Convert.ToInt32(this.Request
         ["id"].ToString()));
        //表示点击分类导航条中的商品类别名导航到该浏览页
        this.lbTitle.Text="目前位置: 首页>商品分类>"+strClassName+">"+mincode;
    }
}
```

```
//绑定商品信息，并且实现分页
public void dlBindPage(int IntDeplay,int IntClass,string StrMinCode)
{
    int prodcount=0;
    DataTable dsTable=pcObj.GetProdList(IntDeplay,IntClass,StrMinCode);
    int curpage=Convert.ToInt32(this.labPage.Text);
    PagedDataSource ps=new PagedDataSource();
    ps.DataSource=dsTable.DefaultView;
    ps.AllowPaging=true;                    //是否可以分页
    ps.PageSize=15;                         //显示的数量
    ps.CurrentPageIndex=curpage-1;          //取得当前页的页码
    this.lnkbtnUp.Enabled=true;
    this.lnkbtnNext.Enabled=true;
    this.lnkbtnBack.Enabled=true;
    this.lnkbtnOne.Enabled=true;
    if(curpage==1)
    {
        this.lnkbtnOne.Enabled=false;   //不显示第一页按钮
        this.lnkbtnUp.Enabled=false;    //不显示上一页按钮
    }
    if(curpage==ps.PageCount)
    {
        this.lnkbtnNext.Enabled=false;  //不显示下一页
        this.lnkbtnBack.Enabled=false;  //不显示最后一页
    }
    prodcount=ps.DataSourceCount;
    this.labBackPage.Text=Convert.ToString(ps.PageCount);
    if(prodcount>0)
    {
        this.dlProdList.DataSource=ps;
        this.dlProdList.DataKeyField="CatID";
        this.dlProdList.DataBind();
    }
    else
    {
        this.lbNoProd.Text="暂时没有商品，请添加相应的商品！";
    }
}
//翻到第一页
protected void lnkbtnOne_Click(object sender,EventArgs e)
{
    this.labPage.Text="1";
    this.dlBind();
}
//向上翻页
protected void lnkbtnUp_Click(object sender,EventArgs e)
```

```
{
    this.labPage.Text=Convert.ToString(Convert.ToInt32(this.labPage.
    Text)-1);
    this.dlBind();
}
//向下翻页
protected void lnkbtnNext_Click(object sender,EventArgs e)
{
    this.labPage.Text=Convert.ToString(Convert.ToInt32(this.labPage.
    Text)+1);
    this.dlBind();
}
//翻到最后一页
protected void lnkbtnBack_Click(object sender,EventArgs e)
{
    this.labPage.Text=this.labBackPage.Text;
    this.dlBind();
}
public void AddressBack(DataListCommandEventArgs e)
{
    Response.Redirect("ProdInfo.aspx?id="+e.CommandArgument.ToString());
}
//判断单击的是"订购"按钮还是"收藏夹"按钮
protected void dLProdList_ItemCommand(object source,DataListCommandEventArgs e)
{
    if(e.CommandName=="detailSee")
    {
        AddressBack(e);
    }
    else if(e.CommandName=="buy")
    {
        AddShopCart(e);
        Response.Redirect("shopCart.aspx");
    }
    else if(e.CommandName=="fav")
    {
        fav(e);
    }
}
/// <summary>
/// 向购物车中添加新商品
/// </summary>
/// <param name="e">
/// 获取或设置可选参数,
/// 该参数与关联的 CommandName
/// 一起被传递到 Command 事件。
/// </param>
public void AddShopCart(DataListCommandEventArgs e)
```

```
{
    Hashtable hashCar;
    Guid guid=new Guid();
    Session["ShopCartID"]=guid.ToString();
    if(Session["ShopCart"]==null)
    {
        //如果用户没有分配购物车
        hashCar=new Hashtable();                        //新生成一个hash表
        hashCar.Add(e.CommandArgument,1);               //添加一个商品
        Session["ShopCart"]=hashCar;                    //分配给用户
    }
    else
    {
        //用户已经有购物车
        hashCar=(Hashtable)Session["ShopCart"];   //得到购物车的hash表
        //购物车中已有此商品，商品数量加1
        if(hashCar.Contains(e.CommandArgument))
        {
            //得到该商品的数量
            int count=Convert.ToInt32(hashCar[e.CommandArgument].ToString());
            hashCar[e.CommandArgument]=(count+1); //商品数量加1
        }
        else
            hashCar.Add(e.CommandArgument,1);//如果没有此商品，则新添加一个项
    }
}
//如果单击的是“收藏夹”按钮，将更新用户收藏夹中的内容
protected void fav(DataListCommandEventArgs e)
{
    //判断是否登录
    ST_check_Login();
    string username=Session["UserName"].ToString();
    string strSql="select * from tb_User where UserName='" + username + "'";
    SqlDataReader sdr=ucObj.UserInfoBind(username, strSql);
    sdr.Read();
    string prodid=e.CommandArgument.ToString().Trim();
    string fav=sdr["FAV"].ToString();
    if(fav!="")
    {
        if(fav.IndexOf(prodid)>0)
        {
            Response.Redirect("my_fav.aspx?id="+Session["UserName"].ToString());
        }
        else
        {
            string favprod=","+"'"+prodid+"'";
            ucObj.UpdateFAV(username,favprod);
            Response.Redirect("my_fav.aspx?id="+Session["UserName"].
            ToString());
        }
```

```
        }
        else
        {
            string favprod="'"+prodid+"'";
            ucObj.UpdateFAV(username,favprod);
            Response.Redirect("my_fav.aspx?id="+Session["UserName"].ToString());
        }
        dbObj.GetConnection().Close();
    }
    //判断用户是否登录
    public void ST_check_Login()
    {
        if((Session["Username"]==null))
        {
            Response.Write("<script>alert('对不起！您不是会员，请先注册后登录！');
            location='login.aspx'</script>");
            Response.End();
        }
    }
}
```

5.4　商品详细信息显示模块

5.4.1　模块简介

商品详细信息显示页面能显示每一个商品的详细信息，包括商品名称、商品描述、商品图片、商品价格、购买此商品顾客（同时还购买其他的商品）等信息。主要功能就是呈现商品的主要说明和参数，并且通过显示出购买此商品的顾客（同时还购买其他商品）的列表，在一定程度上给用户起到一个购物导向的作用，方便用户快速跳转到其他同类商品信息的页面。

5.4.2　商品评价详情简介

客户收到商品后对商品和商家等的评价信息在此显示出来，为商品购买者提供参考，这部分在很多电子商务应用中都被放到极为重要的位置。商品评论的最终目的是让电子商务管理者和经营者了解到用户对商品的建议和意见，是用户和电子商务提供者之间的桥梁。

5.4.3　GridView 控件简介

在 ASP.NET 2.0 中，加入了许多新的功能和控件，相比 ASP.NET 1.0/1.1，在各方面都有了很大的提高。在数据控件方面，增加了不少控件，其中的 GridView 控件功能十分强大。

用过 ASP.NET 1.0/1.1 的读者或者也感觉到，其中的 DataGrid 控件功能十分强大而且实用，但在操作上依然不太方便，比如要用 ADO.NET 写数据的连接，绑定 DataGrid，编辑、删除、新增数据等都要编写不少代码来实现。在 ASP.NET 2.0 中，对 DataGrid 还是支持的，但新增的 GridView 控件更吸引人，而且功能丝毫不逊色于 DataGrid，并且操作更加方便，编写的代码更少。

GridView 的主要属性及说明如表 5-5 所示。

表 5-5　GridView 控件的主要属性及说明

属性名称	属性说明
AccessKey	获取或设置使用户得以快速导航到 Web 服务器控件的访问键（从 WebControl 继承）
AllowPaging	获取或设置一个值，该值指示是否启用分页功能
AllowSorting	获取或设置一个值，该值指示是否启用排序功能
AlternatingRowStyle	获取对 TableItemStyle 对象的引用，使用该对象可以设置 GridView 控件中的交替数据行的外观
AutoGenerateColumns	获取或设置一个值，该值指示是否为数据源中的每个字段自动创建绑定字段
AutoGenerateDeleteButton	获取或设置一个值，该值指示每个数据行都带有“删除”按钮的 CommandField 字段列是否自动添加到 GridView 控件
AutoGenerateEditButton	获取或设置一个值，该值指示每个数据行都带有“编辑”按钮的 CommandField 字段列是否自动添加到 GridView 控件
AutoGenerateSelectButton	获取或设置一个值，该值指示每个数据行都带有“选择”按钮的 CommandField 字段列是否自动添加到 GridView 控件
BindingContainer	获取包含该控件的数据绑定的控件（从 Control 继承）
Columns	获取表示 GridView 控件中列字段的 DataControlField 对象的集合
DataKeyNames	获取或设置一个数组，该数组包含了显示在 GridView 控件中的项的主键字段的名称
DataKeys	获取一个 DataKey 对象集合，这些对象表示 GridView 控件中的每一行的数据键值
DataMember	当数据源包含多个不同的数据项列表时，获取或设置数据绑定控件绑定到的数据列表的名称（从 DataBoundControl 继承）
DataSource	获取或设置对象，数据绑定控件从该对象中检索其数据项列表(从 BaseDataBoundControl 继承）
DataSourceID	获取或设置控件的 ID，数据绑定控件从该控件中检索其数据项列表（从 DataBoundControl 继承）
EditIndex	获取或设置要编辑的行的索引
EditRowStyle	获取对 TableItemStyle 对象的引用，使用该对象可以设置 GridView 控件中为进行编辑而选中的行的外观
FooterRow	获取表示 GridView 控件中的脚注行的 GridViewRow 对象
FooterStyle	获取对 TableItemStyle 对象的引用，使用该对象可以设置 GridView 控件中的脚注行的外观
ForeColor	获取或设置 Web 服务器控件的前景色，通常是文本颜色（从 WebControl 继承）
GridLines	获取或设置 GridView 控件的网格线样式
HeaderRow	获取表示 GridView 控件中的标题行的 GridViewRow 对象
HeaderStyle	获取对 TableItemStyle 对象的引用，使用该对象可以设置 GridView 控件中的标题行的外观
HorizontalAlign	获取或设置 GridView 控件在页面上的水平对齐方式
NamingContainer	获取对服务器控件的命名容器的引用，此引用创建唯一的命名空间，以区分具有相同 Control.ID 属性值的服务器控件（从 Control 继承）
Page	获取对包含服务器控件的 Page 实例的引用（从 Control 继承）
PageCount	获取在 GridView 控件中显示数据源记录所需的页数
PageIndex	获取或设置当前显示页的索引

续表

属性名称	属性说明
PagerSettings	获取对 PagerSettings 对象的引用，使用该对象可以设置 GridView 控件中的页导航按钮的属性
PagerStyle	获取对 TableItemStyle 对象的引用，使用该对象可以设置 GridView 控件中的页导航行的外观
PagerTemplate	获取或设置 GridView 控件中页导航行的自定义内容
PageSize	获取或设置 GridView 控件在每页上所显示的记录数目
RowHeaderColumn	获取或设置用做 GridView 控件的列标题的列的名称。提供此属性的目的是使辅助技术设备的用户更易于访问控件
Rows	获取表示 GridView 控件中数据行的 GridViewRow 对象的集合
RowStyle	获取对 TableItemStyle 对象的引用，使用该对象可以设置 GridView 控件中的数据行的外观
SelectedDataKey	获取 DataKey 对象，该对象包含 GridView 控件中选中行的数据键值
SelectedIndex	获取或设置 GridView 控件中的选中行的索引
SelectedRow	获取对 GridViewRow 对象的引用，该对象表示控件中的选中行
SelectedRowStyle	获取对 TableItemStyle 对象的引用，使用该对象可以设置 GridView 控件中的选中行的外观
SelectedValue	获取 GridView 控件中选中行的数据键值

5.4.4 任务十九 商品详细信息显示页面的实现

商品详细信息显示页面使用户可以获得商品的详情，根据评价信息进一步对商家和商品有一个全面细致的了解，让购买者做到心中有数。商品详细信息显示界面如图 5-4 所示，这是在 ProdCatList.aspx 页面中的一部分截图。下面主要介绍此页面的详细开发过程。

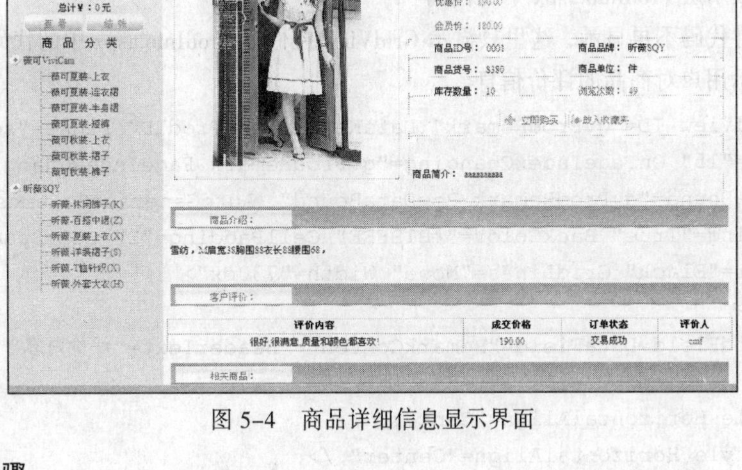

图 5-4 商品详细信息显示界面

1. 设计步骤

① 在文件夹 views 上右击，在弹出的快捷菜单中选择“添加新项”命令，在弹出的对话框中选中“Web 窗体”选项，在“名称”文本框中将控件的名称命名为 ProdCatList.aspx，单击“添加”按钮。

② 使用表格布局商品详细信息显示界面，如图 5-4 所示。

③ 在表格中添加相关的服务器控件，控件的属性设置及其用途如表 5-6 所示。

表 5-6 商品详细信息显示界面的主要控件

控件类型	控件的 ID 属性	主要属性设置	控件用途
A Label	lbMarketPrice	默认属性	显示市场价
A Label	lbCurrentPrice	默认属性	显示优惠价
A Label	lbMemberPrice	默认属性	显示会员价
A Label	lbProdID	默认属性	显示商品 ID
A Label	lbProdNo	默认属性	显示商品货号
A Label	lbProdStockAmount	默认属性	显示库存数量
A Label	lbCatName	默认属性	显示品牌名称
A Label	lbProdUnit	默认属性	显示商品单位
A Label	lbProdClickTimes	默认属性	显示浏览次数
ImageButton	btnbuy	默认属性	放入购物车按钮
ImageButton	btnfav	默认属性	放入收藏夹按钮
A Label	lbProdBrief	默认属性	显示商品简介
A Label	lbProdIntro	默认属性	显示商品介绍
GridView	gvProdRemark	参照 ProdInfo.aspx 中的代码	显示客户评价

2. 实现代码

（1）用户表示层 ProdInfo.aspx 中的代码

其他的控件代码不再显示，这里只显示 GridView 控件在 ProdInfo.aspx 中的代码。GridView 控件主要用于显示用户对商品的评价信息。

```
<asp:GridView ID="gvProdRemark" DataKeyNames="ProdID" runat="server"
PageSize="15" OnPageIndexChanging="gvProdRemark_PageIndexChanging"
OnRowDataBound="gvProdRemark_RowDataBound" AutoGenerateColumns="False"
AllowPaging="True" BackColor="#B1BFEE" CellPadding="2" CellSpacing="1"
ForeColor="Black" GridLines="None" Width="730px">
<Columns>
<asp:BoundField DataField="RemarkContent" HeaderText="评价内容" ReadOnly=
"True">
<ItemStyle HorizontalAlign="Center" />
<HeaderStyle HorizontalAlign="Center" />
</asp:BoundField>
<asp:BoundField DataField="BuyPrice" HeaderText="成交价格" ReadOnly= "True">
<ItemStyle HorizontalAlign="Center" />
<HeaderStyle HorizontalAlign="Center" />
```

```
</asp:BoundField>
<asp:BoundField DataField="OrderStatus" HeaderText="订单状态" ReadOnly=
"True">
<ItemStyle HorizontalAlign="Center" />
<HeaderStyle HorizontalAlign="Center" />
</asp:BoundField>
<asp:TemplateField HeaderText="评价人">
<HeaderStyle HorizontalAlign="Center" />
<ItemStyle HorizontalAlign="Center" />
<ItemTemplate>
<asp:LinkButton ID="lnkbtnUser" runat="server" CommandArgument='<%#Eval
("UserName")%>'><%#Eval("UserName")%></asp:LinkButton>
</ItemTemplate>
</asp:TemplateField>
</Columns>
<FooterStyle BackColor="#f4f5fd" />
<RowStyle BackColor="#ffffff" />
<PagerStyle BackColor="#f4f5fd" ForeColor="DarkSlateBlue" HorizontalAlign=
"Center" />
<HeaderStyle BackColor="#f4f5fd" Font-Bold="True" />
</asp:GridView>
```

（2）与此模块相关的存储过程代码

```
ALTER proc [dbo].[proc_ProdRemark]
(
    @ProdID nchar(10)
)
as
begin
    select * from tb_Order a,tb_ProdRemark b,tb_OrderInfo c
    where a.ProdID=b.ProdID and a.OrderID=c.OrderID and b.ProdID=@ProdID
end
```

（3）数据访问层 ProdClass.cs 中的代码

```
//显示对商品的评价信息
public DataTable ProdRemarkInfo(string prodID)
{
    //获取数据源的数据表
    SqlCommand myCmd=dbObj.GetCommandProc("proc_ProdRemark");
    //添加参数
    SqlParameter prodid=new SqlParameter("@ProdID",SqlDbType.NChar,10);
    prodid.Value=prodID;
    myCmd.Parameters.Add(prodid);
    dbObj.ExecNonQuery(myCmd);
    DataTable dsTable=dbObj.GetDataSet(myCmd,"tbGI");
    return dsTable;
}
```

（4）数据访问层 UserClass.cs 的相关代码

```
public SqlDataReader UserInfoBind(string strid,string strSql)
```

```
{
    SqlConnection myConn=dbObj.GetConnection();
    myConn.Open();
    SqlCommand cmd=new SqlCommand(strSql, myConn);
    SqlDataReader sdr=cmd.ExecuteReader();
    return sdr;
}
```

(5) 业务逻辑层 ProdInfo.aspx.cs 中的代码

注意：此页面需要要添加 "using System.Data.SqlClient;" 命名空间。

```
public partial class views_ProdInfo:System.Web.UI.Page
{
    DBClass dbObj=new DBClass();
    CommonClass ccObj=new CommonClass();
    ProdClass pcObj=new ProdClass();
    UserClass ucObj=new UserClass();
    ShopCartClass scObj=new ShopCartClass();
    protected void Page_Load(object sender,EventArgs e)
    {
        if(!IsPostBack)
        {
            if(Request["id"]!=null)
            {
                GetGoodsInfo();
            }
            else
            {
                Response.Redirect("~/Default.aspx");
            }
        }
    }
    /// <summary>
    /// 获取指定商品的信息，并将其显示在界面上
    /// </summary>
    public void GetGoodsInfo()
    {
        string strSql1="update tb_ProdInfo set ProdClickTimes= ProdClickTimes+1
        where ProdID="+Convert.ToInt32(Request["id"].Trim());
        dbObj.ExecNonQuery(dbObj.GetCommandStr(strSql1));
        string strSql="select*from tb_ProdInfo where ProdID="+Convert.ToInt32
        (Request["id"].Trim());
        SqlCommand myCmd=dbObj.GetCommandStr(strSql);
        DataTable dsTable=dbObj.GetDataSetStr(strSql,"tbPI");
        this.ProdLarImg.ImageUrl=dsTable.Rows[0]["ProdLarImg"].ToString();
        this.lbProdName.Text=dsTable.Rows[0]["ProdName"].ToString();
        this.lbMarketPrice.Text=dsTable.Rows[0]["MarketPrice"].ToString();
        this.lbCurrentPrice.Text=dsTable.Rows[0]["CurrentPrice"].ToString();
        this.lbMemberPrice.Text=dsTable.Rows[0]["MemberPrice"].ToString();
        this.lbProdID.Text=dsTable.Rows[0]["ProdID"].ToString();
```

```
        this.lbProdNo.Text=dsTable.Rows[0]["ProdNo"].ToString();
        this.lbProdStockAmount.Text=dsTable.Rows[0]["ProdStockAmount"].
        ToString();
        this.lbCatName.Text=pcObj.GetClass(Convert.ToInt32(dsTable.Rows[0]
         ["CatID"].ToString()));
        this.lbProdUnit.Text=dsTable.Rows[0]["ProdUnit"].ToString();
        int ClickTimes=0;
        ClickTimes=Convert.ToInt32(dsTable.Rows[0]["ProdClickTimes"].ToString());
        this.lbProdClickTimes.Text=Convert.ToString(ClickTimes);
        this.lbProdBrief.Text=dsTable.Rows[0]["ProdBrief"].ToString();
        this.lbProdIntro.Text=dsTable.Rows[0]["ProdIntro"].ToString();
        ProdRemarkbind();
    }
    //高亮显示鼠标经过的数据行
    protected void gvProdRemark_RowDataBound(object sender,GridViewRowEventArgs e)
    {
        int i;
        //假设这里没有加1，发现当移入移出第一行时颜色未变
        for(i=0;i<gvProdRemark.Rows.Count+1;i++)
        {
            //判断当前行是否是数据行
            if(e.Row.RowType==DataControlRowType.DataRow)
            {
                //当鼠标停留时更改背景色
                e.Row.Attributes.Add("onmouseover","c=this.style.backgroundColor;
                this.style.backgroundColor='#fff000'");
                //当鼠标移开时还原背景色
                e.Row.Attributes.Add("onmouseout","this.style.backgroundColor=c");
            }
        }
    }
    //商品的评价和交易信息
    public void ProdRemarkbind()
    {
        this.gvProdRemark.DataSource=pcObj.ProdRemarkInfo(Request["id"].
        ToString()).DefaultView;
        this.gvProdRemark.DataBind();
        this.gvProdRemark.DataKeyNames=new string[] { "ProdID" };
    }
    //购物车的翻页
    protected void gvProdRemark_PageIndexChanging(object sender,
    GridViewPageEventArgs e)
    {
        this.gvProdRemark.PageIndex=e.NewPageIndex;
        this.ProdRemarkbind();//调用用户自定义的函数
    }
```

```
//单击“加入购物车”按钮将商品加入购物车中
protected void btnbuy_Click(object sender,ImageClickEventArgs e)
{
    string prodid=Request["id"].Trim();
    AddShopCart(prodid);
    Response.Redirect("shopCart.aspx");
}
/// <summary>
/// 向购物车中添加新商品
/// </summary>
/// <param name="e">
/// 获取或设置可选参数,
/// 该参数与关联的 CommandName
/// 一起被传递到 Command 事件。
/// </param>
public void AddShopCart(string prodid)
{
    Hashtable hashCar;
    if(Session["ShopCart"]==null)
    {
        //如果用户没有分配购物车
        hashCar=new Hashtable();                //新生成一个 hash 表
        hashCar.Add(prodid,1);                  //添加一个商品
        Session["ShopCart"]=hashCar;            //分配给用户
    }
    else
    {
        //用户已经有购物车
        hashCar=(Hashtable)Session["ShopCart"];//得到购物车的hash表
        if(hashCar.Contains(prodid))//购物车中已有此商品，商品数量加1
        {
            //得到该商品的数量
            int count=Convert.ToInt32(hashCar[prodid].ToString());
            hashCar[prodid]=(count+1);          //商品数量加1
        }
        else
            hashCar.Add(prodid,1);              //如果没有此商品，则新添加一个项
    }
}
//单击“加入收藏夹”按钮，将商品加入收藏夹中
protected void btnfav_Click(object sender,ImageClickEventArgs e)
{
    //判断是否登录
    ST_check_Login();
    string username=Session["UserName"].ToString();
    string strSql="select * from tb_User where UserName='"+username+"'";
    SqlDataReader sdr=ucObj.UserInfoBind(username,strSql);
    sdr.Read();
    string prodid=Request["id"].ToString().Trim();
    string fav=sdr["FAV"].ToString();
```

```
        if(fav!="")
        {
            if(fav.IndexOf(prodid)>0)
            {
                Response.Redirect("my_fav.aspx?id="+Session["UserName"].
                ToString());
            }
            else
            {
                string favprod=","+"'"+prodid+"'";
                ucObj.UpdateFAV(username,favprod);
                Response.Redirect("my_fav.aspx?id="+Session["UserName"].
                ToString());
            }
        }
        else
        {
            string favprod="'"+prodid+"'";
            ucObj.UpdateFAV(username, favprod);
            Response.Redirect("my_fav.aspx?id="+Session["UserName"].
            ToString());
        }
        dbObj.GetConnection().Close();
    }
    //判断用户是否登录
    public void ST_check_Login()
    {
        if((Session["Username"]==null))
        {
            Response.Write("<script>alert('对不起！您不是会员，请先注册后登录！');
            location='login.aspx'</script>");
            Response.End();
        }
    }
}
```

3. 关键技术

gvProdRemark_RowDataBound 方法用于在表格中高亮显示行。如果表格显示的数据行较少，可以不用高亮显示行功能；如果数据量很大，在 10 或 20 行以上的数据，用户看的时间长了很容易看串行，则需要使用高亮显示行。高亮显示行是当鼠标移动到某行时，该行显示特殊颜色，移开后颜色恢复。

5.5　商品搜索模块

5.5.1　商品搜索模块简介

商品搜索模块能方便用户快速地找到需要的商品及信息。当网上商品中的商品信息比较多的时候，用户通过商品信息列表的形式获得自己感兴趣的商品信息就会变得困难。用户也许只知道该商品的部分信息，而商品搜索正是为了满足用户快速获得商品信息的需求。搜索的结果页面实际上也是一个商品信息列表页面，罗列的商品信息和商品信息列表页面是一样的。

此模块一般由两部分组成，第一部分是搜索页面，第二部分是搜索结果显示页面。

5.5.2 任务二十 商品搜索模块的实现

这里制作的搜索是先选择商品的品牌，然后再输入用户查找的商品关键字，使用的是模糊查询。搜索模块的制作方式都一样，希望读者通过此实例的制作，对搜索模块的制作有一个整体的认识，掌握此模块在实际中的应用。

搜索模块也是一个公用的模块，很多页面都要显示，所以这里也把此模块制作成用户控件，提高制作效率。图 5-5 所示为商品搜索部分的截图界面，下面介绍此模块的制作过程。

图 5-5 商品搜索界面

1. 设计步骤

① 在文件夹 UserControl 上右击，在弹出的快捷菜单中选择“添加新项”命令，在弹出的对话框中选中“Web 用户控件”选项，在“名称”文本框中将控件的名称命名为 Search.ascx，单击“添加”按钮。

② 使用表格布局商品搜索的用户控件界面 Search.ascx，如图 5-5 所示。

③ 在表格中添加相关的服务器控件，控件的属性设置及其用途如表 5-7 所示。

表 5-7 商品搜索界面的主要控件

控 件 类 型	控件的 ID 属性	主要属性设置	控 件 用 途
DropDownList	ddlCat	默认设置	显示商品分类列表
abl TextBox	txtkeywords	默认设置	输入查询关键字
ImageButton	btnSearch	OnClick="btnSearch_Click"	搜索按钮

2. 实现代码

（1）用户表示层 Search.ascx 中的代码

```
<table>
<tr>
<td style="width: 150px">
<asp:Label ID="lbusername" runat="server" Text="" /></td>
<td>
<asp:Label ID="Label14" runat="server" Text="商品搜索" /></td>
<td>
<asp:DropDownList ID="ddlCat" runat="server"  DataTextField="商品分类"
SkinID="ddl">
</asp:DropDownList></td>
<td>
<asp:TextBox ID="txtkeywords" runat="server" SkinID="txtd" /></td>
```

```
<td>
<asp:ImageButton ID="btnSearch" runat="server" ImageUrl=
"~/images/btn_search.gif" OnClick="btnSearch_Click" /></td>
</tr>
</table>
```

（2）数据访问层 ProdClass.cs 中的代码

```
/// <summary>
/// 商品类别菜单栏
/// </summary>
/// <param name="dlName">绑定商品类别名的 ddlCat 控件</param>
public DataTable DLClassBind()
{
    string sqlStr="select * from tb_ProdCategories where PatID=0";
    DataTable dsTable=dbObj.GetDataSetStr(sqlStr,"tbClass");
    return dsTable;
}
```

（3）业务逻辑层 Search.ascx.cs 中的代码

```
public partial class UserControl_Search:System.Web.UI.UserControl
{
    ProdClass pcObj=new ProdClass();
    protected void Page_Load(object sender,EventArgs e)
    {
        if(!IsPostBack)
        {
            this.ProdCatBind(); //调用自定义方法 ProdCatBind 显示商品分类
            if(Session["UserName"]!=null)
            {
                this.lbusername.Text="欢迎"+Session["UserName"].ToString()+
                "光临，祝购物愉快！";
            }
        }
    }
    //在 DropDownList 控件中绑定商品的分类
    protected void ProdCatBind()
    {
        this.ddlCat.DataSource=this.pcObj.DLClassBind();
        this.ddlCat.DataTextField="CatName";
        this.ddlCat.DataValueField="CatName";
        this.ddlCat.DataBind();
    }
    //单击“搜索”按钮，转到搜索结果的显示页面
    protected void btnSearch_Click(object sender,ImageClickEventArgs e)
    {
        Response.Redirect("ProdSearch.aspx?id1="+this.ddlCat.Text.ToString()+
        "&&id2="+this.txtkeywords .Text.ToString());
    }
}
```

5.5.3　任务二十一　商品搜索结果显示模块的实现

下面将介绍搜索结果显示页面 ProdSearch.aspx 的详细制作过程，此页面与商品详细信息列表页面的制作方法类似。图 5-6 所示为搜索结果显示界面。

图 5-6 商品搜索结果显示界面

1. 设计步骤

① 在文件夹 views 上右击，在弹出的快捷菜单中选择“添加新项”命令，在弹出的对话框中选中“Web 窗体”选项，在“名称”文本框中将页面的名称命名为 ProdSearch.aspx，单击“添加”按钮。

② 使用表格布局商品搜索结果显示页面 ProdSearch.aspx，如图 5-6 所示。

③ 在表格中添加相关的服务器控件，控件的属性设置及其用途如表 5-8 所示。

表 5-8 商品搜索结果显示界面的主要控件

控件类型	控件的 ID 属性	主要属性设置	控件用途
DataList	dlProdList	OnItemCommand="dLProdList_ItemCommand"	显示搜索结果

2. 实现代码

(1) 用户表示层 ProdSearch.aspx 中的代码

```
<table cellspacing="1" cellpadding="0" style="width:700px;height:25px;
background-color:darkgray;">
<tr>
<td style="text-align: left;background-color: #ffffff;">
<asp:Label ID="lbTitle" runat="server" Text="Label" SkinID="redlb"></asp:Label>
</td>
</tr>
</table>
<br />
<asp:DataList ID="dlProdList" runat="server" RepeatColumns="5" RepeatDirection=
"Horizontal" OnItemCommand="dLProdList_ItemCommand" OnItemDataBound="dlProdList_
ItemDataBound">
<ItemTemplate>
<table cellspacing="2" cellpadding="0">
<tr>
<td class="jingpingbg3">
```

```
<asp:ImageButton ID="ImageButton1" Width="80px" Height="108px" runat="server"
CommandName="detailSee" CommandArgument='<%#DataBinder.Eval(Container.DataItem,
"ProdID")%>' ImageUrl='<%#DataBinder.Eval(Container.DataItem,"ProdMinImg")%>'/>
</td>
</tr>
<tr>
<td>
<asp:LinkButton ID="LinkButton1" runat="server" CommandName="detailSee"
CommandArgument='<%#DataBinder.Eval(Container.DataItem,"ProdID")%>' >
<%#DataBinder.Eval(Container.DataItem,"ProdName")%></asp:LinkButton>
<br />
<asp:Label ID="Label1" runat="server" Text="市场价: " SkinID="blacklb" />
<asp:Label ID="Label2" runat="server" SkinID="blacklb" Text=
'<%#DataBinder.Eval(Container.DataItem,"MarketPrice")%>'
CssClass="lb" /><br />
<asp:Label ID="Label5" runat="server" Text="优惠价: " SkinID="blacklb" />
<asp:Label ID="Label3" runat="server" SkinID="redlb" Text=
'<%#DataBinder.Eval(Container.DataItem,"CurrentPrice")%>' /><br />
<asp:Label ID="Label6" runat="server" Text="会员价: " SkinID="blacklb" />
<asp:Label ID="Label4" runat="server" SkinID="redlb" Text=
'<%#DataBinder.Eval(Container.DataItem,"MemberPrice")%>'/><br />
<asp:ImageButton ID="ImageButton2" runat="server" CommandName="buy"
CommandArgument='<%#DataBinder.Eval(Container.DataItem,"ProdID")%>' ImageUrl=
"images/mybuy.gif" />
<asp:ImageButton ID="ImageButton3" runat="server" CommandName="fav"
CommandArgument='<%#DataBinder.Eval(Container.DataItem,"ProdID")%>' ImageUrl=
"images/fav.gif" />
</td>
</tr>
</table>
</ItemTemplate>
</asp:DataList>
<table>
<tr>
<td>
<asp:Label ID="lbNoProd" runat="server" Text="" SkinID="redlb"></asp:Label>
</td>
</tr>
</table>
<table>
<tr>
<td>
<asp:Label ID="labCP" runat="server" Text="当前页码为: " SkinID= "blacklb">
</asp:Label>
[
<asp:Label ID="labPage" runat="server" Text="1" SkinID="blacklb">
```

```
</asp:Label>
]
<asp:Label ID="labTP" runat="server" Text="总页码为: " SkinID="blacklb">
</asp:Label>
[
<asp:Label ID="labBackPage" runat="server" SkinID="blacklb"></asp:Label>
]
<asp:LinkButton ID="lnkbtnOne" runat="server" Font-Underline="False"
ForeColor="Red" OnClick="lnkbtnOne_Click">第一页</asp:LinkButton>
<asp:LinkButton ID="lnkbtnUp" runat="server" Font-Underline= "False"
ForeColor="Red" OnClick="lnkbtnUp_Click">上一页</asp:LinkButton>
<asp:LinkButton ID="lnkbtnNext" runat="server" Font-Underline="False"
ForeColor="Red" OnClick="lnkbtnNext_Click">下一页</asp:LinkButton> 
<asp:LinkButton ID="lnkbtnBack" runat="server" Font-Underline="False"
ForeColor="Red" OnClick="lnkbtnBack_Click">最后一页</asp:LinkButton>
</td>
</tr>
</table>
```

（2）商品搜索结果显示模块相关的存储过程代码

```
ALTER PROCEDURE dbo.Proc_Search
(
   @keywords1 nvarchar(50),
   @keywords2 nvarchar(50)
)
AS
begin
   select * from tb_ProdInfo a,tb_ProdCategories b
   where a.CatID=b.CatID
   and (CatName=@keywords1)
   and ((ProdName like '%'+@keywords2+'%'
   or @keywords2='')
   or (MinCode like '%'+@keywords2+'%'
   or @keywords2=''))
end
```

（3）数据访问层 ProdClass.cs 的相关代码

```
/// <summary>
/// 对商品信息进行模糊查询
/// </summary>
/// <param name="strKeyWord">关键信息</param>
/// <returns>返回查询结果数据表 DataTable</returns>
public DataTable ProdSearch(string keywords1,string keywords2)
{
    SqlCommand myCmd=dbObj.GetCommandProc("proc_Search");
    //添加参数
    SqlParameter key1=new SqlParameter("@keywords1",SqlDbType.VarChar,50);
```

```
    key1.Value=keywords1;
    myCmd.Parameters.Add(key1);
    //添加参数
    SqlParameter key2=new SqlParameter("@keywords2",SqlDbType.VarChar,50);
    key2.Value=keywords2;
    myCmd.Parameters.Add(key2);
    //执行操作
    dbObj.ExecNonQuery(myCmd);
    DataTable dsTable=dbObj.GetDataSet(myCmd,"tbPI");
    return dsTable;
}
```

(4)数据访问层 UserClass.cs 的相关代码

```
public SqlDataReader UserInfoBind(string strid,string strSql)
{
    SqlConnection myConn=dbObj.GetConnection();
    myConn.Open();
    SqlCommand cmd=new SqlCommand(strSql, myConn);
    SqlDataReader sdr=cmd.ExecuteReader();
    return sdr;
}
```

(5)业务逻辑层 ProdSearch.aspx.cs 的相关代码

注意：此页面需要添加"using System.Data.SqlClient;"命名空间。

```
public partial class views_ProdSearch:System.Web.UI.Page
{
    CommonClass ccObj=new CommonClass();
    DBClass dbObj=new DBClass();
    ProdClass pcObj=new ProdClass();
    UserClass ucObj=new UserClass();
    ShopCartClass scObj=new ShopCartClass();
    protected void Page_Load(object sender,EventArgs e)
    {
        if(!IsPostBack)
        {
            if(Request["id1"]!=null  && Request["id2"]!=null)
            {
                dlBind();                          //显示浏览的商品信息
                deplayTitle();                     //显示当前页浏览商品的位置
            }
            else
            {
                Response.Redirect("../Default.aspx");
            }

        }
    }
    //判断用户是否登录，如果登录，则显示会员价格，否则显示"请登录"
    protected void dlProdList_ItemDataBound(object sender, DataListItemEventArgs e)
```

```
{
    if(Session["UserName"]==null)
    {
        Control lb1=e.Item.FindControl("lbMemberPrice");
        lb1.Visible=false;
        Control lb2=e.Item.FindControl("lbMemberPrice1");
        lb2.Visible=true;
    }
    else
    {
        Control lb1=e.Item.FindControl("lbMemberPrice");
        lb1.Visible=true;
        Control lb2=e.Item.FindControl("lbMemberPrice1");
        lb2.Visible=false;
    }
}
/// <summary>
/// 说明: dlBind方法用于绑定相关的商品信息
/// </summary>
public void dlBind()
{
    //分页显示新上市商品/特价商品/热门商品
    dlBindPage(Request["id1"],Request["id2"]);
}
public void dlBindPage(string keywords1,string keywords2)
{
    int prodcount=0;
    int curpage=Convert.ToInt32(this.labPage.Text);
    PagedDataSource ps=new PagedDataSource();
    ps.DataSource=(pcObj.ProdSearch(keywords1,keywords2)).DefaultView;
    ps.AllowPaging=true;                        //是否可以分页
    ps.PageSize=15;                             //显示的数量
    ps.CurrentPageIndex=curpage-1;              //取得当前页的页码
    this.lnkbtnUp.Enabled=true;
    this.lnkbtnNext.Enabled=true;
    this.lnkbtnBack.Enabled=true;
    this.lnkbtnOne.Enabled=true;
    if(curpage==1)
    {
        this.lnkbtnOne.Enabled=false;      //不显示第一页按钮
        this.lnkbtnUp.Enabled=false;       //不显示上一页按钮
    }
    if(curpage==ps.PageCount)
    {
        this.lnkbtnNext.Enabled=false;     //不显示下一页
        this.lnkbtnBack.Enabled=false;     //不显示最后一页
    }
    prodcount=ps.DataSourceCount;
    this.labBackPage.Text=Convert.ToString(ps.PageCount);
    if(prodcount>0)
```

```
    {
        this.dlProdList.DataSource=ps;
        this.dlProdList.DataKeyField="ProdID";
        this.dlProdList.DataBind();
    }
    else
    {
        this.lbNoProd.Text="暂时没有商品，请添加相应的商品！";
    }
}
protected void lnkbtnOne_Click(object sender,EventArgs e)
{
    this.labPage.Text="1";
    this.dlBind();
}
protected void lnkbtnUp_Click(object sender,EventArgs e)
{
    this.labPage.Text=Convert.ToString(Convert.ToInt32(this.labPage.
    Text)-1);
    this.dlBind();
}
protected void lnkbtnNext_Click(object sender,EventArgs e)
{
    this.labPage.Text=Convert.ToString(Convert.ToInt32(this.labPage.
    Text)+1);
    this.dlBind();
}
protected void lnkbtnBack_Click(object sender,EventArgs e)
{
    this.labPage.Text=this.labBackPage.Text;
    this.dlBind();
}
public void AddressBack(DataListCommandEventArgs e)
{
    Session["address"]="";
    Session["address"]="Default.aspx";
    Response.Redirect("ProdInfo.aspx?id="+e.CommandArgument.ToString());
}
protected void dLProdList_ItemCommand(object source,
DataListCommandEventArgs e)
{
    if(e.CommandName=="detailSee")
    {
        AddressBack(e);
    }
    else if(e.CommandName=="buy")
    {
        AddShopCart(e);
        Response.Redirect("shopCart.aspx");
    }
```

```
        else if(e.CommandName=="fav")
        {
            fav(e);
        }
    }
    /// <summary>
    /// 说明: 显示当前页浏览商品的位置
    /// </summary>
    public void deplayTitle()
    {
        if(this.Request["id1"]!=""&& this.Request["id2"]!="")
        {
            this.lbTitle.Text = "目前位置: 商品搜索页面>商品分类>" + Request["id1"]+
            ">"+Request["id2"];
        }
        else
        {
            this.lbTitle.Text = "目前位置: 商品搜索页面>商品分类>" + Request["id1"];
        }
    }
    /// <summary>
    /// 向购物车中添加新商品
    /// </summary>
    /// <param name="e">
    /// 获取或设置可选参数,
    /// 该参数与关联的 CommandName
    /// 一起被传递到 Command 事件。
    /// </param>
    public void AddShopCart(DataListCommandEventArgs e)
    {
        Hashtable hashCar;
        if(Session["ShopCart"]==null)
        {
            //如果用户没有分配购物车
            hashCar=new Hashtable();                  //新生成一个 hash 表
            hashCar.Add(e.CommandArgument,1);         //添加一个商品
            Session["ShopCart"]=hashCar;              //分配给用户
        }
        else
        {
            //用户已经有购物车
            hashCar=(Hashtable)Session["ShopCart"];//得到购物车的 hash 表
            //购物车中已有此商品, 商品数量加 1
            if(hashCar.Contains(e.CommandArgument))
            {
                int count=Convert.ToInt32(hashCar[e.CommandArgument].
                ToString());                          //得到该商品的数量
                hashCar[e.CommandArgument]=(count+1); //商品数量加 1
            }
            else
```

```
            hashCar.Add(e.CommandArgument,1);//如果没有此商品，则新添加一个项
        }
    }
protected void fav(DataListCommandEventArgs e)
{
    //判断是否登录
    ST_check_Login();
    string username=Session["UserName"].ToString();
    string strSql="select * from tb_User where UserName='"+username+"'";
    SqlDataReader sdr=ucObj.UserInfoBind(username,strSql);
    sdr.Read();
    string prodid=e.CommandArgument.ToString().Trim();
    string fav=sdr["FAV"].ToString();
    if(fav!="")
    {
        if(fav.IndexOf(prodid)>0)
        {
            Response.Redirect("my_fav.aspx?id="+Session["UserName"].
            ToString());
        }
        else
        {
            string favprod=","+"'"+prodid+"'";
            ucObj.UpdateFAV(username, favprod);
            Response.Redirect("my_fav.aspx?id="+Session["UserName"].
            ToString());
        }
    }
    else
    {
        string favprod="'"+prodid+"'";
        ucObj.UpdateFAV(username, favprod);
        Response.Redirect("my_fav.aspx?id="+Session["UserName"].ToString());
    }
    dbObj.GetConnection().Close();
}
public void ST_check_Login()
{
    if((Session["Username"]==null))
    {
        Response.Write("<script>alert('对不起！您不是会员，请先注册后登录！');
        location='login.aspx'</script>");
        Response.End();
    }
}
}
```

5.6 本章小结

本章我们讲解了商品展示模块的实现过程，通过对本章的学习，读者应该能大体掌握数据在页面中的显示，通过显示控件与数据源绑定在一起，当数据源中的数据发生变化且重新启动网页时，被绑定对象中的属性将随数据源而改变。

5.7 课后任务与思考

1. DataList 控件与 DridView 控件两者的区别？

2. 读者根据前面所讲的知识完成首页中“热点促销”、“新品上市专区”、“精品推荐专区”和“名品折扣专区”的制作。首页中的部分截图如图 5-7 所示。

图 5-7 商品显示的部分截图

制作首页底部的商品分类显示，这里只制作了一个商品分类，读者可以添加多个商品分类，如图 5-8 所示。

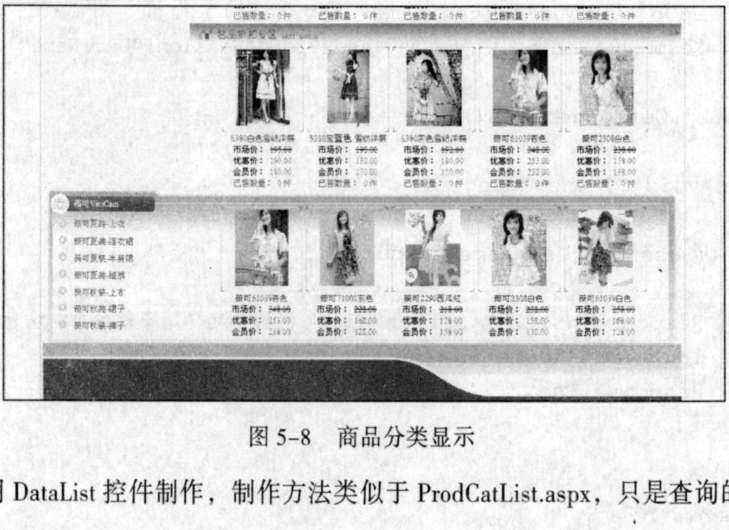

图 5-8 商品分类显示

以上都采用 DataList 控件制作，制作方法类似于 ProdCatList.aspx，只是查询的条件不一样。

第 6 章 购物车模块与订单模块设计

【本章导读】

作为一个电子商务模型，购物车模块与订单模块是整个电子商务交易过程的核心部分，整个电子商务交易过程中只有放到购物车中的商品才能生成订单，只有生成订单后用户才能付款购买商品，商家才能发货，所以这两个模块是电子商务交易中不可缺少的核心模块。本章将对这两个模块进行详细的剖析和讲解。

【主要知识点】

- 设计购物车主界面
- 显示购物车中的信息
- 修改购物车中商品的数量
- 删除购物车的商品
- 生成订单
- 显示订单的详细信息

6.1 购物车模块简介

购物车管理页面可以通过前面讲过的几个页面进入，在 ProdCatList.aspx、ProdInfo.aspx、ProdSearch..aspx 这 3 个页面中单击“加入购物车”按钮会转到购物车管理页面。也可以单击页面导航栏的“购物车”按钮进入此页面。

购物车页面以列表的形式显示了当前用户购物车内的商品信息，包括商品名称、商品 ID、商品单价、购买数量、商品总价和订单价格总和。用户可以更改购买数量或是删除某个商品的购买信息，对购买数量进行更改后，可以单击“更新购物车”按钮对购物车信息进行更新。单击“清空购物车”按钮可以将购物车中的所有商品信息清空。单击“继续购物”按钮返回首页继续购物，单击“结账”按钮，转到生成订单页面，生成订单页面 Payment.aspx，该页面将在 6.2 节进行讲解。

购物车管理页面 ShopCart.aspx 效果如图 6-1 所示。

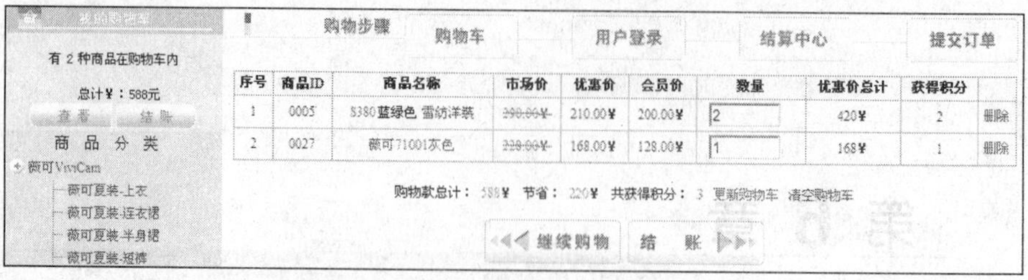

图 6-1 购物车管理界面

6.1.1 购物车管理界面技术分析

网上购物与现实中购物过程是类似的，现实中我们在超市购物时，需先把想要的商品从货架上取下来，放到购物车中，把要买的商品集中起来一起到前台算账、付款。网上商店模拟这个购物过程，先让客户从不同的网页中选取想要的商品，并将这些商品添加到“购物车”一起结账，最后生成完整的订单。网上购物车不同于现实的购物车，被称为“虚拟购物车”。

购物车用于存储用户即将购买的商品，等待用户完成订购，是一个网络购物流程的结束。购物车是电子商务系统中最核心的部分，是每一笔订单形成的必经之路。

一个成功的电子商务应用的购物车模块不仅可以动态地存储用户即将购买的商品信息，也可以在用户不登录的情况下形成一个临时的购物车信息，当用户选择完成订购的时候再对用户的身份提出验证，如果用户通过身份验证，那么就将临时购物车中的数据信息转移成为当前用户的购物车信息，完成用户的订购。

另外用户可能在向购物车中添加了商品后没有马上订购而退出系统，这时候需要系统能够记录用户购物车的商品信息，以便用户在下次登录系统的时候对未完成的订单进行处理，也能防止用户在购物过程中因为网络连接问题或是客户端异常，而导致购物车信息丢失。

“虚拟购物车”和“订单”是购买商品的核心部分，创建购物车是一门综合技术，可以采用多种方式。在比较大的电子商务网站中，使用数据库来存放用户的购物信息可能会导致效率问题。用 Session 来处理相对来说快得多。由于没有了数据库读/写的问题，其效率提高很多。大家都知道，MySQL 读取数据很快，但更新和插入数据就没有那么快了。在购物时，用户可能会随时扔掉不想要的东西，这就导致了数据库的频繁使用，用 Session 可以解决这个问题。但是用 Session 来处理购物流程也会有一点问题，那就是在购物时，如果用户购买了大于库存数量的商品（这在实际中是不允许发生的），或者在用户购物时，有别的用户也购买了此商品，那这些动态更新的数据也不能被系统检测到。但为了效率，可以将此部分放到支付时进行处理。

对于付款的问题大家都是比较慎重的，在支付时的用户数量比起购物时的用户数量会大大减少，所以将数据的比较及更新放到这一部分是比较合适的。但正如前面所说，这样可能会导致用户的不满，因为一旦有数据的不准确就会导致用户修改其数据。

对于小型的站点，用数据库来做是很方便的，对于大一点的站点，用 Session 来做换来的是效率。

6.1.2 任务二十二 购物车管理界面的实现

购物车模块是网上商店的一个比较重要的模块，用户通过购物车可以将自己喜欢的商品放到购物中，然后通过购物车模块一起结账，这给用户和商家都带来了极大的方便，其实购物车与现实超市中的购物车作用一样，这里采用 Session 技术完成购物车的实现，当用户单击“购买”按钮时，就生成购物车，用 Session 对象保存购物车，在购物车管理界面中将 Session["ShopCart"]作为数据源显示在 GridView 中，购物车在这里就是放在 Session 中的数据表。当用户单击“结账”按钮时，先判断用户是否登录，如果用户已经登录则转到生成订单页面 Payment.aspx，如果用户不是登录用户，则转到登录页面 denglu.aspx，在此页面中用户登录后才能转到生成订单页面 Payment.aspx。

1. 设计步骤

① 在文件夹 views 上右击，在弹出的快捷菜单中选择“添加新项”命令，在弹出的对话框中选中“Web 窗体”选项，在“名称”文本框中将页面的名称命名为 shopCart.aspx，单击“添加”按钮。

② 使用表格布局购物车管理界面，如图 6-1 所示。

③ 在表格中添加相关的服务器控件，控件的属性设置及其用途如表 6-1 所示。

表 6-1　购物车管理界面的主要控件

控件类型	控件的 ID 属性	主要属性设置	控件用途
GridView	gvShopCart	OnPageIndexChanging="gvShopCart_PageIndexChanging"	显示购物车中的商品信息

2. 实现代码

（1）用户表示层 shopCart.aspx 中的代码

```
<asp:Content ID="Content1" ContentPlaceHolderID="ContentPlaceHolder1" runat=
"Server">
<table cellpadding="0" cellspacing="0" style="width:720px">
<tr>
<td>
<asp:Image ID="Image1" runat="server" ImageUrl="~/views/ images/ buy_car_step1.
gif" />
</td>
<td>
<asp:Image ID="Image2" runat="server" ImageUrl="~/views/ images/ buy_car_step2_1.
gif" />
</td>
<td>
<asp:Image ID="Image3" runat="server" ImageUrl="~/views/ images/buy_car_step3.
gif" />
</td>
<td>
<asp:Image ID="Image4" runat="server"  ImageUrl="~/views/ images/buy_car_step4.
gif" />
</td>
<td>
<asp:Image ID="Image5" runat="server" ImageUrl="~/views/ images/buy_car_step5.
gif" />
</td>
</tr>
</table>
```

```
<table>
<tr>
<td>
<asp:Label ID="labMessage" runat="server" Visible="False" SkinID="redlb">
</asp:Label>
</td>
</tr>
<tr>
<td>
<asp:GridView ID="gvShopCart" DataKeyNames="ProdID"  runat="server"
AutoGenerateColumns="False" AllowPaging="True" OnPageIndexChanging=
"gvShopCart_PageIndexChanging" BackColor="#999999" CellPadding="2"
CellSpacing="1" ForeColor="Black" GridLines="None" Width="720px">
<Columns>
<asp:BoundField DataField="No" HeaderText="序号" ReadOnly="True">
<ItemStyle HorizontalAlign="Center" />
<HeaderStyle HorizontalAlign="Center" />
</asp:BoundField>
<asp:BoundField DataField="ProdID" HeaderText="商品ID" ReadOnly="True">
<ItemStyle HorizontalAlign="Center" />
<HeaderStyle HorizontalAlign="Center" />
</asp:BoundField>
<asp:TemplateField HeaderText="商品名称" >
<HeaderStyle HorizontalAlign="Center" />
<ItemStyle HorizontalAlign="Center" />
<ItemTemplate>
<asp:LinkButton ID="lnkbtnProdInfo" runat="server"OnCommand="lnkbtnProdInfo_Command"
CommandArgument='<%#Eval("ProdID")%>'><%#Eval("ProdName")%></asp:LinkButton>
</ItemTemplate>
</asp:TemplateField>
<asp:TemplateField HeaderText="市场价">
<HeaderStyle HorizontalAlign="Center" />
<ItemStyle HorizontalAlign="Center" CssClass="lb"ForeColor="Red"/>
<ItemTemplate>
<%#Eval("MarketPrice")%>￥
</ItemTemplate>
</asp:TemplateField>
<asp:TemplateField HeaderText="优惠价">
<HeaderStyle HorizontalAlign="Center" />
<ItemStyle HorizontalAlign="Center" />
<ItemTemplate>
<%#Eval("CurrentPrice")%>￥
</ItemTemplate>
</asp:TemplateField>
<asp:TemplateField HeaderText="会员价">
<HeaderStyle HorizontalAlign="Center" />
<ItemStyle HorizontalAlign="Center" />
<ItemTemplate>
```

```
<%#Eval("MemberPrice")%>￥
</ItemTemplate>
</asp:TemplateField>
<asp:TemplateField HeaderText="数量">
<ItemTemplate>
<asp:TextBox ID="txtNum" runat="server" Text='<%#Eval("Num")%>' Width="60px">
</asp:TextBox>
<asp:RegularExpressionValidator ID="RegularExpressionValidator1" runat=
"server" ControlToValidate="txtNum"
ErrorMessage="×"ValidationExpression="^\+?[1-9][0-9]*$">
</asp:RegularExpressionValidator>
</ItemTemplate>
</asp:TemplateField>
<asp:TemplateField HeaderText="优惠价总计">
<HeaderStyle HorizontalAlign="Center" />
<ItemStyle HorizontalAlign="Center" />
<ItemTemplate>
<%#Eval("totalPrice")%>￥
</ItemTemplate>
</asp:TemplateField>
<asp:TemplateField HeaderText="获得积分">
<HeaderStyle HorizontalAlign="Center" />
<ItemStyle HorizontalAlign="Center" />
<ItemTemplate>
<%#Eval("ProdScore")%>
</ItemTemplate>
</asp:TemplateField>
<asp:TemplateField>
<HeaderStyle HorizontalAlign="Center" />
<ItemStyle HorizontalAlign="Center" />
<ItemTemplate>
<asp:LinkButton ID="lnkbtnDelete" runat="server" CommandArgument=
'<%#Eval("ProdID") %>' OnCommand="lnkbtnDelete_Command">删除</asp:LinkButton>
</ItemTemplate>
</asp:TemplateField>
</Columns>
<FooterStyle BackColor="#F0F0F0" />
<RowStyle BackColor="#ffffff" />
<PagerStyle BackColor="#F0F0F0" ForeColor="DarkSlateBlue" HorizontalAlign=
"Center" />
<HeaderStyle BackColor="#F0F0F0" Font-Bold="True" />
</asp:GridView>
</td>
</tr>
<tr>
<td><br />
```

```
<asp:Label ID="Label1" runat="server" Text="购物款总计: "SkinID="blacklb">
</asp:Label>
<asp:Label ID="labTotalPrice" runat="server" SkinID="redlb"></asp:Label>
￥  
<asp:Label ID="Label3" runat="server" Text="节省: " SkinID="blacklb">
</asp:Label>
<asp:Label ID="labSave" runat="server" SkinID="redlb"></asp:Label>
￥  
<asp:Label ID="Label5" runat="server" Text="共获得积分: " SkinID="blacklb">
</asp:Label>
<asp:Label ID="labScore" runat="server" SkinID="redlb"></asp:Label>
  
<asp:LinkButton ID="lnkbtnUpdate" runat="server" OnClick="lnkbtnUpdate_Click"
ForeColor="Red">更新购物车</asp:LinkButton>  
<asp:LinkButton ID="lnkbtnClear" runat="server" OnClick="lnkbtnClear_Click">
清空购物车</asp:LinkButton>
<br /><br />
<asp:ImageButton ID="lnkbtnContinue" runat="server" ImageUrl="~/views/images/
buy_gwc_jx.gif" OnClick="lnkbtnContinue_Click" />
<asp:ImageButton ID="lnkbtnCheck" runat="server" ImageUrl="~/views/images/
buy_gwc_buy.gif" OnClick="lnkbtnCheck_Click" />
</td>
</tr>
</table>
</asp:Content>
```

（2）业务逻辑层 ShopCart.aspx.cs 中的代码

```
public partial class views_shopCart:System.Web.UI.Page
{
    CommonClass ccObj=new CommonClass();
    DBClass dbObj=new DBClass();
    string strSql;
    DataTable dtTable;
    Hashtable hashCar;
    protected void Page_Load(object sender,EventArgs e)
    {
        if(!IsPostBack)
        {
            bind();
        }
    }
    //显示购物车中的商品信息
    public void bind()
    {
        if(Session["ShopCart"]==null)
        {
            //如果没有购物，则给出相应信息，并隐藏按钮
            this.labMessage.Text="您购物车中没有商品！";
            this.labMessage.Visible=true;                //显示提示信息
```

```
        this.lnkbtnCheck.Visible=false;             //隐藏"前往服务台"按钮
        this.lnkbtnClear.Visible=false;             //隐藏"清空购物车"按钮
        this.lnkbtnContinue.Visible=true;           //显示"继续购物"按钮
        this.lnkbtnUpdate.Visible=false;
    }
    else
    {
        hashCar=(Hashtable)Session["ShopCart"];     //获取其购物车
        if(hashCar.Count==0)
        {
            //如果没有购物，则给出相应信息，并隐藏按钮
            this.labMessage.Text="您购物车中没有商品！";
            this.labMessage.Visible=true;           //显示提示信息
            this.lnkbtnCheck.Visible=false;         //隐藏"前往服务台"按钮
            this.lnkbtnClear.Visible=false;         //隐藏"清空购物车"按钮
            this.lnkbtnContinue.Visible=true;       //显示"继续购物"按钮
            this.lnkbtnUpdate.Visible=false;
        }
        else
        {
            //设置购物车内容的数据源
            dtTable=new DataTable();
            DataColumn column1=new DataColumn("No");                //商品序号
            DataColumn column2=new DataColumn("ProdID");            //商品ID
            DataColumn column3=new DataColumn("ProdName");          //商品名称
            DataColumn column4=new DataColumn("MarketPrice");       //商品市场价
            DataColumn column5=new DataColumn("CurrentPrice");      //商品优惠价
            DataColumn column6=new DataColumn("MemberPrice");       //商品会员价
            DataColumn column7=new DataColumn("Num");               //商品数量
            DataColumn column8=new DataColumn("totalPrice");        //总价
            DataColumn column9=new DataColumn("ProdScore");         //商品积分
            dtTable.Columns.Add(column1);                           //添加新列
            dtTable.Columns.Add(column2);
            dtTable.Columns.Add(column3);
            dtTable.Columns.Add(column4);
            dtTable.Columns.Add(column5);
            dtTable.Columns.Add(column6);
            dtTable.Columns.Add(column7);
            dtTable.Columns.Add(column8);
            dtTable.Columns.Add(column9);
            DataRow row;
            //对数据表中每一行进行遍历，给每一行的新列赋值
            foreach(object key in hashCar.Keys)
            {
                row=dtTable.NewRow();
                row["ProdID"]=key.ToString();
                row["Num"]=hashCar[key].ToString();
                dtTable.Rows.Add(row);
            }
```

```
            //计算价格
            DataTable dstable;
            int i=1;
            float price1;                          //商品单价
            float price2;                          //商品单价
            int count=0;                           //商品数量
            float totalPrice1=0;                   //商品总价格
            float totalPrice2=0;                   //商品总价格
            float totalSavePrice=0;                //商品总价格
            double saveScore=0;
            foreach (DataRow drRow in dtTable.Rows)
            {
                strSql="select ProdName,MarketPrice,CurrentPrice, MemberPrice
                from tb_ProdInfo where ProdID="+drRow["ProdID"].ToString();
                dstable=dbObj.GetDataSetStr(strSql,"tbPI");
                drRow["No"]=i;                     //序号
                drRow["ProdName"]=dstable.Rows[0][0].ToString();//商品名称
                //商品市场价
                drRow["MarketPrice"]=(dstable.Rows[0][1].ToString());
                price1=float.Parse(dstable.Rows[0][1].ToString());
                //商品优惠价
                drRow["CurrentPrice"]=(dstable.Rows[0][2].ToString());
                price2=float.Parse(dstable.Rows[0][2].ToString());
                //商品会员价
                drRow["MemberPrice"]=(dstable.Rows[0][3].ToString());
                count=Int32.Parse(drRow["Num"].ToString());    //商品数量
                drRow["totalPrice"]=price2*count;              //总价
                totalPrice1+=price1*count;         //计算合价
                totalPrice2+=price2*count;         //计算合价
                drRow["ProdScore"]=count;          //商品积分
                saveScore+=count;
                i++;
            }
            totalSavePrice=totalPrice1-totalPrice2;
            //显示所有商品价格
            this.labTotalPrice.Text=totalPrice2.ToString();
            this.labSave.Text=totalSavePrice.ToString();
            this.labScore.Text=saveScore.ToString();
            //绑定GridView控件
            this.gvShopCart.DataSource=dtTable.DefaultView;
            this.gvShopCart.DataKeyNames=new string[] { "ProdID" };
            this.gvShopCart.DataBind();
        }
    }
}
//翻页后显示下一页中的内容
protected void gvShopCart_PageIndexChanging(object sender,
GridViewPageEventArgs e)
```

```
{
    gvShopCart.PageIndex=e.NewPageIndex;
    bind();
}
//删除购物车中的一条信息
protected void lnkbtnDelete_Command(object sender,CommandEventArgs e)
{
    hashCar=(Hashtable)Session["ShopCart"];          //获取其购物车
    //从 Hashtable 表中，将指定的商品从购物车中移除，其中"删除"按钮(lnkbtnDelete)
    //的 CommandArgument 参数值为商品 ID
    hashCar.Remove(e.CommandArgument);
    Session["ShopCart"]=hashCar;                     //更新购物车
    Response.Redirect("shopCart.aspx");
}
//更新购物车中商品的数量
protected void lnkbtnUpdate_Click(object sender,EventArgs e)
{
    hashCar=(Hashtable)Session["ShopCart"];          //获取其购物车
    //使用 foreach 语句，遍历更新购物车中的商品数量
    foreach(GridViewRow gvr in this.gvShopCart.Rows)
    {
        //找到用来输入数量的 TextBox 控件
        TextBox otb=(TextBox)gvr.FindControl("txtNum");
        int count=Int32.Parse(otb.Text);             //获得用户输入的数量值
        string ProdID=gvr.Cells[1].Text;             //得到该商品的 ID
        hashCar[ProdID]=count;                       //更新 Hashtable
    }
    Session["ShopCart"]=hashCar;                     //更新购物车
    Response.Redirect("shopCart.aspx");
}
//清空购物车的商品信息
protected void lnkbtnClear_Click(object sender,EventArgs e)
{
    Session["ShopCart"]=null;
    Response.Redirect("shopCart.aspx");
    this.labMessage.Text="您购物车中没有商品！";
    this.labMessage.Visible=true;                    //显示提示信息
}
//单击"继续购物"按钮转到首页继续选择商品
protected void lnkbtnContinue_Click(object sender,ImageClickEventArgs e)
{
    Response.Redirect("../Default.aspx");
}
//单击"结账"按钮，如果用户登录，转到生成订单页面，否则转到登录页面
protected void lnkbtnCheck_Click(object sender,ImageClickEventArgs e)
{
    if(Session["ShopCart"]!=null)
    {
        if(Session["UserName"]!=null)
        {
            Response.Redirect("Payment.aspx");
        }
```

```
            else
            {
                Response.Redirect("denglu.aspx");
            }
        }
        else
        {
            this.Page.RegisterClientScriptBlock("clientScript",ccObj.MessageBox
            ("您已经点击过结账了！","shopCart.aspx"));
        }
    }
    //点击商品名称转到商品详细显示页面
    protected void lnkbtnProdInfo_Command(object sender,CommandEventArgs e)
    {
        hashCar=(Hashtable)Session["ShopCart"];        //获取其购物车
        //从Hashtable表中，浏览指定的商品详细信息，其中商品信息浏览按钮(lnkbtnProdInfo)
        //的CommandArgument参数值为商品ID
        Response.Redirect("ProdInfo.aspx?id="+e.CommandArgument.ToString());
    }
}
```

6.1.3 任务二十三 购物车信息确认页面

购物车信息确认页面能显示购物车中的信息，以便用户确认购物车中的商品信息是否正确，如果不正确，用户可以单击“修改订单”按钮返回购物车管理页面 ShopCart.aspx，对购物车的商品信息进行修改。本项目中将购物车信息确认页面与用户订单详细信息页面制作在一个页面中，上半部分为购物车信息确认页面，下半部分为用户订单详细信息页面。

购物车信息确认页面为 Payment.aspx，如图 6-2 所示。

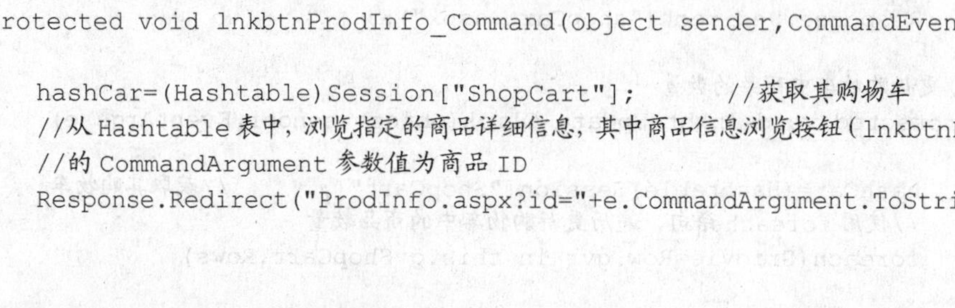

图 6-2 购物车信息确认页面

1. 设计步骤

在这个任务中我们只讲解上半部分购物车信息的显示，下半部分用户订单详细信息的填写在任务二十四中介绍。

① 在文件夹 views 上右击，在弹出的快捷菜单中选择“添加新项”命令，在弹出的对话框中选中“Web 窗体”选项，在“名称”文本框中将页面的名称命名为 Payment.aspx，单击“添加”按钮。

② 使用表格布局购物车信息确认界面 Payment.aspx，如图 6-2 所示。

③ 在表格中添加相关的服务器控件，控件的属性设置及其用途如表 6-2 所示。

表 6-2　购物车信息确认界面（上半部分）用到的主要控件

控件类型	控件的 ID 属性	主要属性设置	控件用途
GridView	gvShopCart	默认值	显示搜索结果
A Label	labTotalPrice	默认值	显示购物车中商品总价
A Label	labSave	默认值	显示节省的价格
A Label	labScore	默认值	显示商品的积分
ab Button	btnmodify	默认值	修改订单按钮

2. 实现代码

（1）用户表示层 Payment.aspx 中的代码

```
<table cellpadding="0" cellspacing="0" style="width:720px">
<tr>
<td align="left">
<asp:Image ID="Image6" runat="server" ImageUrl="~/views/images/
buy_shopcar.gif" />
</td>
</tr>
<tr>
<td>
<asp:Label ID="labMessage" runat="server" Visible="False" SkinID="redlb">
</asp:Label>
</td>
</tr>
<tr>
<td>
<asp:GridView ID="gvShopCart" runat="server" AutoGenerateColumns="False"
BackColor="#999999" CellPadding="2" CellSpacing="1" ForeColor="Black"
GridLines="None" Width="720px">
<Columns>
<asp:BoundField DataField="No" HeaderText="序号" ReadOnly="True">
<ItemStyle HorizontalAlign="Center" />
<HeaderStyle HorizontalAlign="Center" />
</asp:BoundField>
<asp:BoundField DataField="ProdID" HeaderText="商品 ID" ReadOnly="True">
<ItemStyle HorizontalAlign="Center" />
<HeaderStyle HorizontalAlign="Center" />
</asp:BoundField>
<asp:TemplateField HeaderText="商品名称" >
<HeaderStyle HorizontalAlign="Center" />
<ItemStyle HorizontalAlign="Center" />
<ItemTemplate>
```

```
<asp:LinkButton ID="lnkbtnProdInfo" runat="server" Text='<%#Eval("ProdName")%>'
OnCommand="lnkbtnProdInfo_Command" CommandArgument='<%#Eval("ProdID") %>'/>
</ItemTemplate>
</asp:TemplateField>
<asp:TemplateField HeaderText="市场价(￥)">
<HeaderStyle HorizontalAlign="Center" />
<ItemStyle HorizontalAlign="Center" CssClass="lb" ForeColor="Red"/>
<ItemTemplate>
<%#Eval("MarketPrice")%>
</ItemTemplate>
</asp:TemplateField>
<asp:BoundField DataField="CurrentPrice" HeaderText="优惠价(￥)"
ReadOnly="True">
<ItemStyle HorizontalAlign="Center" />
<HeaderStyle HorizontalAlign="Center" />
</asp:BoundField>
<asp:BoundField DataField="MemberPrice" HeaderText="会员价(￥)"
ReadOnly="True">
<ItemStyle HorizontalAlign="Center" />
<HeaderStyle HorizontalAlign="Center" />
</asp:BoundField>
<asp:BoundField DataField="Num" HeaderText="数量" ReadOnly="True">
<ItemStyle HorizontalAlign="Center" />
<HeaderStyle HorizontalAlign="Center" />
</asp:BoundField>
<asp:BoundField DataField="totalPrice" HeaderText="优惠价总计(￥)"
ReadOnly="True">
<ItemStyle HorizontalAlign="Center" />
<HeaderStyle HorizontalAlign="Center" />
</asp:BoundField>
<asp:BoundField DataField="ProdScore" HeaderText="获得积分" ReadOnly="True">
<ItemStyle HorizontalAlign="Center" />
<HeaderStyle HorizontalAlign="Center" />
</asp:BoundField>
</Columns>
<HeaderStyle BackColor="#F0F0F0" Font-Bold="True" />
<RowStyle BackColor="#ffffff" />
</asp:GridView>
</td>
</tr>
<tr>
<td><br />
<asp:Label ID="Label1" runat="server" Text="购物款总计: " SkinID="blacklb">
</asp:Label>
<asp:Label  ID="labTotalPrice"  runat="server"  SkinID="redlb"></asp:Label>
￥  
```

```
<asp:Label ID="Label3" runat="server" Text="节省: " SkinID="blacklb">
</asp:Label>
<asp:Label ID="labSave" runat="server" SkinID="redlb"></asp:Label>
¥  
<asp:Label ID="Label5" runat="server" Text="共获得积分: " SkinID="blacklb">
</asp:Label>
<asp:Label ID="labScore" runat="server" SkinID="redlb"></asp:Label>  
<asp:Label ID="Label2" runat="server" SkinID="redlb">您还可以: </asp:Label>
<asp:Button ID="btnmodify" runat="server" Text="修改订单" OnClick=
"btnmodify_Click" />
</td>
</tr>
</table>
```

（2）业务逻辑层 Payment.aspx.cs 中的代码

注意：添加“using System.Data.SqlClient;”命名空间。

```
public partial class views_Payment:System.Web.UI.Page
{
    CommonClass ccObj=new CommonClass();
    DBClass dbObj=new DBClass();
    ProdClass pcObj=new ProdClass();
    OrderClass ocObj=new OrderClass();
    string strSql;
    DataTable dtTable;
    Hashtable hashCar;
    string username;
    protected void Page_Load(object sender,EventArgs e)
    {
        if(!IsPostBack)
        {
            ST_check_Login();
            bind();
        }
    }
    //绑定用户订单中所需的内容，当用户登录时直接绑定数据，否则转到 denglu.aspx 页面
    public void ST_check_Login()
    {
        if((Session["UserName"]==null))
        {
            this.Page.RegisterClientScriptBlock("clientScript",ccObj.MessageBox
            ("你不是会员，请先注册后登录! ","denglu.aspx"));
        }
        else
        {
            OrderBind();
        }
    }
```

```
//绑定购物车中的信息
public void bind()
{
    if(Session["ShopCart"]==null)
    {
        //如果没有购物，则给出相应信息，并隐藏按钮
        this.labMessage.Text="您购物车中没有商品！";
        this.btnSaveOrder.Visible=false;
    }
    else
    {
        hashCar=(Hashtable)Session["ShopCart"];    //获取其购物车
        if(hashCar.Count==0)
        {
            //如果没有购物，则给出相应信息，并隐藏按钮
            this.labMessage.Text="您购物车中没有商品！";
            this.labMessage.Visible=true;
            this.btnSaveOrder.Visible=false;
        }
        else
        {
            //设置购物车内容的数据源
            dtTable=new DataTable();
            DataColumn column1=new DataColumn("No");           //商品序号
            DataColumn column2=new DataColumn("ProdID");       //商品 ID
            DataColumn column3=new DataColumn("ProdName");     //商品名称
            DataColumn column4=new DataColumn("MarketPrice");  //商品市场价
            DataColumn column5=new DataColumn("CurrentPrice"); //商品优惠价
            DataColumn column6=new DataColumn("MemberPrice");  //商品会员价
            DataColumn column7=new DataColumn("Num");          //商品数量
            DataColumn column8=new DataColumn("totalPrice");   //总价
            DataColumn column9=new DataColumn("ProdScore");    //商品积分
            dtTable.Columns.Add(column1);                      //添加新列
            dtTable.Columns.Add(column2);
            dtTable.Columns.Add(column3);
            dtTable.Columns.Add(column4);
            dtTable.Columns.Add(column5);
            dtTable.Columns.Add(column6);
            dtTable.Columns.Add(column7);
            dtTable.Columns.Add(column8);
            dtTable.Columns.Add(column9);
            DataRow row;
            //对数据表中每一行进行遍历，给每一行的新列赋值
            foreach(object key in hashCar.Keys)
            {
                row=dtTable.NewRow();
                row["ProdID"]=key.ToString();
                row["Num"]=hashCar[key].ToString();
                dtTable.Rows.Add(row);
            }
```

```
            //计算价格
            DataTable dstable;
            int i=1;
            float price1;                                               //商品单价
            float price2;                                               //商品单价
            int count=0;                                                //商品数量
            float totalPrice1=0;                                        //商品总价格
            float totalPrice2=0;                                        //商品总价格
            float totalSavePrice=0;                                     //商品总价格
            double saveScore=0;
            foreach(DataRow drRow in dtTable.Rows)
            {
                strSql="select ProdName,MarketPrice,CurrentPrice,MemberPrice
                from tb_ProdInfo where ProdID="+drRow["ProdID"].ToString();
                dstable=dbObj.GetDataSetStr(strSql,"tbPI");
                drRow["No"]=i;                                          //序号
                drRow["ProdName"]=dstable.Rows[0][0].ToString();//商品名称
                //商品市场价
                drRow["MarketPrice"]=(dstable.Rows[0][1].ToString());
                price1=float.Parse(dstable.Rows[0][1].ToString());
                //商品优惠价
                drRow["CurrentPrice"]=(dstable.Rows[0][2].ToString());
                price2=float.Parse(dstable.Rows[0][2].ToString());
                //商品会员价
                drRow["MemberPrice"]=(dstable.Rows[0][3].ToString());
                count=Int32.Parse(drRow["Num"].ToString());         //商品数量
                drRow["totalPrice"]=price2*count;                    //总价
                totalPrice1+=price1*count;                           //计算合价
                totalPrice2+=price2*count;                           //计算合价
                drRow["ProdScore"]=count;                            //商品积分
                saveScore+=count;
                i++;
            }
            totalSavePrice=totalPrice1-totalPrice2;
            //显示所有商品的价格
            this.labTotalPrice.Text=totalPrice2.ToString();
            this.labSave.Text=totalSavePrice.ToString();
            this.labScore.Text=saveScore.ToString();
            //绑定 GridView 控件
            this.gvShopCart.DataSource=dtTable.DefaultView;
            this.gvShopCart.DataBind();
        }
    }
}
//单击"修改订单"按钮转到购物车管理页面进行修改
protected void btnmodify_Click(object sender,EventArgs e)
{
    Response.Redirect("ShopCart.aspx");
}
```

```
    //单击商品名称时转到商品详细显示页面
    protected void lnkbtnProdInfo_Command(object sender,CommandEventArgs e)
    {
        Response.Redirect("ProdInfo.aspx?id="+e.CommandArgument.ToString());
    }
}
```

6.2 订单模块简介

购物订单作为电子商务用户订购商品的最终载体，是电子商务流程中最重要的数据。而订单的生成和查看模块也是电子商务中最重要的模块。本节详细讲解生成订单的制作过程和显示订单的制作过程，以及查看用户历史订单的详细内容的制作过程，包括查看历史订单列表和每一笔订单的详细内容。

6.2.1 用户送货信息

用户送货信息页面中首行绑定登录用户的详细信息，也就是订单中需要的各项信息，例如真实姓名、城市、联系方式、详细地址，如果用户在注册时已经填写完整，那么在此就可以省去一些麻烦，如果用户没有填写完整，就需要在此详细填写，这是用户收货的真实信息。

如果用户确实要购买商品，就必须将自己的真实信息填写在此，以免送货时找不到用户。

6.2.2 生成用户订单并且确认订单信息

单击“提交订单”按钮之后将购物车中的商品信息和用户填写的送货信息一起生成订单，此时将提交的信息插入到两个表中，一个表存储的是用户购买的商品列表，另一个表存储的是订单的详细信息，生成订单后转到订单详细信息显示页面。在此页面中用户核对自己的订单信息，如果确认无误就可以选择付款方式，如果有错误则将返到订单管理界面取消和删除订单，当然一般的电子商务都是不允许用户自己删除订单的，必须是管理员才有权限，这里我们只讲解这种方法，不管是管理员还是用户，方法都是一样的。

6.2.3 用户历史订单的显示和管理

用户历史订单的显示和管理主要实现用户历史订单的列表显示和每笔订单的详细内容，并且用户可以对自己的历史订单进行管理。

6.2.4 任务二十四 订单模块的实现

1. 用户送货信息页面的制作过程

在本项目中，把用户送货信息页面与购物车信息确认页面制作在一个页面中，我们在任务二十三中讲解了页面上半部分的制作，下面开始下半部分也就是用户送货信息填写部分的制作。此页面比较简单，其实就是先绑定数据库中的用户信息，然后在页面中显示出来，如果信息不完整，用户可对其信息进行修改。图 6-3 是默认选择“本人购物”单选按钮的显示界面，图 6-4 是选择“为他人购物”单选按钮的显示界面。

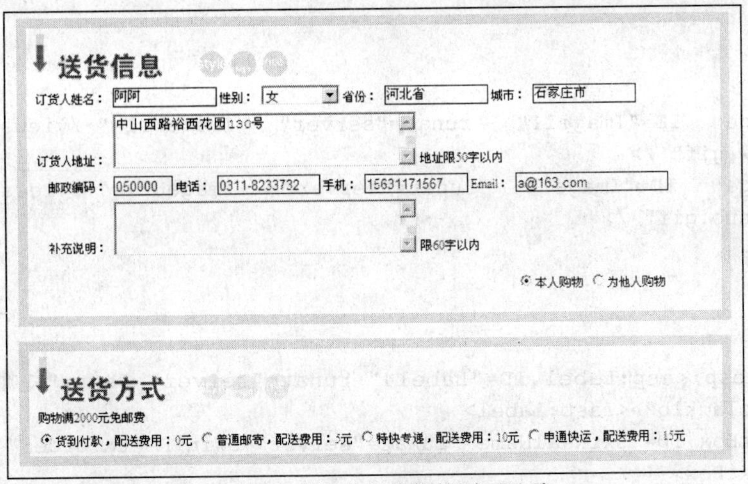

图 6-3　选择本人购物的页面显示

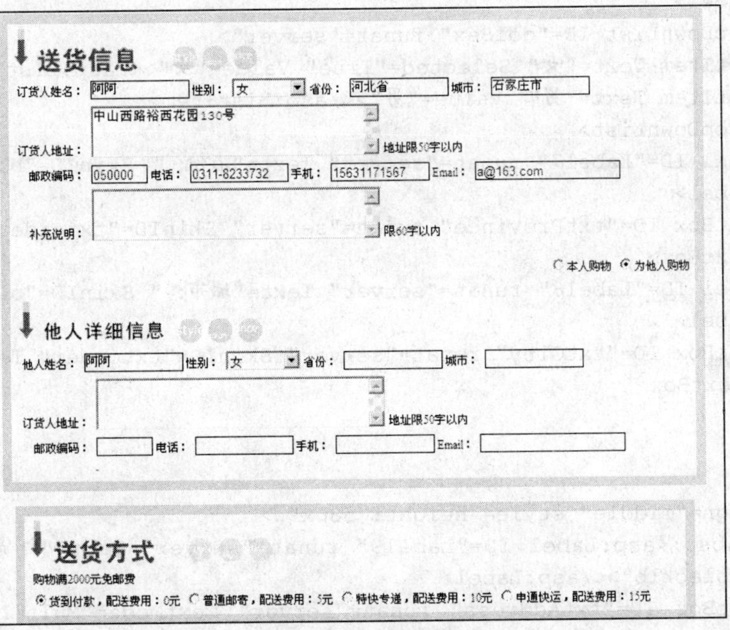

图 6-4　选择为他人购物的页面显示

（1）设计步骤

打开 Check_out.aspx 页面，在下部分创建表格布局如图 6-3 和图 6-4 所示的界面，具体的控件及控件的设置请参考下面的代码。界面布局可以选择自己喜欢的方式，但是具体的控件要注意名称和属性设置，因为这在业务逻辑层中是要对应的。

（2）实现代码

① 用户表示层 CheckOut.aspx 中的代码如下：

```
<table cellpadding="0" cellspacing="10px" style="width: 720px; background-color:
#D1D2D3;">
<tr>
<td style="background-color: White;" align="left">
```

```
<table>
<tr>
<td>
<asp:Image  ID="Image11"  runat="server"  ImageUrl="~/views/images/buy_
car_arrow.gif" />
<asp:Image  ID="Image7"  runat="server"  ImageUrl="~/views/images/buy_
car_songhuo.gif" />
</td>
</tr>
<tr>
<td>
  <asp:Label ID="Label4" runat="server" Text="订货人姓名: "
SkinID="blacklb"></asp:Label>
<asp:TextBox ID="txtRealName" runat="server" SkinID="txtorder" Text="">
</asp:TextBox>
<asp:Label ID="Label6" runat="server" Text="性别: " SkinID="blacklb">
</asp:Label>
<asp:DropDownList ID="ddlSex" runat="server">
<asp:ListItem Text="女" Selected="True" Value="女"></asp:ListItem>
<asp:ListItem Text="男"  Value="男"></asp:ListItem>
</asp:DropDownList>
<asp:Label ID="Label7" runat="server" Text="省份: " SkinID="blacklb">
</asp:Label>
<asp:TextBox ID="txtProvince" runat="server" SkinID="txtorder" Text="">
</asp:TextBox>
<asp:Label ID="Label8" runat="server" Text="城市: " SkinID="blacklb">
</asp:Label>
<asp:TextBox ID="txtCity" runat="server" SkinID="txtorder" Text="">
 </asp:TextBox>
</td>
</tr>
<tr>
<td valign="middle" style="height: 58px" >
  <asp:Label ID="Label9" runat="server" Text="订货人地址: "
SkinID="blacklb"></asp:Label>
<asp:TextBox ID="txtAddress" runat="server" TextMode="MultiLine" Rows="3"
Width="300px" Text=""></asp:TextBox>
<asp:Label ID="Label12" runat="server" Text="地址限50字以内" SkinID="blacklb">
</asp:Label>
</td>
</tr>
<tr>
<td>
     <asp:Label ID="Label10" runat="server"
Text="邮政编码: " SkinID="blacklb"></asp:Label>
<asp:TextBox ID="txtPostCode" runat="server" SkinID="txt" Text="">
</asp:TextBox>
<asp:Label ID="Label11" runat="server" Text="电话: " SkinID="blacklb">
</asp:Label>
```

```
<asp:TextBox ID="txtPhone" runat="server" SkinID="txtorder" Text="">
</asp:TextBox>
<asp:Label ID="Label13" runat="server" Text="手机: " SkinID="blacklb">
</asp:Label>
<asp:TextBox ID="txtMobilePhone" runat="server" SkinID="txtorder" Text="">
</asp:TextBox>
<asp:Label ID="Label14" runat="server" Text="Email: " SkinID="blacklb">
</asp:Label>
<asp:TextBox ID="txtEmail" runat="server" SkinID="txtd" Text="">
 </asp:TextBox>
</td>
</tr>
<tr>
<td >
      <asp:Label ID="Label16" runat="server"
SkinID="blacklb" Text="补充说明: "></asp:Label>
<asp:TextBox ID="txtmemo" runat="server" Rows="3" TextMode="MultiLine"
Width="300px" Text =""></asp:TextBox>
<asp:Label ID="Label17" runat="server" SkinID="blacklb" Text="限60字以内">
</asp:Label>
</td>
</tr>
<tr>
<td style="height: 47px" align="right">
<asp:RadioButtonList ID="rblSelectReceiver" runat="server" AutoPostBack ="true"
RepeatDirection="Horizontal" OnSelectedIndexChanged="rblSelectReceiver_
SelectedIndexChanged">
<asp:ListItem Value="0" Text="本人购物" Selected="True"/>
<asp:ListItem Value="1" Text="为他人购物" />
</asp:RadioButtonList>
</td>
</tr>
<tr>
<td>
<asp:Panel ID="objSelectReceiver" runat="server" Width="720px" Visible=
"false">
<table>
<tr>
<td>
<asp:Image ID="Image12" runat="server" ImageUrl="~/views/images/buy_car_arrow.gif"/>
<asp:Image ID="Image10" runat="server" ImageUrl="~/views/images/buy_car_songhuo1.gif"/>
</td>
</tr>
<tr>
<td>
  <asp:Label ID="Label18" runat="server" Text="他人姓名: "
SkinID="blacklb"></asp:Label>
```

```
<asp:TextBox ID="txtOtherName" runat="server" SkinID="txtorder" Text="">
</asp:TextBox>
<asp:Label ID="Label19" runat="server" Text="性别: " SkinID="blacklb">
</asp:Label>
<asp:DropDownList ID="ddlOtherSex" runat="server">
<asp:ListItem Text="女" Selected="True" Value="女"></asp:ListItem>
<asp:ListItem Text="男" Value="男"></asp:ListItem>
</asp:DropDownList>
<asp:Label ID="Label20" runat="server" Text="省份: " SkinID="blacklb">
</asp:Label>
<asp:TextBox ID="txtOtherProvince" runat="server" SkinID="txtorder" Text="">
</asp:TextBox>
<asp:Label ID="Label21" runat="server" Text="城市: " SkinID="blacklb">
</asp:Label>
<asp:TextBox ID="txtOtherCity" runat="server" SkinID="txtorder" Text="">
</asp:TextBox>
</td>
</tr>
<tr>
<td valign="middle" style="height: 58px">
  <asp:Label ID="Label22" runat="server" Text="订货人地址: "
SkinID="blacklb"></asp:Label>
<asp:TextBox ID="txtOtherAddress" runat="server" TextMode="MultiLine" Rows="3"
Width="300px" Text=""></asp:TextBox>
<asp:Label ID="Label23" runat="server" Text="地址限50字以内" SkinID="blacklb">
</asp:Label>
</td>
</tr>
<tr>
<td>
      <asp:Label ID="Label24" runat="server"
Text="邮政编码: "
SkinID="blacklb"></asp:Label>
<asp:TextBox ID="txtOtherPostCode" runat="server" SkinID="txt" Text="">
</asp:TextBox>
<asp:Label ID="Label25" runat="server" Text="电话: " SkinID="blacklb">
</asp:Label>
<asp:TextBox ID="txtOtherPhone" runat="server" SkinID="txtorder" Text="">
</asp:TextBox>
<asp:Label ID="Label26" runat="server" Text="手机: " SkinID="blacklb">
</asp:Label>
<asp:TextBox ID="txtOtherMobPhone" runat="server" SkinID="txtorder" Text="">
</asp:TextBox>
<asp:Label ID="Label27" runat="server" Text="Email: " SkinID="blacklb">
</asp:Label>
<asp:TextBox ID="txtOtherEmail" runat="server" SkinID="txtd" Text="">
</asp:TextBox>
</td>
</tr>
```

```
<tr>
<td>
        
</td>
</tr>
</table>
</asp:Panel>
</td>
</tr>
</table>
</td>
</tr>
</table>
<br />
<table cellpadding="0" cellspacing="10px" style="width: 720px; background-
color: #D1D2D3;">
<tr>
<td style="background-color: White;" align="left">
<table>
<tr>
<td>
<asp:Image  ID="Image13"  runat="server"  ImageUrl="~/views/images/buy_car_
arrow.gif" />
<asp:Image  ID="Image8"  runat="server"  ImageUrl="~/views/images/buy_car_
shfs.gif" />
<asp:Image  ID="Image9"  runat="server"  ImageUrl="~/views/images/buy_car_
shfs1.gif" />
</td>
</tr>
<tr>
<td style="background-color: White;" align="left">
  <asp:Label ID="Label15" runat="server" Text="购物满 2000 元免邮费"
SkinID="blacklb"></asp:Label>
<asp:RadioButtonList ID="rblSendType" runat="server" RepeatDirection=
"Horizontal">
<asp:ListItem Value="0" Text="货到付款，配送费用: 0 元" Selected="True" />
<asp:ListItem Value="5" Text="普通邮寄，配送费用: 5 元" />
<asp:ListItem Value="10" Text="特快专递，配送费用: 10 元" />
<asp:ListItem Value="15" Text="申通快运，配送费用: 15 元" />
</asp:RadioButtonList>
</td>
</tr>
</table>
</td>
</tr>
</table>
<br />
<br />
<asp:ImageButton ID="btnSaveOrder" runat="server" ImageUrl="~/views/images/
btncar_submit.gif"
OnClick="btnSaveOrder_Click" />
```

② 相应的存储过程代码如下：

```
//更新用户的积分
alter  proc [dbo].[Proc_UpdateUserScore]
(
    @TotalMoney decimal(18,2),
    @UserName Nvarchar(12)
)
as
update tb_User set TotalMoney=TotalMoney+@TotalMoney,JiFenSum=(TotalMoney+
@TotalMoney)*JiFen where UserName=@UserName
//存储购物车中的每一件商品
ALTER PROCEDURE [dbo].[proc_SaveOrder]
(
    @OrderID nchar(20),
    @ProdID nchar(10),
    @UserName nvarchar(12),
    @RealName nvarchar(16),
    @Num int,
    @BuyPrice decimal(18,2),
    @TotalPrice decimal(18,2),
    @SendType nvarchar(50),
    @SendMoney decimal(18,2),
    @JiFenNum decimal(18,2),
    @Memo ntext
)
as
begin
    insert tb_Order(OrderID,ProdID,UserName,RealName,Num,BuyPrice,TotalPrice,
    SendType,SendMoney,JiFenNum,Memo)values(@OrderID,@ProdID,@UserName,@RealName,
    @Num,@BuyPrice,@TotalPrice,@SendType,@SendMoney,@JiFenNum,@Memo)
end
//自己购物时生成的订单
alter procedure [dbo].[proc_AddOrderInfo1]
(
    @OrderID varchar(20),
    @UserName nvarchar(12),
    @ProdTotalPrice decimal(18,2),
    @SendPrice decimal(18,2),
    @SendType nvarchar(50),
    @OrderTotalPrice decimal(18,2),
    @SaveTotalMoney decimal(18,2),
    @GetTotalScore decimal(18,2),
    @ReceiverName nvarchar(50),
    @ReceiverPhone varchar(15),
    @ReceiverMobPhone varchar(15),
    @ReceiverPostCode varchar(15),
```

```
    @ReceiverAddress nvarchar(100),
    @ReceiverEmail nvarchar(50)
)
as
if Exists(select * from tb_OrderInfo where OrderID=@OrderID)
    return -100
else
    begin
        insert tb_OrderInfo
        (
            OrderID,
            UserName,
            ProdTotalPrice,
            SendPrice,
            SendType,
            OrderTotalPrice,
            SaveTotalMoney,
            GetTotalScore,
            ReceiverName,
            ReceiverPhone,
            ReceiverMobPhone,
            ReceiverPostCode,
            ReceiverAddress,
            ReceiverEmail
        )
        values
        (
            @OrderID,
            @UserName,
            @ProdTotalPrice,
            @SendPrice,
            @SendType,
            @OrderTotalPrice,
            @SaveTotalMoney,
            @GetTotalScore,
            @ReceiverName,
            @ReceiverPhone,
            @ReceiverMobPhone,
            @ReceiverPostCode,
            @ReceiverAddress,
            @ReceiverEmail
        )
        return 100
    end
//为他人购物时生成订单
ALTER PROCEDURE [dbo].[proc_AddOrderInfo2]
(
    @OrderID varchar(20),
    @UserName nvarchar(12),
    @ProdTotalPrice decimal(18,2),
```

```
    @SendPrice decimal(18,2),
    @SendType nvarchar(50),
    @OrderTotalPrice decimal(18, 2),
    @SaveTotalMoney decimal(18, 2),
    @GetTotalScore decimal(18, 2),
    @ReceiverName nvarchar(50),
    @OtherName nvarchar(50),
    @ReceiverPhone varchar(15),
    @OtherPhone varchar(15),
    @ReceiverMobPhone varchar(15),
    @OtherMobPhone varchar(15),
    @ReceiverPostCode varchar(15),
    @OtherPostCode varchar(15),
    @ReceiverAddress nvarchar(100),
    @OtherAddress nvarchar(100),
    @ReceiverEmail nvarchar(50),
    @OtherEmail nvarchar(50)
)
as
if Exists(select * from tb_OrderInfo where OrderID=@OrderID)
    return -100
else
    begin
        insert tb_OrderInfo
        (
            OrderID,
            UserName,
            ProdTotalPrice,
            SendPrice,
            SendType,
            OrderTotalPrice,
            SaveTotalMoney,
            GetTotalScore,
            ReceiverName,
            OtherName,
            ReceiverPhone,
            OtherPhone,
            ReceiverMobPhone,
            OtherMobPhone,
            ReceiverPostCode,
            OtherPostCode,
            ReceiverAddress,
            OtherAddress,
            ReceiverEmail,
            OtherEmail
        )
        values
        (
            @OrderID,
            @UserName,
            @ProdTotalPrice,
```

```
        @SendPrice,
        @SendType,
        @OrderTotalPrice,
        @SaveTotalMoney,
        @GetTotalScore,
        @ReceiverName,
        @OtherName,
        @ReceiverPhone,
        @OtherPhone,
        @ReceiverMobPhone,
        @OtherMobPhone,
        @ReceiverPostCode,
        @OtherPostCode,
        @ReceiverAddress,
        @OtherAddress,
        @ReceiverEmail,
        @OtherEmail
    )
    return 100
end
```

③ 数据访问层 OrderClass.cs 中对应的代码如下：

```
//更新用户积分
public void UpdateUserScore(decimal TotalMoney,string UserName)
{
    SqlCommand myCmd=dbObj.GetCommandProc("Proc_UpdateUserScore");
    //添加用户购物总价格
    SqlParameter totalmoney=new SqlParameter("@TotalMoney",SqlDbType.
    Decimal,20);                                    //定义参数的名称、数据类型、大小
    totalmoney.Value=TotalMoney;                    //定义参数的数据来源
    myCmd.Parameters.Add(totalmoney);               //将参数添加给存储过程
    //添加用户名
    //定义参数的名称、数据类型、大小
    SqlParameter username=new SqlParameter("@UserName",SqlDbType.NVarChar,12);
    username.Value=UserName;                        //定义参数的数据来源
    myCmd.Parameters.Add(username);                 //将参数添加给存储过程
    dbObj.ExecNonQuery(myCmd);
}
//存储购物车中的每一件商品
public void SaveOrder(String OrderID,string ProdID,string UserName,string
RealName,int IntNum,Decimal BuyPrice,Decimal TotalPrice,string SendType,
Decimal SendMoney,Decimal JiFenNum,string Memo)
{
    SqlCommand myCmd=dbObj.GetCommandProc("proc_SaveOrder");//添加订单号
    //定义参数的名称、数据类型、大小
    SqlParameter orderid=new SqlParameter("@OrderID",SqlDbType.NChar,20);
    orderid.Value=OrderID;                          //定义参数的数据来源
    myCmd.Parameters.Add(orderid);                  //将参数添加给存储过程
```

```
    //添加商品ID号
    SqlParameter prodid=new SqlParameter("@ProdID",SqlDbType.NChar,10);
                                            //定义参数的名称、数据类型、大小
    prodid.Value=ProdID;                    //定义参数的数据来源
    myCmd.Parameters.Add(prodid);           //将参数添加给存储过程
    //添加会员ID号
    SqlParameter username=new SqlParameter("@UserName",SqlDbType.NVarChar,12);
                                            //定义参数的名称、数据类型、大小
    username.Value=UserName;                //定义参数的数据来源
    myCmd.Parameters.Add(username);         //将参数添加给存储过程
    //添加购物人姓名
    SqlParameter realname=new SqlParameter("@RealName",SqlDbType.NChar,16);
                                            //定义参数的名称、数据类型、大小
    realname.Value=RealName;                //定义参数的数据来源
    myCmd.Parameters.Add(realname);         //将参数添加给存储过程
    //添加商品数量
    SqlParameter num=new SqlParameter("@Num",SqlDbType.Int,4);
                                            //定义参数的名称、数据类型、大小
    num.Value=IntNum;                       //定义参数的数据来源
    myCmd.Parameters.Add(num);              //将参数添加给存储过程
    //添加购物价格
    SqlParameter buyprice=new SqlParameter("@BuyPrice",SqlDbType.Decimal,20);
                                            //定义参数的名称、数据类型、大小
    buyprice.Value=BuyPrice;                //定义参数的数据来源
    myCmd.Parameters.Add(buyprice);         //将参数添加给存储过程
    //添加商品总价
    SqlParameter totalprice=new SqlParameter("@TotalPrice",SqlDbType.Decimal,20);
                                            //定义参数的名称、数据类型、大小
    totalprice.Value=TotalPrice;            //定义参数的数据来源
    myCmd.Parameters.Add(totalprice);       //将参数添加给存储过程
    //添加邮购方式
    SqlParameter sendtype=new SqlParameter("@SendType",SqlDbType.NVarChar, 50);
                                            //定义参数的名称、数据类型、大小
    sendtype.Value=SendType;                //定义参数的数据来源
    myCmd.Parameters.Add(sendtype);         //将参数添加给存储过程
    //添加邮购价格
    SqlParameter sendmoney=new SqlParameter("@SendMoney",SqlDbType.Decimal,20);
                                            //定义参数的名称、数据类型、大小
    sendmoney.Value=SendMoney;              //定义参数的数据来源
    myCmd.Parameters.Add(sendmoney);        //将参数添加给存储过程
    //添加商品积分
    SqlParameter jifennum=new SqlParameter("@JiFenNum",SqlDbType.Decimal,20);
                                            //定义参数的名称、数据类型、大小
    jifennum.Value=JiFenNum;                //定义参数的数据来源
    myCmd.Parameters.Add(jifennum);         //将参数添加给存储过程
    //添加备注
    SqlParameter memo=new SqlParameter("@Memo",SqlDbType.NText);
                                            //定义参数的名称、数据类型、大小
    memo.Value=Memo;                        //定义参数的数据来源
    myCmd.Parameters.Add(memo);             //将参数添加给存储过程
    dbObj.ExecNonQuery(myCmd);
}
```

```
//自己购物时生成订单
public int AddOrderInfo1(string OrderID,string UserName,decimal ProdTotalPrice,
decimal SendPrice,string SendType,decimal OrderTotalPrice,
decimal SaveTotalMoney,decimal GetTotalScore,
string ReceiverName,string ReceiverPhone,string ReceiverMobPhone,
string ReceiverPostCode,string ReceiverAddress,string ReceiverEmail)
{
    SqlCommand myCmd=dbObj.GetCommandProc("proc_AddOrderInfo1");
    //添加商品订单号
    SqlParameter orderid=new SqlParameter("@OrderID",SqlDbType.VarChar,20);
                                            //定义参数的名称、数据类型、大小
    orderid.Value=OrderID;                  //定义参数的数据来源
    myCmd.Parameters.Add(orderid);          //将参数添加给存储过程
    //添加用户名
    SqlParameter username=new SqlParameter("@UserName",SqlDbType.NVarChar,12);
                                            //定义参数的名称、数据类型、大小
    username.Value=UserName;                //定义参数的数据来源
    myCmd.Parameters.Add(username);         //将参数添加给存储过程
    //添加订单中商品的总价格
    SqlParameter prodtotalprice=new SqlParameter("@ProdTotalPrice",SqlDbType.
    Decimal,20);                            //定义参数的名称、数据类型、大小
    prodtotalprice.Value=ProdTotalPrice;    //定义参数的数据来源
    myCmd.Parameters.Add(prodtotalprice);   //将参数添加给存储过程
    //添加订单邮寄价格
    SqlParameter sendprice=new SqlParameter("@SendPrice",SqlDbType.Decimal,20);
                                            //定义参数的名称、数据类型、大小
    sendprice.Value=SendPrice;              //定义参数的数据来源
    myCmd.Parameters.Add(sendprice);        //将参数添加给存储过程
    //添加订单邮寄方式
    SqlParameter sendtype=new SqlParameter("@SendType",SqlDbType.NVarChar,50);
                                            //定义参数的名称、数据类型、大小
    sendtype.Value=SendType;                //定义参数的数据来源
    myCmd.Parameters.Add(sendtype);         //将参数添加给存储过程
    //添加订单的总价格
    SqlParameter ordertotalprice=new SqlParameter("@OrderTotalPrice",SqlDbType.
    Decimal,20);                            //定义参数的名称、数据类型、大小
    ordertotalprice.Value=OrderTotalPrice;  //定义参数的数据来源
    myCmd.Parameters.Add(ordertotalprice);  //将参数添加给存储过程
    //添加节省的钱数
    SqlParameter savetotalprice=new SqlParameter("@SaveTotalMoney",SqlDbType.
    Decimal,20);                            //定义参数的名称、数据类型、大小
    savetotalprice.Value=SaveTotalMoney;    //定义参数的数据来源
    myCmd.Parameters.Add(savetotalprice);   //将参数添加给存储过程
    //添加获得积分
    SqlParameter gettotalscore=new SqlParameter("@GetTotalScore",SqlDbType.
    Decimal,20);                            //定义参数的名称、数据类型、大小
    gettotalscore.Value=GetTotalScore;      //定义参数的数据来源
    myCmd.Parameters.Add(gettotalscore);    //将参数添加给存储过程
```

```
    //添加第一收货人真实姓名
    SqlParameter receivername=new SqlParameter("@ReceiverName",SqlDbType.
    VarChar,50);                                  //定义参数的名称、数据类型、大小
    receivername.Value=ReceiverName;              //定义参数的数据来源
    myCmd.Parameters.Add(receivername);           //将参数添加给存储过程
    //添加第一收货人固定电话
    SqlParameter receiverphone=new SqlParameter("@ReceiverPhone",SqlDbType.
    VarChar,15);                                  //定义参数的名称、数据类型、大小
    receiverphone.Value=ReceiverPhone;            //定义参数的数据来源
    myCmd.Parameters.Add(receiverphone);          //将参数添加给存储过程
    //添加第一收货人移动电话
    SqlParameter receivermobphone=new SqlParameter("@ReceiverMobPhone",SqlDbType.
    VarChar,15);                                  //定义参数的名称、数据类型、大小
    receivermobphone.Value=ReceiverMobPhone;//定义参数的数据来源
    myCmd.Parameters.Add(receivermobphone); //将参数添加给存储过程
    //添加第一收货人邮政编码
    SqlParameter receiverpostcode=new SqlParameter("@ReceiverPostCode",SqlDbType.
    VarChar,15);                                  //定义参数的名称、数据类型、大小
    receiverpostcode.Value=ReceiverPostCode;//定义参数的数据来源
    myCmd.Parameters.Add(receiverpostcode); //将参数添加给存储过程
    //添加第一收货人地址
    SqlParameter receiveraddress=new SqlParameter("@ReceiverAddress",SqlDbType.
    NVarChar,100);                                //定义参数的名称、数据类型、大小
    receiveraddress.Value=ReceiverAddress;        //定义参数的数据来源
    myCmd.Parameters.Add(receiveraddress);        //将参数添加给存储过程
    //添加第一收货人 Email
    SqlParameter receiveremail=new SqlParameter("@ReceiverEmail",SqlDbType.
    NVarChar,50);                                 //定义参数的名称、数据类型、大小
    receiveremail.Value=ReceiverEmail;            //定义参数的数据来源
    myCmd.Parameters.Add(receiveremail);          //将参数添加给存储过程
    //定义该参数为返回值
    SqlParameter ReturnValue=myCmd.Parameters.Add("ReturnValue",SqlDbType.
    Int,4);
    ReturnValue.Direction=ParameterDirection.ReturnValue;
    dbObj.ExecNonQuery(myCmd);
    return Convert.ToInt32(ReturnValue.Value.ToString());
}
//为他人购物物时生成订单
public int AddOrderInfo2(string OrderID,string UserName,decimal ProdTotalPrice,
decimal SendPrice,string SendType,decimal OrderTotalPrice,decimal SaveTotalMoney,
decimal GetTotalScore,string ReceiverName,string OtherName,string ReceiverPhone,
string OtherPhone,string ReceiverMobPhone,string OtherMobPhone,string
ReceiverPostCode,string OtherPostCode,string ReceiverAddress,string
OtherAddress,string ReceiverEmail,string OtherEmail)
{
    SqlCommand myCmd=dbObj.GetCommandProc("proc_AddOrderInfo2");
```

```
//添加商品订单号
SqlParameter orderid=new SqlParameter("@OrderID",SqlDbType.VarChar,20);
                                                //定义参数的名称、数据类型、大小
orderid.Value=OrderID;                          //定义参数的数据来源
myCmd.Parameters.Add(orderid);                  //将参数添加存储过程
//添加用户名
SqlParameter username=new SqlParameter("@UserName",SqlDbType.NVarChar,12);
                                                //定义参数的名称、数据类型、大小
username.Value=UserName;                        //定义参数的数据来源
myCmd.Parameters.Add(username);                 //将参数添加给存储过程
//添加订单中商品的总价格
SqlParameter prodtotalprice=new SqlParameter("@ProdTotalPrice",SqlDbType.
Decimal,20);                                    //定义参数的名称、数据类型、大小
prodtotalprice.Value=ProdTotalPrice;            //定义参数的数据来源
myCmd.Parameters.Add(prodtotalprice);           //将参数添加给存储过程
//添加订单邮寄价格
SqlParameter sendprice=new SqlParameter("@SendPrice",SqlDbType.Decimal,20);
                                                //定义参数的名称、数据类型、大小
sendprice.Value=SendPrice;                      //定义参数的数据来源
myCmd.Parameters.Add(sendprice);                //将参数添加给存储过程
//添加订单邮寄方式
SqlParameter sendtype=new SqlParameter("@SendType",SqlDbType.NVarChar,50);
                                                //定义参数的名称、数据类型、大小
sendtype.Value=SendType;                        //定义参数的数据来源
myCmd.Parameters.Add(sendtype);                 //将参数添加给存储过程
//添加订单的总价格
SqlParameter ordertotalprice=new SqlParameter("@OrderTotalPrice",SqlDbType.
Decimal,20);                                    //定义参数的名称、数据类型、大小
ordertotalprice.Value=OrderTotalPrice;          //定义参数的数据来源
myCmd.Parameters.Add(ordertotalprice);          //将参数添加给存储过程
//添加节省的钱数
SqlParameter savetotalprice=new SqlParameter("@SaveTotalMoney",SqlDbType.
Decimal,20);                                    //定义参数的名称、数据类型、大小
savetotalprice.Value=SaveTotalMoney;            //定义参数的数据来源
myCmd.Parameters.Add(savetotalprice);           //将参数添加给存储过程
//添加获得积分
SqlParameter gettotalscore=new SqlParameter("@GetTotalScore",SqlDbType.
Decimal,20);                                    //定义参数的名称、数据类型、大小
gettotalscore.Value=GetTotalScore;              //定义参数的数据来源
myCmd.Parameters.Add(gettotalscore);            //将参数添加给存储过程
//添加第一收货人真实姓名
SqlParameter receivername=new SqlParameter("@ReceiverName",SqlDbType.
NVarChar,50);                                   //定义参数的名称、数据类型、大小
receivername.Value=ReceiverName;                //定义参数的数据来源
myCmd.Parameters.Add(receivername);             //将参数添加给存储过程
//添加第二收货人真实姓名
SqlParameter othername=new SqlParameter("@OtherName",SqlDbType.NVarChar,50);
                                                //定义参数的名称、数据类型、大小
othername.Value=OtherName;                      //定义参数的数据来源
myCmd.Parameters.Add(othername);                //将参数添加给存储过程
```

```
//添加第一收货人固定电话
SqlParameter receiverphone=new SqlParameter("@ReceiverPhone",SqlDbType.
VarChar,15);                                    //定义参数的名称、数据类型、大小
receiverphone.Value=ReceiverPhone;              //定义参数的数据来源
myCmd.Parameters.Add(receiverphone);            //将参数添加给存储过程
//添加第一收货人移动电话
SqlParameter receivermobphone=new SqlParameter("@ReceiverMobPhone",SqlDbType.
VarChar,15);                                    //定义参数的名称、数据类型、大小
receivermobphone.Value=ReceiverMobPhone;//定义参数的数据来源
myCmd.Parameters.Add(receivermobphone); //将参数添加给存储过程
//添加第二收货人固定电话
SqlParameter otherphone=new SqlParameter("@OtherPhone",SqlDbType.VarChar,15);
                                                //定义参数的名称、数据类型、大小
otherphone.Value=OtherPhone;                    //定义参数的数据来源
myCmd.Parameters.Add(otherphone);               //将参数添加给存储过程
//添加第二收货人移动电话
SqlParameter othermobphone=new SqlParameter("@OtherMobPhone",SqlDbType.
VarChar,15);                                    //定义参数的名称、数据类型、大小
othermobphone.Value=OtherMobPhone;              //定义参数的数据来源
myCmd.Parameters.Add(othermobphone);            //将参数添加给存储过程
//添加第一收货人邮政编码
SqlParameter receiverpostcode=new SqlParameter("@ReceiverPostCode",SqlDbType.
VarChar,15);                                    //定义参数的名称、数据类型、大小
receiverpostcode.Value=ReceiverPostCode;//定义参数的数据来源
myCmd.Parameters.Add(receiverpostcode); //将参数添加给存储过程
//添加第二收货人邮政编码
SqlParameter otherpostcode=new SqlParameter("@OtherPostCode",SqlDbType.
VarChar,15);                                    //定义参数的名称、数据类型、大小
otherpostcode.Value=OtherPostCode;              //定义参数的数据来源
myCmd.Parameters.Add(otherpostcode);            //将参数添加给存储过程
//添加第一收货人地址
SqlParameter receiveraddress=new SqlParameter("@ReceiverAddress",SqlDbType.
NVarChar,100);                                  //定义参数的名称、数据类型、大小
receiveraddress.Value=ReceiverAddress;          //定义参数的数据来源
myCmd.Parameters.Add(receiveraddress);          //将参数添加给存储过程
//添加第二收货人地址
SqlParameter otheraddress=new SqlParameter("@OtherAddress",SqlDbType.
NVarChar,100);                                  //定义参数的名称、数据类型、大小
otheraddress.Value=OtherAddress;                //定义参数的数据来源
myCmd.Parameters.Add(otheraddress);             //将参数添加给存储过程
//添加第一收货人 Email
SqlParameter receiveremail=new SqlParameter("@ReceiverEmail",SqlDbType.
NVarChar,50);                                   //定义参数的名称、数据类型、大小
receiveremail.Value=ReceiverEmail;              //定义参数的数据来源
myCmd.Parameters.Add(receiveremail);            //将参数添加给存储过程
//添加第一收货人 Email
SqlParameter otheremail=new SqlParameter("@OtherEmail",SqlDbType.NVarChar,50);
                                                //定义参数的名称、数据类型、大小
otheremail.Value=OtherEmail;                    //定义参数的数据来源
myCmd.Parameters.Add(otheremail);               //将参数添加给存储过程
```

```
    //定义该参数为返回值
    SqlParameter ReturnValue=myCmd.Parameters.Add("ReturnValue",SqlDbType.
    Int,4);
    ReturnValue.Direction=ParameterDirection.ReturnValue;
    dbObj.ExecNonQuery(myCmd);
    return Convert.ToInt32(ReturnValue.Value.ToString());
}
```

④ 业务逻辑层 Paymentt.aspx.cs 中对应的代码如下：

```
//绑定用户订单中需要的信息
public void OrderBind()
{
    SqlConnection myConn=dbObj.GetConnection();
    myConn.Open();
    username=Session["UserName"].ToString();
    strSql="select * from tb_User where UserName='"+username+"'";
    SqlCommand cmd=new SqlCommand(strSql,myConn);
    SqlDataReader sdr=cmd.ExecuteReader();
    sdr.Read();
    string RealName=sdr["RealName"].ToString();
    this.txtRealName.Text=RealName;
    this.txtOtherName.Text=RealName;
    string Province=sdr["Province"].ToString();
    this.txtProvince.Text=Province;
    string City=sdr["City"].ToString();
    this.txtCity.Text=City;
    string Address=sdr["Address"].ToString();
    this.txtAddress.Text=Address;
    string PostCode=sdr["PostCode"].ToString();
    this.txtPostCode.Text=PostCode;
    string Phone=sdr["Phone"].ToString();
    this.txtPhone.Text=Phone;
    string MobilePhone=sdr["MobilePhone"].ToString();
    this.txtMobilePhone.Text=MobilePhone;
    string Email=sdr["Email"].ToString();
    this.txtEmail.Text=Email;
    myConn.Close();
}
//单击"提交订单"按钮时保存订单内容
protected void btnSaveOrder_Click(object sender,ImageClickEventArgs e)
{
    if(Page.IsValid)
    {
        if(Session["ShopCart"]!=null)
        {
            string ProdID;
            int IntNum;
            decimal BuyPrice;
            decimal JiFenNum;
```

```
string SendType="";
if(this.rblSendType.Text=="0")
{
    SendType="货到付款";
}
else if(this.rblSendType.Text=="5")
{
    SendType="普通邮寄";
}
else if(this.rblSendType.Text=="10")
{
    SendType="特快专递";
}
else if(this.rblSendType.Text=="15")
{
    SendType="申通快运";
}
DateTime now=System.DateTime.Now;
string mymonth=now.Month.ToString();
string myday=now.Day.ToString();
string myhour=now.Hour.ToString();
string myminute=now.Minute.ToString();
string mysecond=now.Second.ToString();
if(int.Parse(mymonth)<10)
{
    mymonth="0"+now.Month.ToString();
}
if(int.Parse(myday)<10)
{
    myday="0"+now.Day.ToString();
}
if(int.Parse(myhour)<10)
{
    myhour="0"+now.Hour.ToString();
}
if(int.Parse(myminute)<10)
{
    myminute="0"+now.Minute.ToString();
}
if(int.Parse(mysecond)<10)
{
    mysecond="0"+now.Second.ToString();
}
string OrderID=now.Year.ToString()+mymonth+myday+myhour+myminute+
mysecond;
string UserName=Session["UserName"].ToString();
decimal ProdTotalPrice=Convert.ToDecimal(this.labTotalPrice.Text);
```

```
string RealName=this.txtRealName.Text;
string OtherName=this.txtOtherName.Text;
decimal SendMoney=Convert.ToDecimal(this.rblSendType.Text);
decimal OrderTotalPrice=ProdTotalPrice+SendMoney;
decimal GetTotalScore=Convert.ToDecimal(this.labScore.Text);
decimal SaveTotalMoney=Convert.ToDecimal(this.labSave.Text);
string ReceiverPhone=this.txtPhone.Text;
string OtherPhone=this.txtOtherPhone.Text;
string ReceiverMobPhone=this.txtMobilePhone.Text;
string OtherMobPhone=this.txtOtherMobPhone.Text;
string ReceiverPostCode=this.txtPostCode.Text;
string OtherPostCode=this.txtOtherPostCode.Text;
string ReceiverAddress=this.txtProvince.Text+this.txtCity.Text+this.
txtAddress.Text;
string OtherAddress=this.txtOtherProvince.Text+this.txtOtherCity.
Text+this.txtOtherAddress.Text;
string ReceiverEmail=this.txtEmail.Text;
string OtherEmail=this.txtOtherEmail.Text;
string Memo=this.txtmemo.Text;
ocObj.UpdateUserScore(OrderTotalPrice,UserName);
//使用 for 语句，遍历更新购物车中的商品数量
for(int i=0;i<this.gvShopCart.Rows.Count;i++)
{
   ProdID=this.gvShopCart.Rows[i].Cells[1].Text;//得到该商品的 ID
   IntNum=int.Parse(this.gvShopCart.Rows[i].Cells[6].Text.ToString());
   BuyPrice=decimal.Parse(this.gvShopCart.Rows[i].Cells[7].Text.
   ToString());
   JiFenNum=decimal.Parse(this.gvShopCart.Rows[i].Cells[8].Text.
   ToString());
   Decimal TotalPrice=IntNum*BuyPrice;
   ocObj.UpdateProdScore(JiFenNum,ProdID);
   ocObj.SaveOrder(OrderID,ProdID,UserName,RealName,IntNum,BuyPrice,
   TotalPrice,SendType,SendMoney,JiFenNum,Memo);
}
if(this.rblSelectReceiver.Text=="0")
{
   int IntReturnValue=ocObj.AddOrderInfo1(OrderID,UserName,
   ProdTotalPrice,SendMoney,SendType,OrderTotalPrice,SaveTotalMoney,
   GetTotalScore,RealName,ReceiverPhone,ReceiverMobPhone,
   ReceiverPostCode,ReceiverAddress,ReceiverEmail);
   if(IntReturnValue==100)
   {
      Response.Write(ccObj.MessageBox("恭喜您，订单生成成功！",
      "preview_chinabank.aspx?id="+OrderID));
      Session["ShopCart"]=null;              //清空购物车
   }
   else
```

```
                {
                    this.Page.RegisterClientScriptBlock("clientScript",ccObj.
                    MessageBoxPage("请核查是不是已经提交了订单！"));
                }
            }
            else
            {
                int IntReturnValue=ocObj.AddOrderInfo2(OrderID,UserName,
                ProdTotalPrice,SendMoney,SendType,OrderTotalPrice,SaveTotalMoney,
                GetTotalScore,RealName,OtherName,ReceiverPhone,OtherPhone,
                ReceiverMobPhone,OtherMobPhone,ReceiverPostCode,OtherPostCode,
                ReceiverAddress,OtherAddress,ReceiverEmail,OtherEmail);
                if(IntReturnValue==100)
                {
                    Response.Write(ccObj.MessageBox("恭喜您，订单生成成功！",
                    "preview_chinabank.aspx?id="+OrderID));
                    Session["ShopCart"]=null;    //清空购物车
                }
                else
                {
                    this.Page.RegisterClientScriptBlock("clientScript",ccObj.
                    MessageBoxPage("请核查是不是已经提交了订单！"));
                }
            }
        }
        else
        {
            this.Page.RegisterClientScriptBlock("clientScript",ccObj.MessageBox
            ("购物车中没有商品了，您是不是已经提交订单了！","shopCart.aspx"));
        }
    }
}
//判断是自己购物还是为他人购物
protected void rblSelectReceiver_SelectedIndexChanged(object sender,
EventArgs e)
{
    if(this.rblSelectReceiver.Text=="0")
    {
        this.objSelectReceiver.Visible=false;
    }
    else
    {
        this.objSelectReceiver.Visible=true;
    }
}
```

2. 用户确认页面的制作过程

（1）设计步骤

订单确认页面 preview_chinabank.aspx 如图 6-5 所示。此页面的界面设计过程不再详述，它的功能就是将用户当前订单的详细信息显示给用户，以便用户在付款之前进一步确认订单的信息，用到的技术就是数据绑定，注意对应的绑定控件的 ID 名称。当用户订单信息无误后，选择支付方式付款（第 8 章将介绍网上在线支付功能的制作），当用户单击“在线支付”按钮时转到“选择在线支付方式”页面 PayWay.aspx（这个页面将在第 8 章制作）。但是当订单有错误时，此时用户不能再修改自己的订单，但可以返回用户管理中心取消和删除此订单。

图 6-5　订单确认界面

（2）实现代码

① 用户表示层 preview_chinabank.aspx 中的代码如下：

```
<asp:Content ID="Content1" ContentPlaceHolderID="ContentPlaceHolder2" runat=
"Server">
<table cellpadding="0" cellspacing="0" style="width: 720px">
<tr>
<td>
<asp:Image  ID="Image1"  runat="server"  ImageUrl="~/views/images/buy_car_
step1.gif" />
</td>
<td>
<asp:Image  ID="Image2"  runat="server"  ImageUrl="~/views/images/buy_car_
step2_2.gif" />
</td>
<td>
<asp:Image  ID="Image3"  runat="server"  ImageUrl="~/views/images/buy_car_
step3.gif" />
</td>
<td>
<asp:Image  ID="Image4"  runat="server"  ImageUrl="~/views/images/buy_car_
step4.gif" />
</td>
<td>
<asp:Image  ID="Image5"  runat="server"  ImageUrl="~/views/images/buy_car_
step5_1.gif" />
```

```
</td>
</tr>
</table>
<table cellpadding="0" cellspacing="0" style="width: 720px">
<tr>
<td align="left">
<asp:Image  ID="Image6"  runat="server"  ImageUrl="~/views/images/buy_car_
thank.gif" />
</td>
</tr>
</table>
<table cellpadding="0" cellspacing="10" style="width: 600px; background-color:
#D1D2D3;">
<tr>
<td style="background-color: White;">
<table cellpadding="0" cellspacing="1" style="width: 600px; background-color:
#D1D2D3;">
<tr>
<td style="background-color: White; width: 130px; height: 30px;" align="center">
<asp:Label ID="Label1" runat="server" Text="您的订单编号为: " SkinID="blacklb">
</asp:Label>
</td>
<td style="background-color: White;width: 470px;" align="left">
      <asp:Label  ID="lbOrderID"  runat="server"
SkinID="blacklb"></asp:Label>
</td>
</tr>
<tr>
<td style="background-color: White;width: 130px;height: 30px;" align=
"center">
<asp:Label ID="Label3" runat="server" Text="您提交订单时间: " SkinID="blacklb">
</asp:Label>
</td>
<td style="background-color: White; width: 470px; height: 30px;" align="left">
      <asp:Label ID="lbOrderDate" runat= "server"
SkinID="blacklb"></asp:Label>
</td>
</tr>
<tr>
<td style="background-color: White;width: 130px;height: 90px;" align=
"center">
<asp:Label ID="Label5" runat="server" Text="订货人信息: " SkinID="blacklb">
</asp:Label>
</td>
<td style="background-color: White;width: 470px;" align="left">
      <asp:Label  ID="Label6"  runat="server"
Text="姓名: " SkinID="blacklb"></asp:Label>
```

```
<asp:Label ID="lbName" runat="server" SkinID="blacklb"></asp:Label><br />
<br />
      <asp:Label ID="Label11" runat="server"
SkinID="blacklb"
Text="地址: "></asp:Label>
<asp:Label ID="lbAddress" runat="server" SkinID="blacklb"></asp:Label><br />
<br />
      <asp:Label ID="Label12" runat="server"
SkinID="blacklb"
Text="邮编: "></asp:Label>
<asp:Label ID="lbPostcode" runat="server" SkinID="blacklb"></asp:Label></td>
</tr>
<tr>
<td style="background-color:White;width:130px;height:30px;"align="center">
<asp:Label ID="Label7" runat="server"Text="您订购的商品为: " SkinID="blacklb">
</asp:Label>
</td>
<td style="background-color:White;width:470px;"align="left">
<asp:DataList ID="dlOrderProd" runat="server" RepeatDirection="Horizontal"
OnItemCommand="dLOrderProd_ItemCommand">
<ItemTemplate>
<table>
<tr>
<td style="width: 50px; text-align: center;">
<asp:LinkButton ID="lnkProdName" CommandName="detailSee" CommandArgument=
'<%#DataBinder.Eval(Container.DataItem, "ProdID")%>'
runat="server"><%#DataBinder.Eval(Container.DataItem,
"ProdID")%></asp:LinkButton>
</td>
</tr>
</table>
</ItemTemplate>
</asp:DataList>
</td>
</tr>
<tr>
<td style="background-color:White;width:130px;height:200px;"align="center">
<asp:Label ID="Label9" runat="server" Text="您的订单金额: " SkinID="blacklb">
</asp:Label>
</td>
<td style="background-color: White; width: 470px;" align="left">
     <asp:Label ID="Label10" runat="server"
Text="商品总计金额: "
SkinID="blacklb"></asp:Label>
<asp:Label ID="lbProdtotal" runat="server" SkinID="blacklb"></asp:Label><br />
<br />
      <asp:Label ID="Label13" runat="server"
SkinID="blacklb"
```

```
Text="您共节省金额: "></asp:Label>
<asp:Label ID="lbSave" runat="server" SkinID="blacklb"></asp:Label><br />
<br />
      <asp:Label ID="Label14" runat="server"
SkinID="blacklb"
Text="您共获得积分: "></asp:Label>
<asp:Label ID="lbScore" runat="server" SkinID="blacklb"></asp:Label><br />
<br />
      <asp:Label ID="Label15" runat="server"
SkinID="blacklb"
Text="配送金额: "></asp:Label>
<asp:Label ID="lbSendprice" runat="server" SkinID="blacklb"></asp:Label><br />
<br />
      <asp:Label ID="Label16" runat="server"
SkinID="blacklb"
Text="配送方式: "></asp:Label>
<asp:Label ID="lbSendtype" runat="server" SkinID="blacklb"></asp:Label><br />
<br />
      <asp:Label ID="Label17" runat="server"
SkinID="blacklb"
Text="需付金额: "></asp:Label>
<asp:Label ID="lbTotalprice" runat="server" SkinID="blacklb"></asp:Label>
</td>
</tr>
</table>
</td>
</tr>
</table>
<table cellpadding="0" cellspacing="10" style="width: 600px;">
<tr>
<td>
<asp:Label ID="Label2" runat="server" Text='如果您是第一次进行网上支付，请先到银
行网站或柜台开通网上支付功能。详细办法可参阅“支付向导”'SkinID="blacklb">
</asp:Label>
</td>
</tr>
</table>
</asp:Content>
```

② 业务逻辑层 preview_chinabank.aspx.cs 中的代码如下：

```
public partial class views_preview_chinabank:System.Web.UI.Page
{
    CommonClass ccObj=new CommonClass();
    DBClass dbObj=new DBClass();
    ProdClass pcObj=new ProdClass();
    OrderClass ocObj=new OrderClass();
    string strSql;
    string username;
```

```
protected void Page_Load(object sender,EventArgs e)
{
    if(!IsPostBack)
    {
        if(Request["id"]!=null)
        {
            //判断是否登录
            ST_check_Login();
            OrderInfoBind();
            bind();
        }
        else
        {
            Response.Redirect("../Default.aspx");
        }
    }
}
public void ST_check_Login()
{
    if((Session["UserName"]==null))
    {
        this.Page.RegisterClientScriptBlock("clientScript",ccObj.MessageBox
        ("你不是会员，请先注册后登录！","denglu.aspx"));
    }
}
public void bind()
{
    strSql="select * from tb_Order where OrderID='"+Request["id"] + "'";
    DataTable dsTable=dbObj.GetDataSetStr(strSql,"tb_Order");
    dlOrderProd.DataSource=dsTable.DefaultView;
    dlOrderProd.DataBind();
}
protected void dLOrderProd_ItemCommand(object source,DataListCommandEventArgs e)
{
    if(e.CommandName=="detailSee")
    {
        Response.Redirect("ProdInfo.aspx?id="+Convert.ToInt32
        (e.CommandArgument.ToString()));
    }
}
public void OrderInfoBind()
{
    SqlConnection myConn=dbObj.GetConnection();
    myConn.Open();
    username=Session["UserName"].ToString();
    strSql="select*from tb_Order a,tb_OrderInfo b where a.OrderID=
    b.OrderID and b.OrderID='"+Request.QueryString["id"]+"'";
```

```
            SqlCommand cmd=new SqlCommand(strSql,myConn);
            SqlDataReader sdr=cmd.ExecuteReader();
            sdr.Read();
            this.lbOrderID.Text=sdr["OrderID"].ToString();
            this.lbOrderDate.Text=sdr["OrderDate"].ToString();
            this.lbName.Text=sdr["ReceiverName"].ToString();
            this.lbAddress.Text=sdr["ReceiverAddress"].ToString();
            this.lbPostcode.Text=sdr["ReceiverPostCode"].ToString();
            this.lbProdtotal.Text=sdr["ProdTotalPrice"].ToString();
            this.lbSave.Text=sdr["SaveTotalMoney"].ToString ();
            this.lbScore.Text=sdr["GetTotalScore"].ToString();
            this.lbSendprice.Text=sdr["SendPrice"].ToString();
            this.lbSendtype.Text=sdr["SendType"].ToString();
            this.lbTotalprice.Text=sdr["OrderTotalPrice"].ToString();
            myConn.Close();
        }
        //单击"在线支付"按钮转到支付方式选择页面
        protected void imgbtn_zaixian_Click(object sender,ImageClickEventArgs e)
        {
            Response.Redirect("PayWay.aspx?id="+Request["OrderID"]);
        }
    }
```

3. 用户历史订单的显示和管理页面

这部分内容已经在第 4 章用户管理系统中讲解过，这里不再重复。当用户登录后，在网站顶端的导航栏中单击“我的账号”按钮可以进入用户管理系统的页面，在此页面中可以查看自己的历史订单，并且可以对自己的订单进行管理，还可以点击订单编号进入订单的详细显示页面，查看自己每一笔订单的详细信息。

6.3 登录页面

当用户在购物车页面 ShopCart.aspx 中单击“结账”按钮后，判断是否为登录用户，如果是登录用户则转到生成订单页面 Payment.aspx，若不是登录用户则转到 denglu.aspx 页面，需要用户登录后才能转到生成订单页面。

denglu.aspx 页面分为两部分，上半部分是已经注册过的用户可以直接输入用户和密码进入结算中心，下半部分是没有注册过的新用户，填写信息进行注册并登录。这两部分用到的技术在前面已经讲过，上半部分读者可以参考 login.aspx 页面来制作，下半部分可以参考 register.aspx 页面来制作。用户登录页面 denglu.aspx 如图 6-6 所示。

上半部分单击“登录结算”按钮后，首先判断是否为合法用户，如果合法则进入 Payment.aspx 页面，否则提示用户登录错误。

下半部分单击“登录结算”按钮后，将用户填写的信息添加到数据表 tb_User 中，并且将用户名存储到 Session 中，这样用户注册成功后可以直接转到 Payment.aspx 页面。

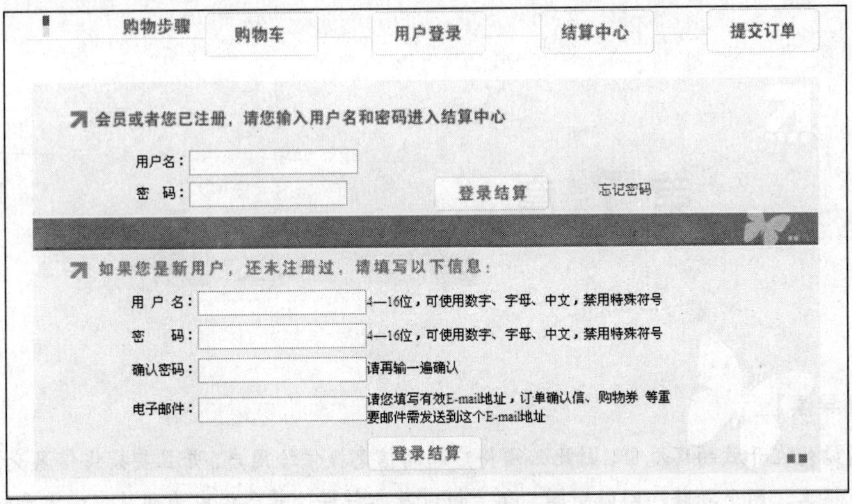

图 6-6　用户登录页面

6.4　本 章 小 结

电子商务是比较复杂的系统，各种电子商务有着不同的要求，其中变化也比较多，但是不论哪种电子交易，交易过程都要包括选购、结账、生成订单、查看订单等几个基本阶段。购物车和订单是网上购物的核心部分，读者要通过实践掌握这两个模块的制作过程。

这里实现的是最基本的购物车，当用户退出系统后或生成订单后，购物车中的信息就不存在了。

读者可以试着做一下，当登录的用户没有点击生成订单就退出系统，就将购物车中的数据存储起来，等下次用户登录后，就可以查看购物车中的信息。

6.5　课后任务与思考

1. 读者查阅相关资料列出还有哪些制作购物车的技术。读者可选取另外一种技术实现购物车模块的设计。

2. 通过实践体验网上购物的基本流程。

3. 购物车信息用临时表记录好，还是用 Session 记录好？

第 7 章 综合设计实例

【本章导读】

由于网站处在开放的环境中，因此必须将广阔的信息提供给用户，并且要提供信息交互的平台。目前，网上报名、网上招聘、网站新闻、留言板以及各种评论等已经成为网站中的重要组成部分。

本章讲解两个比较常用的应用项目：网站新闻发布和留言板。其他项目与此类似，学完本章后读者可以试着制作。

【主要知识点】

- 留言板主页面的设计与实现
- 发表留言页面的设计与实现
- 新闻浏览主页面的设计与实现
- 新闻详细信息显示页面的调试与实现
- 字幕滚动效果的制作

7.1 留言板

留言板是目前网站中比较流行的一个信息交流平台，也是一个基本的信息反馈场所。网站建设者或经营者在创建网站之后，都希望得到浏览者的反馈信息，如网站建设的效果、商品的品质、企业的产品、技术的探讨等。因此，网站经营者在创建之时，通常都会建立一个可以和浏览者交流的虚拟场所。

7.1.1 留言板简介

留言板是访客在网络中留下自己所要表达的内容信息，使其他人可以阅读并提出反馈信息的网络平台。网站留言板可以把自己的问题和信息留下，让大家提供帮助和意见，也可以阅读其他浏览者留下的有用信息。

7.1.2 任务二十五 留言板系统的实现

留言板由留言显示和发表留言两部分组成。在留言非常多的情况下从庞大的留言信息中找到自己的信息是非常困难的，所以一般还要制作一个搜索留言的功能，这样浏览者可以在网站中轻松找到与自己相关的留言信息。下面将对查看留言、发表留言、搜索留言这 3 部分进行详细介绍，相信大家学习了前面的知识，这部分内容的制作就变得很容易了。查看留言的页面是 book_home.aspx，此页面中有搜索留言的功能，也是进入留言板的首页面，发表留言的页面为 book_write.aspx。

1. 查看留言页面（book_home.aspx）

查看留言页面的部分截图如图 7-1 所示。

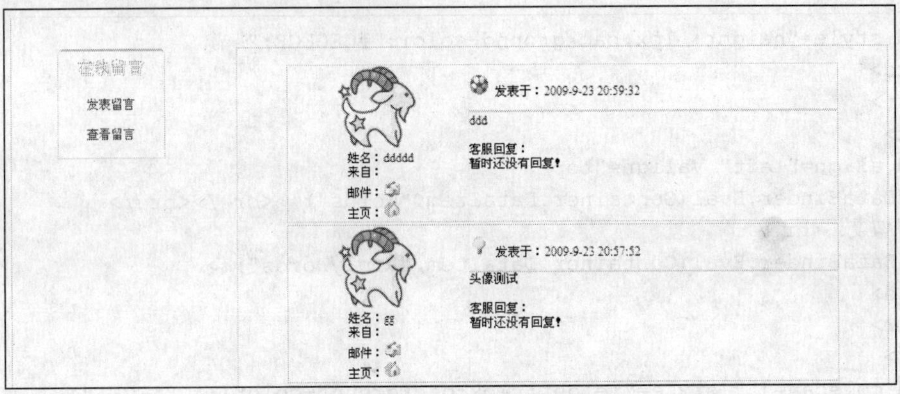

图 7-1　查看留言页面部分截图

（1）用户表示层 book_home.aspx 的代码

```
<asp:DataList ID="dlguestbook" RepeatDirection="vertical"
runat="server">
<ItemTemplate>
<table style="width: 550px;" cellpadding="0" cellspacing="0">
<tr>
<td colspan="5" style="height: 1px;background-color: #CECECE;">
</td>
</tr>
<tr>
<td rowspan="3" style="width: 1px;background-color: #CECECE;">
</td>
<td rowspan="3" style="width: 180px;">
<asp:Image ID="Image1" runat="server" ImageUrl='<%#DataBinder.Eval(Container.
DataItem,"pic")%>' /><br />
<div style="text-align:left;margin-left:60px">
姓名: <%#DataBinder.Eval(Container.DataItem,"UserName")%><br />
来自: <%#DataBinder.Eval(Container.DataItem,"IP")%><br />
邮件: <asp:ImageButton ID="imgEmail" runat="server"  AlternateText='<%#DataBinder.
    Eval(Container.DataItem,"Email")%>' ImageUrl="~/guestbook/images/mail.
    gif"/><br />
主页: <asp:ImageButton ID="imghome" runat="server"  AlternateText='<%#DataBinder.
    Eval(Container.DataItem,"Home")%>' ImageUrl="~/guestbook/images/home.
    gif"/><br />
</div>
</td>
<td rowspan="3" style="width: 1px;background-color: #CECECE;">
</td>
<td style="width: 367px;" align="left">
```

```
<asp:Image ID="imgpic" runat="server" ImageUrl='<%#DataBinder.Eval(Container.
DataItem,"face")%>'/>
发表于：<%#DataBinder.Eval(Container.DataItem, "LeaveDate")%>
</td>
<td rowspan="3" style="width: 1px;background-color: #CECECE;">
</td>
</tr>
<tr>
<td style="height: 1px;background-color: #CECECE;">
</td>
</tr>
<tr>
<td align="left" valign="top">
<%#DataBinder.Eval(Container.DataItem,"Words")%><br /><br />
客服回复：<br />
<%#DataBinder.Eval(Container.DataItem,"ReplyWords")%>
</td>
</tr>
<tr>
<td colspan="5" style="height: 1px;background-color: #CECECE;">
</td>
</tr>
</table>
</ItemTemplate>
</asp:DataList>
<br />
<asp:Label ID="lbNoguest" runat="server" Text="Label"></asp:Label>
<table>
<tr>
<td>
<asp:Label ID="labCP" runat="server" Text="当前页码为：" SkinID="blacklb"></asp:
Label>
[
<asp:Label ID="labPage" runat="server" Text="1" SkinID="blacklb"></asp:
Label>
]
<asp:Label ID="labTP" runat="server" Text="总页码为：" SkinID="blacklb"></asp:
Label>
[
<asp:Label ID="labBackPage" runat="server" SkinID="blacklb"></asp:Label>
]
<asp:LinkButton ID="lnkbtnOne" runat="server" Font-Underline="False" ForeColor=
"Red"
OnClick="lnkbtnOne_Click">第一页</asp:LinkButton>
<asp:LinkButton ID="lnkbtnUp" runat="server" Font-Underline="False" ForeColor=
"Red"
OnClick="lnkbtnUp_Click">上一页</asp:LinkButton>
<asp:LinkButton ID="lnkbtnNext" runat="server" Font-Underline="False" ForeColor=
"Red"
OnClick="lnkbtnNext_Click">下一页</asp:LinkButton> 
```

```
<asp:LinkButton ID="lnkbtnBack" runat="server" Font-Underline="False" ForeColor=
"Red"
OnClick="lnkbtnBack_Click">最后一页</asp:LinkButton>
   
</td>
</tr>
</table>
```

（2）业务逻辑层 book_home.aspx.cs 的代码

```
public partial class guestbook_book_home : System.Web.UI.Page
{
   DBClass dbObj=new DBClass();
   protected void Page_Load(object sender,EventArgs e)
   {
      if(!IsPostBack)
      {
         this.guestbookbind();
      }
   }
   protected void guestbookbind()
   {
      string strSql="select * from tb_LiuYan order by LeaveDate desc";
      DataTable dt=dbObj.GetDataSetStr(strSql, "tb_LiuYan");
      int prodcount=0;
      int curpage=Convert.ToInt32(this.labPage.Text);
      PagedDataSource ps=new PagedDataSource();
      ps.DataSource=dt.DefaultView;
      ps.AllowPaging=true;                          //是否可以分页
      ps.PageSize=10;                               //显示的数量
      ps.CurrentPageIndex=curpage-1;                //取得当前页的页码
      this.lnkbtnUp.Enabled=true;
      this.lnkbtnNext.Enabled=true;
      this.lnkbtnBack.Enabled=true;
      this.lnkbtnOne.Enabled=true;
      if(curpage==1)
      {
         this.lnkbtnOne.Enabled=false;              //不显示第一页按钮
         this.lnkbtnUp.Enabled=false;               //不显示上一页按钮
      }
      if(curpage==ps.PageCount)
      {
         this.lnkbtnNext.Enabled=false;             //不显示下一页
         this.lnkbtnBack.Enabled=false;             //不显示最后一页
      }
      prodcount=ps.DataSourceCount;
      this.labBackPage.Text=Convert.ToString(ps.PageCount);
      if(prodcount>0)
      {
         this.dlguestbook.DataSource=ps;
         this.dlguestbook.DataBind();
      }
```

```
        else
        {
            this.lbNoguest.Text="暂时没有新闻，请添加新闻！";
        }
    }
    protected void lnkbtnOne_Click(object sender,EventArgs e)
    {
        this.labPage.Text="1";
        this.guestbookbind();
    }
    protected void lnkbtnUp_Click(object sender,EventArgs e)
    {
        this.labPage.Text=Convert.ToString(Convert.ToInt32(this.labPage.Text)-1);
        this.guestbookbind();
    }
    protected void lnkbtnNext_Click(object sender,EventArgs e)
    {
        this.labPage.Text=Convert.ToString(Convert.ToInt32(this.labPage.Text)+1);
        this.guestbookbind();
    }
    protected void lnkbtnBack_Click(object sender,EventArgs e)
    {
        this.labPage.Text=this.labBackPage.Text;
        this.guestbookbind();
    }
    protected void lnkwrite_Click(object sender,EventArgs e)
    {
        Response.Redirect("book_write.aspx");
    }
    protected void lnklist_Click(object sender,EventArgs e)
    {
        Response.Redirect("book_home.aspx");
    }
}
```

2. 发表留言页面（book_write.aspx）

发表留言页面的部分截图如图 7-2 所示。

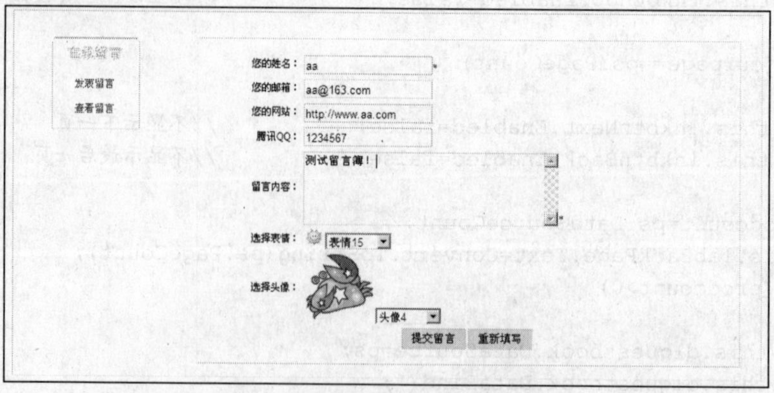

图 7-2　发表留言页面部分截图

（1）相关存储过程代码

```
ALTER proc [dbo].[proc_AddWord]
(
  @UserName nvarchar(12),
  @Words ntext,
  @Email nvarchar(20),
  @Home nvarchar(20),
  @QQ nchar(20),
  @face nvarchar(50),
  @pic nvarchar(50)
)
as
begin
  insert tb_LiuYan
  (
    UserName,
    Words,
    Email,
    Home,
    QQ,
    face,
    pic
  )
  values
  (
    @UserName,
    @Words,
    @Email,
    @Home,
    @QQ,
    @face,
    @pic
  )
end
```

（2）数据访问层 GuestClass.cs 的代码

```
public class GuestClass
{
  DBClass dbObj=new DBClass();
  public GuestClass()
  {
    //
    // TODO: 在此处添加构造函数逻辑
    //
  }
  //添加用户
  public void AddWord(string UserName,string Words,string Email,string Home,
  string QQ,string face,string pic)
  {
    SqlCommand myCmd=dbObj.GetCommandProc("proc_AddWord");
```

```
    //添加用户名
    SqlParameter paramUserName=new SqlParameter("@UserName",SqlDbType.
    NVarChar,12);                                  //定义参数的名称、数据类型、大小
    paramUserName.Value=UserName;                  //定义参数的数据来源
    myCmd.Parameters.Add(paramUserName);           //将参数添加给存储过程
    //添加留言内容
    SqlParameter paramUserwords=new SqlParameter("@Words",SqlDbType.
    NText);                                        //定义参数的名称、数据类型、大小
    paramUserwords.Value=Words;                    //定义参数的数据来源
    myCmd.Parameters.Add(paramUserwords);          //将参数添加给存储过程
    //添加电子邮件
    SqlParameter paramEmail=new SqlParameter("@Email",SqlDbType.NVarChar,20);
    paramEmail.Value=Email;
    myCmd.Parameters.Add(paramEmail);
    //添加主页
    SqlParameter paramhome=new SqlParameter("@Home",SqlDbType.NVarChar,20);
    paramhome.Value=Home;
    myCmd.Parameters.Add(paramhome);
    //添加QQ
    SqlParameter paramqq=new SqlParameter("@QQ",SqlDbType.NVarChar,20);
    paramqq.Value=QQ;
    myCmd.Parameters.Add(paramqq);
    //添加头像
    SqlParameter paramface=new SqlParameter("@face",SqlDbType.NVarChar,50);
    paramface.Value=face;
    myCmd.Parameters.Add(paramface);
    //添加表情
    SqlParameter parampic=new SqlParameter("@pic",SqlDbType.NVarChar,50);
    parampic.Value=pic;
    myCmd.Parameters.Add(parampic);
    dbObj.ExecNonQuery(myCmd);
  }
}
```

（3）用户表示层 book_write.aspx 的代码

```
<table style="width:550px;">
<tr>
<td style="height:21px" align="right">
您的姓名：</td>
<td style="height: 21px" align="left">
<asp:TextBox ID="txtUserName" runat="server" CssClass="tableline"></asp:
TextBox>
<asp:RequiredFieldValidator ID="RequiredFieldValidator1" runat="server"
ControlToValidate="txtUserName" ErrorMessage="用户名不能为空！"></asp:
RequiredFieldValidator></td>
</tr>
<tr>
<td style="height: 21px" align="right">
您的邮箱：</td>
<td style="height: 21px" align="left">
<asp:TextBox ID="txtEmail" runat="server" CssClass="tableline"></asp:TextBox>
```

```
<asp:RegularExpressionValidator ID="RegularExpressionValidator1"
runat="server" ControlToValidate="txtEmail" ErrorMessage="邮箱地址格式不正确！"
ValidationExpression="\w+([-+.']\  w+)*@\w+([-.]\w+)*\.\w+([-.]\w+)*"></asp:
RegularExpressionValidator></td>
</tr>
<tr>
<td style="height: 21px" align="right">
您的网站：</td>
<td style="height: 21px" align="left">
<asp:TextBox ID="txtHome" runat="server" CssClass="tableline">
</asp: TextBox>
<asp:RegularExpressionValidator ID="RegularExpressionValidator2" runat= "server"
ControlToValidate="txtHome"ErrorMessage="主页地址不正确！" ValidationExpression=
"http(s)?://([\w-] +\.)+[\w-]+(/[\w- ./?%&=]*)?"></asp:RegularExpressionValidator>
</td>
</tr>
<tr>
<td style="height: 21px" align="right">
腾讯QQ：</td>
<td style="height: 21px" align="left">
<asp:TextBox ID="txtQQ" runat="server" CssClass="tableline"></asp:TextBox> </td>
</tr>
<tr>
<td style="height: 21px" align="right">
留言内容：</td>
<td style="height: 21px" align="left">
<asp:TextBox ID="txtWords" runat="server" Width="300px" CssClass= "tableline"
Rows="5" TextMode="MultiLine"></asp:TextBox>
<asp:RequiredFieldValidatorID="RequiredFieldValidator2" runat="server"
ControlToValidate="txtWords" ErrorMessage="内容不能为空！">
</asp:RequiredFieldValidator> </td>
</tr>
<tr>
<td style="height: 21px" align="right">
选择表情：</td>
<td style="height: 21px" align="left">
<asp:Image ID="imgface" runat="server" />
<asp:DropDownList ID="ddlface" runat="server" OnSelectedIndexChanged="ddlface_
SelectedIndexChanged" AutoPostBack="True">
</asp:DropDownList></td>
</tr>
<tr>
<td style="height: 21px" align="right" >
选择头像：</td>
<td style="height: 21px" align="left">
<asp:Image ID="imgpic" runat="server" />
<asp:DropDownList ID="ddlpic" runat="server" OnSelectedIndexChanged= "ddlpic_
SelectedIndexChanged" AutoPostBack="True">
</asp:DropDownList></td>
</tr>
```

```
<tr>
<td style="height: 21px" align="center" colspan="2">
<asp:Button ID="btnSubmit" runat="server" Text="提交留言" CssClass= "tableline"
OnClick="btnSubmit_Click" /><asp:Button ID="btnCancel" runat="server" Text=
"重新填写" CssClass= "tableline"/>
</td>
</tr>
</table>
```

（4）业务逻辑层 book_write.aspx.cs 的代码

```
public partial class guestbook_book_write:System.Web.UI.Page
{
   GuestClass gcObj=new GuestClass();
   DBClass dbObj=new DBClass();
   protected void Page_Load(object sender,EventArgs e)
   {
      if(!IsPostBack)
      {
         this.facebind();
         this.picbind();
      }
   }
   protected void btnSubmit_Click(object sender,EventArgs e)
   {
      gcObj.AddWord(this.txtUserName.Text.ToString(),this.txtWords.Text.
      ToString(),this.txtEmail.Text.ToString(),this.txtHome.Text.ToString(),
      this.txtQQ.Text.ToString(),this.ddlface.SelectedValue,this.ddlpic.
      SelectedValue);
      Response.Redirect("book_home.aspx");
   }
   protected void facebind()
   {
      string strSql="select * from tb_Face where imgurl like  '%face%'";
      DataTable dt=dbObj.GetDataSetStr(strSql,"tb_Face");
      this.ddlface.DataSource=dt.DefaultView;
      this.ddlface.DataTextField="imgname";
      this.ddlface.DataValueField="imgurl";
      this.ddlface.DataBind();
      this.imgface.ImageUrl=this.ddlface.SelectedValue;
   }
   protected void picbind()
   {
      string strSql="select * from tb_Face where imgurl like  '%pic%'";
      DataTable dt=dbObj.GetDataSetStr(strSql,"tb_Face");
      this.ddlpic.DataSource=dt.DefaultView;
      this.ddlpic.DataTextField="imgname";
      this.ddlpic.DataValueField="imgurl";
      this.ddlpic.DataBind();
      this.imgpic.ImageUrl=this.ddlpic.SelectedValue;
   }
   protected void lnkwrite_Click(object sender,EventArgs e)
```

```
{
    Response.Redirect("book_write.aspx");
}
protected void lnklist_Click(object sender,EventArgs e)
{
    Response.Redirect("book_home.aspx");
}
protected void ddlface_SelectedIndexChanged(object sender,EventArgs e)
{
    this.imgface.ImageUrl=this.ddlface.SelectedValue;
}
protected void ddlpic_SelectedIndexChanged(object sender,EventArgs e)
{
    this.imgpic.ImageUrl=this.ddlpic.SelectedValue;
}
```

7.2　新闻发布系统

新闻发布系统是一个非常典型的系统，几乎所有网站都有此系统，通过新闻发布系统可以把某个企业、某个网上网城、某个学校等最新、最重要的信息发布给浏览者，使得新闻的更新更加及时、快捷，管理更加方便，提高了新闻发布和管理的效率，实现了用户登录、发布新闻、修改新闻、查看新闻内容等功能。下面详细介绍本系统的具体实现过程。

7.2.1　新闻显示模块（前台部分）

新闻显示模块主要包括两个页面，一个是新闻列表的显示页面，这部分在首页 Default.aspx 和新闻公告页面 news_home.aspx 中显示，新闻列表部分只显示新闻的标题信息；另一个是新闻详细信息显示页面 news_view.aspx，可以整篇完整地显示一则新闻。

7.2.2　新闻管理模块（后台部分）

新闻管理模块能实现对新闻的发布、删除、修改 3 项功能，新闻发布和修改共用一个页面 news_admin.aspx，而 news_list.aspx 页面则能实现新闻管理主页面和删除的功能。

7.2.3　用户管理模块（后台部分）

用户管理模块能实现对用户的添加、删除、修改 3 项功能，用户添加和修改共用一个页面 users_admin.aspx，而 users_list.aspx 页面则能实现用户管理主页面和删除的功能。

7.2.4　任务二十六　新闻发布系统的具体实现

1. 新闻显示模块的实现过程

新闻显示模块的实现过程包括制作两个页面，即 news_home.aspx 和 news_view.aspx 页面，下面分别介绍这两个页面的实现过程。

（1）新闻列表显示的实现过程

新闻列表显示页面 news_home.aspx 部分截图如图 7-3 所示。

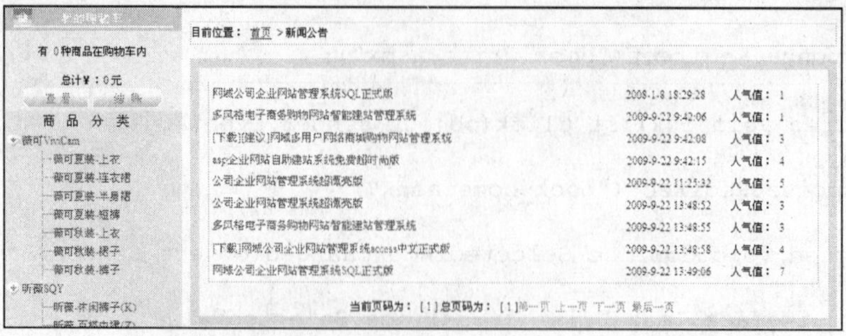

图 7-3　新闻列表显示界面

① 用户表示层 news_home.aspx 的代码如下：

```
<asp:DataList ID="dlNewsTitle" runat="server" RepeatDirection="vertical"
OnItemCommand="dlNewsTitle_ItemCommand">
<ItemTemplate>
<table>
<tr>
<td style="width: 500px">
<asp:LinkButton ID="LinkButton1" runat="server" CssClass="a" CommandName=
"news_view" CommandArgument='<%#DataBinder.Eval(Container.DataItem, "NewsID")%>'>
<%#DataBinder.Eval(Container.DataItem,"NewsTitle")%></asp:LinkButton>
</td>
<td style="width: 120px">
<asp:Label ID="Label3" runat="server" Text='<%#DataBinder.Eval(Container.
DataItem,"PubDate")%>'
SkinID="blacklb"></asp:Label>
</td>
<td style="width: 100px">
<asp:Label ID="Label5" runat="server" Text="人气值:" SkinID="blacklb"></asp:Label>
<asp:Label ID="Label4" runat="server" Text='<%#DataBinder.Eval(Container.
DataItem, "ClickTimes")%>'
SkinID="blacklb"></asp:Label>
</td>
</tr>
</table>
</ItemTemplate>
</asp:DataList>
```

② 业务逻辑层 news_home.aspx.cs 的代码如下：

```
public partial class news_news_home : System.Web.UI.Page
{
   DBClass dbObj=new DBClass();
   CommonClass ccObj=new CommonClass();
   protected void Page_Load(object sender,EventArgs e)
   {
      if(!IsPostBack)
      {
         this.NewsTitles();
      }
   }
   protected void NewsTitles()
```

```
{
  DateTime datenow=Convert.ToDateTime(DateTime.Now.ToString());
  string strSql="select * from tb_News where IsOnline=1 and PubDate<='"
  +datenow+"' and OffDate>'"+datenow+"'";
  DataTable dt=dbObj.GetDataSetStr(strSql,"tb_News");
  int prodcount=0;
  int curpage=Convert.ToInt32(this.labPage.Text);
  PagedDataSource ps=new PagedDataSource();
  ps.DataSource=dt.DefaultView;
  ps.AllowPaging=true;                    //是否可以分页
  ps.PageSize=20;                         //显示的数量
  ps.CurrentPageIndex=curpage-1;          //取得当前页的页码
  this.lnkbtnUp.Enabled=true;
  this.lnkbtnNext.Enabled=true;
  this.lnkbtnBack.Enabled=true;
  this.lnkbtnOne.Enabled=true;
  if(curpage==1)
  {
     this.lnkbtnOne.Enabled=false;        //不显示"第一页"按钮
     this.lnkbtnUp.Enabled=false;         //不显示"上一页"按钮
  }
  if(curpage==ps.PageCount)
  {
     this.lnkbtnNext.Enabled=false;       //不显示"下一页"按钮
     this.lnkbtnBack.Enabled=false;       //不显示"最后一页"按钮
  }
  prodcount=ps.DataSourceCount;
  this.labBackPage.Text=Convert.ToString(ps.PageCount);
  if(prodcount>0)
  {
     this.dlNewsTitle.DataSource=ps;
     this.dlNewsTitle.DataKeyField="NewsID";
     this.dlNewsTitle.DataBind();
  }
  else
  {
     this.lbNoNews.Text="暂时没有新闻，请添加新闻！";
  }
}
protected void lnkbtnOne_Click(object sender,EventArgs e)
{
  this.labPage.Text="1";
  this.NewsTitles();
}
protected void lnkbtnUp_Click(object sender,EventArgs e)
{
  this.labPage.Text=Convert.ToString(Convert.ToInt32(this.labPage.Text)-1);
  this.NewsTitles();
}
protected void lnkbtnNext_Click(object sender,EventArgs e)
```

```
    {
        this.labPage.Text=Convert.ToString(Convert.ToInt32(this.labPage.Text)+1);
        this.NewsTitles();
    }
    protected void lnkbtnBack_Click(object sender,EventArgs e)
    {
        this.labPage.Text=this.labBackPage.Text;
        this.NewsTitles();
    }
    protected void dlNewsTitle_ItemCommand(object source,DataListCommandEventArgs e)
    {
        if(e.CommandName=="news_view")
        {
            Response.Redirect("news_view.aspx?id="+e.CommandArgument.ToString());
        }
    }
    protected void lnkbtnDefault_Click(object sender,EventArgs e)
    {
        Response.Redirect("../default.aspx");
    }
}
```

(2) 新闻浏览的实现过程

新闻浏览页面 news_view.aspx 部分截图如图 7-4 所示。

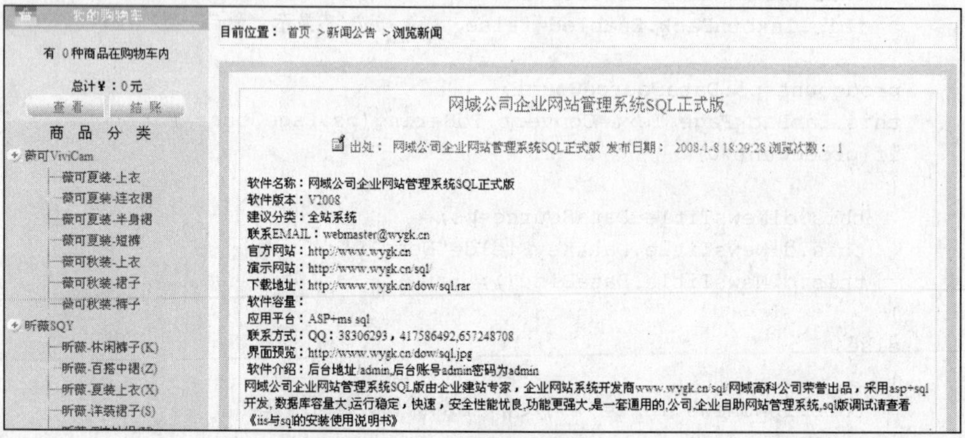

图 7-4 新闻浏览页面

① 用户表示层 news_view.aspx 的代码如下：

```
<asp:DataList ID="dlNewsdetail" runat="server">
<ItemTemplate>
<table>
<tr>
<td align="center">
<asp:Label ID="Label6" runat="server" Text='<%#DataBinder.Eval(Container.
DataItem,NewsTitle")%>'
SkinID="redlb" Font-Size="Medium"></asp:Label><br />
<br />
</td>
```

```
</tr>
<tr align="center">
<td>
<asp:Image ID="Image1" runat="server" ImageUrl="~/news/images/xie.gif" />
<asp:Label ID="Label5" runat="server" Text="出处: " SkinID="redlb"></asp:Label>
<asp:Label ID="Label7" runat="server" Text='<%#DataBinder.Eval(Container.
DataItem,"Source")%>'
SkinID="redlb"></asp:Label>
<asp:Label ID="Label8" runat="server" Text="发布日期: " SkinID="redlb"></asp:Label>
<asp:Label ID="Label9" runat="server" Text='<%#DataBinder.Eval(Container.
DataItem,"PubDate")%>'
SkinID="redlb"></asp:Label>
<asp:Label ID="Label10" runat="server" Text="浏览次数: " SkinID="redlb"></asp:Label>
<asp:Label ID="Label4" runat="server" Text='<%#DataBinder.Eval(Container.
DataItem,"ClickTimes")%>'
SkinID="redlb"></asp:Label><br />
<br />
</td>
</tr>
<tr>
<td align="left">
<%#DataBinder.Eval(Container.DataItem,"NewsContent")%>
</td>
</tr>
</table>
</ItemTemplate>
</asp:DataList>
```

② 业务逻辑层 news_view.aspx.cs 的代码如下：

```
public partial class news_news_view:System.Web.UI.Page
{
  DBClass dbObj=new DBClass();
  protected void Page_Load(object sender,EventArgs e)
  {
    if(!IsPostBack)
    {
      string strid=Request["id"].ToString();
      this.newviewbind(strid);
    }
  }
  protected void lnkbtnDefault_Click(object sender,EventArgs e)
  {
    Response.Redirect("../default.aspx");
  }
  protected void lnkbtnnewshome_Click(object sender,EventArgs e)
  {
    Response.Redirect("news_home.aspx");
  }
  protected void newviewbind(string id)
```

```
    {
        string strSql="select * from tb_News where NewsID='"+id+"'";
        DataTable dt=dbObj.GetDataSetStr(strSql,"tb_News");
        this.dlNewsdetail.DataSource=dt.DefaultView;
        this.dlNewsdetail.DataBind();
    }
}
```

2．首页中滚动新闻显示的实现过程

这里我们将滚动新闻显示部分做成一个用户控件，这样就可以在不同的页面中重复使用。在UserControl文件夹中创建用户控件news.ascx，此用户控件在首页中的显示如图7-5所示。

图7-5　新闻用户控件在首页中的显示

（1）用户表示层news.ascx的代码

```
<table style ="width:245px;" cellpadding="0px" cellspacing="0px">
<tr>
<td colspan="3" class ="newsbg" style="height:30px;">
</td>
</tr>
<tr>
<td style="width: 1px; background-color: #62BFFA;">
</td>
<td style="width: 243px" valign="top">
<marquee direction="up" width="200" scrollamount="2" scrolldelay= "2"onmouseover=
"this.stop()" onmouseout="this.start()" style="height:265px">
<asp:DataList id="dlNewsTitle" OnItemCommand="dlNewsTitle_ItemCommand"
RepeatDirection="vertical" runat="server">
<ItemTemplate>
<table>
<tr>
<td>
<asp:LinkButton ID="LinkButton1" runat="server" CssClass= "c" CommandArgument=
'<%#DataBinder.Eval(Container.DataItem,"NewsID")%>'>
<%#DataBinder.Eval(Container.DataItem,"NewsTitle")%></asp:LinkButton>
</td>
</tr>
```

```
</table>
</ItemTemplate>
</asp:DataList> <br />
<asp:LinkButton id="lnkbtnmorenews" runat="server" CssClass="d"
OnClick="lnkbtnmorenews_Click">更多新闻</asp:LinkButton></marquee>
</td>
<td style="width: 1px; background-color: #62BFFA;">
</td>
</tr>
<tr>
<td colspan="3" style ="height:2px;background-color:#62BFFA;">
</td>
</tr>
</table>
```

（2）业务逻辑层 news.ascx.cs 的代码

```
public partial class UserControl_news:System.Web.UI.UserControl
{
  DBClass dbObj=new DBClass();
  CommonClass ccObj=new CommonClass();
  protected void Page_Load(object sender,EventArgs e)
  {
    if(!IsPostBack)
    {
      this.NewsTitles();                    //调用 NewsTitles 显示新闻标题
    }
  }
  //显示新闻标题
  protected void NewsTitles()
  {
    DateTime  datenow=Convert.ToDateTime (DateTime.Now.ToString());
    string strSql="select * from tb_News where IsOnline=1 and PubDate<=
    '"+datenow+"' and OffDate>'"+datenow +"'";
    DataTable dt=dbObj.GetDataSetStr(strSql,"tb_News");
    for(int i=0;i<dt.Rows.Count;i++)
    {
      dt.Rows[i]["NewsTitle"]=ccObj.SubStr(dt.Rows[i][1].ToString(),15);
    }
    this.dlNewsTitle.DataSource=dt.DefaultView;
    this.dlNewsTitle.DataBind();
  }
  //单击新闻标题转到新闻详细浏览页面
  protected void dlNewsTitle_ItemCommand(object source,DataListCommandEventArgs e)
  {
    Response.Redirect("news/news_view.aspx?id=" + e.CommandArgument.ToString());
  }
```

```
//单击"更多新闻"链接转到新闻列表浏览页面
protected void lnkbtnmorenews_Click(object sender,EventArgs e)
{
  Response.Redirect("news/news_home.aspx");
}
}
```

（3）关键技术

这里使用 marquee 实现了新闻的滚动显示，但是没能实现新闻的不间断滚动效果，因为在用户控件和母版中不能使用 JavaScript 脚本。如果要想实现字幕不间断的滚动效果，可以在没有使用母版的网页中实现。下面举一个例子来实现字幕不间断的滚动效果，页面如图 7-6 所示。

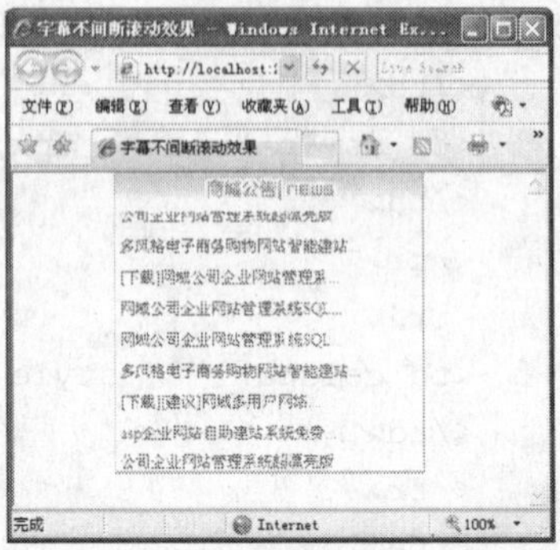

图 7-6　字幕不间断滚动页面

首先创建一个不使用任何母版的普通页面 marquee.aspx，编写如下所示的代码：

```
<%@ Page Language="C#" AutoEventWireup="true" CodeFile="marquee.aspx.cs"
Inherits="marquee" %>
<!DOCTYPE html PUBLIC "-//W3C//DTD XHTML 1.0 Transitional//EN" "http://www.
w3.org/TR/xhtml1/DTD/xhtml1-transitional.dtd">
<html xmlns="http://www.w3.org/1999/xhtml" >
<head runat="server">
<title>字幕不间断滚动效果</title>
</head>
<body>
<form id="form1" runat="server">
<table style="width: 245px;" cellpadding="0px" cellspacing="0px">
<tr>
<td class="newsbg" style="height: 30px;">
</td>
</tr>
</table>
<div id="layer1" style="overflow: hidden;width: 20;">
<div id="layer2">
<table style="width: 245px;" cellpadding="0px" cellspacing="0px">
<tr>
<td style="width: 1px;background-color: #62BFFA;">
</td>
<td style="width: 245px" valign="top" align="left">
<asp:DataList ID="dlNewsTitle" OnItemCommand="dlNewsTitle_ItemCommand"
RepeatDirection="vertical" Width="200px"
runat="server">
<ItemTemplate>
<table>
<tr>
<td>
<asp:LinkButton ID="LinkButton1" runat="server"ssClass="c" CommandArgument=
'<%#DataBinder.Eval(Container.DataItem,"NewsID")%>'>
```

```
<%#DataBinder.Eval(Container.DataItem,"NewsTitle")%></asp:LinkButton>
</td>
</tr>
</table>
</ItemTemplate>
</asp:DataList>
</td>
<td style="width: 1px; background-color: #62BFFA;">
</td>
</tr>
</table>
</div>
<div id="layer3">
</div>
</div>
<table style="width: 245px;" cellpadding="0px" cellspacing="0px">
<tr>
<td  style="height: 2px; background-color: #62BFFA;">
</td>
</tr>
</table>
</form>
<script language="javascript" type="text/javascript">
var layerHeight=200;                 //定义滚动区域的高度
var iFrame=1;                        //定义每帧移动的像素
var iFrequency=50;                   //定义帧频率
var timer;                           //定义时间句柄
if(document.getElementById("layer2").offsetHeight>=layerHeight)
  document.getElementById("layer1").style.height=layerHeight;
else
  document.getElementById("layer1").style.height=document.getElementById
  ("layer2").offsetHeight;
  document.getElementById("layer3").innerHTML=document.getElementById
  ("layer2").innerHTML;
function move(){
  if(document.getElementById("layer1").scrollTop>=document.getElementById
  ("layer2").offsetHeight){
    document.getElementById("layer1").scrollTop-=(document.getElementById
    ("layer2").offsetHeight-iFrame);
  }
  else {
    document.getElementById("layer1").scrollTop+=iFrame;
  }
}
timer=setInterval("move()",iFrequency);
document.getElementById("layer1").onmouseover=function()
{clearInterval(timer);}
document.getElementById("layer1").onmouseout=function()
```

```
{timer=setInterval("move()",iFrequency);}
</script>
</body>
</html>
```

业务逻辑层 marquee.aspx.cs 中绑定新闻标题的显示，代码如下：

```
public partial class marquee:System.Web.UI.Page
{
  DBClass dbObj=new DBClass();
  CommonClass ccObj=new CommonClass();
  protected void Page_Load(object sender,EventArgs e)
  {
    if(!IsPostBack)
    {
      this.NewsTitles();
    }
  }
  protected void NewsTitles()
  {
    DateTime datenow=Convert.ToDateTime(DateTime.Now.ToString());
    string strSql="select * from tb_News where IsOnline=1 and PubDate<='"+
    datenow+"' and OffDate>'"+datenow+"'";
    DataTable dt=dbObj.GetDataSetStr(strSql,"tb_News");
    for(int i=0;i<dt.Rows.Count;i++)
    {
      dt.Rows[i]["NewsTitle"]=ccObj.SubStr(dt.Rows[i][1].ToString(),15);
    }
    this.dlNewsTitle.DataSource=dt.DefaultView;
    this.dlNewsTitle.DataBind();
  }
  protected void dlNewsTitle_ItemCommand(object source, DataListCommandEventArgs e)
  {
    Response.Redirect("news/news_view.aspx?id=" + e.CommandArgument.ToString());
  }
}
```

注意：要在页面中使用 JavaScript 技术，就不能使用母版创建页面，必须是普通的页面才可以。通过上面的制作，可以举一反三，把层中的内容替换成任意的内容，并且可以修改脚本中设置的滚动参数，例如滚动的高度和快慢等。

3. 新闻管理和用户管理模块

这部分属于后台操作部分，本书第 9 章将讲解网站后台管理系统，在学习了第 9 章内容之后，读者可以试着制作一下这两部分内容。

7.3 本章小结

网站新闻显示和留言板是网上广泛使用的两个典型的项目，网站新闻给用户提供网站中最新的动态信息，例如可以方便用户了解一个企业的动态。留言板能实现信息的交互，让用户提出一些宝贵的意见和建议，也可以为用户提供广泛的交流信息。本章没有太多的新内容，大部分都是前面章节讲过的内容，通过对前面章节的学习，读者一定会觉得这章内容非常简单。在此章学习的一个新技术就是字幕的不间断滚动效果，这个技术在网站中会经常用到。

7.4　课后任务与思考

读者可以试着在母版中实现字幕不间断滚动效果的制作，测试一下看有没有效果。读者根据前面讲过的知识，自己动手制作留言板的后台管理系统和网站新闻模块的后台管理系统。

第 8 章 网上在线支付技术分析

【本章导读】

随着网络经济时代的到来，电子商务已经成为商品交易的最新模式。电子商务运作模型和业务流程中的3个环节——信息流、资金流和物流是促进电子商务发展的关键。作为中间环节的网上在线支付是电子商务流程中交易双方最为关心的问题。如果这个环节不能解决，那么真正实现电子商务就将成为空谈，就会失去电子商务得以顺利发展的基础条件，电子商务快捷便利的优势也将大打折扣。

当然，网上购物支付的方式有很多，如声讯短信支付、支付宝、在线支付等，但大多数用户还是青睐于网上在线支付方式。本章主要介绍一下网上在线支付的制作流程。

【主要知识点】

- 选择在线支付方式的主界面
- 银行在线支付页

8.1 第三方支付模式概述

1. 第三方支付的概念

用户认为目前网上交易存在的较大问题是商品的品质、卖家的诚信和安全性问题。而第三方支付平台正是为了满足网上交易的商家和消费者对信誉和安全的要求应运而生的。

"第三方支付"是具备一定实力和信誉保障的独立机构，采用与各大银行签约的方式，提供与银行支付结算系统接口的交易支持平台的网络支付模式。在第三方支付模式中，买方选购商品后，使用第三方平台提供的账户进行货款支付，并由第三方通知卖家货款到账、要求发货；买方收到货物，并检验商品进行确认后，就可以通知第三方付款给卖家，第三方再将款项转至卖家账户上。

2. 第三方支付交易流程

第三方支付模式使商家看不到客户的信用卡信息，同时又避免了信用卡信息在网络多次公开传输而导致的信用卡信息被窃事件。

① 客户在电子商务网站上选购商品，最后决定购买，买卖双方在网上达成交易意向；

② 客户选择利用第三方作为交易中介，客户用信用卡将货款划到第三方账户；

③ 第三方支付平台将客户已经付款的消息通知商家，并要求商家在规定时间内发货；

④ 商家收到通知后按照订单发货；

⑤ 客户收到货物并验证后通知第三方；

⑥ 第三方将其账户上的货款划入商家账户中，交易完成。

3. 第三方支付的特点

① 第三方支付平台提供一系列的应用接口程序，将多种银行卡支付方式整合到一个界面上，负责交易结算中与银行的对接，使网上购物更加快捷、便利。消费者和商家不需要在不同的银行开设不同的账户，这可以帮助消费者降低网上购物的成本，帮助商家降低运营成本；同时，还可以帮助银行节省网关开发费用，并为银行带来一定的潜在利润。

② 较之 SSL、SET 等支付协议，利用第三方支付平台进行支付操作更加简单而易于接受。SSL 是现在应用比较广泛的安全协议，在 SSL 中只需要验证商家的身份。SET 协议是目前发展的基于信用卡支付系统的比较成熟的技术。但在 SET 中，各方的身份都需要通过 CA 进行认证，程序复杂，手续繁多，速度慢且实现成本高。有了第三方支付平台，商家和客户之间的交涉由第三方来完成，使网上交易变得更加简单。

③ 第三方支付平台本身依附于大型的门户网站，且以与其合作的银行的信用作为其信用依托，因此第三方支付平台能够较好地突破网上交易中的信用问题，有利于推动电子商务的快速发展。

8.2　网上在线支付应用举例

为了拓展业务，许多大型银行都开设了网上银行，并提供相应的网上银行支付接口。下面以工商银行为例具体讲解在线支付实现的流程。

客户在商户网站购物完毕，商户网站给客户生成一个订单（有一个唯一的订单号），如果客户选择工商银行支付，客户从商户网站提交订单至工商银行网上支付服务器；客户在工商银行网上支付服务的支付页面输入自己的支付卡号和支付密码，完成订单支付。工商银行会将交易结果通过网页通知客户支付成功，通过商户接口通知商户发货。当工商银行收到客户确认收到货物的信息后，将其账户上的货款划入商家账户中，完成交易。

工商银行共为商户提供了 4 种不同模式的接口，如表 8-1 所示，用来向商户传递交易的结果信息，商户可以根据自己的情况自由选用。

表 8-1　工商银行通知接口模式

接 口 模 式	工商银行通知接口的模式说明
HS 通知接口模式	商户通过在订单支付表单中的 interfaceType 字段中输入值“HS”来通知工商银行该笔订单使用 HS 模式将交易结果信息通知商户
HS（联名）通知接口模式	联名商户通过在订单支付表单中的 interfaceType 字段中输入值“HS”并在 verifyJoin 字段中输入“0”或“1”来通知工商银行该笔订单使用 HS（联名）通知接口模式将交易结果信息通知商户
AG 通知接口模式	商户通过在订单支付表单中的 interfaceType 字段中输入值“AG”来通知工商银行该笔订单使用 AG 模式将交易结果信息通知商户
AG（联名）通知接口模式	联名商户通过在订单支付表单中的 interfaceType 字段中输入值“AG”并在 verifyJoin 字段中输入“0”或“1”来通知工商银行该笔订单使用 AG（联名）通知接口模式将交易结果信息通知商户

8.2.1 HS 通知接口模式简介

HS 接口为工商银行最新提供的通知接口模式之一。在此通知接口模式中，商户需要开发一个 CGI 程序，开发语言由商户任意选择，可以是 ASP、Java、PHP、Perl 等。该 CGI 程序完成接收工商银行通过 HTTP 协议发送过来的交易结果信息，交易结果信息作为 URL 地址中的参数传递至商户，在传送给商户的参数中，包含使用工商银行私钥对交易结果数据的数字签名。商户应该先用工商银行的证书文件验证该数字签名，确认该通知信息的有效性。

工商银行调用商户端 CGI 程序的位置和程序名称由商户在订单支付表单中的 merURL 字段定义，如 http://www.shop_fz.com/sendOrder.aspx 等，URL 中可以包括端口号。

客户在支付时，如果未能支付成功，可以对一笔订单多次发起支付请求。在 HS 模式中，工商银行通过订单支付表单中的 verifyJoin 字段决定什么情况下给商户发送交易结果。如果该字段为 0，则客户对一笔订单的每一次支付操作结果无论成功与否都将发送给商户，因此商户对应一笔订单接收到的可能有多笔失败信息或全为失败信息，但对于一笔订单，工商银行最多只会发送给商户一笔成功信息。如果该字段为 1，则工商银行只会将最后一个成功的交易结果发送给商户，而无论客户对一笔订单支付了多少次，如果订单始终未能成功支付，工商银行不会向商户发送任何信息。

HS 通知接口模式还能够提供对信息化商品（如 IP 电话卡）等没有商品实体的实时取货功能。在将交易结果发送给商户后，如果商户认为该笔支付成功，需要向客户显示信息化商品的内容（如 IP 电话卡的卡号、卡密码等），则商户应将取货的 URL 地址作为回应信息传给工商银行，工商银行将该 URL 链接附加上工商银行的交易数据传递给客户浏览器，由客户浏览器端发起取货（页面使用 JavaScript 自动调用该链接）。

支付表单格式代码如下：

```
<form name=" sendOrder " method="post"
action="http://工商银行网上银行支付服务器 IP 地址/ servlet/com.icbc.inbs.b2c.pay.
B2cMerPayReqServlet ">
<input type="text" name="merchantid" value="020000010001" >  --商城代码
<input type="text" name="interfaceType" value="HS" > --接口类型
<input type="text" name="merURL" value="http://www.shop_fz.com/sendOrder.aspx" >
--接收工商银行支付结果信息的程序名称和地址
<input type="text" name="orderid" value="12345678912345" > --订单号
<input type="text" name="amount" value="10056" >  --订单总金额（以分为单位）
<input type="text" name="curType" value="001" >   --币种
<input type="text" name="verifyJoin" value="0" >  --信息发送类型
<input  type="text"  name="signMsg"  value="LKJDFKF#$LKJFDA090980LKJAFK"  >
--BASE64 编码后的交易数据签名信息
<input  type="text"  name="cert"  value="%$#%#KLLK4LKJLJ67LJ8L54LH67L"  >
--BASE64 编码后的商户证书
<input type="text" name="comment1" value=" " >  --备注字段 2
<input type="text" name="comment2" value=" " >  --备注字段 3
<input type="submit" value="工商银行支付">
</form>
```

8.2.2　任务二十七　工商银行在线支付模块的实现

工商银行在线支付功能模块一般由两部分组成，即“选择在线支付方式”和“工商银行在线支付页”。

1. 选择在线支付方式

用户填写完相关信息后，单击“提交订单”按钮进入订单确认页面，核查订单正确无误后，单击“在线支付”按钮进入“选择在线支付方式”页面 PayWay.aspx，在该页面中用户选择在线支付的银行，此页面的部分截图如图 8-1 所示。

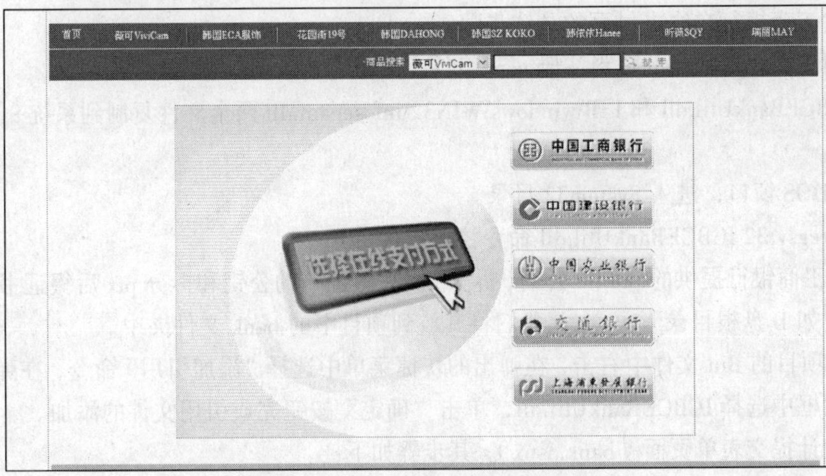

图 8-1　选择在线支付方式

实现该功能的具体步骤如下：

① 表格布局 PayWay.aspx 页面。

② 在图 8-1 所示位置放置 5 个 ImageButton 控件，用于显示各个银行的标识。

③ 在“中国工商银行”按钮的 Click 事件中编写如下代码，用于单击该按钮后，跳转到“工商银行在线支付页”：

```
protected void imgbtnGonghang_Click(object sender, ImageClickEventArgs e)
{
    Response.Redirect("Bank.aspx?OrderID=" + Request["OrderID"].ToString());
}
```

2. 工商银行在线支付页

B2C 在线支付业务是指企业（卖方）与个人（买方）通过 Internet 上的电子商务网站进行交易时，银行为其提供网上资金结算服务的一种业务。目前中国工商银行个人网上银行的 B2C 在线支付系统是中国工商银行专门为拥有工行牡丹信用卡账户，并开通网上支付功能的网上银行个人客户进行网上购物所开发的支付平台。下面详细介绍开发工商银行在线支付页的全过程。

（1）开发工商银行在线支付页前期工作

首先，需要特约网站申请人到中国工商银行指定机构办理申请手续，并提交如下申请资料：

- 营业执照副本及复印件。
- 经办人员的有效身份证件。

- 填好的“特约网站注册申请表”。
- 最后年度的资产负债表和损益表的复印件。
- 《域名注册证》复印件或其他对所提供域名享有权利的证明。
- 企业标识 LOGO 电子文件。
- 填好的“牡丹卡单位申请表”。

其次，经工商银行审查合格后，工商银行将提供银行方的通信、数据接口和已有商户端程序及商户客户证书。

最后，特约网站可以根据工商银行提供的资料，开发工商银行在线支付功能。

（2）开发工商银行在线支付页的具体步骤

首先按照工商银行提供的资料注册 com 组件。其步骤如下：

① 将 ICBCEBankUtil.dll 和 LIB\windows\WIN32\infosecapi.dll 两个文件复制到系统 System32 目录下。

② 打开 DOS 窗口，进入 System32 目录。

③ 运行 regsvr32 ICBCEBankUtil.dll 命令注册控件。

其次，将工商银行提供的 public 公钥、拆分 pfx 后缀证书的公钥和拆分 pfx 后缀证书的私钥放到本地磁盘（如 D 盘根目录下）。在此我们将其放到项目中的 bank 文件夹中。

然后，在项目的 Bin 文件中右击，在弹出的快捷菜单中选择“添加引用”命令，在弹出的“添加引用”对话框中选择 ICBCEBankUtil.dll，单击“确定”按钮完成引用文件的添加。

最后，设计提交表单页面（bank.aspx）。其步骤如下：

① 创建 BankClass 类，用于定义相关变量并返回变量的值。代码如下：

```
public class BankClass
{
  public BankClass()
  {
    //
    // TODO: 在此处添加构造函数逻辑
    //
  }
  private string interfaceName="ICBC_PERBANK_B2C"; //接口名称
  private string interfaceVersion="1.0.0.0";       //接口版本号
  private string merID="0200EC20000012";           //商户代码
  private string merAcct="0200029109000030106";    //商城账号
  private string merURL=""; //接收银行消息地址（http://地址/Get.aspx）
  private string notifyType="HG";          //通知类型（在交易完成后不通知商户）
  private string orderid;                  //订单号
  private string orderprice;               //订单金额
  private string curType="001";            //支付币种
  private string resultType="0";           //结果发送类型
  private string orderDate;                //交易日期时间
  //检验联名标志（不检验客户是否与商户联名，按金额扣账）
  private string verifyJoinFlag="0";
  private string merCert;                  //商城证书公钥
  private string prodid="";                //商品编号
  private string prodname="";              //商品名称
```

```
private string prodnum="";                              //商品数量
private string carriageAmt="";                          //已含运费金额
private string merHint="";                              //商城提示
private string comment1="";                             //备注字段 1
private string comment2="";                             //备注字段 2
private string path1=@"C:\Shop_fz\bank\public.crt";     //公钥路径
//拆分 pfx 后缀的证书后的公钥路径
private string path2=@"C:\Shop_fz\bank\user.crt";
//拆分 pfx 后缀的证书后的私钥路径
private string path3=@"C:\Shop_fz\bank\user.key";
private string key="11111111";                  //私钥保护密码
private string merSignMsg="";                   //订单签名数据（加密码后的字符串）
private string msg="";                          //需要加密码的明文字符串
public string InterfaceName
{
  get { return interfaceName; }
  set { interfaceName=value; }
}
public string InterfaceVersion
{
  get { return interfaceVersion; }
  set { interfaceVersion=value; }
}
public string MerID
{
  get { return merID; }
  set { merID=value; }
}
public string MerAcct
{
  get { return merAcct; }
  set { merAcct=value; }
}
public string MerURL
{
  get { return merURL; }
  set { merURL=value; }
}
public string NotifyType
{
  get { return notifyType; }
  set { notifyType=value; }
}
public string OrderID
{
  get { return orderid; }
  set { orderid=value; }
}
public string OrderPrice
{
  get { return orderprice; }
  set { orderprice=value; }
}
```

```
public string CurType
{
   get { return curType; }
   set { curType=value; }
}
public string ResultType
{
   get { return resultType; }
   set { resultType=value; }
}
public string OrderDate
{
   get { return orderDate; }
   set { orderDate=value; }
}
public string VerifyJoinFlag
{
   get { return verifyJoinFlag; }
   set { verifyJoinFlag=value; }
}
public string MerSignMsg
{
   get { return merSignMsg; }
   set { merSignMsg=value; }
}
public string MerCert
{
   get { return merCert; }
   set { merCert=value; }
}
public string ProdID
{
   get { return prodid; }
   set { prodid=value; }
}
public string ProdName
{
   get { return prodname; }
   set { prodname=value; }
}
public string ProdNum
{
   get { return prodnum; }
   set { prodnum=value; }
}
public string CarriageAmt
{
   get { return carriageAmt; }
   set { carriageAmt=value; }
}
public string MerHint
```

```
  {
    get { return merHint; }
    set { merHint=value; }
  }
  public string Comment1
  {
    get { return comment1; }
    set { comment1=value; }
  }
  public string Comment2
  {
    get { return comment2; }
    set { comment2=value; }
  }
  public string Path1
  {
    get { return path1; }
    set { path1=value; }
  }
  public string Path2
  {
    get { return path2; }
    set { path2=value; }
  }
  public string Path3
  {
    get { return path3; }
    set { path3=value; }
  }
  public string Key
  {
    get { return key; }
    set { Key=value; }
  }
  public string Msg
  {
    get { return msg; }
    set { msg=value; }
  }
}
```

注意：在此只给出相关的方法，对于变量的赋值参见银行提供的相关材料。

② 在提交表单页面 bank.aspx 中添加如下代码：

```
<form id="form1" name="order" method="post" action="银行地址">
<input type="hidden" name="interfaceName" value="<%=bankclass.InterfaceName%>" >
<input type="hidden" name="interfaceVersion" value="<%=bankclass. InterfaceVersiSon%>" >
<input type="hidden" name="orderid" value="<%=bankclass.OrderID%>">
<input type="hidden" name="totalprice" value="<%=bankclass. TotalPrice%>">
<input type="hidden" name="curType" value="<%=bankclass.CurType%>">
<input type="hidden" name="merID" value="<%=bankclass.MerID%>" >
<input type="hidden" name="merAcct" value="<%=bankclass.MerAcct%>" >
```

```
<input type="hidden" name="verifyJoinFlag" value="<%=bankclass.VerifyJoinFlag%>">
<input type="hidden" name="notifyType" value="<%=bankclass.NotifyType%>">
<input type="hidden" name="merURL" value="<%=bankclass.MerURL%>">
<input type="hidden" name="resultType" value="<%=bankclass.ResultType%>">
<input type="hidden" name="orderDate" value="<%=bankclass.OrderDate%>">
<input type="hidden" name="merSignMsg" value="<%=bankclass.MerSignMsg%>">
<input type="hidden" name="merCert" value="<%=bankclass.MerCert%>">
<input type="hidden" name="prodid" value="<%=bankclass.ProdID%>">
<input type="hidden" name="prodname" value="<%=bankclass.ProdName%>">
<input type="hidden" name="Prodnum" value="<%=bankclass.ProdNum%>">
<input type="hidden" name="carriageAmt" value="<%=bankclass.CarriageAmt%>">
<input type="hidden" name="merHint" value="<%=bankclass.MerHint%>">
<input type="hidden" name="comment1" value="<%=bankclass.Comment1%>">
<input type="hidden" name="comment2" value="<%=bankclass.Comment2%>">
</form>
```

注意：订单只能使用 Post 方式提交，使用 HTTPS 协议通信。如果提交的表单中含有中文，需要在<head></head>节点中使用字符集 GBK 指定。代码如下：

```
<meta http-equiv="content-type" content="text/html;charset=GBK">
```

（3）在业务逻辑层 bank.aspx.cs 中，为提交表单绑定数据。代码如下：

```
public partial class GoBank:System.Web.UI.Page
{
  DBClass dbObj=new DBClass();
  public static BankClass bankclass=new BankClass();   //实例化类对象
  protected void Page_Load(object sender,EventArgs e)
  {
    if(!IsPostBack)
    {
      bankclass=GetPayInfo();
      //判断是否登录
      ST_check_Login();
    }
  }
  public void ST_check_Login()
  {
    if((Session["UserName"]==null))
    {
      Response.Write("<script>alert('对不起！您还不是会员，请先注册再登录！');
      location='Default.aspx'</script>");
      Response.End();
    }
  }
  #region  初始化 BankClass 类
  public BankClass  GetPayInfo()
  {
    //从订单信息表中获取订单编号、订单金额
    string strSql="select Round(TotalPrice,2) as TotalPrice from tb_OrderInfo
    where OrderID="+Convert.ToInt32(Page.Request["OrderID"].Trim());
    DataTable dsTable=dbObj.GetDataSetStr(strSql,"tbOI");
    bankclass.OrderID=Request["OrderID"].Trim();              //订单编号
```

```
    bankclass.TotalPrice=Convert.ToString(float.Parse(dsTable.Rows[0]
    ["TotalPrice"].ToString())*100);   //订单金额
    //交易日期时间
    bankclass.OrderDate=DateTime.Now.ToString("yyyyMMddhhmmss");
    bankclass.Path1=Server.MapPath(@"bank\user.crt"); //公钥路径
    //拆分pfx后缀的证书后的公钥路径
    bankclass.Path2=Server.MapPath(@"bank\user.crt");
    //拆分pfx后缀的证书后的私钥路径
    bankclass.Path3=Server.MapPath(@"bank\user.key");
    //下面是需要加密的明文字符串
    bankclass.Msg=bankclass.InterfaceName+bankclass.InterfaceVersion+
    bankclass.MerID+bankclass.MerAcct+bankclass.MerURL+bankclass.NotifyType
    +bankclass.OrderID+bankclass.TotalPrice+bankclass.CurType+bankclass.
    ResultType+bankclass.OrderDate+bankclass.VerifyJoinFlag;
    //项目中引用组件，以声明的方式创建com组件
    ICBCEBANKUTILLib.B2CUtil obj=new ICBCEBANKUTILLib.B2CUtil();
    if(obj.init(bankclass.Path1,bankclass.Path2,bankclass.Path3,bankclass.
    Key)==0)             //加载公钥、私钥、密码，如果返回0则初始化成功
    {
      //加密明文
      bankclass.MerSignMsg=obj.signC(bankclass.Msg,bankclass.Msg.Length);
      bankclass.MerCert=obj.getCert(1);                //提取证书
    }
    else
    {
       Response.Write(obj.getRC());                    //返回签名失败信息
    }
    return (bankclass);
  }
  #endregion
}
```

8.3　本 章 小 结

通过对本章的学习，读者应大体掌握电子商务支付的方式有哪些，并且大概了解网上在线支付方式的制作过程。

8.4　课后任务与思考

1. 查阅其他银行的通知接口模式有哪些？
2. 通过网上实际购物体验在线支付方式的流程。

第 9 章 网上服装专卖店的后台管理

【本章导读】

本章主要介绍网站的后台管理系统，后台管理是网站维护的关键，比如商品库存管理、订单管理、会员管理等。后台管理可以方便地管理、发布、维护网站的内容，而不再需要硬性地编写 HTML 代码或手动建立每一个页面。本章只实现部分管理的功能，其他模块的实现大同小异，读者可以自己试着实现其他管理模块。

【主要知识点】

- 后台登录系统的实现
- 后台管理模块主页的实现
- 商品订单管理模块的实现

9.1 网站后台登录模块

9.1.1 后台登录模块概述

在网站页面底部都设置了进入后台登录页面的“后台管理入口”。后台登录页面主要用来对进入网站后台的用户进行身份验证，以防止非法用户进入后台，因此必须是管理员身份的用户才有权限登录到后台，对网站进行管理。同时后台也使用了验证码技术，防止使用注册机等恶意行为登录。此模块的实现类似于前台用户登录模块，不过在此模块中使用的数据表是 tb_Admin，在数据库中添加此表，此表数据结构如表 9-1 所示。

表 9-1 管理员信息表

字 段 名	数 据 类 型	允 许 空	默 认 值	说 明
AdminID	int	否		管理员 ID
AdminName	varchar(12)	否		管理员的登录名
Password	varchar(12)	否		管理员的密码
RealName	varchar(12)	否		管理员的真实姓名
Email	varchar(20)	否		管理员的 Email
LoadDate	datetime	否	(getdate())	创建时间

9.1.2　后台登录模块技术分析

后台登录模块主要使用了验证码技术，在前台的用户登录模块中也使用了这种技术。这里介绍另外一种验证码实现方法。

其过程是：将数字、英文字母存储到字符串变量 strchar 中，使用 String.Split 方法以指定的分隔符（逗号）分离字符串 strchar，将返回的字符串数组存储到字符串数组变量 VcArray 中，最后使用随机类 Random 成员方法 Next(int t=rand.Next(61))，根据返回值 t 来获取字符数组 VcArray 中的字符。

App_Code\CommonClass.cs 类中的代码如下：

```
/// <summary>
/// 实现随机验证码
/// </summary>
/// <param name="n">显示验证码的个数</param>
/// <returns>返回生成的随机数</returns>
public string RandomNum(int n) //
{
  //定义一个包括数字、大写英文字母和小写英文字母的字符串
  string strchar="0,1,2,3,4,5,6,7,8,9,A,B,C,D,E,F,G,H,I,J,K,L,M,N,O,P,Q,R,
  S,T,U,V,W,X,Y,Z,a,b,c,d,e,f,g,h,i,j,k,l,m,n,o,p,q,r,s,t,u,v,w,x,y,z";
  //将 strchar 字符串转化为数组
  //String.Split 方法返回包含此实例中的子字符串（由指定 Char 数组的元素分隔）的 String 数组
  string[] VcArray=strchar.Split(',');
  string VNum="";
  //记录上次随机数值，尽量避免产生几个一样的随机数
  int temp=-1;
  //采用一个简单的算法以保证生成随机数的不同
  Random rand=new Random();
  for(int i=1;i<n+1;i++)
  {
    if(temp!=-1)
    {
      //unchecked 关键字用于取消整型算术运算和转换的溢出检查
      //DateTime.Ticks 属性获取表示此实例的日期和时间的刻度数
      rand=new Random(i * temp * unchecked((int)DateTime.Now.Ticks));
    }
    //Random.Next 方法返回一个小于所指定最大值的非负随机数
    int t=rand.Next(61);
    if(temp!=-1 && temp==t)
    {
      return RandomNum(n);
    }
    temp=t;
    VNum+=VcArray[t];
  }
  return VNum;       //返回生成的随机数
}
```

注意：这种验证码很容易被机器辨别出来，因此最好使用前面讲过的验证码生成技术，将验证码生成到图片里，在图片中加一些干扰像素，这样的验证码才能起到防止破坏的作用。这里主要是讲这种技术，在实际应用中，使用图片验证的还是多一些。

9.1.3 任务二十八 后台登录模块的实现

本模块使用的数据表为 tb_Admin。

1. 设计步骤

① 在文件夹 admin 上右击，在弹出的快捷菜单中选择“添加新项”命令，在弹出的对话框中选中“Web 窗体”选项，在“名称”文本框中将页面的名称命名为 login.aspx，单击“添加”按钮。

② 使用表格布局用户登录界面 login.aspx，如图 9-1 所示。

图 9-1 后台登录界面

③ 在表格中添加相关的服务器控件，控件的属性设置及其用途如表 9-2 所示。

表 9-2 后台登录界面的主要控件

控 件 类 型	控件的 ID 属性	主要属性设置	控 件 用 途
abl TextBox_	txtAdminName	均为默认值	输入管理员姓名
abl TextBox_	txtAdminPwd	均为默认值	输入管理员密码
abl TextBox_	txtAdminCode	均为默认值	输入验证码
ab Button	btnLogin	OnClick="btnLogin_Click"	登录按钮
ab Button	btnCancel	OnClick="btnCancel_Click"	取消按钮

2. 实现代码

（1）与用户登录相关的存储过程

```
//存储过程 proc_AdminLogin，用于判断用户是否存在
ALTER PROCEDURE dbo.proc_AdminLogin
(
   @AdminName nvarchar(12),
   @Psw nvarchar(12)
)
as
select * from tb_Admin where AdminName=@AdminName and Password=@Psw
```

（2）数据访问层 UserClass.cs 的相关代码

```
//判断用户是否为合法用户，并返回符合条件的第一行第一列的值
public int AdminLogin(string strName,string strPwd)
{
    SqlCommand myCmd=dbObj.GetCommandProc("proc_AdminLogin");
    //添加用户名
    SqlParameter paramUserName=new SqlParameter("@AdminName",SqlDbType.
    NVarChar,12);                          //定义参数的名称、数据类型、大小
    paramUserName.Value=strName;           //定义参数的数据来源
    myCmd.Parameters.Add(paramUserName); //将参数添加给存储过程
    //添加密码
    SqlParameter paramPassword=new SqlParameter("@Psw",SqlDbType.NVarChar,12);
    paramPassword.Value=strPwd;
    myCmd.Parameters.Add(paramPassword);
    return dbObj.ExecScalar(myCmd);
}
```

（3）业务逻辑层 login.aspx.cs 中的代码

```
public partial class Manage_Login:System.Web.UI.Page
{
    //创建公共类 CommonClass 的一个新实例对象
    CommonClass ccObj=new CommonClass();
    DBClass dbObj=new DBClass();
    UserClass ucObj=new UserClass();
    protected void Page_Load(object sender,EventArgs e)
    {
        if(!IsPostBack)                                    //判断页面是否是第一次加载
        {
            //调用 CommonClass 类中的 RandomNum 生成 4 位验证码
            this.labCode.Text=ccObj.RandomNum(4);
        }
    }
    protected void btnLogin_Click(object sender,EventArgs e)
    {
        //定义一个字符串，获取用户信息
        string strSql="select * from tb_Admin where AdminName='"+this.
        txtAdminName.Text.Trim()+"' and Password='"+this.txtAdminPwd.Text.Trim()+"'";
        DataTable dsTable=dbObj.GetDataSetStr(strSql,"tbAdmin");
        string name=this.txtAdminName.Text.ToString().Trim();
        string pass=this.txtAdminPwd.Text.ToString().Trim();
        string yzm=this.txtAdminCode.Text;
        if(name=="")
        {
            this.Page.RegisterClientScriptBlock("clientScript",
            ccObj.MessageBoxPage("用户名不能为空！"));
        }
        else
        {
            //判断用户是否已输入了必要的信息
            if(this.txtAdminPwd.Text=="")
```

```
        {
            //调用公共类 CommonClass 中的 MessageBoxPage 方法
            this.Page.RegisterClientScriptBlock("clientScript",
            ccObj.MessageBoxPage("密码不能为空！"));
        }
        else
        {
            //判断用户输入的验证码是否正确
            if(this.labCode.Text==yzm)
            {
                if(Session["AID"]!=null)
                {
                    if(name!=Session["AID"].ToString())
                    {
                        //调用 UserClass 类中的 UserLogin 方法，判断用户名和密码是否
                        //一致，并返回符合条件的数目
                        int dsCount=ucObj.AdminLogin(name,pass);
                        //判断用户是否存在
                        if(dsCount>0)
                        {
                            Session["AID"]=Convert.ToInt32(dsTable.Rows[0]
                            [0].ToString());        //保存用户名
                            Response.Redirect("AdminIndex.aspx");
                        }
                        else
                        {
                            this.Page.RegisterClientScriptBlock("clientScript",
                            ccObj.MessageBoxPage("您输入的用户名或密码错误,请重新
                            输入！"));
                        }
                    }
                    else
                    {
                        this.Page.RegisterClientScriptBlock("clientScript",
                        ccObj.MessageBox("您已经登录,不用再次登录!","../Default.
                        aspx"));
                    }
                }
                else
                {
                    //调用 UserClass 类中的 UserLogin 方法,判断用户名和密码是否一致,
                    //并返回符合条件的数目
                    int dsCount=ucObj.AdminLogin(name,pass);
                    //判断用户是否存在
                    if(dsCount>0)
                    {
                        Session["AID"]=Convert.ToInt32(dsTable.Rows[0][0].
                        ToString());            //保存用户名
                        Response.Redirect("AdminIndex.aspx");
                    }
                    else
```

```
                    {
                        this.Page.RegisterClientScriptBlock("clientScript",
                        ccObj.MessageBoxPage("您输入的用户名或密码错误，请重新输
                        入！"));
                    }
                }
                else
                {
                    this.Page.RegisterClientScriptBlock("clientScript",
                    ccObj.MessageBoxPage("验证码输入有误，请重新输入！"));
                }
            }
        }
}
```

9.2　网站后台主页设计

9.2.1　网站后台主页概述

程序人员在开发网站后台主页的时候，主要是从管理员管理的操作性、实用性、网站易维护性角度考虑，与网站前台相比，美观性并不重要。

9.2.2　网站后台主页技术分析

1. frameset 简介

所谓框架就是将页面分成几个窗格，同时取得多个 URL。要实现框架功能，用<frameset><frame>即可，而所有框架文档需要放在一个框架集文档中，这个文档只记录了该框架如何划分，不会显示任何资料，所以不必放入<body>标记，在<body>标记中的<frameset>是无法显示框架的。<frameset>用以划分窗格，每一个窗格由一个<frame>标记所标示，<frame>必须在<frameset>范围中使用。例如：

```
<frameset cols="200,*" >
<frame name="left" src="Left.aspx">
<frameset rows="78,*" >
<frame name="top" scrolling="no" src="Top.aspx">
<frame name="right" scrolling="no" src="Main.aspx">
</frameset>
</frameset>
```

上例中<frameset>把页面分成 3 个部分，左边显示 Left.aspx，右边的上半部分显示 Top.aspx，右边的下半部分显示 Main.aspx。

frameset 参数设置：

```
<frameset frameborder="0" framespacing="0" border="1px" bordercolor="#cccccc"
cols="200,*">
```

- frameborder：设置是否显示框架的边框，0 为不显示，1 为显示。
- framespacing：表示框架与框架之间的距离。
- border：设置框架的边框厚度，以 pixels 为单位。

- bordercolor：设置框架的边框颜色。
- cols="200,*"：将文档分为左右框架，cols 后的值可以为数值或百分数，*表示占用余下的空间，数值的个数代表水平分成的框架个数。例如 cols ="210,*,10%"，表示页面分为左中右 3 个框架，左边的框架占用 210px，右边的框架占用整个文档的 10%，余下的空间由中间的框架占用。*是一个相对的概念，例如 Row=*，表示页面中没有上下结构的框架布局。
- rows：设置同 cols。

frame 参数设置：

```
<frame name="left" src=" Left.aspx " marginwidth="1" marginheight="1" scrolling=
"no" frameborder="1" noresize framespacing="2" bordercolor="#cc0000">
```

- name：设置框架的名称，须为英文，且必须设置此名称。
- src：设置框架中显示的页面路径和名称，可为相对路径也可为绝对路径。
- marginwidth：表示框架距离左右边缘的距离。
- marginheight：表示框架距离上下边缘的距离。
- scrollling：设置是否在框架中显示滚动条，yes 为显示，no 为不显示，auto 表示当框架页中内容超过框架的大小时自动显示滚动条。
- frameborder：设置是否显示框架的边框，0 为不显示，1 为显示。
- noresize：设置是否可以让浏览者改变这个框架的大小，不设置此项可以让浏览者任意拉动框架，改变框架的大小。
- framespacing：表示框架与框架之间的距离。
- bordercolor：设置框架的边框颜色。

2. iframe 框架简介

iframe 框架又称内嵌框架。frame 框架与 isframe 框架两者可以实现的功能基本相同，但 iframe 框架更灵活一些。

<iframe>标记又称浮动帧标记，可以用它将一个 HTML 文档嵌入在一个 HTML 中显示。它与<frame>标记最大的不同是这个标记所引用的 HTML 文件不是与另外的 HTML 文件相互独立显示，而是可以直接嵌入在一个 HTML 文件中，与这个 HTML 文件内容相互融合，成为一个整体。另外，还可以多次在一个页面内显示同一内容，而不必重复写内容。<iframe></iframe>所包含的内容是一个独立的个体，是可以独立显示的。

iframe 框架的参数设置：

```
<iframe src="URL" width="x" height="x" scrolling="[OPTION]" frameborder=
"x"></iframe>
```

- src：文件的路径，既可是 HTML 文件，又可以是文本、ASP.NET 等。
- width、height：框架区域的宽与高。
- scrolling：当 src 指定的文档在指定的区域中显示不完时，滚动条的设置。如果设置为 NO，则不出现滚动条；如为 Auto，则自动出现滚动条；如为 Yes，则显示滚动条。
- frameborder：区域边框的宽度，为了让框架与框架之间邻近的内容相融合，常设置为 0。

9.2.3　任务二十九　网站后台主页实现

网站后台主页如图 9-2 所示。

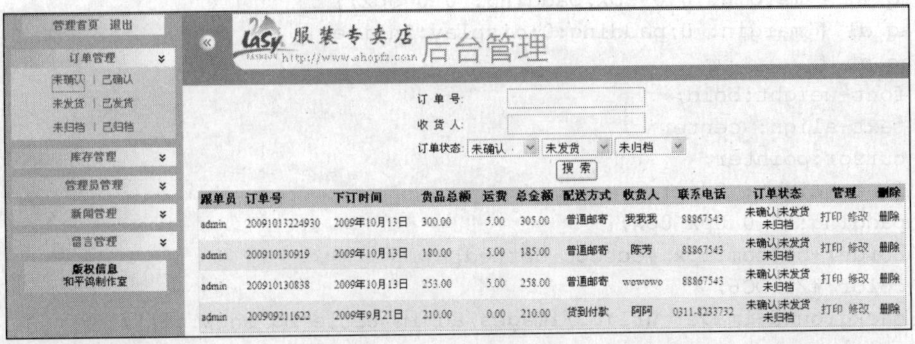

图 9-2　网站后台主页

设计步骤如下：

① 在文件夹 admin 上右击，在弹出的快捷菜单中选择“添加新项”命令，在弹出的对话框中选中“Web 窗体”选项，在“名称”文本框中将页面的名称命名为 AdminIndex.aspx，单击“添加”按钮。此页面用到了框架嵌套，将文档分成 3 部分，左边一部分，右边又被分成上下两部分。左边包含的页面为 Left.aspx，右边上半部分包含的页面为 Top.aspx，下半部分包含的页面为 Main.aspx。具体代码如下：

```
<html xmlns="http://www.w3.org/1999/xhtml" >
<head runat="server">
<title>后台功能</title>
</head>
<frameset id="frame" framespacing="0" border="false" cols="200,*" frameborder=
"0">
<frame name="left" scrolling="no" marginwidth="0" marginheight="0" src=
"Left.aspx">
<frameset framespacing="0" border="false" rows="78,*" frameborder="0" >
<frame name="top" scrolling="no" src="Top.aspx">
<frame name="right" scrolling="no" src="Main.aspx">
</frameset>
</frameset>
</html>
```

② 在 admin 文件夹中添加框架左边的页面 Left.aspx，如图 9-2 所示的左边部分。

此页面显示后台管理的功能列表，采用收缩菜单制作此功能列表，这里使用的代码扩展性很强，可以自由添加更多的分类，并且显示的样式可以随意修改。Left.aspx 中具体代码如下：

```
<!DOCTYPE html PUBLIC "-//W3C//DTD XHTML 1.0 Transitional//EN" "http://www.
w3.org/TR/xhtml1/DTD/xhtml1-transitional.dtd">
<html xmlns="http://www.w3.org/1999/xhtml">
<head id="Head1" runat="server">
<title>后台功能列表</title>
<meta http-equiv="Content-Type" content="text/html;charset=utf-8" />
<style type="text/css">
body { margin: 0px auto;background-color:#7F9ED9;background-image: none;
```

```
text-align: left;}
ul { list-style: none;margin: 0px;}
#faq { font-size: 12px;width: 185px;}
#faq li { margin: 0 0 5px;padding: 0 0 5px;}
#faq dl { margin: 0;padding:0;display:inline;}
#faq dt {
   font-weight:bold;
   text-align: center;
   cursor:pointer;
   line-height: 20px;
   padding: 5 0 0px 0px;
   border-bottom:1px #cccccc dotted;
   color:#215DC6;
   background-image: url(../images/admin_title_bg_show.gif);
}
#faq dd {
   display:none;
   margin:0;
   padding: 5px 0 5px 0px;
   background:#ffcc33;
   line-height: 100%;
}
</style>
<script type="text/javascript" language="javascript">
var lastFaqClick=null;
window.onload=function(){
   var faq=document.getElementById("faq");
   var dls=faq.getElementsByTagName("dl");
   for(var i=0,dl;dl=dls[i];i++){
      var dt=dl.getElementsByTagName("dt")[0];   //取得标题
      dt.id="faq_dt_"+(Math.random()*100);       //给标题的ID取一个随机的名称
      dt.onclick=function(){
         var p=this.parentNode;                  //取得父节点
         if(lastFaqClick!=null&&lastFaqClick.id!=this.id){
            var dds=lastFaqClick.parentNode.getElementsByTagName("dd");
            for(var i=0,dd;dd=dds[i];i++)
               dd.style.display='none';
         }
         lastFaqClick=this;
         var dds=p.getElementsByTagName("dd");   //取得对应子节点，也就是说明部分
         var tmpDisplay='none';
         if(gs(dds[0],'display')=='none')
            tmpDisplay='block';
         for(var i=0;i<dds.length;i++)
            dds[i].style.display=tmpDisplay;
      }
   }
}
function gs(d,a){
   if(d.currentStyle){
```

```
    var curVal=d.currentStyle[a]
  }else{
    var curVal=document.defaultView.getComputedStyle(d,null)[a]
  }
  return curVal;
}
</script>
</head>
<body style="background-image: none;background-color: #cc9933;">
<table style="background-image: url(../images/admin_title_bg_show.gif); width:
160px">
<tr>
<td align="center">
<a href="main.aspx" target="right" class="c"><strong>管理首页</strong></a> 
 
<a href="../Default.aspx" target="_top" class="c"><strong>退出</strong></a>
</td>
</tr>
</table>
<br/>
<ul id="faq">
<li>
<dl>
<dt>订单管理</dt>
<dd>
<a href="OrderList.aspx?OrderList=00" target="right">未确认</a>
<asp:Label ID="Label1" runat="server" Text="|" SkinID="blacklb" Font-Size=
"14px" Width="10px" />
<a href="OrderList.aspx?OrderList=01" target="right">已确认</a>
</dd>
<dd>
<a href="OrderList.aspx?OrderList=10" target="right">未发货</a>
<asp:Label ID="Label2" runat="server" Text="|" SkinID="blacklb" Font-Size="14px"
Width="10px" />
<a href="OrderList.aspx?OrderList=11" target="right">已发货</a>
</dd>
<dd>
<a href="OrderList.aspx?OrderList=20" target="right">未归档</a>
<asp:Label ID="Label3" runat="server" Text="|" SkinID="blacklb" Font-Size="14px"
Width="10px" />
<a href="OrderList.aspx?OrderList=21" target="right">已归档</a>
</dd>
</dl>
</li>
<li>
<dl>
<dt>库存管理</dt>
<dd>
<a href="#" target="right">商品分类添加</a>
<asp:Label ID="Label4" runat="server" Text="|"  SkinID="blacklb" Font-Size="14px"
Width="10px" />
```

```
<a href="#" target="right">管理</a>
</dd>
<dd>
<a href="#" target="right">商品信息添加</a>
<asp:Label ID="Label5" runat="server" Text="|" SkinID="blacklb" Font-Size="14px"
Width="10px" />
<a href="#" target="right">管理</a>
</dd>
</dl>
</li>
<li>
<dl>
<dt>管理员管理</dt>
<dd>
<a href="#" target="right">添加管理员</a>
<asp:Label ID="Label8" runat="server" Text="|" SkinID="blacklb"
Font-Size="14px" Width="10px" />
<a href="#" target="right">管理</a>
</dd>
</dl>
</li>
<li>
<dl>
<dt>新闻管理</dt>
<dd>
<a href="#" target="right">添加新闻</a>
<asp:Label ID="Label9" runat="server" Text="|" SkinID="blacklb" Font-Size=
"14px" Width="10px" />
<a href="#" target="right">管理</a>
</dd>
</dl>
</li>
<li>
<dl>
<dt>留言管理</dt>
<dd>
<a href="#" target="right">留言管理</a><br />
<br/>
<a href="#" target="right">商品评论管理</a>
</dd>
</dl>
</li>
</ul>
<table style="background-image: url(../images/admin_title_bg_show.gif);width:
160px">
<tr>
<td align="center">
<strong>版权信息</strong><br />
和平鸽制作室
</td>
```

```
</tr>
</table>
</body>
</html>
```

注意：粗体字部分与介绍 OrderList.aspx 页面时相对应，此部分是订单管理部分，点击不同的分类，将在 Main.aspx 框架中显示不同的内容。

③ 在 admin 文件夹中添加右框架上半部分的页面 Top.aspx，如图 9-3 所示。

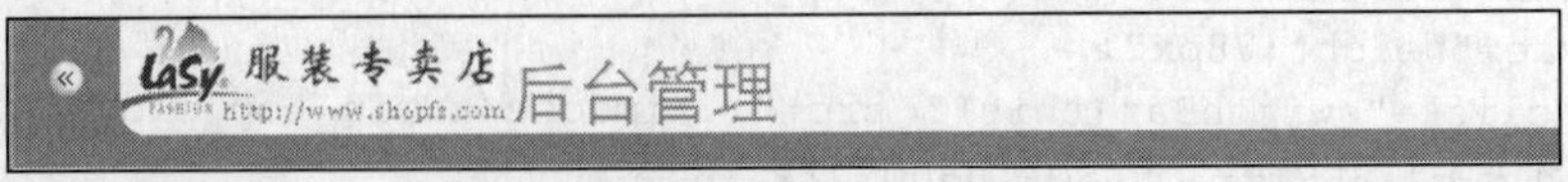

图 9-3　Top.aspx 页面效果

此页面主要用到的技术是当单击此图像时可以打开或关闭左边的管理菜单。具体代码如下：

```
<%@ Page Language="C#" AutoEventWireup="true" CodeFile="Top.aspx.cs" Inherits=
"Manger_Top"%>
<!DOCTYPE html PUBLIC "-//W3C//DTD XHTML 1.0 Transitional//EN" "http://www.
w3.org/TR/xhtml1/DTD/xhtml1-transitional.dtd">
<html xmlns="http://www.w3.org/1999/xhtml" >
<head runat="server" >
<title>Top</title>
<base target="right"/>
<script  language="javascript" type="text/javascript">
<!--
var dvnews_majorVer=3.2;
var dvnews_minorVer=1216;
var dvnews_beta=false;

function preloadImg(src)
{
  var img=new Image();
  img.src=src
}
preloadImg("../images/admin_top_open.gif");
<asp:Literal id="ltScript" runat="server"/>
var displayBar=true;
function switchBar(obj)
{
  if(displayBar)
  {
    parent.frame.cols="0,*";
    displayBar=false;
    obj.src="../images/admin_top_open.gif";
    obj.title="打开左边管理菜单";
  }
  else
  {
    parent.frame.cols="180,*";
    displayBar=true;
    obj.src="../Images/admin_top_close.gif";
```

```
        obj.title="关闭左边管理菜单";
    }
}
-->
</script>
</head>
<body style=" background-image:url(../images/admin_top_bg.gif); margin:0px">
<table style="height:100%;width:95%" border="0" cellpadding="0" cellspacing=
"0" align="left">
<tr align="left">
<td style="height:78px">
<img onclick="switchBar(this)" src="../images/admin_top_close.gif" alt="关
闭左边管理菜单" style="cursor:hand" />
</td>
</tr>
</table>
</body>
</html>
```

④ 在 admin 文件夹中添加右框架下半部分的页面 Main.aspx，这里制作一个空白文档就可以了。

至此网站后台管理的主页面就制作完成了。

9.3 销售订单管理

9.3.1 销售订单管理模块简介

销售订单管理模块是电子商务平台后台管理的一个重要模块，例如用户生成的订单有错误或者需要修改订单，这些用户是没有权限操作的，只有用户通知网站管理员才能操作；当用户已经对订单付款，商户就需要按照订单中的商品进行发货，所以商户要查找未发货的订单进行发货。

在网站后台的管理模块中，当管理员在功能列表中"订单管理"下执行"未确认"、"已确认"，"未发货"、"已发货"等功能时，都会在右框架下半部分显示区打开相应的管理页面，如图 9-4 所示。在该页面中，管理员可以根据实际需要查询、修改、浏览和删除订单信息。

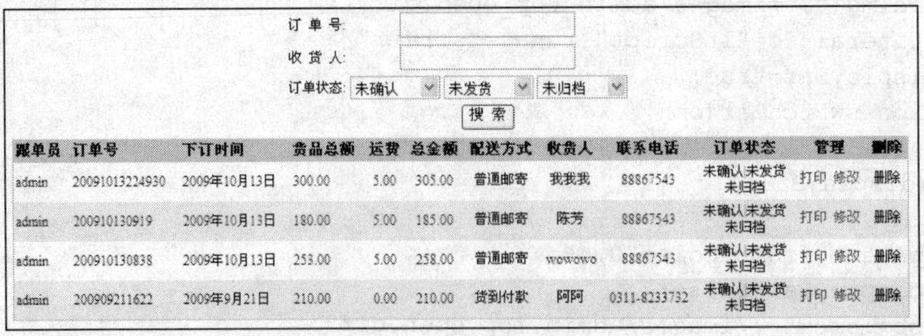
订 单 号:
收 货 人:
订单状态: 未确认 未发货 未归档
搜 索

跟单员	订单号	下订时间	货品总额	运费	总金额	配送方式	收货人	联系电话	订单状态	管理	删除
admin	20091013224930	2009年10月13日	300.00	5.00	305.00	普通邮寄	我我我	88867543	未确认未发货未归档	打印 修改	删除
admin	200910130919	2009年10月13日	180.00	5.00	185.00	普通邮寄	陈芳	88867543	未确认未发货未归档	打印 修改	删除
admin	200910130838	2009年10月13日	253.00	5.00	258.00	普通邮寄	wowowo	88867543	未确认未发货未归档	打印 修改	删除
admin	200909211622	2009年9月21日	210.00	0.00	210.00	货到付款	阿阿	0311-8233732	未确认未发货未归档	打印 修改	删除

图 9-4 OrderList.aspx 页面效果

9.3.2 销售订单管理模块关键技术

当商户给用户邮寄订单或者给用户购物凭证时，需要将订单的一些信息打印出来，所以在销售订单管理模块中应用了打印技术。

9.3.3　任务三十　销售订单管理的实现

订单管理模块包括 3 个页面，在 admin 文件夹中创建 3 个页面，分别为 OrderList.aspx、OrderPrint.aspx 和 OrderModify.aspx。

OrderList.aspx 是订单管理模块的首页，此文档主要用于搜索和显示订单信息，并且点击相应的功能按钮可以实现对订单的打印、修改和删除等操作。单击"打印"链接时转到 OrderPrint.aspx 页面，单击"修改"链接时转到 OrderModify.aspx 页面。单击"删除"链接时判断该订单是否已被确认或归档，如果没有被确认（说明购物用户不存在）或已归档（说明货物已被用户验收），则将该订单删除，否则不可以删除该订单。删除订单时，不仅要删除订单表 tb_OrderInfo 中的订单信息，还要删除订单详细表 tb_Order 中的订单信息。OrderList.aspx 页面效果如图 9-4 所示。

下面分别对这 3 个页面进行详细讲解。

1. 销售订单管理模块的首页 OrderList.aspx 实现过程

① 此页面用到的主要控件如表 9-3 所示。

表 9-3　销售订单管理界面的主要控件

控件类型	控件的 ID 属性	主要属性设置	控 件 用 途
abl TextBox	txtKeyword	默认属性	用来输入订单号
abl TextBox	txtName	默认属性	用来输入收货人
DropDownList	ddlConfirmed	默认属性	绑定订单是否确认
DropDownList	ddlFinished	默认属性	绑定订单是否收货
DropDownList	ddlShipped	默认属性	绑定订单是否归档
ab Button	btnSearch	OnClick="btnSearch_Click"	搜索按钮
GridView	gvOrderList	OnPageIndexChanging="gvOrderList_PageIndexChanging" OnRowDeleting="gvOrderList_RowDeleting"	显示订单信息

② 用表格布局 OrderList.aspx 页面，具体代码如下：

```
<%@ Page Language="C#" AutoEventWireup="true" CodeFile="Main.aspx.cs"
Inherits="admin_Main" %>
<!DOCTYPE html PUBLIC "-//W3C//DTD XHTML 1.0 Transitional//EN" "http://www.
w3.org/TR/xhtml1/DTD/xhtml1-transitional.dtd">
<html xmlns="http://www.w3.org/1999/xhtml" >
<head runat="server">
<title>无标题页</title>
</head>
<body style="background-image:none;text-align:left">
<form id="form1" runat="server">
<div>
<table style="width:800px">
<tr>
<td align="center">
<table>
<tr>
<td>
<asp:Label ID="Label1" runat="server" Text="订单号:" SkinID="blacklb"></asp:Label>
```

```
</td>
<td>
<asp:TextBox ID="txtKeyword" runat="server"></asp:TextBox>
</td>
</tr>
<tr>
<td>
<asp:Label ID="Label2" runat="server" Text="收货人:" SkinID="blacklb"></asp:Label>
</td>
<td>
<asp:TextBox ID="txtName" runat="server"></asp:TextBox>
</td>
</tr>
<tr>
<td>
<asp:Label ID="Label3" runat="server" Text="订单状态:" SkinID="blacklb"></asp:Label>
</td>
<td>
<asp:DropDownList ID="ddlConfirmed" runat="server">
<asp:ListItem Value="00">未确认</asp:ListItem>
<asp:ListItem Value="01">已确认</asp:ListItem>
</asp:DropDownList>
<asp:DropDownList ID="ddlFinished" runat="server">
<asp:ListItem Value="10">未发货</asp:ListItem>
<asp:ListItem Value="11">已发货</asp:ListItem>
</asp:DropDownList>
<asp:DropDownList ID="ddlShipped" runat="server">
<asp:ListItem Value="20">未归档</asp:ListItem>
<asp:ListItem Value="21">已归档</asp:ListItem>
</asp:DropDownList></td>
</tr>
<tr>
<td>
</td>
<td>
<asp:Button ID="btnSearch" runat="server" Text="搜索" OnClick="btnSearch_
Click"></asp:Button>
</td>
</tr>
</table>
<table>
<tr>
<td>
<asp:GridView ID="gvOrderList" runat="server" HorizontalAlign="Center" Width=
"800px" DataKeyNames="OrderID" AutoGenerateColumns="False" PageSize="15"
AllowPaging= "True" OnPageIndexChanging="gvOrderList_PageIndexChanging"
OnRowDeleting="gvOrderList_RowDeleting" BackColor="LightGoldenrodYellow"
BorderColor="Tan" BorderWidth="1px" CellPadding="2" ForeColor="Black" GridLines=
"None">
```

```
<HeaderStyle Font-Bold="True" Font-Size="Small" BackColor="Tan" />
<Columns>
<asp:TemplateField HeaderText="跟单员">
<HeaderStyle HorizontalAlign="Left"></HeaderStyle>
<ItemStyle HorizontalAlign="Left"></ItemStyle>
<ItemTemplate>
<%#GetAdminName(DataBinder.Eval(Container.DataItem,
"OrderID").ToString())%>
</ItemTemplate>
</asp:TemplateField>
<asp:BoundField DataField="OrderID" HeaderText="订单号">
<ItemStyle HorizontalAlign="Left" />
<HeaderStyle HorizontalAlign="Left" />
</asp:BoundField>
<asp:TemplateField HeaderText="下订时间">
<HeaderStyle HorizontalAlign="Left"></HeaderStyle>
<ItemStyle HorizontalAlign="Left"></ItemStyle>
<ItemTemplate>
<%#Convert.ToDateTime(DataBinder.Eval(Container.DataItem,
"OrderDate").ToString()).ToLongDateString()%>
</ItemTemplate>
</asp:TemplateField>
<asp:TemplateField HeaderText="货品总额">
<HeaderStyle HorizontalAlign="Left"></HeaderStyle>
<ItemStyle HorizontalAlign="Left"></ItemStyle>
<ItemTemplate>
<%#DataBinder.Eval(Container.DataItem,"ProdTotalPrice").ToString()%>
</ItemTemplate>
</asp:TemplateField>
<asp:TemplateField HeaderText="运费">
<HeaderStyle HorizontalAlign="Center"></HeaderStyle>
<ItemStyle HorizontalAlign="Center"></ItemStyle>
<ItemTemplate>
<%#DataBinder.Eval(Container.DataItem,"SendPrice").ToString()%>
</ItemTemplate>
</asp:TemplateField>
<asp:TemplateField HeaderText="总金额">
<HeaderStyle HorizontalAlign="Center"></HeaderStyle>
<ItemStyle HorizontalAlign="Center"></ItemStyle>
<ItemTemplate>
<%#DataBinder.Eval(Container.DataItem,"OrderTotalPrice").ToString()%>
</ItemTemplate>
</asp:TemplateField>
<asp:BoundField DataField="SendType" HeaderText="配送方式">
<ItemStyle HorizontalAlign="Center" />
<HeaderStyle HorizontalAlign="Center" />
</asp:BoundField>
<asp:BoundField DataField="ReceiverName" HeaderText="收货人">
<ItemStyle HorizontalAlign="Center" />
<HeaderStyle HorizontalAlign="Center" />
```

```
</asp:BoundField>
<asp:BoundField DataField="ReceiverPhone" HeaderText="联系电话">
<ItemStyle HorizontalAlign="Center" />
<HeaderStyle HorizontalAlign="Center" />
</asp:BoundField>
<asp:TemplateField HeaderText="订单状态">
<HeaderStyle HorizontalAlign="Center"></HeaderStyle>
<ItemStyle HorizontalAlign="Center"></ItemStyle>
<ItemTemplate>
<%#GetStatus(DataBinder.Eval(Container.DataItem,"OrderID").ToString())%>
</ItemTemplate>
</asp:TemplateField>
<asp:TemplateField HeaderText="管理">
<HeaderStyle HorizontalAlign="Center"></HeaderStyle>
<ItemStyle HorizontalAlign="Center"></ItemStyle>
<ItemTemplate>
<a href='OrderPrint.aspx?OrderID=<%#DataBinder.Eval(Container.DataItem,
"OrderID") %>' target="_top">打印</a>
<a href='OrderModify.aspx?OrderID=<%#DataBinder.Eval(Container.DataItem,
"OrderID") %>' >修改</a>
</ItemTemplate>
</asp:TemplateField>
<asp:CommandField ShowDeleteButton="True"  HeaderText="删除" />
</Columns>
<EditRowStyle Font-Size="Small" />
<FooterStyle BackColor="Tan" />
<SelectedRowStyle BackColor="DarkSlateBlue" ForeColor="GhostWhite" />
<PagerStyle  ForeColor="DarkSlateBlue"  HorizontalAlign="Center"  BackColor=
"PaleGoldenrod" />
<AlternatingRowStyle BackColor="PaleGoldenrod" />
</asp:GridView>
</td>
</tr>
</table>
</td>
</tr>
</table>
</div>
</form>
</body>
</html>
```

③ 实现此页面用到的存储过程代码如下：

```
ALTER proc [dbo].[Proc_SearchOI]
(
  @OrderID varchar(20),
  @NF int,
  @Name varchar(50),
  @IsConfirm int,
  @IsSend int,
```

```
  @IsEnd int
)
as
declare @Msql varchar(1024) set @Msql='select * from tb_OrderInfo where IsConfirm='+Convert(varchar(20),@IsConfirm)+' and IsSend='+Convert(varchar(20),@IsSend)+' and IsEnd='+Convert(varchar(20),@IsEnd)+''
if @NF>0
  begin
    set @Msql=@Msql+'and ReceiverName='''+convert(varchar(50),@Name)+''''
  end
  exec(@Msql)
```

④ 数据访问层 OrderClass.cs 中用到的代码如下：

```
/// <summary>
/// 详细查询订单信息
/// </summary>
/// <param name="IntOrderID">订单号</param>
/// <param name="IntNF">标志是否填写收货人的姓名</param>
/// <param name="strName">收货人的姓名</param>
/// <param name="IntIsConfirm">是否确认</param>
/// <param name="IntIsSend">是否发货</param>
/// <param name="IntIsEnd">是否归档</param>
/// <returns>返回数据源表 DataTable</returns>
public DataTable ExactOrderSearch(string strOrderID,int IntNF,string strName,
int IntIsConfirm,int IntIsSend,int IntIsEnd)
{
  SqlCommand myCmd=dbObj.GetCommandProc("Proc_SearchOI");
  //添加参数
  SqlParameter orderId=new SqlParameter("@OrderID",SqlDbType.VarChar,20);
  orderId.Value=strOrderID;
  myCmd.Parameters.Add(orderId);
  //添加参数
  SqlParameter nf=new SqlParameter("@NF",SqlDbType.Int,4);
  nf.Value=IntNF;
  myCmd.Parameters.Add(nf);
  //添加参数
  SqlParameter name=new SqlParameter("@Name",SqlDbType.VarChar,50);
  name.Value=strName;
  myCmd.Parameters.Add(name);
  //添加参数
  SqlParameter confirm=new SqlParameter("@IsConfirm",SqlDbType.Int,4);
  confirm.Value=IntIsConfirm;
  myCmd.Parameters.Add(confirm);
  //添加参数
  SqlParameter send=new SqlParameter("@IsSend",SqlDbType.Int,4);
  send.Value=IntIsSend;
  myCmd.Parameters.Add(send);
  //添加参数
  SqlParameter end=new SqlParameter("@IsEnd",SqlDbType.Int,4);
  end.Value=IntIsEnd;
  myCmd.Parameters.Add(end);
```

```
    dbObj.ExecNonQuery(myCmd);
    DataTable dsTable=dbObj.GetDataSet(myCmd,"tbOI");
    return dsTable;
}
```

⑤ 业务逻辑层 OrderList.aspx.cs 的代码如下：

注意：添加"using System.Data.SqlClient;"命名空间。

```
public partial class admin_Main:System.Web.UI.Page
{
    CommonClass ccObj=new CommonClass();
    DBClass dbObj=new DBClass();
    OrderClass ocObj=new OrderClass();
    protected void Page_Load(object sender,EventArgs e)
    {
        if(!IsPostBack)
        {
            //判断是否登录
            //ST_check_Login();
            //判断是否已单击"搜索"按钮
            ViewState["search"]=null;
            pageBind();                        //调用自定义方法 pageBind 分类显示订单信息
        }
    }
    public void ST_check_Login()
    {
        if((Session["AID"]==null))
        {
            Response.Write("<script>alert('对不起！您不是管理员，无权限浏览此页！');
            location='../Default.aspx'</script>");
            Response.End();
        }
    }
    /// <summary>
    /// 从订单信息表 tb_OrderInfo 中获取订单信息,然后将获取的信息绑定到 GridView 控件中。
    /// </summary>
    string strSql;
    public void pageBind()
    {
        strSql="select * from tb_OrderInfo where";
        //获取 Request["OrderList"]对象的值，确定查询条件
        string strOL=Request["OrderList"].Trim();
        switch(strOL)
        {
            case "00":                         //表示未确定
                strSql+="IsConfirm=0";
                break;
            case "01":                         //表示已确定
                strSql+="IsConfirm=1";
                break;
```

```
    case "10":                              //表示未发货
        strSql+="IsSend=0";
    break;
    case "11":                              //表示已发货
        strSql+="IsSend=1";
        break;
    case "20":                              //表示收货人未验收货物
        strSql+="IsEnd=0";
        break;
    case "21":                              //表示收货人已验收货物
        strSql+="IsEnd=1";
        break;
    default:
        break;
  }
  strSql+="order by OrderDate Desc";
  //获取查询信息，并将其绑定到GridView控件中
  DataTable dsTable=dbObj.GetDataSetStr(strSql,"tbOI");
  this.gvOrderList.DataSource=dsTable.DefaultView;
  this.gvOrderList.DataKeyNames=new string[] { "OrderID" };
  this.gvOrderList.DataBind();
}
//得到订单的状态
public string GetStatus(string strOrderID)
{
  string strSql="select(case IsConfirm when '0' then '未确认' when '1' then
  '已确认' end ) as IsConfirm";
  strSql+=",(case IsSend when '0' then '未发货' when '1' then '已发货' end )
  as IsSend";
  strSql+=",(case IsEnd when '0' then '未归档' when '1' then '已归档' end )
  as IsEnd ";
  strSql+="from tb_OrderInfo where OrderID='"+strOrderID+"'";
  DataTable dsTable=dbObj.GetDataSetStr(strSql,"tbOI");
  return(dsTable.Rows[0][0].ToString()+"|"+dsTable.Rows[0][1].ToString()
  +"<br>"+dsTable.Rows[0][2].ToString());
}
//通过tb_OrderInfo中的AdminID在tb_Admin中找到AdminName字段
public string GetAdminName(string  strOrderID)
{
  string strSql="select AdminName from tb_Admin";
  strSql+="where AdminID=(select AdminID from tb_OrderInfo";
  strSql+="where OrderID='"+strOrderID+"')";
  SqlCommand myCmd=dbObj.GetCommandStr(strSql);
  string strAdminName=(dbObj.ExecScalarstr(myCmd).ToString());
  if(strAdminName=="")
  {
    return "无";
  }
  else
```

```
    {
        return strAdminName;
    }
}
/// <summary>
/// 首先获取查询条件，然后调用 OrderClass 类中的 ExactOrderSearch 方法，查询符合条
/// 件的信息，并将其绑定到 GridView 控件上。
/// </summary>
public void gvSearchBind()
{
    string strOrderID="";                   //输入订单号
    int IntNF=0;                            //判断是否输入收货人
    string strName="";                      //输入收货人姓名
    int IntIsConfirm=0;                     //是否确认
    int IntIsSend=0;                        //是否发货
    int IntIsEnd=0;                         //是否归档
    if(this.txtKeyword.Text=="" && this.txtName.Text=="" && this.ddlConfirmed.
    SelectedIndex==0 && this.ddlFinished.SelectedIndex==0 && this.ddlShipped.
    SelectedIndex==0)
    {
        pageBind();
    }
    else
    {
        if(this.txtKeyword.Text!="")
        {
            strOrderID=this.txtKeyword.Text.Trim();
        }
        if(this.txtName.Text!="")
        {
            IntNF=1;
            strName=this.txtName.Text.Trim();
        }
        IntIsConfirm=this.ddlConfirmed.SelectedIndex;
        IntIsSend=this.ddlShipped.SelectedIndex;
        IntIsEnd=this.ddlFinished.SelectedIndex;
        DataTable dsTable=ocObj.ExactOrderSearch(strOrderID,IntNF,strName,
        IntIsConfirm, IntIsSend,IntIsEnd);
        this.gvOrderList.DataSource=dsTable.DefaultView;
        this.gvOrderList.DataKeyNames=new string[] { "OrderID" };
        this.gvOrderList.DataBind();
    }
}
//订单信息翻页
protected void gvOrderList_PageIndexChanging(object sender,GridViewPageEventArgs e)
{
    gvOrderList.PageIndex=e.NewPageIndex;
    if(ViewState["search"]==null)
    {
        pageBind();                         //绑定所有订单信息
    }
```

```
        else
        {
            gvSearchBind();                    //绑定查询后的订单信息
        }
    }
    //单击“查询”按钮将会触发该按钮的 Click 事件，调用自定义方法 gvSearchBind 绑定查询后
    //的订单信息
    protected void btnSearch_Click(object sender, EventArgs e)
    {
        //将 ViewState["search"]对象置 1
        ViewState["search"]=1;
        gvSearchBind();                        //绑定查询后的订单信息
    }
    //单击某个订单的“删除”按钮时，删除符合条件的订单信息
    protected void gvOrderList_RowDeleting(object sender,GridViewDeleteEventArgs e)
    {
        string strSql="select * from tb_OrderInfo where (IsConfirm=0 or IsEnd=1)
        and OrderID='"+gvOrderList.DataKeys[e.RowIndex].Value+"'";
        //判断该订单是否已被确认或归档，如果已被确认但未归档，不能删除该订单
        if(dbObj.GetDataSetStr(strSql,"tbOrderInfo").Rows.Count>0)
        {
            //删除订单表中的信息
            string strDelSql="delete from tb_OrderInfo where OrderID='"+gvOrderList.
            DataKeys[e.RowIndex].Value+"'";
            SqlCommand myCmd=dbObj.GetCommandStr(strDelSql);
            dbObj.ExecNonQuery(myCmd);
            //删除订单详细表中的信息
            string strDetailSql="delete from tb_Order where OrderID='"+gvOrderList.
            DataKeys[e.RowIndex].Value+"'";
            SqlCommand myDCmd=dbObj.GetCommandStr(strDetailSql);
            dbObj.ExecNonQuery(myDCmd);
        }
        else
        {
            Response.Write(ccObj.MessageBox("该订单还未归档，无法删除！"));
            return;
        }
        //重新绑定
        if(ViewState["search"]==null)
        {
            pageBind();
        }
        else
        {
            gvSearchBind();
        }
    }
}
```

2. 订单打印页面 OrderPrint.aspx 的具体实现过程

① 在 App_Code 文件下创建 OrderProperty 类，用于定义订单相关变量并返回变量的值，具体代码如下：

```
public class OrderProperty
{
   public OrderProperty()
   {
      //
      // TODO: 在此处添加构造函数逻辑
      //
   }
   private string strOrderNo;                          //订单编号
   private string dtOrderTime;                         //下单时间
   private float fltProductPrice;                      //商品总金额
   private float fltShipPrice;                         //商品运费
   private float fltTotalPrice;                        //订单总金额
   private string strReceiverName;                     //收货人姓名
   private string strReceiverPhone;                    //联系人电话
   private string strReceiverEmail;                    //Email 地址
   private string strReceiverAddress;                  //购货人地址
   private string strReceiverPostcode;                 //邮政编码
   private string strShipType;                         //运输类型
   public string OrderID
   {
      get{return strOrderNo;}
      set{strOrderNo=value;}
   }
   public string OrderTime
   {
      get{return dtOrderTime;}
      set{dtOrderTime=value;}
   }
   public float ProdTotalPrice
   {
      get{return fltProductPrice;}
      set{fltProductPrice=value;}
   }
   public float SendPrice
   {
      get{return fltShipPrice;}
      set{fltShipPrice=value;}
   }
   public float OrderTotalPrice
   {
      get{return fltTotalPrice;}
      set{fltTotalPrice=value;}
   }
   public string ReceiverName
```

```
        {
            get{return strReceiverName;}
            set{strReceiverName=value;}
        }
        public string ReceiverPhone
        {
            get{return strReceiverPhone;}
            set{strReceiverPhone=value;}
        }
        public string ReceiverEmail
        {
            get{return strReceiverEmail;}
            set{strReceiverEmail=value;}
        }
        public string ReceiverAddress
        {
            get{return strReceiverAddress;}
            set{strReceiverAddress=value;}
        }
        public string ReceiverPostCode
        {
            get{return strReceiverPostcode;}
            set{strReceiverPostcode=value;}
        }
        public string SendType
        {
            get{return strShipType;}
            set{strShipType=value;}
        }
    }
```

② 用表格布局页面 OrderPrint.aspx，如图 9-5 所示。

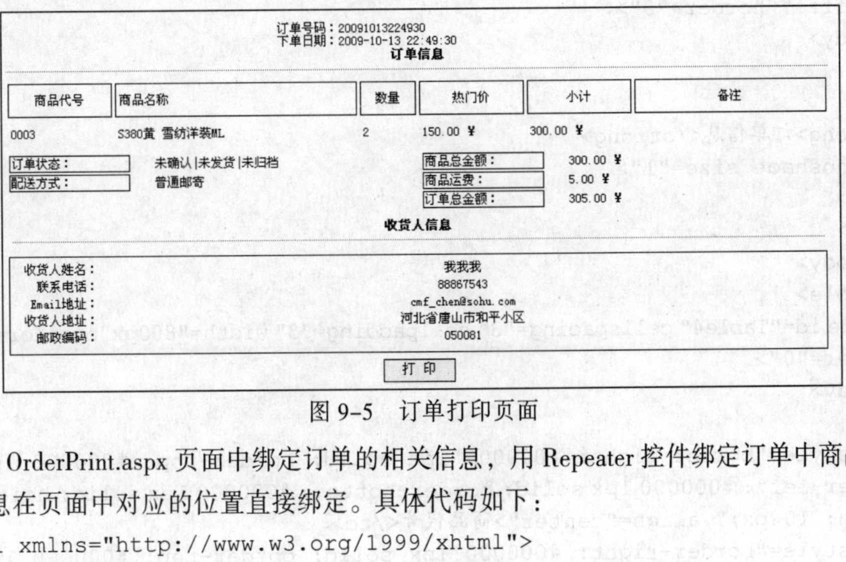

图 9-5　订单打印页面

③ 在 OrderPrint.aspx 页面中绑定订单的相关信息，用 Repeater 控件绑定订单中商品的信息，其他的信息在页面中对应的位置直接绑定。具体代码如下：

```
<html xmlns="http://www.w3.org/1999/xhtml">
<head runat="server">
<title>订单打印</title>
<script language="JavaScript" type="text/javascript">//实现打印功能
```

```
function printPage()
{
   eval("printOrder"+".style.display=\"none\";");
   window.print();
}
</script>
</head>
<body style="font-family: 宋体;font-size: 9pt;background-image:none">
<form id="form1" runat="server">
<div>
<br/>
<table id="Table1" cellspacing="0" cellpadding="0" width=800pxbgcolor="#ffffff"
border="0">
<tbody>
<tr>
<td valign="middle" width="3%">
<strong>
<br>
</strong>
</td>
<td valign="middle" align="center" width="30%">
</td>
<td class="body-shoptitle" valign="middle" align="left"width="67%">
订单号码: <%=order.OrderID%><br>
下单日期: <%=order.OrderTime%>
</td>
</tr>
</tbody>
</table>
<table id="Table3" cellspacing="0" cellpadding="1" width="800px" bgcolor=
"#ffffff" border="0">
<tbody>
<tr>
<td>
<strong>订单信息</strong>
<hr noshade size="1">
</td>
</tr>
</tbody>
</table>
<table id="Table4" cellspacing="3" cellpadding="3" width="800px"bgcolor="#ffffff"
border="0">
<tbody>
<tr>
<td style="border-right: #000000 1px solid; border-top: #000000 1px solid;
border-left: #000000 1px solid; border-bottom: #000000 1px solid; height: 24px;
width: 100px;" align="center">商品代号</td>
<td style="border-right: #000000 1px solid; border-top: #000000 1px solid;
border-left: #000000 1px solid; border-bottom: #000000 1px solid; height: 24px;
width: 250px;" align="left" valign="middle">商品名称<br/>
```

```
</td>
<td style="border-right: #000000 1px solid; border-top: #000000 1px solid;
border-left: #000000 1px solid; border-bottom: #000000 1px solid; height: 24px;
width: 50px;" align="center">数量</td>
<td style="border-right: #000000 1px solid; border-top: #000000 1px solid;
border-left: #000000 1px solid; border-bottom: #000000 1px solid; height: 24px;
width: 100px;" align="center">热门价<br/>
</td>
<td style="border-right: #000000 1px solid; border-top: #000000 1px solid;
border-left: #000000 1px solid; border-bottom: #000000 1px solid; height: 24px;
width: 100px;" align="center">小计<br/>
</td>
<td style="border-right: #000000 1px solid; border-top: #000000 1px solid;
border-left: #000000 1px solid;border-bottom: #000000 1px solid;height: 24px;"
align="center" width="200px">备注</td>
</tr>
<asp:Repeater ID="rptOrderItems" runat="server">
<ItemTemplate>
<tr>
<td align="left"  height="20">
<%# DataBinder.Eval(Container.DataItem,"ProdID")%>
</td>
<td align="left"  height="20">
<%# DataBinder.Eval(Container.DataItem,"ProdName")%>
</td>
<td align="left" height="20">
<%#DataBinder.Eval(Container.DataItem,"Num")%>
</td>
<td align="left"  height="20">
<%#DataBinder.Eval(Container.DataItem,"BuyPrice").ToString()%>¥</td>
<td align="left" height="20">
<%# DataBinder.Eval(Container.DataItem,"TotalPrice").ToString()%>¥</td>
<td  align="center">
<%# DataBinder.Eval(Container.DataItem,"Memo")%>
</td>
</tr>
</ItemTemplate>
</asp:Repeater>
</tbody>
</table>
<table id="Table5" cellspacing="0" cellpadding="2" width="800px" bgcolor=
"#ffffff" border="0">
<tr>
<td valign="top" width="50%">
<table id="Table6" width="100%">
<tr>
<td style="border-right: #000000 1px solid; border-top: #000000 1px solid;
border-left: #000000 1px solid; border-bottom: #000000 1px solid" align="left"
width="30%">
订单状态: </td>
```

```
<td width="5%">
</td>
<td align="left">
<%=GetStatus((order.OrderID).ToString())%>
</td>
</tr>
<tr>
<td style="border-right: #000000 1px solid; border-top: #000000 1px solid;
border-left: #000000 1px solid; border-bottom: #000000 1px solid" align="left"
width="30%">
配送方式: </td>
<td width="5%">
</td>
<td align="left">
<%=order.SendType%>
</td>
</tr>
</table>
</td>
<td width="50%">
<table id="Table7" width="100%">
<tr>
<td style="border-right: #000000 1px solid; border-top: #000000 1px solid;
border-left: #000000 1px solid; border-bottom: #000000 1px solid" align="left"
width="30%">
商品总金额: </td>
<td width="5%">
</td>
<td align="left">
<%=string.Format("{0:f}",order.ProdTotalPrice)%>￥
</td>
</tr>
<tr>
<td style="border-right: #000000 1px solid; border-top: #000000 1px solid;
border-left: #000000 1px solid; border-bottom: #000000 1px solid" align="left"
width="30%">
商品运费: </td>
<td width="5%">
</td>
<td align="left">
<%=string.Format("{0:f}",order.SendPrice)%>￥
</td>
</tr>
<tr>
<td style="border-right: #000000 1px solid; border-top: #000000 1px solid;
border-left: #000000 1px solid; border-bottom: #000000 1px solid; width:30%"
align="left">
订单总金额: </td>
<td width="5%">
</td>
```

```
<td align="left">
<%=string.Format("{0:f}",order.OrderTotalPrice)%>￥
</td>
</tr>
</table>
</td>
</tr>
</table>
<table id="Table8" cellspacing="3" cellpadding="3" width="800px" bgcolor=
"#ffffff" border="0">
<tr>
<td>
<strong>收货人信息</strong>
<hr noshade size="1">
</td>
</tr>
<tr>
<td style="border-right: #000000 1px solid; border-top: #000000 1px solid;border-
left: #000000 1px solid;border-bottom: #000000 1px solid;width:50%">
<table id="Table10" width="100%">
<tr>
<td align="right" style="width: 80px">
收货人姓名: </td>
<td>
<%=order.ReceiverName%>
</td>
</tr>
<tr>
<td align="right" style="width: 80px">
联系电话: </td>
<td>
<%=order.ReceiverPhone%>
</td>
</tr>
<tr>
<td align="right" style="width: 80px">
Email 地址: </td>
<td>
<%=order.ReceiverEmail%>
</td>
</tr>
<tr>
<td align="right" style="width: 80px">
收货人地址: </td>
<td>
<%=order.ReceiverAddress%>
</td>
</tr>
<tr>
<td align="right" style="width: 80px">
```

```
邮政编码: </td>
<td>
<%=order.ReceiverPostCode%>
</td>
</tr>
<tr>
<td align="right" style="width: 80px">
</td>
<td>
</td>
</tr>
</table>
</td>
</tr>
<tr>
<td  align="center" valign="middle">
<span id="printOrder">
<input type="button" onclick="printPage()" value="打 印" style="border-right:
#000000 1px solid;border-top: #000000 1px solid; border-left: #000000 1px solid;
width: 69px; border-bottom: #000000 1px solid;height: 22px" id="Button1" />
</span>
</td>
</tr>
</table>
</div>
</form>
</body>
</html>
```

④ 业务逻辑层 OrderPrint.aspx.cs 中的具体代码如下：

注意：添加“using System.Data.SqlClient;“命名空间。

```
public partial class Manage_OrderPrint:System.Web.UI.Page
{
  CommonClass ccObj=new CommonClass();
  DBClass dbObj=new DBClass();
  //定义 OrderProperty 类对象
  public static OrderProperty order=new OrderProperty();
  protected void Page_Load(object sender,EventArgs e)
  {
    order=GetOrderInfo();                          //获取订单信息
    if(!IsPostBack)
    {
      rpBind();
    }
  }
  //使用 Repeater 控件绑定订单信息中的商品信息
```

```
public void rpBind()
{
   string strSql="select a.ProdID,ProdName,Num,BuyPrice,TotalPrice,Memo";
   strSql+="from tb_Order a,tb_ProdInfo b  where a.ProdID=b.ProdID and
   a.OrderID='"+Request["OrderID"].Trim()+"'";
   DataTable dsTable=dbObj.GetDataSetStr(strSql,"tbDI");
   this.rptOrderItems.DataSource=dsTable.DefaultView;
   this.rptOrderItems.DataBind();
}
//获取订单状态
public string GetStatus(string strOrderID)
{
   string strSql="select (case IsConfirm when '0' then '未确认' when '1'
   then '已确认' end ) as IsConfirm";
   strSql+=",(case IsSend when '0' then '未发货' when '1' then '已发货' end )
   as IsSend";
   strSql+=",(case IsEnd when '0' then '未归档' when '1' then '已归档' end )
   as IsEnd";
   strSql+=" from tb_OrderInfo where OrderID='"+strOrderID+"'";
   DataTable dsTable=dbObj.GetDataSetStr(strSql,"tbOI");
   return(dsTable.Rows[0][0].ToString()+"|"+dsTable.Rows[0][1].ToString()
   +"|"+dsTable.Rows[0][2].ToString());
}
/// <summary>
/// 获取在页面中绑定的指定订单信息
/// </summary>
/// <returns>返回 OrderProperty 类的实例对像</returns>
public OrderProperty GetOrderInfo()
{
   string strSql="select * from tb_OrderInfo where OrderID='"+Request
   ["OrderID"].Trim()+"'";
   DataTable dsTable=dbObj.GetDataSetStr(strSql,"tbOI");
   order.OrderID=Request["OrderID"].Trim();
   order.OrderTime=dsTable.Rows[0]["OrderDate"].ToString();
   order.ProdTotalPrice=float.Parse(dsTable.Rows[0]["ProdTotalPrice"].oString());
   order.SendPrice=float.Parse(dsTable.Rows[0]["SendPrice"].ToString());
   order.OrderTotalPrice=float.Parse(dsTable.Rows[0]["OrderTotalPrice"].
   oString());
   order.SendType=dsTable.Rows[0]["SendType"].ToString();
   order.ReceiverAddress=dsTable.Rows[0]["ReceiverAddress"].ToString();
   order.ReceiverEmail=dsTable.Rows[0]["ReceiverEmail"].ToString();
   order.ReceiverName=dsTable.Rows[0]["ReceiverName"].ToString();
   order.ReceiverPhone=dsTable.Rows[0]["ReceiverPhone"].ToString();
   order.ReceiverPostCode=dsTable.Rows[0]["ReceiverPostCode"].ToString();
   return (order);
}
}
```

3. 订单修改页面 OrderModify.aspx 的具体实现过程

此页面要实现订单中每种商品数量、热门价的修改，还要实现订单运费和订单状态的修改。如果对每种商品数量、热门价和订单运费进行了修改，那么商品小计、商品总金额和订单总金额都必须进行相应的更新。单击“修改”按钮就可以完成数据库中订单信息的更新。这里需要对 tb_Order 和 tb_OrderInfo 两个数据表的数据修改。修改页面如图 9-6 所示。

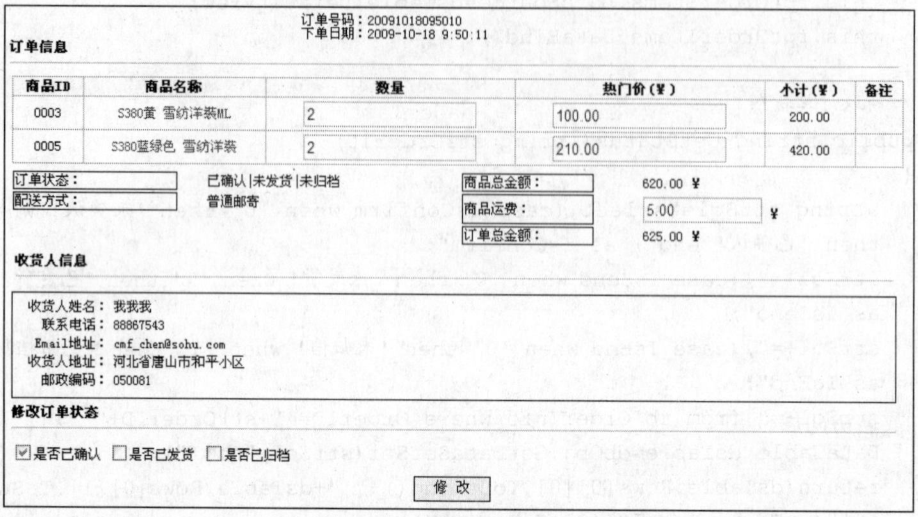

图 9-6 OrderModify.aspx 页面效果

① OrderModify.aspx 中 GridView 的代码如下：

```
<asp:GridView ID="gvOrderInfo" runat="server" Width="800px" GridLines=
"None" ForeColor="Black" CellSpacing="1" CellPadding="2" BackColor="#999999"
AutoGenerateColumns="False">
<Columns>
<asp:BoundField DataField="ProdID" HeaderText="商品 ID" ReadOnly="True">
<ItemStyle HorizontalAlign="Center" />
<HeaderStyle HorizontalAlign="Center" />
</asp:BoundField>
<asp:TemplateField HeaderText="商品名称">
<HeaderStyle HorizontalAlign="Center" />
<ItemStyle HorizontalAlign="Center" />
<ItemTemplate>
<a href='../views/ProdInfo.aspx?id=<%#Eval("ProdID")%>' target="_top">
<%#Eval("ProdName")%></a>
</ItemTemplate>
</asp:TemplateField>
<asp:TemplateField HeaderText="数量">
<HeaderStyle HorizontalAlign="Center" />
<ItemStyle HorizontalAlign="Center" />
<ItemTemplate>
<asp:TextBox ID="txtNum" runat="server" Text='<%#Eval("Num")%>' />
</ItemTemplate>
</asp:TemplateField>
<asp:TemplateField HeaderText="热门价(￥)">
```

```
<HeaderStyle HorizontalAlign="Center" />
<ItemStyle HorizontalAlign="Center" />
<ItemTemplate>
<asp:TextBox ID="txtBuyPrice" runat="server" Text='<%#Eval("BuyPrice")%>' />
</ItemTemplate>
</asp:TemplateField>
<asp:BoundField DataField="totalPrice" HeaderText="小计(¥)" ReadOnly= "True">
<ItemStyle HorizontalAlign="Center" />
<HeaderStyle HorizontalAlign="Center" />
</asp:BoundField>
<asp:BoundField DataField="Memo" HeaderText="备注" ReadOnly="True">
<ItemStyle HorizontalAlign="Center" />
<HeaderStyle HorizontalAlign="Center" />
</asp:BoundField>
</Columns>
<HeaderStyle BackColor="#F0F0F0" Font-Bold="True" />
<RowStyle BackColor="#ffffff" />
</asp:GridView>
```

页面中其他控件都比较简单，此处不再列出，可参考下面的代码去对应。

② 数据访问层 OrderClass.cs 中的代码如下：

```
public SqlDataReader OrderInfoBind(string strid,string strSql)
  {
     SqlConnection myConn=dbObj.GetConnection();
     myConn.Open();
     SqlCommand cmd=new SqlCommand(strSql,myConn);
     SqlDataReader sdr=cmd.ExecuteReader();
     return sdr;
  }
```

③ 业务逻辑层 OrderModify.aspx.cs 中的代码如下：

注意：要添加“using System.Data.SqlClient;”命名空间。

```
public partial class admin_OrderModify:System.Web.UI.Page
{
   CommonClass ccObj=new CommonClass();
   DBClass dbObj=new DBClass();
   OrderClass ocObj=new OrderClass();
   protected void Page_Load(object sender,EventArgs e)
   {
      if(!IsPostBack)
      {
         gvBind();
         OrderInfoBind();
      }
   }
   //用GridView控件绑定订单的详细信息
   public void gvBind()
   {
      string strSql="select a.ProdID,ProdName,Num,BuyPrice,TotalPrice,Memo";
```

```
        strSql+="from tb_Order a,tb_ProdInfo b  where a.ProdID=b.ProdID and
        a.OrderID='"+Request["OrderID"].Trim()+"'";
        DataTable dsTable=dbObj.GetDataSetStr(strSql,"tbDI");
        this.gvOrderInfo.DataSource=dsTable.DefaultView;
        this.gvOrderInfo.DataBind();
    }
    //获取订单的状态
    public string GetStatus(string strOrderID)
    {
        string strSql="select (case IsConfirm when '0' then '未确认' when '1' then
        '已确认' end) as IsConfirm";
        strSql+=",(case IsSend when '0' then '未发货' when '1' then '已发货' end)
        as IsSend";
        strSql+=",(case IsEnd when '0' then '未归档' when '1' then '已归档' end)
        as IsEnd ";
        strSql+="from tb_OrderInfo where OrderID='"+strOrderID+"'";
        DataTable dsTable=dbObj.GetDataSetStr(strSql,"tbOI");
        return (dsTable.Rows[0][0].ToString() + "|" + dsTable.Rows[0][1].ToString()
        +"|"+dsTable.Rows[0][2].ToString());
    }
    //订单其他信息的绑定，如订单号码后的 Label 标签 lbOrderID
    public void OrderInfoBind()
    {
        string orderid=Request["OrderID"].Trim();
        string strSql="select * from tb_OrderInfo where OrderID='"+orderid+"'";
        SqlDataReader sdr=ocObj.OrderInfoBind(orderid, strSql);
        sdr.Read();
        this.lbOrderID.Text=sdr["OrderID"].ToString();          //订单号码显示
        this.lbOrderDate.Text=sdr["OrderDate"].ToString();      //下订单日期显示
        //订单状态显示
        this.lbOrderStatus.Text=GetStatus( sdr["OrderID"].ToString());
        this.lbSendType.Text=sdr["SendType"].ToString();        //订单邮寄方式显示
        //订单商品费用总计的显示
        this.lbProdTotalPrice.Text=sdr["ProdTotalPrice"].ToString();
        this.txtSendPrice.Text=sdr["SendPrice"].ToString();     //订单中邮费的显示
        //订单总费用的显示
        this.lbOrderTotalPrice.Text=sdr["OrderTotalPrice"].ToString();
        this.lbReceiverName.Text=sdr["ReceiverName"].ToString();//货物接收人显示
        //货物接收人的电话显示
        this.lbReceiverPhone.Text=sdr["ReceiverPhone"].ToString();
        //货物接收人的 Email 显示
        this.lbReceiverEmail.Text=sdr["ReceiverEmail"].ToString();
        //货物接收人的地址显示
        this.lbReceiverAddress.Text=sdr["ReceiverAddress"].ToString();
        //接收人的邮政编码显示
        this.lbReceiverPostCode.Text=sdr["ReceiverPostCode"].ToString();
        //是否确认
        this.chkConfirm.Checked=bool.Parse(sdr["IsConfirm"].ToString());
```

```
    //是否收货
    this.chkConsignment.Checked=bool.Parse(sdr["IsSend"].ToString());
    //是否归档
    this.chkPigeonhole.Checked=bool.Parse(sdr["IsEnd"].ToString());
    dbObj.GetConnection().Close();
}
//更新tb_OrderInfo表中的信息
protected void updateOrderInfo(int AdminID,bool blConfirm,bool blSend,bool
blEnd,decimal ProdTotalPrice,decimal SendPrice,decimal OrderTotalPrice)
{
    string strSql="update tb_OrderInfo";
    strSql+="set AdminID='"+AdminID+"',IsConfirm='"+blConfirm+"',IsSend=
    '"+blSend+"',IsEnd='"+blEnd+"',ConfirmDate='"+DateTime.Now+"',ProdTotalPrice=
    '"+ProdTotalPrice+"',SendPrice='"+SendPrice+"',OrderTotalPrice='"+
    OrderTotalPrice+"'";
    strSql+="where OrderID='"+Request["OrderID"].Trim()+"'";
    SqlCommand myCmd=dbObj.GetCommandStr(strSql);
    dbObj.ExecNonQuery(myCmd);
}
//更新tb_Order表中的信息
protected void updateOrder(string ProdID,int num,decimal buyprice,decimal
totalprice)
{
    string strSql="update tb_Order ";
    strSql+="set Num='" + num + "',BuyPrice='" + buyprice + "',TotalPrice='"
    +totalprice+"'";
    strSql+="where ProdID='"+ProdID+"' and OrderID='"+this.lbOrderID.Text+"'";
    SqlCommand myCmd=dbObj.GetCommandStr(strSql);
    dbObj.ExecNonQuery(myCmd);
}
//单击"更新"按钮更新订单所有相关信息
protected void btnSave_Click(object sender,EventArgs e)
{
    decimal ProdTotalPrice=0;
    foreach (GridViewRow gvr in this.gvOrderInfo.Rows)
    {
        //找到用来输入数量的TextBox控件
        TextBox otbNum=(TextBox)gvr.FindControl("txtNum");
        //找到用来输入购买价的TextBox控件
        TextBox otbBuyPrice=(TextBox)gvr.FindControl("txtBuyPrice");
        int num=Int32.Parse(otbNum.Text);    //获得用户输入的数量值
        //获得用户输入的购买价
        decimal buyprice=decimal.Parse(otbBuyPrice.Text);
        decimal totalprice=buyprice*num;
        string ProdID=gvr.Cells[0].Text ;    //得到该商品的ID
        ProdTotalPrice+=totalprice;
        updateOrder(ProdID,num,buyprice,totalprice);
    }
    decimal SendPrice = Convert.ToDecimal(this.txtSendPrice.Text.ToString().
    Trim());                                        //取得文本框中的邮费
```

```
        //是否被确认
        bool blConfirm=Convert.ToBoolean(this.chkConfirm.Checked);
        //是否已发货
        bool blSend=Convert.ToBoolean(this.chkConsignment.Checked);
        //是否已归档
        bool blEnd=Convert.ToBoolean(this.chkPigeonhole.Checked);
        decimal OrderTotalPrice=ProdTotalPrice+SendPrice;
        //跟单员ID
        int AdminID=Convert.ToInt32(Session["AID"].ToString());
        updateOrderInfo(AdminID, blConfirm,blSend,blEnd,ProdTotalPrice,
        SendPrice,OrderTotalPrice);
        Response.Redirect("OrderModify.aspx?OrderID="+this.lbOrderID.Text.
        ToString());
    }
}
```

至此销售订单管理模块就介绍完毕，其他管理模块不再一一介绍，大家可以参照前面所讲的知识来制作。

9.4 本章小结

本章我们讲解了网站后台管理模块中的部分管理功能，读者要大概了解后台管理模块有哪些管理功能，并且要知道有些权限是用户享有，而有些权限只有管理员才享有。本章中没有介绍太多新的技术，大部分技术在前台管理模块中已经介绍过，主要新技术是后台管理主页中用到的框架技术。

9.5 课后任务与思考

1. frameset、frame、iframe 的区别是什么？
2. Reapter 控件与 DataList 控件的区别是什么？

第 10 章 网站发布与部署

【本章导读】

本章以网站开发完成以后的编译、发布和部署过程作为主线，让读者了解网站预编译的意义和网站发布以及部署的过程，该部分内容作为网站开发工作的一个关键环节，具有非常重要的意义。在本章中我们将介绍网站编译的意义和利用菜单和 Aspnet_Compiler 命令来发布网站的过程，通过 Serv-U 软件搭建一个 FTP 服务器，并模拟网站空间的分配和管理工作，最后利用 LeapFtp 软件将发布好的网站部署到服务器空间并进行相关的测试工作。

【主要知识点】

- 网站的编译
- 网站的发布
- 网站空间的管理
- 网站的部署

10.1 网站的编译和发布

10.1.1 网站编译概述

动态网页是指网页中包含 Web 浏览器不能直接解释的动态代码，这些动态代码必须由应用程序服务器进行相应处理，得到静态网页后再返回给 Web 服务器，Web 服务器将结果发送给 Web 浏览器进行响应。动态网页的处理流程如图 10-1 所示。

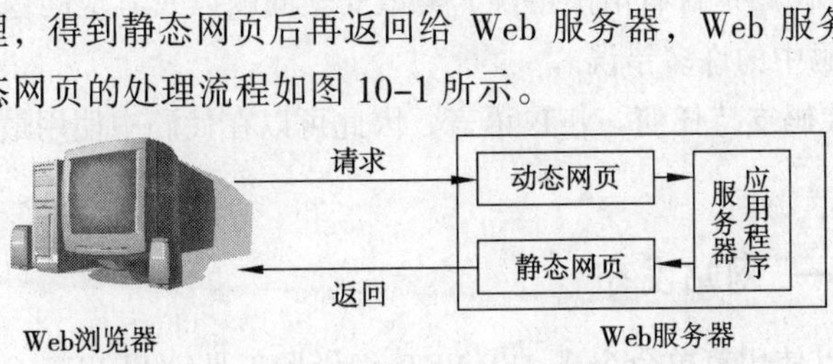

图 10-1 动态网页处理流程

① 当用户在浏览器窗口的地址栏中输入一个 URL 地址后按【Enter】键，或在一个 Web 页上单击一个链接时，该浏览器便向 Web 服务器发出一个 Web 请求。

② Web 服务器接收到该请求，通过文件扩展名判断出是一个动态网页请求。Web 服务器从存储器中找到请求的动态网页文件，并把它发送给应用程序服务器。

③ 应用程序服务器检查该页面中的动态代码并执行，最后生成静态网页。

④ 应用程序服务器将生成的结果发送给 Web 服务器。

⑤ Web 服务器再把结果发送给 Web 浏览器进行响应。

为了使用应用程序代码为用户提出的请求提供服务，ASP.NET 必须首先将代码编译成一个或多个程序集。程序集即文件扩展名为.dll 的文件。编译代码时先将代码翻译成一种名为 MSIL（Microsoft Intermediate Language，微软中间语言）的语言。运行时，MSIL 将运行在.NET Framework 的上下文中，.NET Framework 会将 MSIL 翻译成 CPU 特定的指令，以便计算机上的处理器运行应用程序。对于使用 ASP.NET 开发的动态网页文件，应用程序服务器即 ASP.NET 引擎（aspnet_isapi.dll）的处理过程如图 10-2 所示。

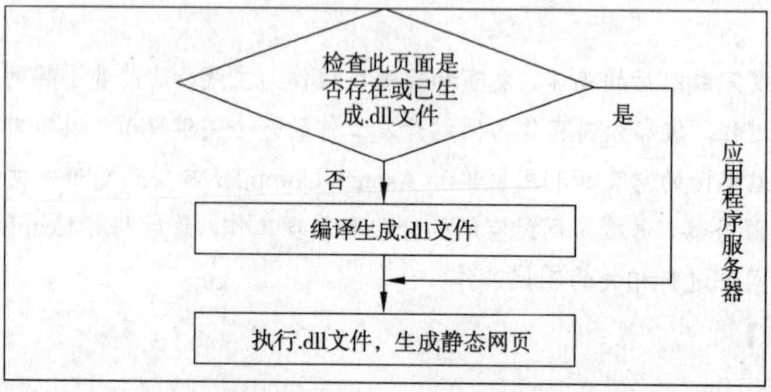

图 10-2　应用程序服务器处理 ASP.NET 网页的过程

因为 ASP.NET 在首次用户请求时需要对网站进行编译，所以会导致用户第一次访问网站时缓慢，因此可以采用在本地预编译完毕后再部署到服务器的方法来提高速度。编译网站代码具有许多好处，包括：

① 编译后的代码的执行速度要比 VBScript 等脚本语言快得多，因为它是一种更接近于机器代码的表示形式，并且不需要进行其他分析。

② 编译后的代码要比非编译的源代码更难进行反向工程处理，因为编译后的代码缺乏高级别语言所具有的可读性和抽象性。此外，模糊处理工具增强了编译后的代码对抗反向工程处理的能力。

③ 在编译时检查代码是否有语法错误、类型安全问题以及其他问题。通过在生成时捕获这些错误，可以消除代码中的许多错误。

④ 由于 MSIL 代码支持任何 .NET 语言，因此可以在代码中使用最初用其他语言编写的程序集。

10.1.2 任务三十一 网站发布

在网站发布时可以使用菜单命令或 ASP.NET 编译器工具（ASPNET_Compiler.exe）将 ASP.NET 网站源码编译成相关 DLL 文件，最后在部署网站时就可以部署程序集，而不必部署源代码。

1. 网站发布菜单命令

① 选择 Visual Studio 2005 中“文件”菜单中的“打开网站”命令，打开前面开发完毕的服装专卖店网站。

② 选择“生成”菜单中的“发布网站”命令，弹出“发布网站”对话框，如图 10-3 所示。

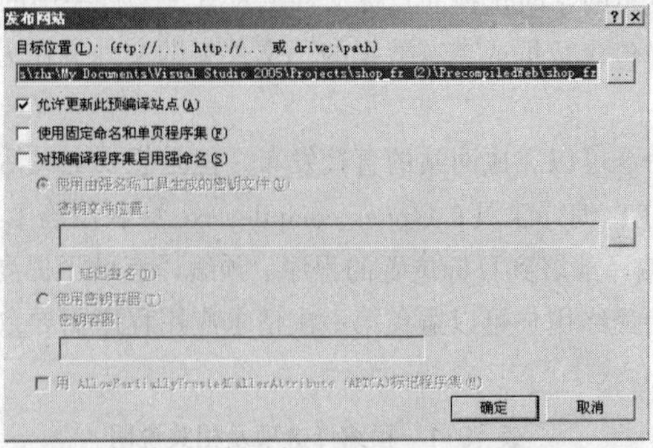

图 10-3　“发布网站”对话框

③ 单击“目标位置”文本框右侧的…按钮，可以更改发布网站的目标位置，Visual Studio 2005 允许直接将网站发布为“文件系统”、“本地 IIS”、“FTP 站点”或者“远程站点”，如图 10-4 所示。在此我们选择发布到“文件系统”，然后再部署到网站上。

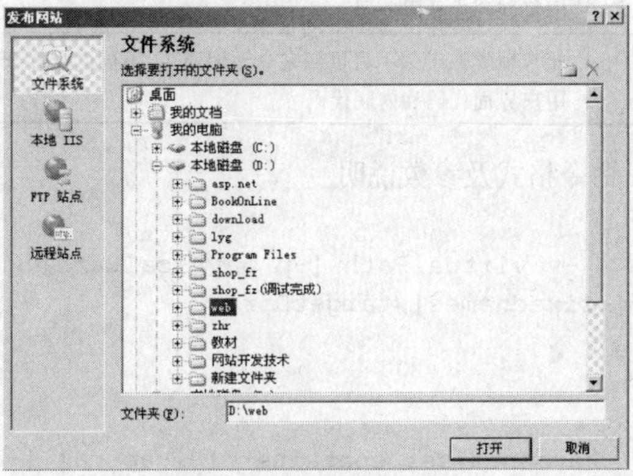

图 10-4　选择发布网站位置

④ 单击“打开”按钮后，就会返回到“发布网站”对话框中，最后单击“确定”按钮。在 Visual Studio 2005 的状态栏中会给出相应的信息提示，首先是“已启动生成...”，然后是“发布已启动...”，最后是“发布成功”。在发布成功以后，可以看到所有的相关文件都已经被发布到了文件夹中，如图 10-5 所示。

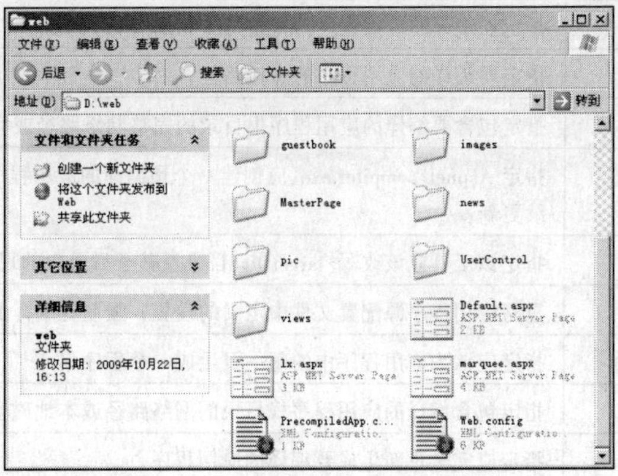

图 10-5　发布完毕的网站文件夹

需要注意的是，在发布网站时选择的目标文件夹及其子文件夹中的所有数据在发布过程中都将被删除，所以不要选择包含数据或带有数据的子文件夹的文件夹作为发布文件夹。

2．网站编译工具

利用“发布网站”命令可以完成网站的直接发布，但是想要更灵活地对网站的发布进行参数设置，则可以使用 ASP.NET 编译工具（Aspnet_compiler.exe）。利用该工具可以就地编译 ASP.NET Web 应用程序，也可以编译部署到目标位置的程序。预编译有助于提高应用程序的性能，因为在编译应用程序的过程中，最终用户可以避免第一次请求应用程序而导致的延迟。预编译选项及相关说明如表 10-1 所示。

表 10-1　预编译选项及相关说明

预编译选项	相关说明
就地编译	此选项执行与动态编译期间发生的相同的编译过程，可以使用此选项编译已经部署到成品服务器的网站
不可更新完全预编译	此选项将所有应用程序代码、标记和用户界面代码都编译为程序集，然后将编译后的输出复制到成品服务器
可更新的预编译	此选项类似于“不可更新完全预编译”，不同之处在于用户界面元素保留其所有标记、用户界面代码和内联代码

（1）Aspnet_compiler 命令格式及参数说明

```
Aspnet_compiler  [-?]
[-m metabasePath | -v virtualPath [-p physicalPath]]
[[-u] [-f] [-d] [-fixednames] targetDir]
[-c]
[-errorstack]
[-nologo]
[-keyfile file | -keycontainer container ] [-aptca] [-delaysign]]
```

Aspnet_compiler 命令带有很多参数信息，其相关说明如表 10-2 所示。其命令参数更详细的解释请参考 MSDN，网址为 http://msdn.microsoft.com/zh-cn/library/ms229863.aspx。

表 10-2　Aspnet_compiler 命令参数说明

参数	相关说明
-?	显示该工具的命令语法和选项
-m metabasePath	指定要编译的应用程序的完整 IIS 元数据库路径
-v virtualPath	指定要编译的应用程序的虚拟路径
-p physicalPath	指定包含要编译的应用程序根目录的完整网络路径或完整本地磁盘路径
-u	指定 Aspnet_compiler.exe 应创建一个预编译的应用程序，该应用程序允许对内容进行后续更新
-f	指定该工具应该改写 targetDir 目录及其子目录中的现有文件
-d	重写应用程序源配置文件中定义的设置，强制在编译的应用程序中包括调试信息
-fixednames	指定应该为应用程序中的每一页生成一个程序集
targetDir	指定包含编译的应用程序根目录的网络路径或本地磁盘路径
-c	指定应完全重新生成要编译的应用程序
-errorstack	指定该工具应在未能编译应用程序时包括堆栈跟踪信息

续表

参　数	相　关　说　明
-nologo	取消显示版权信息
-keyfile file	指定应该将 AssemblyKeyFileAttribute（指示包含用于生成强名称的公钥/私钥对的文件名）应用于编译好的程序集
-keycontainer container	指定应该将 AssemblyKeyNameAttribute（指示用于生成强名称的公钥/私钥对的容器名）应用于编译好的程序集
-aptca	指定应该将 AllowPartiallyTrustedCallersAttribute（允许部分受信任的调用方访问程序集）应用于 Aspnet_compiler.exe 生成的具有强名称的程序集
-delaysign	指定应该将 AssemblyDelaySignAttribute（指示应该只使用公钥标记对程序集进行签名，而不使用公钥/私钥对）应用于生成的程序集

（2）Aspnet_compiler 命令使用步骤

① 选择“开始”→“程序”→“Microsoft .NET Framework SDK v2.0”→“SDK 命令提示”命令，打开“SDK 命令提示”窗口，如图 10-6 所示。

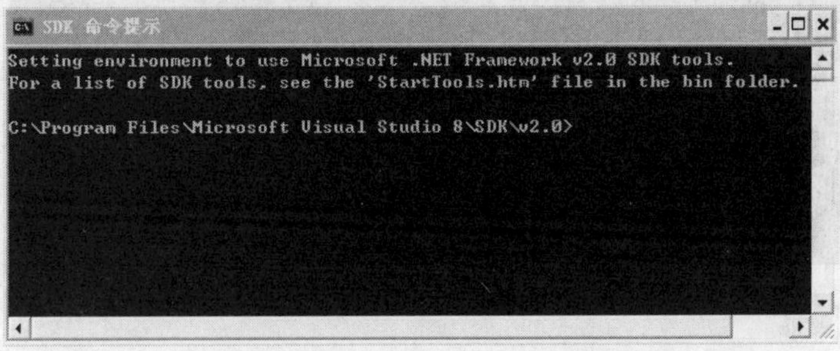

图 10-6　“SDK 命令提示”窗口

② 在命令行中输入“Aspnet_compiler -?”命令，“SDK 命令提示”窗口会将所有的命令参数及相关说明显示出来，如图 10-7 所示。

图 10-7　Aspnet_compiler 命令帮助信息

③ 在“SDK 命令提示”窗口内输入“Aspnet_compiler –v /shop_fz –u d:\web”命令，如图 10-8 所示。其中，-v 表示要编译的应用程序的虚拟路径，/shop_fz 表示在 IIS 虚拟目录中的网站程序，-u 表示预编译的应用程序是可更新的，d:\web 表示目标文件夹，编译后的网站存放路径。命令执行成功后的效果与图 10-5 所示一致。需要注意的是，其目标文件夹应该为空文件夹，否则执行命令时会给出 ASPRUNTIME 错误提示，如图 10-9 所示。

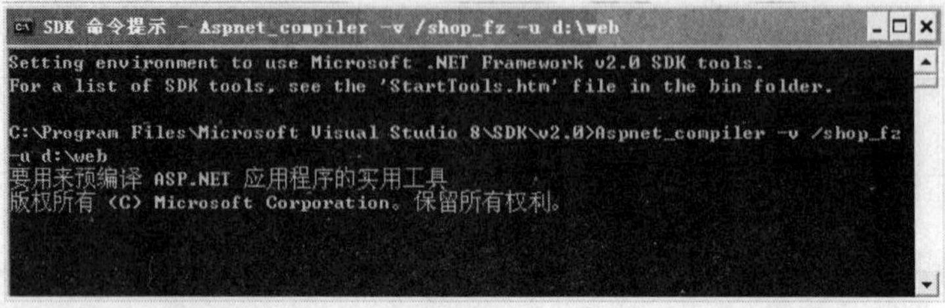

图 10-8　使用 Aspnet_compiler 命令编译网站

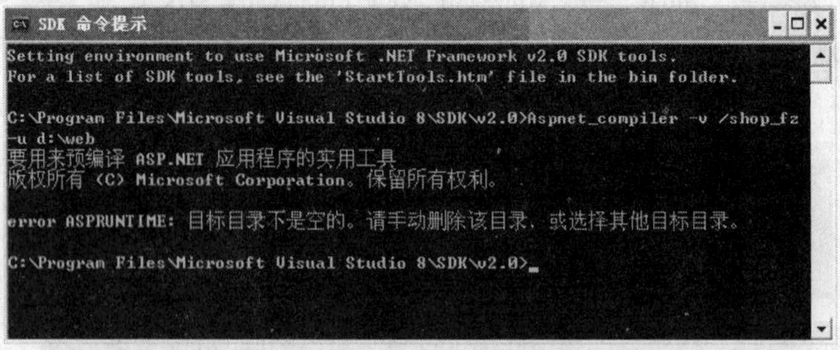

图 10-9　Aspnet_compiler 命令错误提示

10.2　网 站 部 署

在将网站开发和发布完毕后，下面的工作就是将发布后的网站部署到服务器上。主要有以下步骤：

（1）空间申请

需要向空间提供商按照网站的规模和大小购买相应的空间。需要特别注意的是，其空间必须与网站的运行要求所匹配，如服装专卖店网站的运行环境需要有.NET Framework 和 SQL Server 2005 的支持，另外在开发过程中由于使用了 Microsoft ASP.NET 2.0 AJAX Extensions，所以空间服务器也要提供环境支持，否则网站无法正常运行。在空间分配完以后，空间提供商会给用户一个用于上传的 FTP 地址、用户名和密码。

（2）网站部署

空间申请成功后，需要使用 FTP（File Transfer Protocol，文件传输协议）程序将发布好的网站文件夹上传到空间 Web 文件夹中，将数据库上传到数据库空间中。需要注意的是，由于网站开发时使用了 SQL Server 2005 数据库，所以空间中的 Web 文件空间和数据库空间可能是分离的，属于两个不同的空间，其数据库的配置可能需要空间提供商单独处理。使用空间提供商提供的数据库连接字符串，更改 Web.config 文件中"ConnectionString"的数据库连接参数。

（3）域名申请

域名是在 Internet 上解决 IP 地址对应的方法，一般顶级域名的最后一个后缀是一些诸如.com、.net、.gov、.edu 等的通用域名，其中.com 表示商业机构，.net 表示网络服务机构，.gov 表示政府机构，.edu 表示教育机构。网站域名需要在域名提供商处购买，在网站部署完毕后，需要将网站 IP 地址绑定到域名上。

（4）网站备案

网站备案是根据国家或地区法律法规，网站的所有者向有关部门申请的备案，网站备案的目的是为了防止有人在网上从事非法的网站经营活动。非经营性网站自主备案是不收任何手续费的，所以可以自行到备案官方网站 http://www.miibeian.gov.cn 进行在线备案。

由于条件所限，本章将在局域网中模拟上述步骤中的空间申请和网站部署。

10.2.1　空间申请

在用户向空间提供商支付费用后，空间提供商需要在服务器上为用户开通相应的 FTP 账号和空间供用户使用，本章中将利用常用的 FTP 管理工具 Serv-U 进行空间管理。

1．Serv-U 介绍

FTP 服务器是在互联网上提供存储空间的计算机，依照 FTP 提供相应的服务，用户可以连接到服务器执行上传、下载、删除和更新等文件管理操作。

Serv-U 是一种被广泛应用的 FTP 服务器端软件，支持 Windows 95/98/SE/Me/2000/NT/XP/2003/Vista 等 Windows 系列。通过使用 Serv-U，用户能够将任何一台 PC 设置成一个 FTP 服务器，这样用户就能够使用 FTP 通过在同一网络上的任何一台 PC 与 FTP 服务器连接，进行文件或目录的复制、移动、创建和删除等。通过 Serv-U 可以在服务器上限定登录用户的权限、登录主目录及空间大小等，并支持 SSl FTP 传输，具有非常完备的安全特性。

本章采用的是 Serv-U 中国官方网站提供的 Serv-UV 9.0。

2．Serv-U 安装

① 双击 ServUSetup 9.0 安装包，在“选择安装语言”对话框中选择需要的语言“简体中文”，如图 10-10 所示。

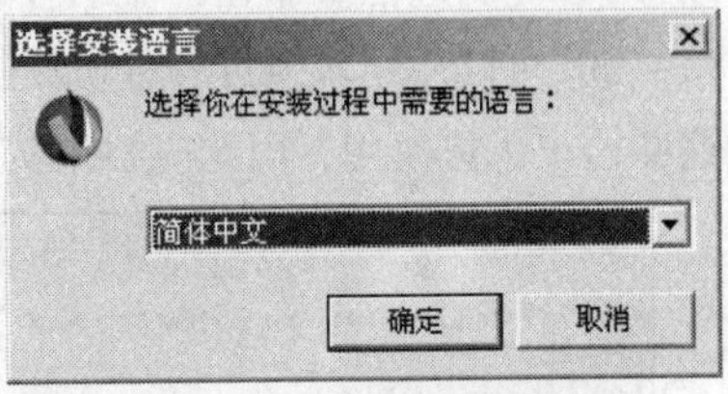

图 10-10　选择安装语言

② 利用 Serv-U 安装向导进行程序的安装，单击“下一步”按钮，进入安装向导中的许可协议步骤，在继续安装之前，必须接受协议的条款，选择“我接受协议”单选按钮，单击“下一步”按钮，如图 10-11 所示。

③ 选择 Serv-U 的安装目标位置，并单击“下一步”按钮，如图 10-12 所示。

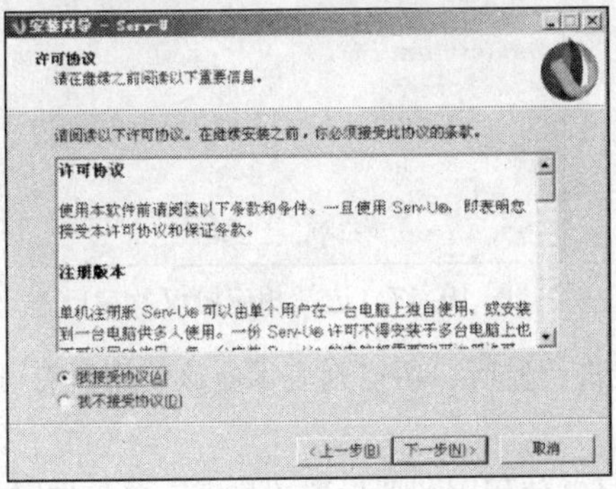

图 10-11　Serv-U 安装许可协议

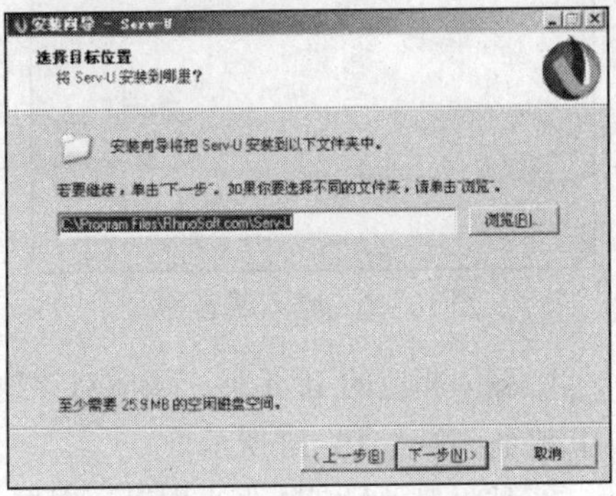

图 10-12　选择 Serv-U 安装位置

④ 选择在“开始”菜单中创建快捷方式，单击“下一步”按钮。选择创建桌面图标和快速启动栏图标，单击“下一步”按钮。进入准备安装步骤，单击“安装”按钮，安装向导即按照用户的设置进行 Serv-U 的安装，如图 10-13 所示。

⑤ 安装完毕后，会显示相关产品的信息，单击“关闭”按钮，系统会给出 Serv-U 安装完成的提示，单击“完成”按钮退出安装，如图 10-14 所示。

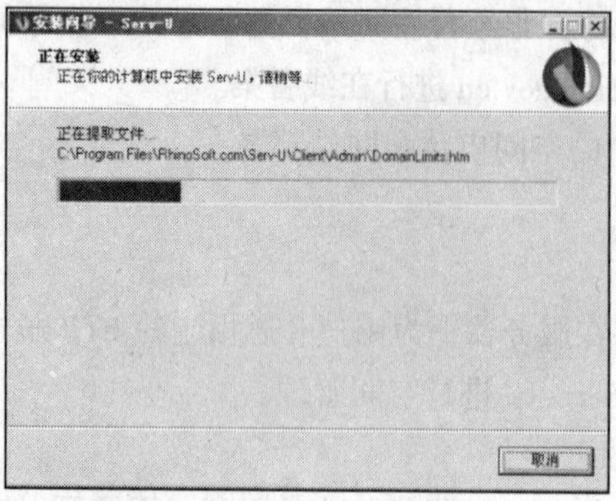

图 10-13　正在安装 Serv-U

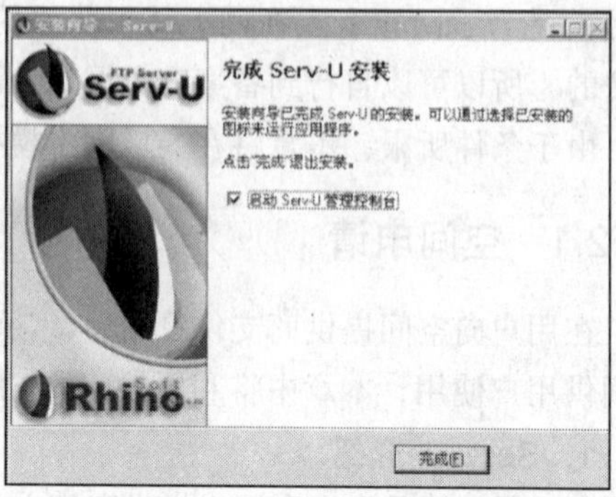

图 10-14　完成 Serv-U 安装

3．Serv-U 域配置

① 在如图 10-14 所示的 Serv-U 安装完成界面中，选择“启动 Serv-U 管理控制台”复选框，启动 Serv-U。在第一次启动时，Serv-U 会提示用户没有已定义的域，现在是否需要定义新域，如图 10-15 所示。

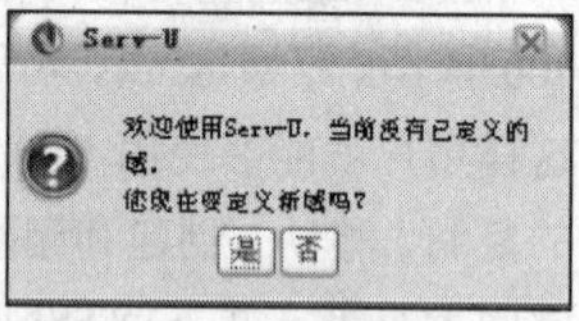

图 10-15　定义域提示框

② 单击“是”按钮，在域向导对话框中输入域的名称，选择“启用域”复选框，单击“下一步”按钮，如图 10-16 所示。

③ 可以使用域通过各种协议提供对文件服务器的支持。如果当前许可证不支持某些协议，则这些协议无法使用，因此应根据实际需要来选择应该使用的协议和相应的端口，如图 10-17 所示。

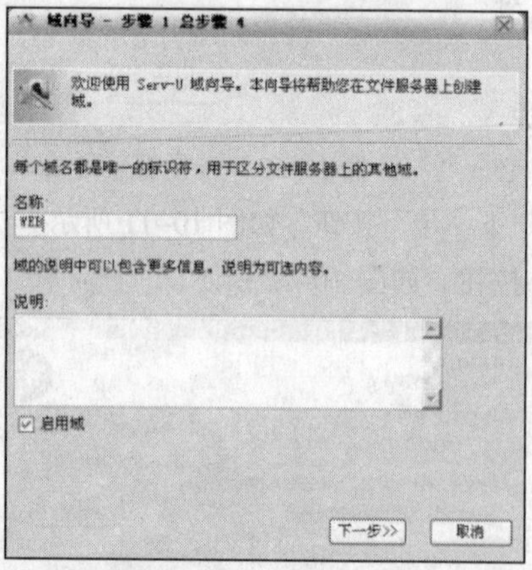

图 10-16　输入域名称

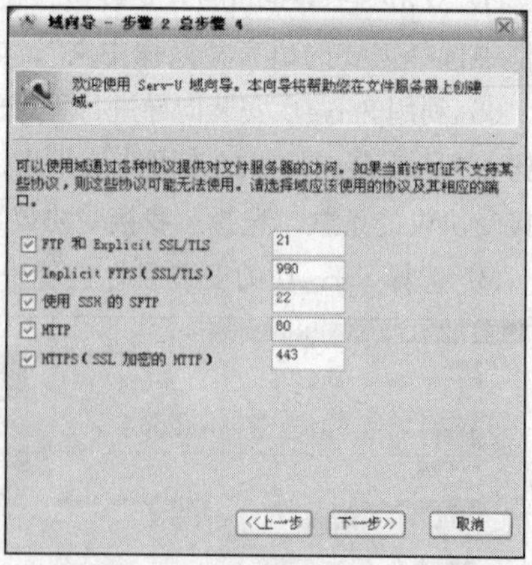

图 10-17　选择相应协议及端口

④ 输入相应的 IP 地址，域应对该地址的请求连接进行监听，留空则表示应该使用所有可用的 IP 地址，如图 10-18 所示。

⑤ 域设置的最后一步为密码加密模式的设置，选择“使用服务器设置（加密：单向加密）”单选按钮，单击“完成”按钮，如图 10-19 所示。

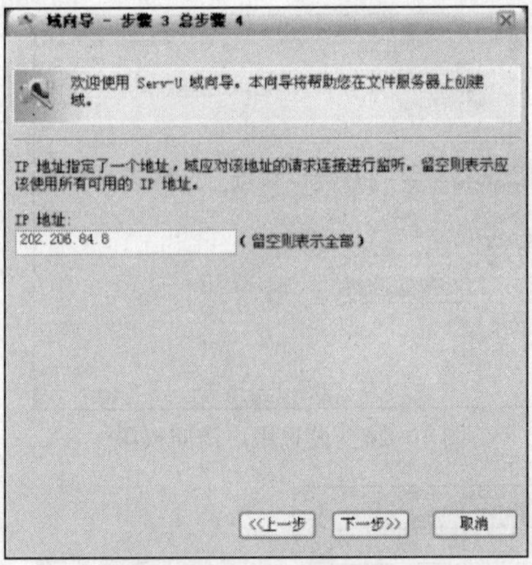

图 10-18　输入 IP 地址

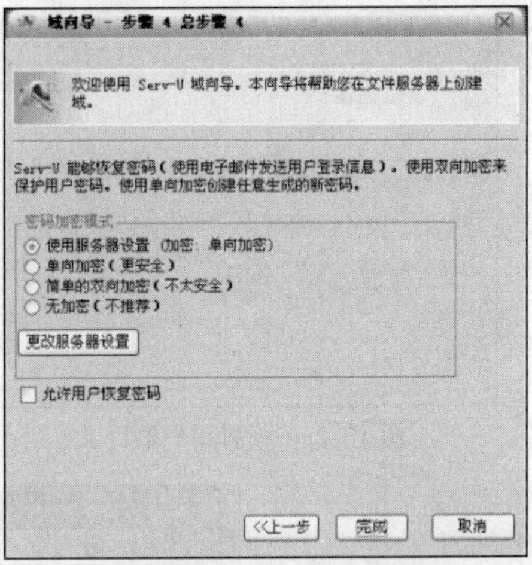

图 10-19　密码加密模式设置

4．Serv-U 用户设置

① 在 Serv-U 域设置完成后，Serv-U 会提示域中暂无用户，现在是否要为该域创建用户账号，如图 10-20 所示。

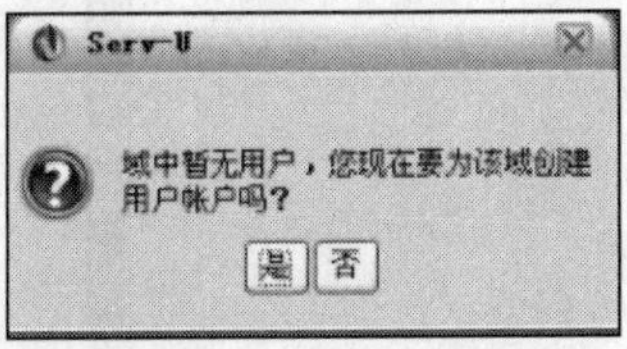

图 10-20　创建用户提示

② 单击“是”按钮，使用用户向导为开发完毕的网站新添加一个用户，以允许用户通过使用 FTP 软件访问网站服务器，如图 10-21 所示。

③ 为新创建的用户设置密码，此软件提供一个 8 位的随机密码，由大小写字母和数字组成，管理员也可以根据自己的需要进行修改，如图 10-22 所示。

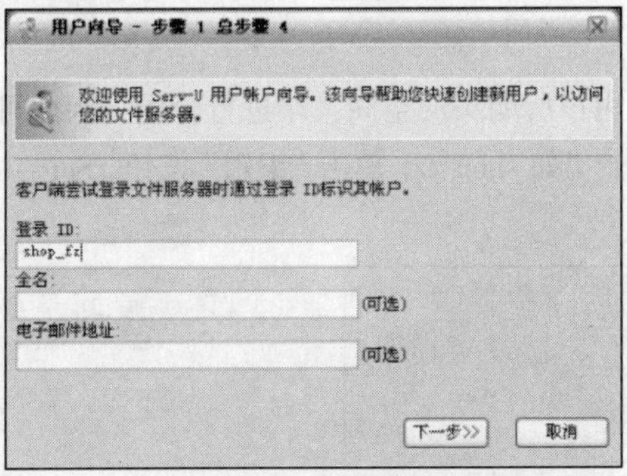

图 10-21　创建用户

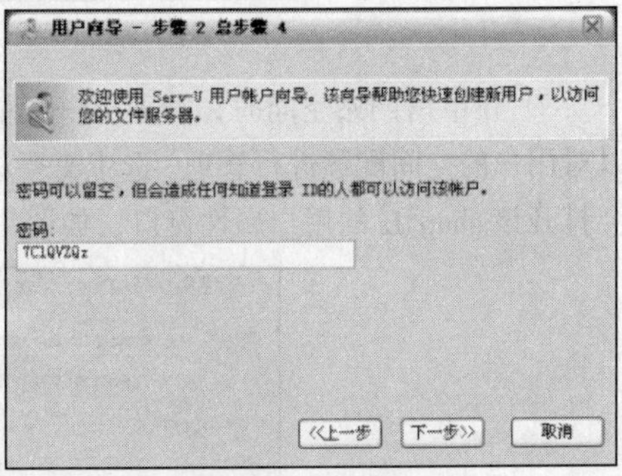

图 10-22　设置密码

④ 为新用户指定根目录空间。根目录是用户登录文件服务器后所处的物理位置，为了保证服务器的安全性，一般情况下选中“锁定用户至根目录”复选框，如图 10-23 所示。

⑤ 为了保证用户将网站上传至服务器，需要给用户开通一定的权限。Serv-U 默认的用户权限为只读访问，即只允许用户浏览和下载文件，而不允许上传文件。在此需要将只读访问修改为完全访问，允许用户对自己的空间进行完全控制，如图 10-24 所示。

⑥ 至此，用户就已经添加完成，可以看到在 Serv-U 的用户管理界面中，shop_fz 账号已经出现在用户列表框中，如图 10-25 所示。管理员可以单击“添加”按钮，根据实际的需要继续添加账号，或者根据实际需要对用户进行编辑和删除操作。

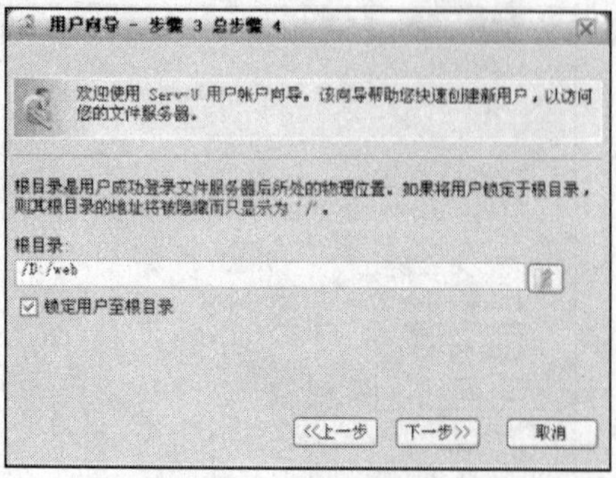

图 10-23　设置用户根目录

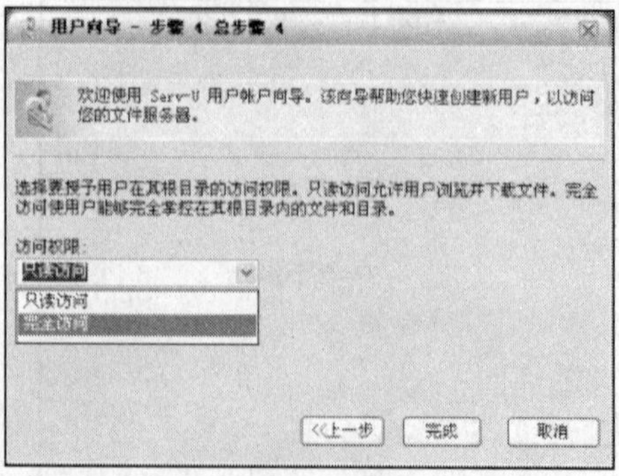

图 10-24　设置用户访问权限

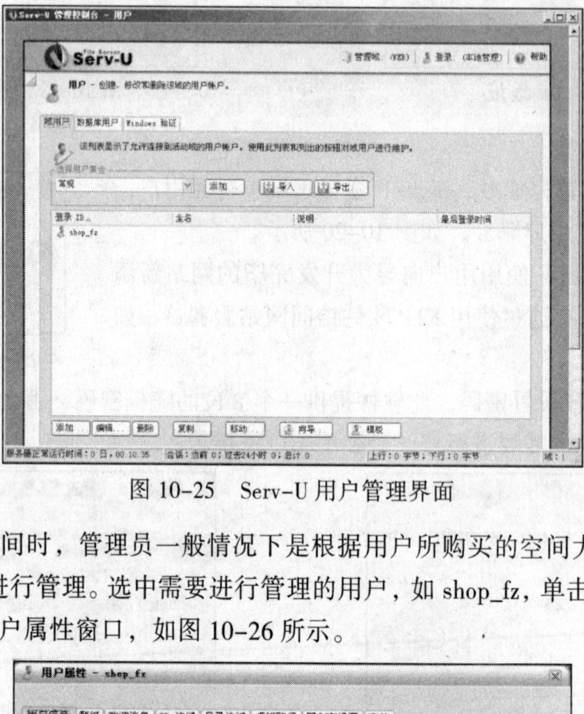

图 10-25　Serv-U 用户管理界面

⑦ 在申请网站空间时，管理员一般情况下是根据用户所购买的空间大小进行分配，因此可以对用户的空间配额进行管理。选中需要进行管理的用户，如 shop_fz，单击“编辑”按钮，Serv-U 会打开该 shop_fz 的用户属性窗口，如图 10-26 所示。

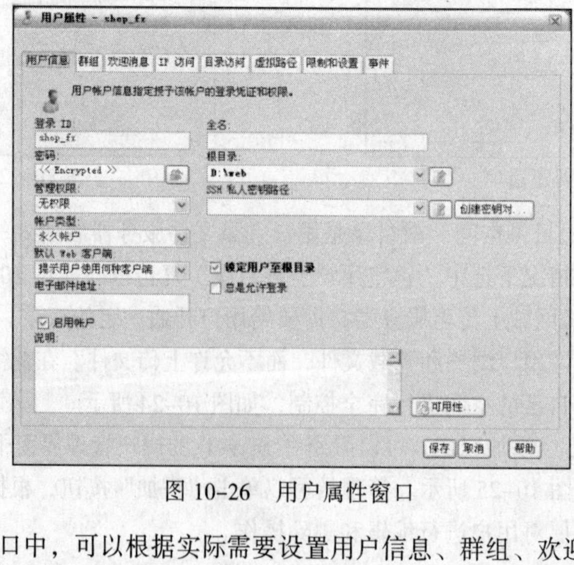

图 10-26　用户属性窗口

⑧ 在用户属性窗口中，可以根据实际需要设置用户信息、群组、欢迎消息、IP 访问、目录

访问、虚拟路径、限制和设置以及事件等属性。由于需要设置用户空间的大小属性，选择“限制和设置”选项卡，单击“比例和配额”按钮，弹出“传输率和配额管理”对话框，在此对话框中可以设置用户的传输率以及目录的配额，将配额最大设置为 200MB，如图 10-27 所示。如果用户上传的网站大小超过 200MB，FTP 服务器会拒绝用户继续上传文件，并给出错误提示。

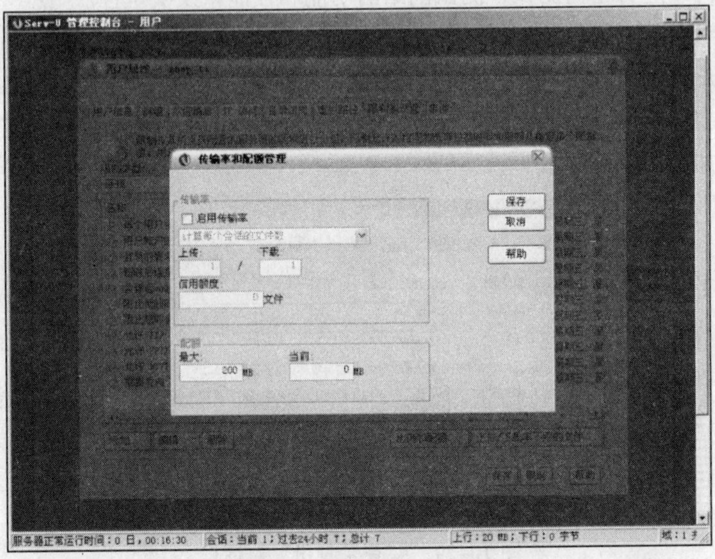

图 10-27　设置传输率和配额

⑨ 空间提供商需要完成最后一个步骤即需要在 IIS 上为用户建立一个新的站点，并将该网站的本地路径指到用户所分配的空间上，如图 10-28 所示。到此为止，用户的空间管理操作已经基本完成，用户可以根据自己的需要将网站发布到服务器上。

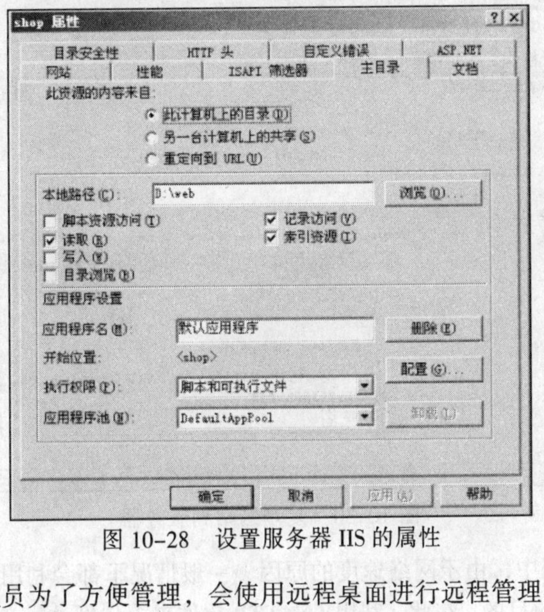

图 10-28　设置服务器 IIS 的属性

⑩ 一般情况下管理员为了方便管理，会使用远程桌面进行远程管理。同时 Serv-U 也提供了 Web 界面的管理工具，具体使用方法读者可以参阅其他资料。

10.2.2 任务三十二 网站部署

在网站空间申请完毕后，用户可以将发布好的网站部署到服务器上。首先，要将网站上传到服务器，可以使用 IE 浏览器直接上传或使用专门的 FTP 软件。其次，要修改网站的数据库连接属性。最后，对网站进行全面测试，测试网站的功能和性能以及安全性。

① 在空间申请完毕后，用户会得到空间提供商提供的供上传使用的服务器 FTP 地址、用户名以及密码。打开 IE 浏览器，在地址栏中直接输入服务器的地址，如 FTP://202.206.84.8，如果服务器运行正常，会返回一个要求验证用户身份的登录对话框，在对话框中输入空间提供商提供的用户名和密码，如图 10-29 所示。

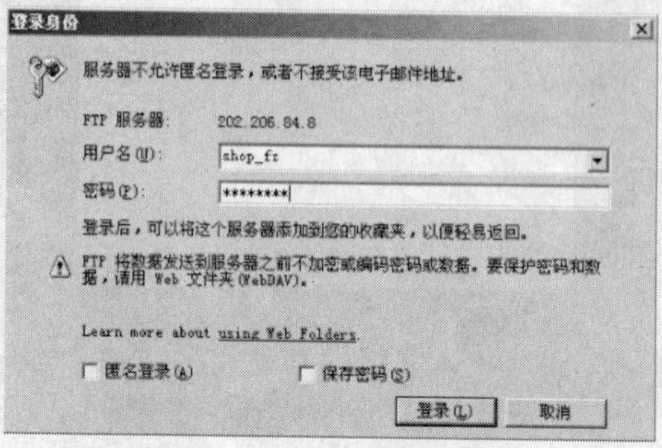

图 10-29 “登录身份”对话框

② 在服务器验证通过后，用户就可以将发布好的网站文件夹上传到服务器上。打开本地的 Web 文件夹，选中文件夹中的所有文件并右击，在弹出的快捷菜单中选择“复制”命令，在 FTP 服务器的窗口内右击，选择“粘贴”命令，IE 浏览器就会将网站复制到服务器上，如图 10-30 所示。

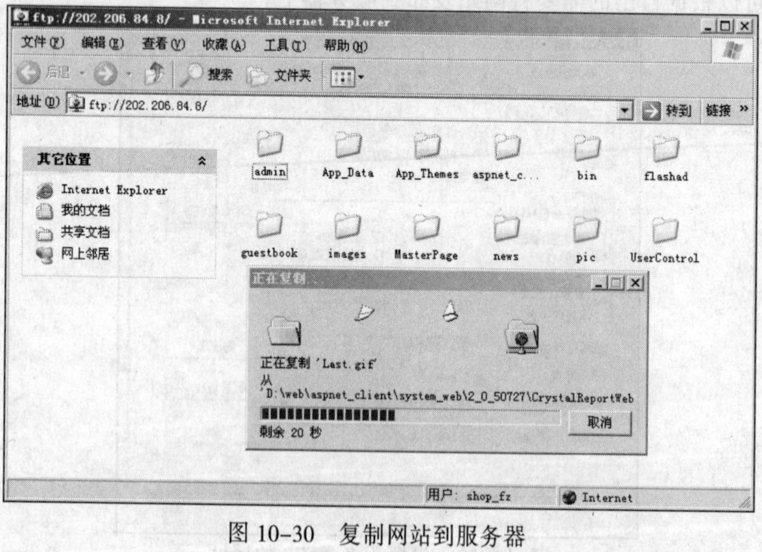

图 10-30 复制网站到服务器

③ 在实际应用过程中，由于网络速度的原因，一般情况下都会利用专门的 FTP 软件来上传网站，以达到方便管理的目的。在此，利用 LeapFTP 软件来上传网站。首先，安装 LeapFTP 软件，安装完毕后，双击打开 LeapFTP 软件，其界面如图 10-31 所示。

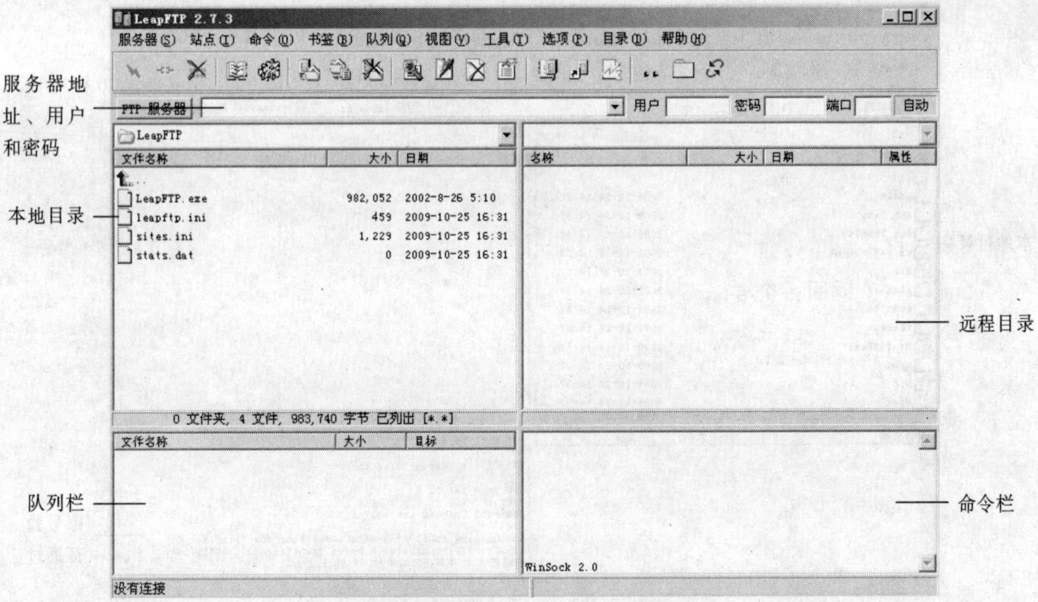

图 10-31 LeapFTP 软件界面

④ 选择“站点”→“站点管理器”命令，弹出“站点管理器”对话框。单击“改名”按钮，在弹出的窗口中输入站点名称：shop_fz。在“地址”文本框中输入 FTP 服务器的地址（如 202.206.84.8），取消选中“匿名”复选框，在“用户名”文本框中输入 FTP 用户名（如 shop_fz），在“密码”文本框中输入 FTP 密码，选择本地路径为 D:\web，单击“连接”按钮，如图 10-32 所示。

图 10-32 LeapFTP 站点管理器

⑤ 如果服务器的地址、用户名和密码通过验证，那么在 LeapFTP 软件的命令栏中会有相应的信息提示：PORT Command successful，如图 10-33 所示。

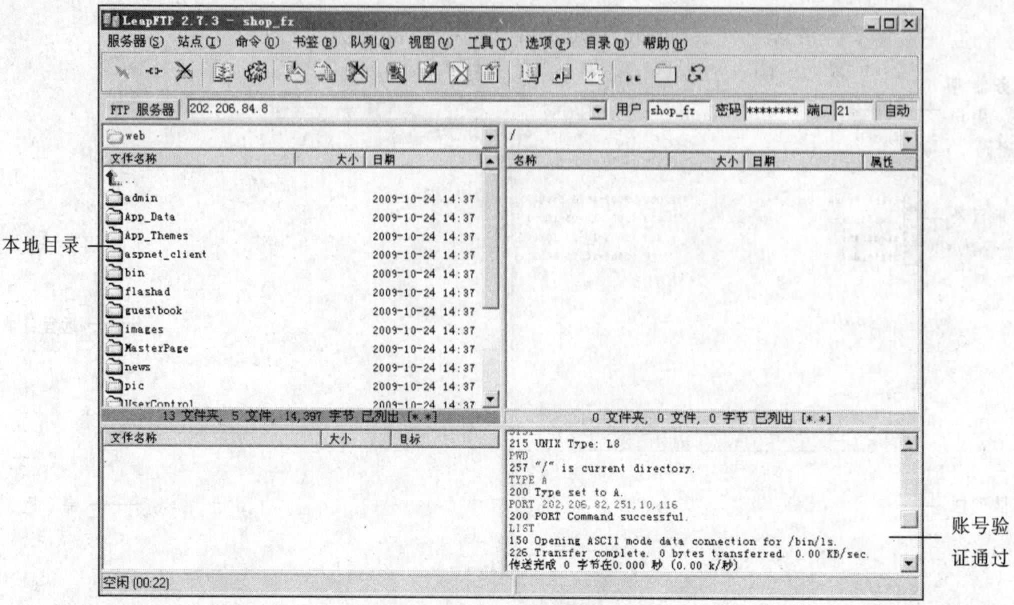

图 10-33　账号验证通过

⑥ 在本地目录列表框内选择想要上传的文件夹或文件并右击，在弹出的快捷菜单中选择“上传”命令就可以将文件上传到服务器。由于该网站为第一次上传，所以将全部文件夹上传，如图 10-34 所示。

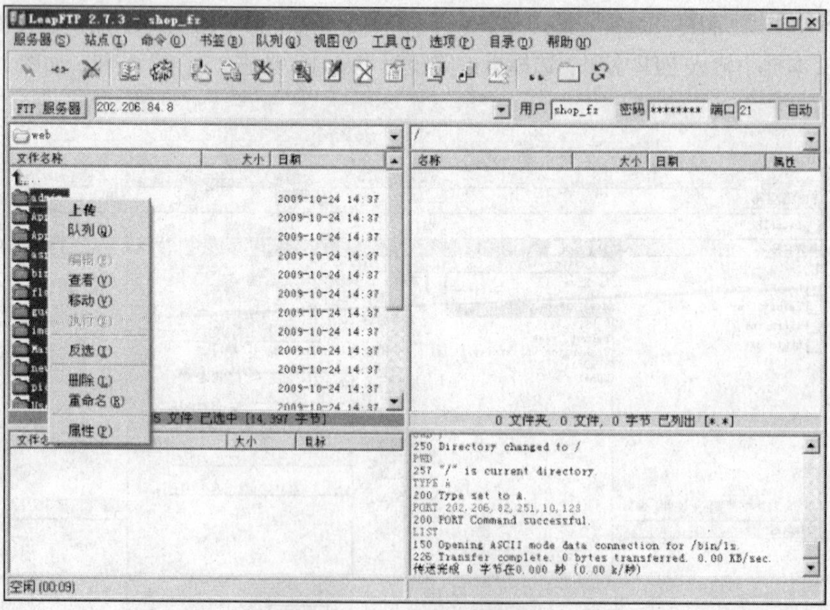

图 10-34　上传整个网站

⑦ 在选择“上传”命令后，LeapFTP 就会开始将网站内的文件全部上传到服务器上。上传过程中，在队列栏和命令栏以及状态栏内会显示正在上传的文件相关信息，如图 10-35 所示。

⑧ 网站全部上传完毕，如图 10-36 所示。利用 LeapFTP 软件可以非常方便地对远程目录进行管理操作，如编辑、移动或者修改等操作。在实际的应用过程中，如果本地的某一个文件发生了更改，可以单独选择该文件进行上传和维护。

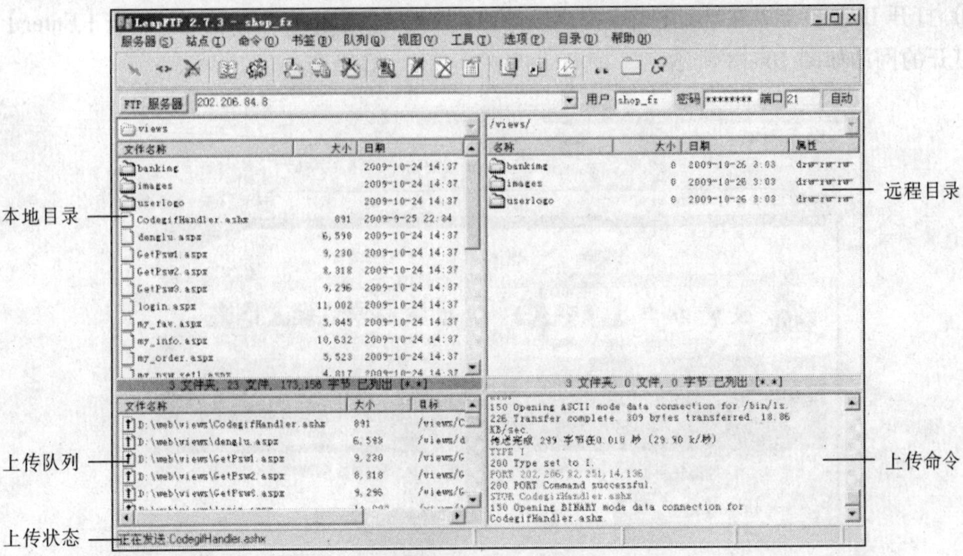

图 10-35　网站正在上传

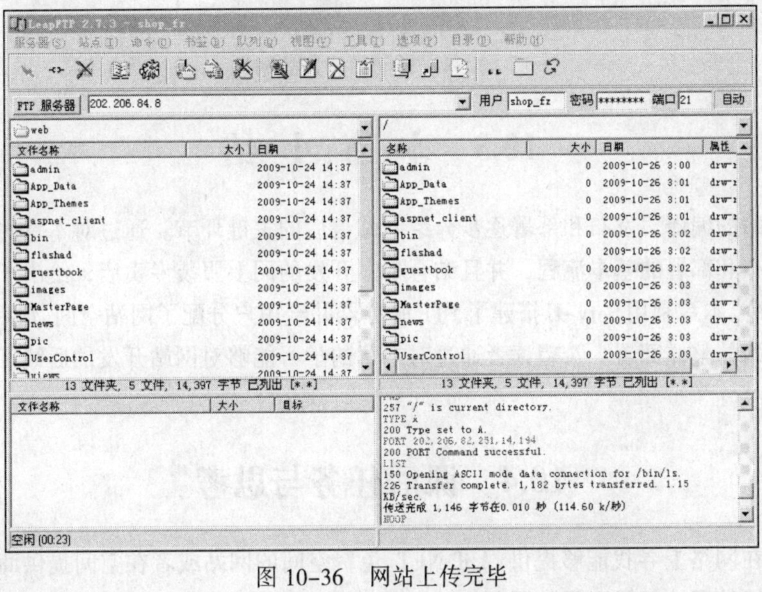

图 10-36　网站上传完毕

⑨ 按照空间提供商提供的数据库连接参数,修改上传网站的 Web.config 文件内的数据库连接字符串 ConnectionString，如<add key="ConnectionString" value="server=C401-1;database= db_shopfz; UID=sa;password=SHOP_FZ123!@#"/>，如图 10-37 所示。

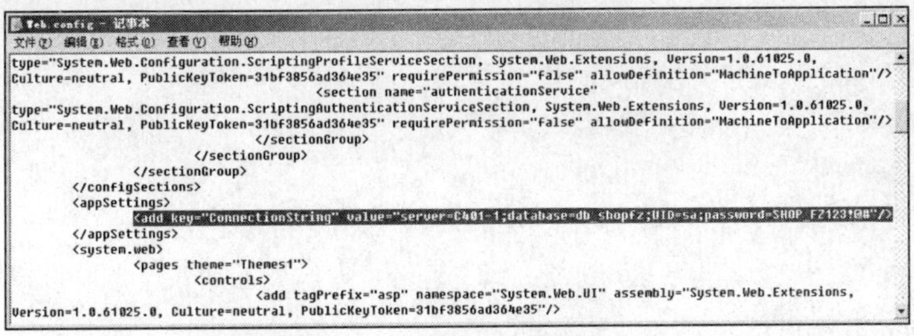

图 10-37　修改数据库连接参数

⑩ 打开 IE 浏览器，在地址栏中输入网站的 IP 地址，如 http://202.206.84.8，按【Enter】键运行，打开的网站如图 10-38 所示。

图 10-38 访问部署好的网站

10.3 本 章 小 结

本章从网站的编译、发布和部署逐步介绍网站最后的关键环节。通过对本章的学习，读者能够了解网站发布和部署的基本流程，并且结合本书开发的网上服装专卖店，给出了发布过程中用到的菜单和命令。本章利用 Serv-U 搭建了 FTP 服务器并给用户分配了网站空间，最后利用 LeapFTP 软件进行了网站的整体部署。希望读者通过对本章的学习能够对网站开发的后续工作有一个清晰的认识。

10.4 课后任务与思考

读者最好在网络上寻找能够提供 ASP.NET 免费空间的网站或者在空间提供商处购买一定的空间，将发布好的网站部署到服务器上，以加深对该部分的理解。对于网站域名的申请和备案，请读者根据自己的实际需要进行相关的学习和研究。

参 考 文 献

[1] 张领．ASP.NET 项目开发全程实录[M]．北京：清华大学出版社，2009.

[2] 张云．ASP.NET 3.5 入门经典[M]．北京：清华大学出版社，2009.

[3] 杨剑．ASP.NET 2.0 网站开发全程解析[M]．2 版．北京：清华大学出版社，2009.

[4] 李玉林，王岩．ASP.NET 2.0 网络编程从入门到精通[M]．北京：清华大学出版社，2006.

[5] 朱如龙．SQL Server 2005 数据库应用系统开发技术[M]．北京：电子工业出版社，2006.

[6] 胡百敬．SQL Server 数据库开发详解[M]．北京：电子工业出版社，2006.

[7] 张少卓．网页配色[M]．北京：科学出版社，2008.

Learn more about it!

笔记栏

Learn more about it!

笔记栏

Learn more about it!

笔记栏